Ullstein

ÜBER DAS BUCH:

Am Stadtrand von Berlin betreibt Walter Pommrehnke das Schützenhaus, eine Vorstadtkneipe, im Sommer Gartenwirtschaft. Eigentlich jedoch schmeißen Tante Deli und Kellner Robinson Krause den Laden, zusammen mit Lydia, der Küchenhilfe, und mit Sternchen Siegel, dem freundlichen Juden, der die Fässer und alles andere anrollt. Der Clou ist jedoch der Kintopp im großen Saal, der die Laubenpieper mit Kind und Kegel und ganze Vereine anzieht, der die Großfamilie Pommrehnke und ihre verrückten Freunde zusammenhält und schließlich zum Überleben in schlimmen Zeiten beiträgt.

DER AUTOR:

Georg Lentz, geboren am 21. Juni 1928 in Blankenhagen bei Rostock, wuchs in einem Berliner Vorort auf. Er war Lektor, Kinderbuchverleger und Journalist in München, Wien, Zürich und an der Côte d'Azur. Seit 1974 ist Georg Lentz freier Schriftsteller und lebt heute in Frankreich.

Georg Lentz

Das Schützenhaus

Roman

Ullstein

ein Ullstein Buch
Nr. 23442
im Verlag Ullstein GmbH,
Frankfurt/M–Berlin

Ungekürzte Ausgabe

Umschlaggestaltung:
Hansbernd Lindemann
Illustration:
Archiv für Kunst und Geschichte

Printed in Germany 1994
Druck und Verarbeitung:
Clausen & Bosse, Leck

ISBN 3 548 23442 9
Oktober 1994
Gedruckt auf alterungs-
beständigem Papier mit chlor-
frei gebleichtem Zellstoff

Vom selben Autor
in der Reihe
der Ullstein Bücher:

Muckefuck (22077)
Molle mit Korn (22116)
Weiße mit Schuß (22156)
Grüß, grüne Gurke, den
Spreewald (22731))
Die Farm in den Wäldern
(22908)
Das Schleusenhaus (23005)
Das Schloß an der Loire
(23053)

Die Deutsche Bibliothek –
CIP-Einheitsaufnahme

Lentz, Georg:
Das Schützenhaus: Roman/
Georg Lentz. – Ungekürzte Ausg. –
Frankfurt/M; Berlin: Ullstein, 1994
(Ullstein-Buch; Nr. 23442)
ISBN 3-548-23442-9
NE: GT

1

Niemals werde ich den Tag vergessen, an dem wir das Schützenhaus besuchten. Der frühere Besitzer war gestorben, das Anwesen verwaist. Mein Vater hatte sich in den Kopf gesetzt, das Schützenhaus zu neuem Leben zu erwecken. »Ich will das«, hatte er gesagt, zu unser aller Erstaunen, denn er war nicht der Energischste. »Du?« hatte denn auch Deli gefragt, meine Tante, die Mutterstelle bei uns einnahm, »ausgerechnet du? Walter Pommrehnke, der nie in seinem Leben einen Finger krumm gemacht hat?«

Sie lehnte in der Tür zum Schlafzimmer, damals wohnten wir Königstraße, zwei Treppen, eine weitläufige Wohnung gegenüber dem Park, mit Zentralheizung. In das Schlafzimmer meines Vaters führte eine Doppeltür. Sie stand meistens offen, beide Flügel, mein Vater liebte es, im Bett zu liegen. Er verbrachte ganze Tage im Bett. Die Nächte sowieso, aber morgens, wenn er sich rasiert hatte, legte er sich wieder hin, rauchte eine Zigarre und las die Zeitungen. »Lokal-Anzeiger«, »Morgenpost«. Manchmal, wenn jemand sie ihm mitbrachte, die »Berliner Zeitung«.

Deli hieß mit vollem Namen Adele. Sie hätte es gern gehabt, wenn wir sie so genannt hätten, das betonte sie zuweilen. Doch jeder nannte sie Deli. Sogar die Lieferanten nannten sie »Frau Deli«. Meine Tante war nach dem Tod meiner Mutter zu uns gekommen, mit Anneli, ihrer Tochter, einem verhärmten, blassen Mädchen. Einen Vater zu Anneli gab es nicht. In Tante Delis Schilderungen wechselte diese Bezugsperson, einmal war es ein Brasilianer, einmal Nikko der Teufelsgeiger, Primas einer ungarischen Salonkapelle, die durchgereist war, oder gar der Geheimrat – »Gott hab ihn selig« –, bei dem Tante Deli in Stellung gewesen war. In ihren Erzählungen hieß das: »Ich habe ihm das Haus geführt.« Meistens fügte sie an, daß dort allerdings solche Lümmel wie wir, mein Bruder Joachim und ich, der kleine Hansi, in die Schranken gewiesen worden wären. »Wie es hier zugeht – der Herr Geheimrat hätte das nie geduldet.«

Der Herr Geheimrat war verblichen, unsere Mutter lag auf dem Friedhof an der Waldfriedenstraße, Joachim bastelte in seiner Dunkelkammer im Keller. Ich malte mit Wasserfarben, Flugzeuge vornehmlich, denn ein berühmter Mitbewohner dieses Mietshauses – das übrigens uns gehörte –, Gunther Plüschow, war mit seiner Silbercondor über Feuerland geflogen, oder ich hatte die Erlebnisse des Roten Barons, des Jagdfliegers Manfred von Richthofen, verschlungen, damals las ich drei oder vier Bücher pro Woche und malte rote Fokker-Dreidecker. So genau weiß ich das nicht mehr, in der Erinnerung verschiebt sich manches.

Genau weiß ich jedoch, wie Tante Deli in der Tür lehnte, im Schlafzimmer mein Vater im Bett, Zigarre in der Hand, der Rauch zog schräg zum Fenster hinüber, das einen Schlitz breit offenstand. »Du? Walter Pommrehnke, der nie in seinem Leben einen Finger krumm gemacht hat?«

Mein Vater wedelte mit seiner Zigarre, er saß aufrecht im Bett, viele Kissen im Rücken, und unter dem Bett sah die schokoladenfarbene Schnauze unseres Hundes hervor, eines Hühnerhundes namens Zeppelin, Anneli rief ihn Zellepin. Tante Deli, wenn sie ihre Monologe hielt, verharrte in der Tür, wechselte allenfalls Stand- und Spielbein. Sie dort in der Tür, mein Vater im Bett: Das war ihre Art, Dinge zu besprechen. Wobei es nicht nötig war, daß mein Vater ein einziges Wort sagte, es genügte, wenn er brummte. Das Brummen hielt Tante Deli in Gang. »Ich möchte wissen, was das für ein Wirt ist, der seinen Hintern nicht aus der Furzmulle hochkriegt. Meinst du, die verlegen dir den Zapfhahn ans Bett? Und wenn Schützenfest ist oder eine Hochzeit oder Veranstaltungen, Vereine zum Beispiel. Da kommen hundert Gäste oder noch mehr. Der Herr Wirt liegt dann im Bett und raucht seine Zigarre. Meinst du, damit ist es zu schaffen? Ich weiß, du spekulierst drauf, daß ich eingreife. Deli für alles, wie? Deli, die schon dem Herrn Geheimrat die Wirtschaft gemacht hat, sie ist ja darauf angewiesen, eine arme Verwandte mit unehelichem Kind. Ich will dir mal was sagen, an jedem Finger könnte ich zehn haben. Zehn Männer, jawohl. Mit Freuden würden sie mich nehmen, mit Anneli.«

Mein Vater grinste. Ich drückte mich hinten im schlecht beleuchteten Flur herum, ließ die Farben eintrocknen auf meiner Malerei, das Bild würde versaut sein, Aquarellfarben muß man schnell bearbeiten, das hatte mir unser Zeichenlehrer beigebracht.

Tante Deli wechselte Stand- und Spielbein, dann fuhr sie fort: »Wenn du denkst, du hast eine billige Arbeitskraft an mir, so hast du dich in den Finger geschnitten. Ich bin zu dir gekommen nach dem Tod von Lucie, deiner Frau, meiner Schwester immerhin. Weshalb ist Lucie krank geworden und gestorben? Nein, nein, ich will dich nicht beschuldigen. Lucie war immer schwach. Dabei fällt mir ein, ich muß Mohrrüben kaufen, die Jungs sind blasser als meine Anneli. Großstadtluft. Ich glaube, sie sind rachitisch. Englische Krankheit. Das ist möglich, oder? Die Großstadtluft. Wir sollen hier eine richtige Dunstglocke haben, die Sonne kommt nicht durch. In der ›Morgenpost‹ stand ein langer Artikel. Sag mal, du bist wirklich entschlossen, willst das Schützenhaus übernehmen?«

Mein Vater nickte. Die Zigarre wippte auf und nieder wie ein Schlagbaum. Im Licht, das durch die hohen Fenster fiel, leuchteten seine blauen Augen. »Wer rastet, der rostet«, sagte Vater. »Als Nachkomme von Millionenbauer Pommrehnke das Erbe verprassen, das liegt mir nicht.«

Eine Rede solcher Länge hatte ich selten aus Vaters Mund vernommen, außer, er berichtete über seine Erlebnisse als Leibgarde-Husar. Daß er sich hinter einem Sprichwort verschanzte, bewies mir, daß er ernst machen würde. Vergleichsmöglichkeiten standen mir offen. Bevor Vater mir oder Joachim eine runterhaute, sagte er jedesmal: »Unverhofft kommt oft.«

Nun das Schützenhaus. Bedeutete das Umzug? Wir lebten behaglich hier, das Haus in der Königstraße gehörte uns, ein paar andere die Straße hinauf ebenfalls und eine Mietskaserne in der Großgörschenstraße. Großvater Pommrehnke, der »Millionenbauer«, hatte sein Geld gut angelegt, als er den Hof an Bauspekulanten verkaufte. Die Stadt dehnte sich aus, die Bauern trennten sich von ihren Äckern. Meistens lebten sie danach flott, in wenigen Jahren schmolz das Geld dahin.

Anders mein Großvater, er legte an. Kaufte Mietshäuser aus Pleiten, manchen Bauherren war das Geld ausgegangen. Er hatte auch mit dem Verkauf seines Hofes gewartet, bis rings umher die Rohbauten der Häuser aufschossen, die Spekulanten die Lücken dazwischen ärgerten und sie schließlich eine, wie Großvater sagte, schwindelnde Summe boten.

Diese Einzelheiten waren mir vertraut, oft wurde darüber geredet, mindestens kamen sie wiederholt in Tante Delis Monologen vor. Und auch Großvater und Großmutter, die wir in den Sommerferien regelmäßig besuchten, sprachen gern über jene Tage des – heute würde man sagen – Baubooms.

Natürlich war mir, genau wie Joachim und Anneli, dies alles bekannt, aber es hatte keine Bedeutung für mich, blieb ohne Zusammenhang, entzog sich meiner Beurteilungsmöglichkeit. An jenem Tag jedoch spürte ich, daß unser Leben sich verändern würde, daß diese Veränderung etwas mit dem Willen meines Vaters zu tun hatte und nicht mit »den Umständen«. Mein Vater sagte zuweilen, den Umständen entsprechend gehe es uns gut.

Ich schlich zu meinem Bruder Joachim hinunter. Ausnahmsweise ließ er mich gleich ein, als ich an die Tür seiner Dunkelkammer klopfte. Rotes Licht beleuchtete seine Hände. Im Fixierbad schwamm die Vergrößerung eines Fotos: der Kopf einer Libelle. Joachim hatte sie im Sommer fotografiert, als wir bei den Großeltern in Lindow waren, mit einer selbstgebastelten Vorsatzlinse. »Schau dir die Augen an«, sagte Joachim. »Der Mist ist, daß man so eine Fotografie nur wenigen zeigen, sie allenfalls drucken kann. In der ›Berliner Illustrierten‹. Aber ob die auf meine Fotos warten? Man muß Filme drehen. Man muß das filmen, verstehst du? Und in einem Saal zeigen. Tausenden muß man das zeigen.« Er kniff mich in den Arm, die andere Hand bewegte mittels einer Wäscheklammer das Foto im Fixierbad. Joachim hatte die Klammer der Länge nach gespalten. Mit darübergezogenen Gummiringen bewegte er sie wie chinesische Eßstäbchen.

Mich interessierte sein Steckenpferd nicht. »Stell dir vor«, flüsterte ich überflüssigerweise, »Vater will das alte Schützenhaus kaufen und Gastwirt werden. Tante Deli hat Schiß, daß sie die Arbeit machen muß.«

Joachim sah mich durch seine Brille an, er trug eine Korrekturbrille wegen seiner Schielerei. Man wußte trotz der Brille nicht genau, wohin er blickte, aber da er mir das Gesicht zuwandte, rot beschienen und wie aus Wachs, nahm ich an, daß er mich im Fokus hatte. »Ist doch Klasse«, sagte mein Bruder. Er nahm das Bild der Libelle aus dem Fixierer und warf es ins Wasserbad. »Unheimlich Klasse.« Er knipste die normale Birne über dem Waschtisch an, das Licht blitzte auf seinem linken Brillenglas. »Verstehst du nicht?«

Ich verstand nicht. »Guck mal«, sagte Joachim mit einer Geduld, die ich vorher nicht an ihm beobachtet hatte, »das Schützenhaus hat doch einen Saal?«

»Zwei. Einen großen Saal, sagt Tante Deli, und einen kleinen, eine Art Hinterzimmer, wo sie die Hochzeit gefeiert haben, als die Schlanstedtsche heiratete.«

»Eben. Wozu dient ein Saal?« Joachim kniff mich in den Arm, es tat weh.

»Laß das«, sagte ich. »Ein Saal dient zum Tanzen, zum Feiern. Die Erwachsenen betrinken sich, und sie werden laut, dann singen sie ›Die blauen Dragoner, sie reiten‹, und manche fallen unter den Tisch. Manche Männer fassen auch den Frauen vorne ins Kleid.«

Joachim lachte. »Was du schon alles weißt.«

»Knallkopp«, murmelte ich. Er war zwölf, ich zehn. »Zwei Säle«, sagte ich. »Wieso interessieren dich die?«

»Hast du gehört, wann sie hinwollen? Besichtigen sie das Schützenhaus?«

»Heute nachmittag, glaube ich.«

Joachim öffnete die Tür. »Wir gehen mit. Ich will wissen, ob man in dem Saal Kino machen kann. Erst einmal im kleinen Saal, später im großen.«

Das Bild von der Libelle schwamm unbeachtet im

Wasser. »Willst du es nicht aufhängen? Zum Trocknen?« fragte ich.

Joachim winkte ab. »Später. Ich muß jetzt das Ohr am Puls der Zeit haben.«

Er redete oft so geschraubt, ich wußte nicht, was er meinte und wo er diese Ausdrücke herhatte.

Meine Tante stand immer noch in der Tür, als ich aus Joachims Dunkelkammer zurückkam. »Wenn du das Schützenhaus im Hellen sehen willst, solltest du deinen Hintern aus den Federn wuchten«, ermahnte sie meinen Vater. Sie löste sich von ihrem Platz, ging auf das Bett zu. Mein Vater legte die Zigarre in den Aschbecher auf dem Nachttisch. Zeppelin rückte unter dem Bett vor, ein paar Zentimeter, sein Kopf wurde sichtbar, die krause Schokoladennase. Er knurrte.

Zeppelin knurrte Tante Deli an. Mein Vater nahm einen seiner Pantoffeln, die vor dem Bett standen, und schlug Zeppelin auf die Nase. Ein Klaps nur. Zeppelin kroch unter dem Bett hervor und beschnupperte meine Tante, als habe er nie jenes Zeichen des Abscheus gezeigt, als habe er nie geknurrt. So weit ging Zeppelin allerdings nicht, daß er mit dem Schwanz gewedelt hätte. Tante Deli schlug die Decke zurück, mein Vater wälzte sich aus dem Bett. Er trug ein Nachthemd mit blauweiß gebordelten Nähten. Ein langes Nachthemd. Unter dem Saum sahen die Füße hervor, käsig, die großen Zehen mit starken Fußnägeln. Er fuhr in die Pantoffeln. Joachim und ich standen jetzt in der Tür, dort, wo vorher Tante Deli Posten gefaßt hatte – einer ihrer Ausdrücke: »Ich fasse da Posten, bis du aufstehst.« Oder: »Ich fasse hier Posten, bis die Frage des Wirtschaftsgeldes geklärt ist.«

Mein Vater schlurfte an uns vorbei ins Badezimmer, wir mußten einen Schritt zurücktreten. Dann hörten wir, wie er das Rasiermesser auf dem Lederriemen wetzte. Tante Deli schüttelte die Kissen auf. Von der Zigarre im Aschbecher stieg ein Rauchfaden auf, immer dünner werdend.

Die wenigen Male, da wir die Wohnung verließen, geschah es in immer gleicher Gruppierung. Vorneweg lief Zeppelin, die Nase am Boden, verfolgt von der hüpfenden Anneli, die wiederholt ihr »Zellepin« in die Natur hinausschrie. Dahinter mein Vater, einen erkalteten Zigarrenstummel im Mundwinkel. Ab und zu brummte er, niemand wußte, ob dieses Brummen Behagen oder Mißbehagen ausdrückte. Entfernte sich Zeppelin, so blieb mein Vater stehen, nahm die Zigarre aus dem Mund und pfiff. Befand sich Zeppelin in Wurfweite, nahm mein Vater einen Stein auf und warf ihn in Richtung des Hundes. Mein Vater konnte weit werfen. Manchmal verrechnete sich Zeppelin und wurde getroffen. Er jaulte, Anneli stürzte zu ihm hin, kniete sich neben ihn und umarmte ihn. Zeppelin blickte vorwurfsvoll nach rückwärts, wo mein Vater, die Zigarre wieder im Mund, zufrieden brummte.

Hinter meinem Vater ging Tante Deli, mit kurzen Schritten, die Hände in den Taschen ihres weitgeschnittenen Kleides oder eines entsprechenden Mantels. Alle Kleidungsstücke hingen an ihr. Den Kopf streckte sie vor.

Joachim und ich bildeten den Schluß. Wir gingen nebeneinander, ich hörte Joachim zu, der seine Ideen entwickelte, wie jene vom Baumhaus: Im Park gegenüber wollte er, im Wipfel einer Linde, ein Baumhaus bauen, jedoch nur aus »natürlichen« Ästen, wie er sagte. Er haßte es, wenn man nicht harmonierende Baustoffe verwendete. »Bretter, wie sieht das aus«, sagte er. »Bretter sind Fremdkörper. Außerdem fällt so ein Baumhaus aus Brettern unseren Feinden auf. Hingegen – wieder so ein geschraubtes Wort –, hingegen, wir sammeln

Äste, dickere und dünnere. Die dickeren sind Unterlage und Stütze. Die dünneren verflechten wir. Das ist Statik, verstehst du?« Er blickte mich an, jedenfalls wendete er mir sein Gesicht zu. Ich nickte beflissen, obwohl ich nichts verstand. Vielleicht konstruierten wir dieses Statikhaus hoch oben in der Linde. Meistens blieb es beim Pläneschmieden.

Ich sehe uns den Kamm eines flachen Hügels entlanggehen, gegen das Sonnenlicht gleichen wir Schattenrissen. Es ist, als beobachtete ich uns von einem tiefer gelegenen Ort, und zugleich bin ich dabei, dort oben, eine winzige Gestalt gemessen an dem kolossal wirkenden Vater, der dürren, hoch aufgeschossenen Tante, sie befand sich im letzten Stadium einer Art Magersucht, ein Jahr später begann sie Fett anzusetzen. Nur Anneli war kleiner als alle, ihre Glieder, die sie hüpfend warf, sahen aus wie Stecken.

Wir gingen vorbei an dem Gutshof, auf dem sich eine alte Reitbahn befand. Zeppelin verschwand, wir hörten ihn zwischen den Ställen kläffen. Anneli rief »Zellepin«, mein Vater brummte »Scheißtöle, verdammte« und blieb stehen. »Ich sag' immer, der Hund muß an die Leine«, schimpfte meine Tante, »eines Tages wird er jemand beißen. Einen Menschen. Vielleicht ein Kind. Oder ein Pferd. Dann ist der Schaden groß. Wer soll das zahlen? Hab' ich dir erzählt, wie mich unser Hund in den Bauch gebissen hat? Ich war noch ein Kind, wir hatten einen Schäferhund, Wotan, der hatte Angst vor Gewitter. Ich auch. Es donnerte, ich unters Sofa, Wotan ebenfalls. Wir prallten zusammen, unter dem Sofa. Vor Schreck biß er mich in ... da kommt ja Zeppelin. Zeppelin! Komm her! Guter Hund.«

»Scheißtöle«, brummte mein Vater. Wir gingen weiter. Joachim sagte: »Wir könnten eine elektrische Leitung ins Baumhaus legen, von der Wohnung aus.

Schwachstrom. Wir könnten Morseapparate bauen und Nachrichten senden. Kannst du morsen?«

»Nein«, sagte ich erstaunt. Joachim schüttelte den Kopf. »Ich auch nicht«, sagte er.

Links entlang verlief der Sandweg, gelber märkischer Sand mit tiefen Wagenspuren. Akazien wuchsen auf beiden Seiten, ihre Kronen berührten einander, der Weg wirkte wie ein grüner Tunnel. Selten ging hier jemand entlang. Wir stolperten über Wurzeln, jetzt im Gänsemarsch, Joachim ging vor mir. Er machte kleine Schritte, den Oberkörper aufgerichtet. Seine langen Arme schlenkerten wie die Arme unseres Vaters, der allerdings von Zeit zu Zeit die Jacke aufknöpfte und die Daumen in die Armlöcher seiner Weste steckte. Er trug Anzüge aus festem Tuch, ein Anzug hielt viele Jahre.

Der Weg streifte eine Ecke der Laubenkolonie Tausendschön. Dann führte eine schmale Brücke über den Graben, einen tief zwischen Böschungen versenkten Wasserlauf, der in einem verschilften Teich endete. Schließlich überquerten wir eine Chaussee. Auf der anderen Seite, unter Ulmen und Kastanien, lag das Schützenhaus.

Das Anwesen wirkte verlassen. Mannshohes Gebüsch wucherte und verdeckte zum Teil die einst weißen, von Fachwerkbalken gegliederten Mauern. Faulende Stufen führten zu einer Holzveranda, die sich an der gesamten Vorderseite des Haupthauses hinzog. Die Fenster waren mit rohen, ungehobelten Brettern verschalt. Eine Reklame für Berliner Kindl-Bier hing an einem Nagel schräg herab. Ein Teil der Dachrinne hatte sich gelöst.

Zeppelin verschwand in den Büschen. Wir gingen ums Haus. Der saalartige Bau an der Rückseite machte einen stabilen Eindruck. Die Kegelbahn daneben sah sogar aus, als sei sie kürzlich benutzt worden. Die Kugeln lagen blank der Reihe nach in einer hölzernen Rinne, alle neun Kegel waren am anderen Ende aufgestellt. Doch konnten wir die Kegelbahn nicht betreten, weil davor ein breiter Streifen Brennesseln wucherte. »Entenfutter«, sagte mein Vater. »Wir sollten einen Teich anlegen und Enten züchten.«

Wir gingen weiter. Joachim meinte, wir könnten unser Baumhaus hier bauen, dies sei »die wahre Wildnis«. Tante Deli nahm die Hände aus den Taschen und fuchtelte vor Vaters Nase. »Du denkst doch nicht ernsthaft daran, diese Klitsche zu übernehmen?« fragte sie. Und ohne eine Antwort abzuwarten, fuhr sie fort: »Dies ist ein Schuppen. Die Kosten, bis das alles repariert ist. Wie wird es erst innen aussehen. Verfault wird alles sein, die Wasserrohre zerbrochen. Und die Elektrizität? Bestimmt sind die Wände feucht, der Pilz nistet in den Mauern. Wer soll das bewirtschaften? Das Haus ist nicht zu retten. Ein Haus muß bewohnt werden. Wie lange steht das schon leer? Wenn die von der Brauerei das sehen, geben sie auf, das wette ich. Und der Schützenverein wird sich daran gewöhnt haben, seine Feste woanders zu feiern. Warum sollen die Schützen zurückkommen? Hier sagen sich Hund und Katze gute Nacht. Niemand kommt hier heraus. Das Bier wird schal. Wir leben doch nett. Warum also.«

Wir waren auf den Wall vom Schießstand geklettert. Disteln blühten blau. Mein Vater zündete sich den Zigarrenstummel neu an. »Schön ist es hier, findet ihr nicht?« fragte er. Joachim plinkerte mit den Augen. Tante Deli stand hoch aufgerichtet und sagte, entgegen ihrer Gewohnheit, kein Wort mehr.

Auf der Straße schoß ein Bursche auf einem Fahrrad heran, dessen Speichen in der Sonne blitzten. Mein Vater sagte: »Seht, Sternchen Siegel mit dem Schlüssel.«

Ich erinnere mich, daß mein Blick jedoch auf Anneli

fiel, die uns hüpfend umkreiste. Ich erinnere mich genau, nach so vielen Jahren, genauer als an Tante Delis Monologe, die ich nur ungefähr wiedergeben kann, daß ich in diesem Augenblick Anneli nicht als das kleine, magere Mädchen sah, das sie war, sondern als – wie soll ich sagen – als Frau. So, wie man sich angesichts der Puppe den Schmetterling vorstellt, der aus dieser Hülle ausschlüpfen wird, sah ich in Anneli das herangereifte weibliche Wesen. Heute frage ich mich, wie so etwas geschehen konnte, da ich selbst, unerweckt und noch verschont von gewissen Gefühlen, keine Möglichkeit für Erkenntnisse und Vergleiche in dieser Richtung hatte – so meine ich wenigstens. Dennoch, ich sah diese Anneli, für den Bruchteil von Sekunden. Ich vergaß es nie, die ganze Zeit nicht, bis Anneli, Jahre später, dieses Bild erfüllte, und ich habe es bis heute nicht vergessen.

Wie mir denn überhaupt jene Szene noch eindringlich vor Augen steht, der Vater auf dem Wall der Schießstände, überlebensgroß, wie er mir stets erschien, eine Autorität, die nicht angezweifelt wurde, nicht von mir, nicht von Joachim, auch von der Tante nicht.

Dieser Mann, der nichts tat, wortkarg seine Tage im Bett dahinlebte: Was zeichnete ihn aus? Wieso erschien er uns so übermächtig? Vater. Für uns, für Joachim und mich der Vater. Aber für Tante Deli?

Anneli vielleicht, denke ich heute, unterlag nicht seinem Einfluß. Sie schwirrte um diesen Mächtigen wie ein Insekt, manchmal in der Gefahr, von ihm mit einer imaginären Fliegenklatsche erwischt zu werden, generell aber auf die Gutmütigkeit dieses Elefanten bauend, solange sie klein und unansehnlich war. Später, weiß ich, setzte sie eben jene Mittel ein, die meinem Phantasiebild von ihr entsprachen.

Sternchen Siegel legte sich in die Kurve und bremste

sein Rennrad vor uns ab. Es war ein schönes Rad, um das ich ihn sofort beneidete, mit vernickeltem Rahmen, die Räder Holzfelgen. Das Rad mußte ein Vermögen gekostet haben. »Herr Pommrehnke«, rief Sternchen Siegel, ein wenig außer Atem, »ich bringe die Schlüssel.«

Wir kannten Sternchen, er führte gelegentlich Aufträge für uns aus. Das Fahrrad war neu, ebenso die Schiebermütze, die Sternchen verkehrt herum auf dem Kopf trug, den Schirm nach hinten. »Toller Bock«, flüsterte Joachim und meinte das Fahrrad.

Die Tür zum Schankraum ließ sich nur mit Mühe öffnen, feuchte, nach schalem Bier riechende Luft schlug uns entgegen. Es war dunkel, das Licht funktionierte nicht. Sternchen und mein Vter gingen vors Haus und rissen Bretter von der Fensterverschalung ab. Als unsere Augen sich an das Dämmerlicht gewöhnt hatten, erkannten wir die Theke mit Zapfhähnen, ein Regal, auf dem Gläser und Flaschen blitzten, ein anderes mit Pokalen. Offenbar hatten die Schützen ihre Trophäen hiergelassen. An die negativen Worte meiner Tante denkend, berechtigte mich das zu der Hoffnung, daß wir hier einziehen würden. Ein ganzes Schützenhaus für uns! Und der verwilderte Park, die Festwiese, der Schießstand. Wenn kein Gast käme, um so besser. Ich stieß Joachim in die Seite. »Kolossal«, sagte mein Bruder.

An den Schankraum schloß sich der kleine Saal an und eine Art Anrichte. An der Decke waren Metzgerhaken angebracht. Wahrscheinlich hatten hier früher Würste und Schinken gehangen. Zeppelin war hereingekommen und schnüffelte die Ecken des Raumes ab. Hinten führte eine Treppe in die oberen Wohnräume. Sie lag fast vollkommen im Dunkeln, mein Vater mußte mehrere Streichhölzer anreißen, damit wir den Weg fanden. Im ersten Stock waren jedoch die Fenster unverschalt geblieben. Licht flutete herein, als wir die Zimmertüren öffneten. Die Zimmer gingen von einem langen Gang ab, ganz am Ende befanden sich Klosett und Badezimmer. »Komfortabel«, sagte mein Vater, »sogar Dampfheizung«.

»Wo ist die Küche?« fragte Tante Deli. Sternchen Siegel, der sich hier anscheinend auskannte, sagte, die Küche liege im Keller. Wir tasteten uns die dunkle Treppe wieder runter und weiter über eine noch dunklere und engere Treppe in den Keller. Sternchen hatte eine Stallaterne gefunden, die einen Rest Petroleum enthielt. Wir entzündeten den Docht und drangen in die unteren Regionen des Hauses ein. Auf einer Seite lagen Kohlenkeller und Heizung, auf der anderen befand sich die Küche mit gewölbter Decke und einem gewaltigen Herd in der Mitte. Eine Tür öffnete sich zum Bier- und Weinkeller.

»Sehr schön«, sagte Tante Deli, »aber unpraktisch. Wer will immerzu in den Keller? Und wer trägt die Speisen rauf?«

Sternchen demonstrierte, daß es einen Speiseaufzug gab, bis in den ersten Stock sogar, in die Wohnung. »Sehr schön«, wiederholte Tante Deli. »Doch man braucht Personal.«

Was die beiden weiter besprachen, hörten wir nicht, längst waren mein Bruder und ich wieder nach oben gelaufen und durchstöberten die Zimmer. Hier und da war ein Möbelstück stehengeblieben, eine Seemannskiste, ein Vertiko, das unserem daheim glich, ein Regal aus Bambusrohr mit Glastüren und Vorhängen hinter den Scheiben. Die Seemannskiste war zu unserer Enttäuschung leer. Im Vertiko fanden wir rund ein Dutzend angestaubte weiße Kragen, wie sie damals jeder Mann trug, Kragen, die mit Durchsteckknöpfen am

Hemd befestigt wurden. Man wechselte die Kragen häufiger als das Hemd.

Die Tür zum Bambusschränkchen klemmte, sprang aber auf, als wir an dem Möbel rüttelten. Eine Schachtel befand sich darin, die Schachtel war mit Filmrollen gefüllt. Kleine Rollen für ein Heimkino, damals etwas Seltenes, aber wir hatten so eine Apparatur einmal bei unserem Schulkameraden Benjamin gesehen, der wohlhabende Eltern hatte. Doch hatten wir uns keine Filmvorführung ansehen dürfen, draußen schien die Sonne, und Benjamin schickte uns in den Garten zum Spielen.

Wir starrten auf die Filmrollen. »Die nehmen wir mit«, sagte Joachim, »nicht alle, aber ein paar. Jeder steckt sich zwei oder drei unter das Hemd.«

»Und was machen wir damit?«

»Wir gehen zu Benjamin. Vielleicht passen sie auf seinen Apparat.«

»Dann will er sie haben. Was meinst du, was drauf ist?«

»Was weiß ich? Sauereien vielleicht. Haremsdamen oder Bauchtanz. Ich hab' so was mal auf einem Kinoplakat gesehen. Für Jugendliche verboten.«

»Die Filme gehören uns nicht.«

»Wem können die schon gehören? Wenn wir hier einziehen, wirft Tante Deli sie in den Müll.«

»Dann können wir doch den ganzen Karton mitnehmen.«

»Damit wir alle Filme wieder loswerden? Stell dir vor, es sind wirklich Haremsdamen drauf. Vater guckt sich das an, gegens Licht, und schwupp!, sind die Dinger beschlagnahmt. Nee, nee, wir schmuggeln ein paar davon raus und sehen erst mal in meiner Dunkelkammer nach, was drauf ist.«

»Und dann?«

»Dann müssen wir an so eine Maschine kommen.

An ein Vorführgerät. Ich will längst so was haben. Hast ja gesehen, der kleine Saal. Wenn wir hierherziehen, mache ich Kintopp.«

»Du? Dafür muß man erwachsen sein.«

»Knallkopp. Wer sagt das?«

Darauf wußte ich keine Antwort. Wir ließen ein paar Spulen in unsere Hemdausschnitte gleiten und schoben sie unter den Gürtel. Die Erwachsenen blieben vor der Tür stehen, unterhielten sich. »Wo seid ihr?« rief Tante Deli. Wir liefen die düstere Treppe hinunter, an ihnen vorbei. Wahrscheinlich sollten wir alle gemeinsam zum großen Saal rübergehen, diesen Anbau besichtigen, die Remisen. Wenn mich nicht alles täuscht, schlug Sternchen Siegel sogar mit einem Knüppel, den er aufgelesen hatte, einen Pfad durch die Brennesseln zur Kegelbahn. Ich könnte meine Gedanken weiterspinnen und behaupten, mein Vater habe eine Kugel aufgenommen, sie geschoben und – »alle Neune«.

Möglich. Ich weiß es nicht mehr. Auch die Pferdeställe an der anderen Seite des Saalbaus entdeckte ich erst später, bei einem weiteren Besuch. Ich will nicht ausschließen, daß wir auch sie besichtigten, damals, am ersten Tag. Aber die Faszination meines Bruders hatte mich angesteckt, die Filmrollen brannten mir unter dem Hemdstoff. Nur daran erinnere ich mich noch, daß Sternchen sich wieder auf sein Rad schwang und mit einem »Ist jeritzt« in die Pedale trat. Mein Vater gab einen merkwürdigen Spruch von sich, er sagte: »Goldschnitt vergeht – Schweinsleder besteht.«

Wir rannten den Weg zurück, waren längst vor den anderen zu Hause. In Joachims Dunkelkammer wickelten wir die Spulen auf, hielten Film um Film gegen das Licht. Tieraufnahmen waren auf dem ersten, »enttäuschend«, flüsterte Joachim. Es schien sich um Filmaufnahmen aus dem Zoo zu handeln. Eine Schar Pinguine, meterweise Film nichts als Pinguine. Dann Seerobben. Ein Eisbär.

Auch die nächsten Spulen enthielten Tieraufnahmen, eine fing mit Giraffen an, die andere zeigte das Elefantenhaus von außen, es war tatsächlich unser Zoo in der Budapester Straße, den wir von einigen Besuchen kannten. Jedes Berliner Kind wurde sonntags in den Zoo geschleppt, ich dachte lange, daß es andere Tiere als eingesperrte gar nicht gäbe. Schilderungen von Tieren in freier Wildbahn, die ich irgendwo las, nahm ich nicht zur Kenntnis, oder jedenfalls drangen sie nicht in die Tiefe meines Bewußtseins, so, als ob sie sich auf einem anderen Stern befänden. Nur die Zootiere hielt ich für »die Wirklichkeit«.

Die Filme waren stark beschädigt. Feuchtigkeit hatte Teile der Emulsion abgelöst, andere Partien, die wir entrollten, waren zerkratzt, und manchmal war der Film an der Perforierung zerrissen. Erst zum Schluß wurden wir belohnt. Die letzte Spule, am besten von allen erhalten, zeigte Charlie Chaplin. In Charlies Begleitung befand sich ein kleiner weißer Hund. »Den Film kenne ich«, sagte Joachim. »Ich habe ihn gesehen. Der heißt ›Hundeleben‹. Charlie ist ein Arbeitsloser, er und der Hund verhungern beinahe.«

Joachim ging oft in die Kindervorstellungen im Heli-Kino, ich nur manchmal. Ich machte mir nicht viel aus Kintopp, Joachim war von den Filmen fasziniert. Es gelang ihm fast immer, sich das Eintrittsgeld zusammenzuschnorren.

Wir wickelten die Spulen wieder auf.

»Was machen wir?« fragte ich.

»Wir bauen so einen Apparat. Zum Vorführen«, sagte Joachim.

Nichts schien sich in unserer Familie nach der Besichtigung des Schützenhauses geändert zu haben. Nur aus Gesprächen, die wir hin und wieder belauschten, ging hervor, daß der Plan, das Schützenhaus zu übernehmen, Gestalt annahm. Einmal sagte mein Vater zu Tante Deli: »Das Geld wird nicht bleiben. Besser, wir stecken es ...« Er vollendete den Satz nicht, aber mir war klar, daß er sagen wollte, »ins Schützenhaus«.

»Es geht uns doch gut«, sagte Tante Deli. »Warum willst du was riskieren? Sieh dich um, fast keiner hat mehr einen Pfennig nach dem Krieg. Und wenn die Versailler Verträge kommen ...«

Ich wußte nicht, was die Versailler Verträge waren, in der Schule vermied man, uns über die Probleme der Gegenwart zu informieren. Wir nahmen gerade Sedan durch, ein Anlaß, der den Lehrer zu der Behauptung hinriß, 1918 seien unsere Truppen im Felde unbesiegt zurückgekehrt. »Im Felde unbesiegt«, schrie unser Geschichtslehrer, das Kyffhäuser-Abzeichen auf dem Revers seines Anzuges blitzte. Er trug immer denselben Anzug, damals war das üblich. Ich habe seinen Namen vergessen, nur der Spitzname ist mir in Erinnerung geblieben, Bullus, wir nannten ihn Bullus wegen seiner gedrungenen Gestalt.

Bullus verriet uns nicht, wie das Leben weitergehen würde in diesem Land, das mein Vater als besiegt bezeichnete trotz der unbesiegt heimgekehrten Armee. Wir lebten auf einer Insel, Millionenbauer-Erben, mit armen Verwandten gesegnet, die von Zeit zu Zeit aus der Stadt hierher in den Vorort kamen und sich über meinen Vater mokierten, der im Bett liegenblieb, während sie an unserem Eßtisch Schmorbraten in sich hineinstopften.

2

Mein Vater legte sich wieder ins Bett. Er raschelte mit den Zeitungen, sein Kopf mit den militärisch kurzgeschnittenen Haaren ragte aus den Kissen. Wer etwas von ihm wollte, blieb im Türrahmen stehen, bis der Blick aus blauen Augen ihn traf.

Sternchen Siegel fuhr fast jeden Tag auf seinem Rennrad vor. Damit begann eine Epoche, in der mein Vater sich überraschend oft von seiner Lagerstatt erhob. Am Eßtisch sitzend, blätterte er in Papieren und erteilte Sternchen Aufträge. Bei solchen Anlässen rückte Sternchen den Schirm seiner Mütze nach vorne, er nahm sie aber nicht ab, obwohl Tante Deli ihn des öfteren dazu aufforderte: »Nehmen Sie doch Ihren Deckel ab, wenn Sie bei uns im Zimmer sitzen.«

Sternchen grinste, behielt aber die Mütze auf. Wenn er davonfuhr, drehte er den Schirm wieder nach hinten.

Manchmal verließ mein Vater das Haus, es hieß dann, er sei zum Schützenhaus hinübergegangen. Er forderte uns jedoch nie auf, ihn zu begleiten, nur Zeppelin nahm er mit. Kam er von einem dieser geheimnisvollen Gänge zurück, saßen wir Kinder um den Eßzimmertisch, auf dem er seine Papiere ausbreitete. Dieser Tisch war der zentrale Versammlungspunkt, hier wälzte Tante Deli ihre Wirtschaftsbücher, gewichtige Kladden in schwarzen Kaliko-Einbänden. Auf der grünen Tischdecke lagen auch unsere Schulbücher.

Wir machten Schularbeiten. Oder jedenfalls gaben

wir vor, sie zu machen. Joachim und mich langweilten Hausaufgaben, das Wichtigste erledigten wir während der Pausen in der Schule, genierten uns nicht, abzuschreiben in Fächern, in denen wir schwach waren. Anneli hingegen, mit der Ordentlichkeit einer Katze, die ihr Fell durch Lecken reinhält, malte ihre Buchstaben und Zahlen. Wir halfen ihr, weil wir unseres eigenen Pensums überdrüssig waren. Bereits zu Beginn eines jeden Schuljahrs, wenn wir die neuen Bücher vom Buchhändler Holzapfel erworben hatten, lasen wir sie durch, von vorne bis hinten, mit rasanter Geschwindigkeit. Der Unterricht konnte uns dann, meinten wir, nichts Neues mehr bieten, von ein paar Überraschungen abgesehen. Die passierten eigentlich nur, wenn ein Lehrer unversehens vom Lehrplan abwich. Dann hielt er sich aber meistens nicht mehr lange in der Schule und verschwand.

Wir saßen am Tisch in diesem zentralen Raum unserer Wohnung, weil wir hier alles erfuhren. Hier war der Mittelpunkt unseres häuslichen Lebens. Mein Vater, von seinen Gängen zurück, umrundete uns, wir sahen zu ihm auf. »Ach, ihr!« sagte er. – Er sagte es mit einer Zärtlichkeit, die bei diesem verschlossenen Mann erstaunte. Wir bedurften dieser Worte, und wir liebten ihn dafür. Manchmal fuhr er uns mit der Hand hinten in den Kragen und zwickte uns in den Nacken, als wolle er seine Kinder wie eine Katzenmutter davontragen, an ein sicheres Plätzchen. Heute bin ich überzeugt, daß dies nicht unbewußt geschah. Da wir mutterlos aufwuchsen, wollte er uns wohl fühlen lassen, daß er in unserer Nähe war, daß es ihn gab, auch körperlich. Dazu gehörten: zwei Holunder-Pistolen, die er uns bastelte, ein Drachen und ein paarmal Prügel mit seinem Leibriemen, den er umständlich abschnallte, bevor er ihn auf unsere Hintern niedersausen ließ.

Heute frage ich mich: Hat das ausgereicht? Aber wir liebten ihn. Väter waren so, damals, in der guten alten Zeit, die keine gute mehr war, wie sich bald herausstellte.

»Das Geld wird gleich nichts mehr wert sein«, prophezeite er, wenn er seine Pläne mit Tante Deli besprach. Wir hatten dann an dem grünen Tisch, wie wir das Möbel der Decke wegen nannten, nichts zu suchen. Joachim ging in seinen Laborkeller, Anneli spielte in ihrem Zimmer mit Puppen, ich jedoch, wißbegierig, drückte mich in der Nähe herum, schnappte auf.

»Wichtig ist die Flucht in die Münze«, sagte mein Vater. »Das können sie so schnell nicht umstellen.« Er hortete in einer Schublade der Schlafzimmerkommode Rollen mit Zweimarkstücken, »für den Notfall«.

Für welchen Notfall? Das Wort Inflation fiel noch nicht. Oder fiel es und bedeutete mir nichts?

Joachim nahm im Labor seine Apparate auseinander. Er wollte einen Projektor bauen, dazu brauchte er die Objektive seines Vergrößerungsapparates. »Das Schwierige ist dieses Malteserkreuz«, erklärte er mir. »Das Malteserkreuz dient der Zerlegung in Einzelbilder.«

In der Großgörschenstraße, in der Nähe unseres Mietshauses, existierte ein Laden mit technischem Krimskrams, eine mit Trümmern angefüllte Höhle, die von einem öligen Mann in grauem Kittel verwaltet wurde, der Herr Meier hieß. Herr Meier trug stets einen Hut, der, nicht weniger speckig als der Kittel, auf seinem Kopf glänzte. Wie unser Vater kaute er auf einem Zigarrenstummel.

Joachim hatte sich mit Herrn Meier angefreundet. Einige Male fuhren wir in die Stadt. Zwar wußte Herr Meier nichts von Projektoren und ihrer Konstruktion, aber er half Joachim bereitwillig beim Suchen und machte ihm Preise, die unseren bescheidenen Taschengeldverhältnissen angemessen waren. Für ein paar Mark schleppten wir Kisten von möglicherweise brauchbaren Teilen in unsere Vorortwohnnung und dann in Joachims Labor. Joachim schob sich, wenn er die Schätze auspackte, die Brille auf die Stirn, er sah besser ohne diesen Korrekturapparat, der ihn überdies verunstaltete.

Manchmal spionierten wir auch bei Benjamin. Wir sagten ihm nichts von unseren Filmfunden, obwohl wir den Chaplin-Film gern gesehen hätten, anderer Filmstreifen wie »Fips, der Affe« und ähnlicher fürs frühe Heimkino produzierter Banalitäten waren wir überdrüssig. Joachim ging es darum, die Geheimnisse des Projektors zu ergründen, der mit einer Handkurbel betrieben wurde. Benjamin behielt sich die Vorführung selbst vor, er ließ weder Joachim noch mich an seine Maschine, die, grau und gußeisern, auf einem Gestell montiert war.

Ein neues Problem ergab sich mit der Lampe. Eine hohe Lichtstärke war nötig, damit die Bilder klar auf der Leinwand erschienen. Die Lampen strahlten jedoch dermaßen viel Wärme ab, daß sie die Filmoberfläche beschädigten. Wir experimentierten mit unterschiedlichen Lichtstärken, benutzten die erbeuteten Tierfilme.

»Es gibt keine Lösung«, sagte Joachim. »Benjamins Apparat besitzt ein Kühlgebläse. Ich sehe mich außerstande, so ein Gebläse zu bauen.«

Wieder so eine geschraubte Redewendung: »Ich sehe mich außerstande.« Diesmal wußte ich, wo er sie herhatte. Professor Rübelmann, der in seiner und meiner Klasse Latein gab, sagte gern: »Ich sehe mich außerstande, euch Primitivlingen diese schönste aller Sprachen zu vermitteln.«

»Was bastelt ihr eigentlich?« fragte einmal mein Vater. Wie üblich, legte er jedoch auf eine präzise Antwort keinen Wert. Ja, er verzichtete meistens überhaupt auf Antworten unsererseits. Er kümmerte sich nicht um unsere Schularbeiten, allenfalls fragte er, wenn er, des Bettdaseins überdrüssig, um den Tisch strich: »Kommt ihr gut voran?« Unsere Zeugnisse enthielten wenig Hinweise auf unsere Faulheit, wir reparierten die ärgsten Katastrophen durch unser ausgefeiltes Abschreibesystem. Anneli durchschaute uns. »Ihr seid von der Firma Klemm und Lange«, spottete sie, zaghaft, sie wollte das Hilfssystem nicht gefährden, von dem wiederum sie profitierte. In wenigen Minuten rechnete Joachim Annelis Divisionsaufgaben aus, sie selbst hätte den ganzen Tag dafür gebraucht.

»Wir könnten«, schlug Joachim vor, »die übrigen Filme aus dem Schützenhaus holen.«

»Es ist verschlossen«, gab ich zu bedenken. »Die Fenster sind vernagelt.«

»Hat uns so was je gestört?«

Wir pfiffen Zeppelin. Anneli war spielen bei einer Freundin, wir hätten sie nicht dabeihaben wollen. Alarmiert rief Tante Deli aus der Küche: »Wo wollt ihr hin? Ihr richtet doch nichts an?«

»Ein bißchen raus«, sagte Joachim. »Den Hund ausführen. Zeppelin liegt den ganzen Tag nur unter dem Bett.«

Tante Deli stellte sich in den Türrahmen, diesmal in der Küchentür, die ebenfalls auf unseren Dorfplatz, das Eßzimmer, mündete. Hier herrschte ein angenehmes Halbdunkel, es machte das Lügen oder, wie wir es nannten, das Verharmlosen leichter. Tante Deli wußte das und betätigte den Lichtschalter. Der Kronleuchter flammte auf, ein aus Geweihen bestehendes, mit elektrischen Kerzenimitationen bestücktes Monstrum, mein Vater behauptete, es stamme aus einem ehemaligen Jagdschloß des Prinzen Adalbert von Preußen. Ich bezweifle heute, daß Prinz Adalbert – gab es ihn? – ein Jagdschloß besaß, und wenn, daß er sich zugunsten des Millionenbauernsprosses Walter Pommrehnke von einem Kronleuchter getrennt hatte.

Gleichviel, der Kronleuchter übergoß uns mit Licht. Mit entlarvendem Licht. »Ich kenne meine Pappenheimer«, drohte Tante Deli. »Macht bloß keine Dummheiten.«

Wir verzogen uns in Richtung Ausgang, jagten mit Zeppelin die Treppe hinunter.

Gegenüber lag ein Park, uns als Spielplatz vertraut. Als wir klein waren, wurden wir in diesen Park zur Buddelkiste geführt. Joachim war bald dem Sandspiele-Alter entwachsen, mußte aber mitgehen. Er haßte seitdem diesen Park. Zeppelin hielt auch nichts von solchen miserablen Jagdgründen, es gab dort nur Eichhörnchen.

Ausgerechnet heute verschwand er pfeilschnell über die Straße ins Unterholz. Wir pfiffen und riefen, ohne Erfolg. »Scheißtöle«, sagte Joachim, indem er Papas Bezeichnung für Zeppelin im Stadium des Ungehorsams benutzte.

Bei der ersten Parkbank trafen wir ihn. Er hockte vor einem Mann, der auf der Bank seine Mahlzeit ausgebreitet hatte, Wurststullen, das Butterbrotpapier glänzte vor Fett. Gerade nahm der Mann eine Bierflasche auf und setzte sie an. Zeppelin beobachtete ihn mit treuestem Hundeblick. Der Mann trank und setzte die Flasche ab. »Eurer?« fragte er. »Scheint 'n richtijer Jachthund zu sein, wat? Ick sage euch, so wat verkümmert in de Stadt. Kiekt mal, wie der hinter meine Stullen her is. Jesetzt der Fall, ick jeb ihm 'ne Käsestulle, wa? Ick hab zufällich keene Käsestulle, aber wenn ick nu eene hätte? Der Hund frißt Käse, denn riecht er nüscht mehr. Für die Jacht unjeeignet. So 'n Hund verliert den Jeruchssinn. Na ja. Vielleicht nich von eene einzije Käsestulle. Aber auf die Dauer. In de Stadt verderben se die Hunde. Wie heeßt er denn?«

»Zeppelin.«

»Zeppelin? Det is mir vielleicht 'n Name for 'n Hund. Wem is det einjefall'n? Kann er fliejen?«

»Er heißt eben so. Natürlich kann er nicht fliegen«, sagte Joachim und nahm Zeppelin beim Halsband. »Er hieß so, als wir ihn bekamen.«

»Vielleicht kann er wirklich fliejen«, brummelte der Mann. »So jenau kann ick det nich sehen, ick hab mir jestern uff meene Brille jesetzt, und nu isse hin. Hier, een Happen von meene Wurststulle, is beste Mettwurst von Jebrüder Jroh. Und nu haut ab.«

Zeppelin schnappte sich den Bissen. Wir nahmen ihn an die Leine. Erst jenseits der Unterführung ließen wir ihn frei.

»Heute ist was fällig«, sagte Joachim. Er wußte nicht, wie recht er hatte. In der Laubenkolonie Tausendschön lebten unsere Feinde. Ein gewisser Wilfried hatte eine Bande gebildet. Wilfried Wumme nannten sie ihn, er spielte bei der Jugendmannschaft der »Wespen« Fußball, seine Elfmeter, als Wummen bezeichnet, galten für unhaltbar.

Eine Weile hatte Waffenstillstand geherrscht. Doch seit wir Sirene, den Kleinsten von Wummes Bande, geschnappt hatten, war Wumme wieder hinter uns her. Wir hatten Sirene den nackten Hintern mit Akazienruten versohlt. Er schrie mörderisch, machte seinem Namen Ehre, das Geschrei stand in keinem Verhältnis zu dem Schmerz, den wir ihm zugefügt hatten. Sirenes Abgang war filmreif, er ließ die Hosen baumeln, hielt sich mit beiden Händen die Hinterbacken und schrie, während er mit winzigen, von der baumelnden Hose gehemmten Schritten der Laubenkolonie entgegentaumelte. Wir hatten uns nicht allzulange an dem Anblick weiden können, Sirenes Geschrei hatte Wummes Bande alarmiert. Damals waren wir ihr entkommen, aber wir wußten: Kriegszustand herrschte.

Nun hätten wir einen Umweg machen können. Doch in unseren Köpfen ging nichts anderes rum als der Gedanke, an die Filme im Schützenhaus heranzukommen. Wir trabten den Sandweg entlang, zwischen den Akazien. Weit voraus hörten wir Zeppelin kläffen. Ich fürchtete mich vor der Brücke über den Graben.

In der Schule hatten wir ein Gedicht gelernt, in dem eine Brücke vorkam, die einstürzte, wenn Kinder gelogen hatten. Ich hatte das Gedicht ernst genommen. Aber die Brücke über den Graben würde nicht einstürzen, wenn ich sie nur mit einer Lüge *im Herzen* betrat, das glaubte ich fest. Doch sie hieß unter den Vorstadtkindern auch »Wilfried-Wumme-Brücke«. Der Name deutete auf Eigentumsrechte hin, das war Wilfrieds Brücke, er beherrschte sie, ihm oblag es, den Steg nach Belieben zu sperren oder freizugeben.

»Joachim«, rief ich. Doch mein Bruder zockelte durch den grünen Tunnel, in einer Art Hundetrab, den er Zeppelin abgeschaut hatte, Sand stob auf unter seinen Sohlen.

»Joachim!«

Seine Filme. Warum ließen wir sie nicht in dem Karton? Ohnehin würden wir nie einen Apparat besitzen, mit dem wir sie sehen könnten. Noch mehr Pinguine und Eisbären auf beschädigtem Zelluloid. Andere Jungen stellten Rauchbomben damit her, man wickelte die Filmstreifen fest in Papier, zündete ein Ende an, und die Rauchfahnen, die sich durch das langsame Glimmen entwickelten, erschreckten Lehrer und Nachbarmädchen.

Die Brücke. Wenn Wilfried und seine Komplizen uns schnappten, würden sie jene Mißhandlungen an Joachim und mir rächen, die wir Sirene hatten angedeihen lassen.

Der Weg öffnete sich. Ans Brückengeländer gelehnt, stand Wumme. Er paffte eine Zigarette, die er, zwischen Zeige- und Mittelfinger geklemmt, ruckartig zum Mund führte. Hinter ihm lehnten zwei andere Jungen aus der Kolonie in ähnlicher Haltung am Geländer, sie ahmten Wumme nach, doch die ungeheure Lässigkeit ihres Anführers blieb für sie unerreichbar. Zeppelin raste davon, die Böschung hinunter. Neben der Brücke setzte er über den Graben, sauste die gegenüberliegende Böschung hinauf und verschwand.

Joachim ging, das Traben hatte er eingestellt, langsam auf die Brücke und ihre Bewacher zu. Ich holte auf, marschierte hinter meinem Bruder im Gleichschritt. Wie würde er sich entscheiden? Würden wir Zeppelins Beispiel folgen und über den Bach springen? Würden wir umdrehen und weglaufen? Fast wünschte ich das. Wenn die Ehre nicht gewesen wäre. Ehrenvoll das Kommende durchstehen, eine andere Möglichkeit, ahnte ich, gab es nicht.

Der Abstand schmolz. Schon konnte ich, wie es in den Groschenheften hieß, die wir damals verschlangen, »das Weiß im Auge des Feindes« sehen. Wir gingen weiter.

Jetzt betrat Joachim die Brückenbohlen. Wilfried Wumme und seine Mannen blickten uns an, reglose Gesichter. Wilfried warf seinen Zigarettenstummel hinter sich in den Bach. Wir gingen so nahe an den Feinden vorbei, daß wir sie fast streiften. Der Steg war schmal. Ich wartete auf den Faustschlag.

Doch nichts geschah. Reglos verharrten unsere Feinde. Erst als Joachim den letzten Brückenwärter passierte, griff dieser blitzschnell in Joachims Gesicht und riß ihm die Brille von der Nase. Joachim blieb stehen, plötzlich, so daß ich gegen ihn rannte. Der Feind schwenkte Joachims Brille an einem Bügel, wie man einen Knochen vor einer Hundenase schwenkt. Ich rechnete damit, daß Joachim nach seiner Brille griff. Gleichzeitig hoffte ich, er würde es nicht tun, sich keine Blöße geben, die unsere Ehre beeinträchtigen könnte.

Half mein Wünschen? Joachim stand regungslos, ich hautnah hinter ihm. Er mußte meinen Atem im Nacken spüren. Der Junge hielt die Brille, sie tanzte vor Joachims Gesicht. In diesem Augenblick sagte Wilfried mit gefährlich ruhiger Stimme:

»Gib sie ihm wieder.«

Der Junge lachte, in schrillem Ton. Dann warf er die Brille in den Graben.

Wir drehten uns um. Wilfried kam auf uns zu. Er ging mit wiegendem Schritt, so, wie es später Gary Cooper in »Zwölf Uhr mittags« demonstrierte. Der Junge lachte wieder, aber nun leise, verlegen.

Einen Schritt vor uns blieb Wumme stehen. »Hol die Brille«, sagte er zu seinem Kumpel. Der zuckte mit den Achseln. Die Hände in seine Taschen gebohrt, ging er zum Ende des Stegs. Aus den Augenwinkeln sah ich, wie er die Böschung hinabkletterte.

Wumme sah uns nicht an. Sein Blick blieb auf die Brückenbohlen geheftet.

Sein Kumpel kam zurück. Reichte Joachim die Brille. Sie war mit Schlamm beschmiert, ein Glas war zerbrochen. Joachim nahm sie mit einer Handbewegung, in der größtmögliche Zurückhaltung lag, als traue er dem Frieden nicht.

Jedoch verlief die Übergabe reibungslos. Ich stubste Joachim in den Rücken. Wir setzten unseren Weg fort. Wir drehten uns nicht um, hörten, wie Wumme und seine Kumpane abzogen, sie trampelten über die Bohlen der Brücke nach der anderen Seite, dort führte ein Weg in die Kolonie. Einer von Wummes Begleitern sang: »Wie oft sind wir geschritten – auf schmalem Negerpfad ...«

Nach einer Weile blieb Joachim stehen, ich ebenfalls. Mein Bruder zog sich einen Hemdzipfel aus der Hose und rieb an dem heilen Glas der Brille. »Verdammte Obermückenscheiße«, sagte er. »Das Nasenfahrrad ist im Eimer.« Wieder einmal griff er hoch bei der Wahl seiner Worte.

Ich überlegte: Warum hatten die Tausendschönchen, wie wir die Kinder aus der Laubenkolonie nannten, uns nicht verprügelt? Warum hatten sie uns nicht in den Graben geworfen? Warum uns nicht – für diese Spezialität waren sie bekannt – an die nächste Akazie gefesselt? Kaum jemand benutzte den Weg, es hätte Stunden gedauert, bis wir gefunden worden wären.

»Warum haben sie uns nicht verkloppt?« fragte ich Joachim.

»Weiß nicht«, brummte mein Bruder. Er hatte die kaputte Brille aufgesetzt, sah mich durch das immer noch verschmierte eine Glas an. »Vielleicht heben sie sich das auf. Für den Winter.«

Es wunderte mich nicht, als er sagte: »Dies ist kein Tag fürs Schützenhaus. Gehen wir nach Hause.«

Ich nickte. »Aber den Umweg. Wo ist Zeppelin?«

Wir pfiffen. Zeppelin brach aus einem Gebüsch, mit Gras und Kletten behängt. Sein Schwanzwedeln drückte höchste Unschuld aus, als erwarte er, daß wir ihn lobten, ihm ein »Brav, lieber Hund« entgegenschmetterten. Statt dessen rief Joachim: »Ratte!«

Zeppelin zog die Lefzen hoch. Ich glaube, er lachte uns aus.

3

Ratten«, brüllte mein Vater. Er warf den erkalteten, zerkauten Zigarrenstummel in den Aschenbecher. »Womit habe ich das verdient!«

Wir standen vor ihm, Joachim mit verschmierter Brille. Die Sonne schien schräg ins Schlafzimmerfenster. Mein Vater saß im Bett und betrachtete uns. Ach, wäre es doch ein trüber, dunkler Tag gewesen, ein Novembertag mit Regenwolken. Statt dessen diese strahlende Abendsonne, die uns wie ein Scheinwerfer beleuchtete.

Hinter uns, natürlich an den Türrahmen gelehnt, stand Tante Deli. »Ich hab' gleich gesagt, sie taugen nichts«, sagte sie. »Seit ihre Mutter tot ist, tun sie, was sie wollen. Du kümmerst dich nicht genügend um deine Jungen, Walter. Sie verkommen.«

»Du?« rief mein Vater. »Du fällst mir in den Rükken?«

Hinter Tante Deli sah ich, im Halbdunkel des Eßzimmers, Anneli. Sie stand auf einem Bein und popelte in der Nase. »Stubenarrest«, sagte mein Vater. »Eine Woche Stubenarrest.«

»Wie sieht der Köter aus«, schimpfte Tante Deli. »Ich muß die ganze Schweinerei wieder in Ordnung bringen. Und Hansi! Ihr seid richtige Ferkel.«

»Der kleene Hansi ist ein Ferkel«, schrie Anneli. Ich warf das Rechenbuch nach ihr, das auf dem Tisch unter dem vermaledeiten Kronleuchter lag. »Wasch lieber die Töle«, schrie ich zurück.

»Ruhe im Beritt«, brüllte mein Vater. Manchmal unterliefen ihm, Gewohnheit aus seiner Kavalleristenzeit, militärische Ausdrücke. Ich hörte, wie Anneli in ihrem Zimmer, hinter geschlossener Tür, zwitscherte: »Hansi mit dem kleinen Schwansi ...«

Konspirative Überlegungen hielten uns die nächsten Tage in Atem. An der Tür war mit Reißnägeln der Stundenplan befestigt, von Tante Deli einsehbar. Sie wußte, wann wir Schulschluß hatten und zu Hause eintreffen würden. Von diesem Augenblick an begann übergangslos unser Hausarrest. Wir wollten uns aber unbedingt die übrigen Filmrollen aus dem Schützenhaus beschaffen.

Hoffnung schöpften wir durch die Tatsache, daß die Erwachsenen immer öfter ihre Köpfe zusammensteckten und, wie Joachim es nannte, »die Zukunft besprachen«. Wenn ich mir das heute, in der Erinnerung, zusammenreime, beschäftigte sie die bevorstehende Inflation. Mein Vater meinte, man müsse alles verfügbare Geld anlegen, sogar Bankschulden machen. Das löste bei Tante Deli Monologe etwa folgender Art aus.

»Woher willst du Geld nehmen? Hättest du nur nicht Kriegsanleihe gezeichnet. Das Geld ist futsch. Ich frage dich nicht, wieviel du verloren hast, geht mich nichts an. Mir ist jedoch nicht entgangen, daß auf den Häusern Hypotheken liegen. Wir sparen, wo wir können. Die Mieteinnahmen, da will ich lieber nicht von reden. Ich bin nicht auf den Kopf gefallen. Weiß ja auch, was du mir für den Haushalt gibst. Wenn du von den Einnahmen die Hypothekenzinsen bezahlen kannst, kannst du froh sein, oder? Und wovon willst du das Schützenhaus bezahlen? Die Brauerei gibt Kredit? Wofür gibt sie Kredit? Fürs Bier. Vielleicht stiftet sie dir ein Dutzend Gläser. Und ein Wirtshausschild. Hast du bereits bestellt? Wer zahlt das? Geht mich nichts an. Ich weiß, ich weiß, du kaufst das Schützenhaus nicht, du pachtest es. Und wenn keiner kommt? So weit draußen. Wer will da sein Bier trinken? Die Leute gehen in die Kneipe an der Ecke. 'ne Molle mit Korn. Boulette. Solei. Bis Schützenfest ist, wird das Bier mulsch. Mensch, Walter! Siehste denn das alles nicht?«

»Doch, doch ...« Mein Vater saß aufrecht in seinen Kissen.

»Und dann der Umbau«, fuhr meine Tante fort, wobei sie Stand- und Spielbein wechselte. »Wer soll das bezahlen? Wenn wir in den Räumen oben wohnen sollen, müssen die Maler kommen. Gleich ist Winter. Wer bezahlt den Koks? Und glaub ja nicht, daß ich dir den Dreck wegmache. Du brauchst Personal, für die Schank, einen Kellner. Wenn nichts läuft, hauen die ab. Also mußt du dir was einfallen lassen. Meinste, du kannst weiter im Bett liegen wir dieser Oppusoff?«

»Oblomow«, korrigierte mein Vater.

In der Tat saß er bald mehr am Tisch unter dem Kronleuchter, als daß er im Bett lag. Von der Brauerei kam manchmal ein Vertreter, und sie rechneten. Es war nicht mehr Berliner Kindl, wie man hätte meinen können, wenn man an das schief hängende Reklameschild am Schützenhaus dachte. Mein Vater hatte sich mit Schultheiß Patzenhofer verbündet.

Warum?

»Das Bier schmeckt mir besser«, sagte er. »Persönlicher Geschmack. Nischt gegen Berliner Kindl.«

»Ich will Faßbrause haben«, sagte Anneli. Mein Vater beruhigte sie: »Faßbrause wird auch ausjeschenkt.«

Tante Deli faßte sich an ihren Dutt. »Wenn das man gutgeht.«

Sternchen Siegel kam mehrmals täglich, nahm Aufträge entgegen. Worum es sich im einzelnen handelte, erfuhren wir nicht, eine Menge Wörter fielen, mit denen sich für uns keine Vorstellung verband. Wir wußten lediglich, daß Sternchen die Schlüssel zum Schützenhaus besaß.

Wie aber an die Schlüssel rankommen? Und wie den Stubenarrest umgehen? Sollten wir Sternchen zu unserem Komplizen machen? Diese Filmangelegenheit war für Joachim und wider Erwarten auch für mich in einen Bereich hoher Wichtigkeit gerückt. Vielleicht hätten wir einfach fragen sollen: »Da ist ein oller Karton mit Filmen. Können wir die haben?« Aber das fiel uns nicht ein. Tiefer und tiefer verstrickten wir uns in unsere Geheimnistuerei.

Joachims Dunkelkammer diente uns als Zentrale für unsere konspirativen Sitzungen. Ungestört blieben wir dort jedoch nicht. Tante Deli legte in berechtigtem Mißtrauen Kontrollgänge ein, sie schlich die Treppe hinunter, stand überraschend in der Tür. »Da seid ihr«, sagte sie, als habe sie uns überall sonst vermutet, nur nicht hier. »Und die Schularbeiten?«

Sie erwartete keine Antwort. Nach wie vor pfiffen wir auf die Schularbeiten, und sie wußte es. Ein stillschweigendes Abkommen: ihre Frage, keine Antwort.

Auf der Leine über dem Spülbecken hing an Klammern das Foto von der Libelle, irgendwann hatte Joachim es aus dem Wasser genommen und aufgehängt, seine letzte Vergrößerungsarbeit. Der Apparat war auseinandergenommen, die Optik in ein Gestell eingefügt, das einem verkleinerten Schiffshebewerk glich. Wir schraubten an diesem Apparat, bastelten eine Transmission, zweckentfremdeten die Kurbel vom Grammophon im Wohnzimmer, das fiel niemandem auf, keiner spielte Schallplatten. Doch der Projektor funktionierte nicht. Entweder haperte es mit dem Filmtransport, oder die Lampe war zu schwach, oder die stärkere Lampe setzte den Film in Brand.

Und die Filme im Schützenhaus? Die Erwachsenen, meinten wir, hätten genügend Gründe, die Wohnung zu verlassen. Der Hund mußte ausgeführt, das Schützenhaus besichtigt, die Brauerei besucht weren. Außerdem waren wir jetzt Groß-Berlin. Fast vier Millionen Einwohner. Das Leben tobte, auf dem Kurfürstendamm, Unter den Linden, Friedrichstraße, wir lasen es täglich in den Zeitungen, die sich in Stapeln häuften, neben dem Bett meines Vaters und auf der Anrichte.

Er liebte Zeitungen, glaubte wohl auch ein bißchen, was darin stand. Aus dem Felde hatte er damals Tante Deli angewiesen, Kriegsanleihen zu zeichnen, Walter Rathenau, zu der Zeit Präsident der Allgemeinen Elektrizitäts-Gesellschaft, hatte in der Zeitung geschrieben: »Schmiedet die goldene Rüstung dem Arm, der das stählerne Schwert führt!«

Sie saßen um den Tisch unter dem Kronleuchter, statt auszugehen. Unser Vater kaufte Schnaps. »Ich lagere den ein«, sagte er. »Saufen tun sie immer.«

Aktivitäten, die unsere Zukunft im Schützenhaus betrafen. Eine Zukunft, die wir uns nicht vorstellen konnten. Wir dachten an die Filme. Tante Deli ging einkaufen, während wir in der Schule die Stunden absaßen. Den Stundenplan hatte sie besser im Kopf als wir. Rechtzeitig war sie vom Markt in der Spandauer Straße zurück, um unsere Ankunft zu kontrollieren. Den Hund führte Anneli aus. Sie bekam sogar ein Extrataschengeld dafür. Wir hatten das, wie Joachim es wütend formulierte, »gratis und franko« getan.

Anneli spielte Hundefamilie. Ein Stoffhund, weiß mit schwarzen Ohren und hartem Holzwollebauch, war das Kind, wurde in Puppenkleider gehüllt, im Puppenwagen umhergeschoben. Zeppelin war der Vater, Anneli die Mutter. »Dir wird 'ne Hundeschnauze wachsen«, spottete ich.

»Leck mich«, sagte Anneli, sie lernte solche Ausdrükke von Lieschen, der Portierstochter in unserem Haus.

Zeppelin wußte wenig mit seiner Vaterrolle anzufangen, er beschnüffelte den Puppenwagen, in dem der Stoffhund lag, stellte jedoch per Duftsynthese fest, daß er sich zur Vaterschaft nicht bekennen mußte. »Du blöder Zellepin«, rief Anneli, »siehst du nicht, daß hier dein Kind liegt?« Zeppelin sah es nicht. Er kroch unters Bett, sobald unser Vater sich hineinlegte, und steckte die Schokonase hervor.

Joachim meinte, wir müßten die Schule schwänzen. »Was hast du Mittwoch in der letzten Stunde?«

Ich sah auf den Stundenplan: »Geschichte. Die Reichsgründung durch Bismarck. Habe ich schon gelesen.«

»Knorke. Ich habe Musik. Fällt auch nicht auf, kombiniere ich. Wir hauen nach der vierten Stunde ab und holen die Filme.«

»Wir haben keinen Schlüssel fürs Schützenhaus«, sagte ich.

»Schnurz und piepe. Wir lösen ein Brett vorm Fenster. Zur Not schlagen wir eine Scheibe ein.«

Ich steckte die Hände in die Taschen. »Nicht unser Stil, eigentlich.«

»Was heißt hier eigentlich?« sagte Joachim. »Not kennt kein Gebot.«

Doch als wir am Mittwoch beim Schützenhaus ankamen, war alles verändert. Die Bretter vor den Fenstern waren entfernt worden, vor dem Haus lag ein Haufen Kies. Ein Lastwagen fuhr Mörtel an. Die Tür stand offen, auf die Terrasse trat ein Mann in Maurerkleidung, einen grünen Hut auf dem Kopf. »Wat wollt ihr hier?« fragte er.

»Wir sind die Söhne von Herrn Pommrehnke«, sagten wir. »Wir wollen mal gucken.«

»Ach so«, sagte der Mann. Er ging zum Lastwagen. Wir liefen ins Haus, die Treppe hoch, die nun keine düstere Stiege ins Nichts mehr war. Auch durch die Treppenhausfenster drang das Tageslicht. Allerdings waren alle Möbel und Gegenstände aus den Räumen verschwunden und mit ihnen der Karton, in dem die Filmrollen lagen. »Zu spät«, sagte ich. »Jemand ist uns zuvorgekommen.«

»Wer braucht so was? Und wer hat das erlaubt?« Joachim wunderte sich. Er war nicht eigentlich enttäuscht, er wunderte sich. Hatte es nicht für möglich gehalten, daß eine Veränderung derart schnell eintreten könnte.

Wir fragten den Maurer, wo die Möbel hingekommen seien. »Abjeholt«, sagte er. »Von de Müllabfuhr. Heute früh. Jleich kommen die Maler für oben. Und wir, wir fangen mit det Mauern an. Die Küche wird nach oben verlegt.«

Wir standen ratlos herum, bis der Mann sagte: »Jeht uff die Seite, der Kalk spritzt.« Joachim verstand die Welt nicht mehr. Die Filme waren für ihn ein Schatz gewesen, so was wie ein Topf voll Goldstücke, und nun einfach weggeworfen. Auf den Müll.

»Das Vertiko ist auch auf dem Müll«, sagte ich. »Man hätte es zerhacken und Feuer damit anmachen können. Schließlich war es gutes, trockenes Holz. Was meinst du, wie das gebrannt hätte.«

»Du Klammtüte! Ich will versuchen, dir zu erklären, was relativ ist«, sagte Joachim. So sprach er selten mit mir, an sich hielten wir zusammen.

»Relativ?« fragte ich.

»Relativ ist, daß die Filme für uns, für mich wenigstens, einen großen Wert hatten, und für andere Leute hatten sie gar keinen. Schwupp und weg. Was hätte ich alles mit den Filmen anfangen können.«

»Vorausgesetzt, es war was Vernünftiges drauf«, sagte ich. »Vielleicht wieder nur Seelöwen und Pinguine.«

Wir bummelten, weil wir früh dran waren. Schließlich mußten wir zu Hause eintreffen, als wenn wir von der Schule kämen. Der Akazienweg war sicher, Wumme arbeitete um die Zeit, er war Lehrling bei einem Schlosser. Mit den anderen Laubenkindern nahmen wir es jederzeit auf. Wir liefen über die Brücke. Tief saß die Schmach in uns.

Wir stahlen uns in die Wohnung, die Tante guckte auf den Stundenplan und auf die Uhr, in der Ecke vom Eßzimmer stand eine Standuhr. So eine, die alle Viertelstunde gongte. Wir waren davongekommen.

Unser Ausflug ins Schützenhaus hatte jedoch ein Nachspiel. Am nächsten Tag, als wir aus der Schule kamen, saß am Tisch dieser Maurer. Er saß mit meinem Vater da und hatte seinen grünen Hut auf das grüne Tischtuch gelegt. Es waren zwei verschiedene Grüns. Der Maurer schwitzte und wischte sich mit einem karierten Taschentuch die Stirn.

»Wollen Sie Kaffee?« fragte ihn Tante Deli.

»Lieber einen Schnaps«, sagte der Maurer.

Wir wollten vorbeiwischen, aber unser Vater sagte: »Halt!«

Wir blieben stehen, Joachim schielte fürchterlich, die Brille war in der Reparatur. Unser Vater sagte: »Dies ist Herr Klobinski, der Polier. Herr Klobinski sagt mir, ihr hättet ihn besucht?«

»Nicht direkt«, sagte ich. »Wir waren im Schützenhaus, ja.«

Joachim trat mir blitzschnell ans Schienbein.

»Ich denke, ihr habt Stubenarrest?« fragte mein Vater.

Bevor wir antworten konnten, sagte Herr Klobinski, der Polier:

»Es war nett. Sie interessieren sich.«

»Den Teufel«, sagte mein Vater. »Raus!«

Er meinte nicht Herrn Klobinski, sondern uns. Wir machten, daß wir in unser Zimmer kamen. Durch die offene Tür hörten wir, daß mein Vater Grund gehabt hätte, auch Herrn Klobinski rauszuwerfen. Die Maurer waren nämlich nicht gekommen. »Es ist mir sehr unangenehm«, sagte Herr Klobinski, »sie waren bestellt. Die Partie. Keiner ist gekommen. Ich werde mich kümmern. Vor dem Winter ist alles unter Dach und Fach. Das schwöre ich.«

»Schwören Sie nicht«, sagte mein Vater, »sputen Sie sich. Ran an die Ramme. Prost!«

Wahrscheinlich tranken sie jetzt Schnäpse. Herr Klobinski ging. Mein Vater kam in unser Zimmer. Er setzte sich auf die Ecke von dem Tisch, der vor dem Fenster stand. »Wieso?« fragte er.

»Was, wieso?«

»Wieso wart ihr im Schützenhaus?«

Mein Bruder erklärte: »Damals, bei unserer ersten Besichtigung, haben wir ein paar olle Filmspulen gefunden. Für Heimkino. Nichts Besonderes, Eisbären und so. Aber auf einer war Chaplin mit einem kleinen Hund. Ich dachte, wir könnten einen Apparat bauen und die Filme laufen lassen. Ich dachte, wir könnten Kino machen, in dem kleinen Saal im Schützenhaus. Für die Kinder. Ich dachte, später, wenn ich erwachsen bin, könnten wir im großen Saal Kino machen für die Großen. Richtiges Kino. Wie das Heli. Dort spielten sie ›Jettchen Gebert‹, aber das ist nicht jugendfrei.«

»Eigentlich«, sagte mein Vater, »sollte ich euch ein paar lackieren, daß ihr denkt, Ostern und Pfingsten fallen auf einen Tag. Als ich Leibgarde-Husar war, mußten wir auch tun, was befohlen war. Zu Befehl, und basta.«

»Der Krieg ist vorbei«, murmelte ich.

»Halt die Klappe«, sagte mein Vater. Und zu Joachim gewandt: »Du willst also Filme vorführen?«

Joachim nickte und plierte mit seinem Auge.

»Und euer Apparat? Funktioniert der?«

»Wir haben technische Probleme«, sagte Joachim. »Mal fördert der Film nicht, und dann haben wir keine Ahnung, was für eine Lampe wir brauchen.«

»Wie lange bastelt ihr schon dran?«

»Seit wir die Filme gefunden haben.«

»Seit ihr sie geklaut habt.«

»Es war Müll«, sagte Joachim. »Wir wollten die anderen Filme holen, aber die Müllmänner hatten sie abgeholt. Das Vertiko auch und alles. Herr Klo . . ., der Polier, hat gesagt, alles ist abgeholt. Vom Müll.«

Mein Vater stand auf. »Einwandfrei ist das nicht«, sagte er. »Aber gut, ihr braucht einen richtigen Apparat. Einen, der funktioniert. Und natürlich Filme. Wollt ihr euch das Geld dafür verdienen?«

»Ehrlich?« sagte Joachim.

Mein Vater nickte. »Der Schießstand muß gesäubert werden. Alle Disteln raus. Dann die Kegelbahn. Ihr könnt jeden Nachmittag antreten. Ab morgen. Der Stubenarrest ist aufgehoben. Die Stunde fünfzig Pfennig. Alles klar?«

Tante Deli kam. »Deine Brille«, sagte sie zu Joachim.

Joachim setzte die Brille auf. Er schielte weniger.

Am Nachmittag besuchten wir Benjamin und erkundigten uns, wo er seinen Projektor herhatte. »Ihr wollt so 'n Ding kaufen?« erkundigte er sich hochmütig. Wir erklärten ihm, daß wir jetzt Geld verdienten. Er sah uns ungläubig an, aber da er uns nicht traute, nie getraut hatte und es auch fürderhin nicht tun würde, ging er auf uns ein. »Eine Firma in der Stadt verkauft so 'ne Apparate«, sagte er und wühlte in Katalogen. »Hier. Heimkino.

Kolonnenstraße. Ich hab' damals die Anzeige gesehen, und dann hab' ich mir so 'n Ding gewünscht.«

So einfach war das. Benjamins Vater war Inhaber einer Zigarrenfabrik, mein Vater rauchte seine Marke, bezog sogenannte Fehlfarben, die waren billiger, weil das Deckblatt nicht einwandfrei gefärbt war.

Auf der Anzeige starrten eine elegante Mutter und ein kleines Mädchen auf die Leinwand. Dort schritt ein Herr mit einem Hund durch einen Park. »Vati«, rief das Mädchen. Die Annonce setzte voraus, daß man seine eigenen Filme kurbelte und die dann mit einem Projektor Marke »Heimkino« zu Hause spielte. Wollten wir das?

»Wollen wir so was?« fragte ich Joachim. Der hatte die Brille hochgeschoben und prüfte Benjamins Apparat. »Vielleicht 'ne Nummer zu klein. Verstehst du, Benjamin, wir wollen richtiges Kino machen, in dem kleinen Saal vom Schützenhaus.«

»Ihr habt nicht alle Tassen im Schrank«, sagte Benjamin.

An die nächsten Wochen und Monate erinnere ich mich als eine Zeit der Hektik. Mein Vater fand das Motto für diese Situation, aus seiner Perspektive: »Kinder, ich komme ja kaum noch ins Bett.« Wir rodeten die Disteln von den Böschungen des Schützenhaus-Schießstandes, rupften die Brennesseln rings um die Kegelbahn. Sie wurde zuerst in Betrieb genommen, während am Haupthaus noch gebaut wurde. Diesen Herbst blieb es lange schön, und eine Menge Leute kamen zum Kegeln hinaus. Daß im Schützenhaus wieder »was los« war, sprach sich herum.

Sternchen Siegel rollte ein Faß heran und eröffnete eine provisorische Schank, damit die Leute ihren Durst stillen konnten. Wir machten abwechselnd die Kegelburschen, stellten die Kegel wieder auf. Wer alle Neune schob, schmiß eine Lage, das war Tradition. Manchmal kam unser Vater und schob ein paar Kugeln mit, er mochte sich gern mit den Leuten unterhalten. War wohl auch neugierig, was sie hierherzog, ob sie wiederkommen, ob sie Freunde mitbringen würden.

Einmal kam Wilfried Wumme mit einer Schar von Freunden, die nicht ungefährlicher aussahen als er. Sie tranken eine Unmenge Bier und brachten Joachim und mich in Trab. Das Kegelaufstellen ging ihnen nie schnell genug. Am Schluß, als sie aufbrachen, stellte Wumme sich ganz nahe vor uns, so daß wir seinen Bieratem riechen konnten, und fragte:

»War's schön an der Brücke?«

Joachim plierte durch seine Brille und sagte nichts. Da ich in der Nähe Sternchen hantieren sah, riskierte ich eine große Klappe und sagte: »Die Gegend hat noch stundenlang nach dir gestunken, Wumme.« Ich dachte, jetzt klebt er mir eine, aber er lachte und zog mit seinen Freunden ab.

Weniges aus jenen Tagen ist mir dermaßen deutlich in Erinnerung. Eine Zeitlang saßen wir in der Königstraße zwischen Umzugskisten, was man brauchte, fand man nicht, das meiste war bereits verpackt. Eines Tages gab es nicht einmal mehr eine Bratpfanne. Dann kamen Möbelwagen von Thiele Witwe, gelb mit blauen Diagonalstreifen, auf denen weiß der Firmenname prangte, und luden ein. Zum Schluß stellten sie den Kronleuchter auf eine Kiste. Anneli hatte einem Möbelmann im letzten Augenblick den Puppenwagen mit dem Hundekind drin entrissen, sie bestand darauf, mit diesem Puppenwagen zum Schützenhaus umzuziehen, eine Mitfahrgelegenheit, durch Thiele Witwes Leute angeboten, verschmähte sie.

Was wurde aus der alten Wohnung in der Königstraße? Ich erinnere mich, daß sie von einem gewissen Herrn

Rupprecht gemietet wurde, Rupprecht mit Nachnamen. Die Wohnung, bei uns einigermaßen hell, war nun mit dunklen Tapeten ausgestattet, an den Wänden standen schwere Möbel mit gedrehten Säulen, heute weiß ich: imitiertes flämisches Barock. Herr Rupprecht sah ein bißchen so aus, wie er hieß. Er trug einen weißen Vollbart wie heutzutage nur noch russische Dichter und schlurfte in Pantoffeln in seinem düsteren Reich umher. Er lebte allein, ohne Frau und ohne Kinder. Dafür gab es Lieschen im Haus, Lieschen, die Portierstochter.

Einmal lockte sie uns, als wir Herrn Rupprecht besuchten, in den Holzschuppen auf dem Hof. Es war dämmrig da drin, nur durch ein paar Ritzen fiel Licht. »Wißt ihr, was poussieren ist?« flüsterte Lieschen. Joachim sagte: »Klar.« Es schien ihm aber gar nicht klar zu sein, wahrscheinlich hatte er, genau wie ich, dieses Wort noch nie gehört. »Also. Erklär's«, befahl Lieschen. »Poussieren ist«, stotterte Joachim, »w-wenn man . . .«

Er trat von einem Fuß auf den anderen. »Na, egal«, sagte Lieschen großmütig. »Habt ihr 'n Groschen?«

»Wozu?«

»Wenn ihr mir 'n Groschen gebt, könnt ihr mein Ding sehen.«

Joachim wühlte in seiner Tasche und förderte einen Groschen zutage, den er Lieschen überreichte. Lieschen drehte sich um, schlug kurz den Rock hoch und wieder runter. Wir sahen ein weißes Höschen blitzen. Lieschen drehte sich um, das Weiß in ihren Augen blitzte ebenfalls. »Beschiß«, sagte ich, »du wolltest uns dein Ding zeigen.« Lieschen lachte. »Is denn 'ne Unterhose keen Ding?« fragte sie und rannte aus der Tür.

Genau weiß ich noch, daß Anneli nicht mit ihrem Puppenwagen durch den Sandweg karriolte. Mein Vater hatte eine Taxe bestellt, sein Regimentskamerad Ede Kaiser betrieb ein Taxengeschäft in der Kolonie Tausendschön. Herr Kaiser lud uns in seinen Adler. »Kinder uff die Klappsitze«, sagte er.

Mein Vater machte einen Witz, den wir öfter vorgeführt bekamen, nämlich immer, wenn Herr Kaiser kam. »Ich grüße meinen Kaiser«, sagte unser Vater und legte die Hand an den Kopf oder, falls er einen Hut trug, an den Hutrand wie zum militärischen Gruß. Herr Kaiser antwortete dann regelmäßig: »Wer schützt das Vaterland mit Macht, wenn's blitzt und kracht? – Das macht Reserve neunzehnhundertacht.«

»Ungeheuer witzig«, flüsterte Joachim.

Tante Deli schaukelte neben meinem Vater im Rückpolster und hielt Zeppelin am Halsband. »Das gute Geld«, murmelte sie. »Wir hätten laufen sollen. Hoffentlich wird dem Hund nicht schlecht. Nachher kotzt er noch die Taxe voll. Wer soll das wegmachen? – Mein Gott, die Verschwendung.«

Mein Vater grinste, sog an seiner Zigarre und füllte den Adler mit blauem Rauch. »Regimentskamerad Kaiser muß auch was verdienen«, sagte er.

Im oberen Stockwerk des Schützenhauses verteilten sich unsere Möbel wie gewohnt. Ein paar Wände waren herausgerissen worden, so daß ein Raum ähnlich wie unser Eßzimmer in der alten Wohnung aussah, bald hing der Kronleuchter wieder über dem Tisch. Eine Tür führte zum Schlafzimmer meines Vaters. Neu war, daß Tante Deli das Zimmer gleich neben seinem bekommen hatte. Dann schloß sich die Küche an, und ganz am Ende des Flurs lagen die Kinderzimmer.

Alles war heller als in der alten Wohnung. Durch die Fenster sahen wir in die Kronen der alten Bäume, sie hatten, der Jahreszeit entsprechend, ihre Blätter verloren, die Sonne drang ungehindert in die Zimmer und erfüllte sie mit Licht. »Direkt bongforzjonös«, sagte Joachim. »Unterkunft für Luxus-Kegeljungs. Unserem

Vater sei gedankt.« Er nahm die Brille ab und rieb sich die Augen. »Und jetzt ins Kino«, sagte er.

Hinter der renovierten Gaststube lag der nun weiß ausgemalte kleine Saal. Nach und nach richteten wir ihn ein. Wir stellten Stuhlreihen auf und schließlich den Projektor. Ein gespanntes Bettlaken diente als Projektionsfläche. Einen Tag vor Weihnachten luden wir zur Kinderfilmpremiere ein: »Charlie Chaplin und der kleine Muck. Eintritt fünf Pfennige«.

Natürlich traten Charlie Chaplin und der kleine Muck nicht zusammen auf, es waren zwei Filme, unser gefundener Film »Hundeleben« und ein Märchenfilm.

An den Projektor waren wir im letzten Augenblick gekommen. Unser Vater hatte uns den Restbetrag zugeschossen – als Weihnachtsgeschenk. In der Kolonnenstraße gab es einen Heimkino-Laden, wie wir von Benjamin wußten. Die Inhaberin nannten wir »das Plumpsklo«. Wenn sie lachte, machte sie einen runden Mund wie das Loch im Brett der Klos auf dem Land oder in der Laubenkolonie. Und das Lachen kam aus ihr heraus – ich zitiere Joachim – »wie die Kötel aus einem Arschloch«. Aber eigentlich war sie eine ganz hübsche Frau, die uns bei unseren Dutzend Besuchen geduldig alles erklärte, was man über Projektoren und Filmerei wissen mußte.

Dank Vaters Weihnachtsspende entschieden wir uns für einen Bing-Projektor mit Elektromotorantrieb, Lichtbogenlampe und geschlossenem Kühlgebläse. Benjamin war um Längen geschlagen. Seinen Handkurbelapparat konnte er sich an den Hut stecken samt der langweiligen Filme, die es bei ihm zu sehen gab.

Erst jetzt, da ich unsere Geschichte erzähle, eine alltägliche Geschichte ohne Besonderheiten, fällt mir auf, daß wir keine Freunde hatten. Anneli spielte mit ihren Puppen und ausgestopften Hunden und mit Zeppelin, den sie nach wie vor »Zellepin« rief. Wir Jungs, Joachim und ich, waren in unseren Kinowahn verstrickt, Freundschaften hatten da nicht Platz. Nur mit Sternchen Siegel waren wir in einer besonderen Weise befreundet. Er übernahm immer mehr Aufgaben im Schützenhaus, und jeden Morgen fuhr er mit seinem blankgeputzten Rennrad vor. Aber er war älter als wir, eine Institution mehr als ein Freund, obwohl er uns half, wo er nur konnte.

Sternchen Siegel hatte auch mit uns zusammen den zerlegten Projektor von der Kolonnenstraße zum Schützenhaus herausgeschleppt und geholfen, ihn zusammenzubauen. Plumpsklo hatte uns geraten, Spulenaufsätze für mehrere Systeme zu nehmen, denn damals wurden Filme mit unterschiedlichen Spulen angeboten, fünfunddreißig Millimeter und neuneinhalb breit, und noch mehrere andere Formate.

Zur Kinopremiere hatten wir unsere Mitschüler eingeladen und überall Plakate angeschlagen. Ungefähr zwanzig Kinder saßen im Saal, manche begleitet von ihren Müttern. Wir hatten dreißig Stühle aufgestellt, der kleine Saal war voll.

»Ich glaube, ich habe ein bißchen Lampenfieber«, sagte Joachim. Dann knipste ich das Licht aus, unsere erste Vorführung begann. Der Projektor summte, auf der Leinwand erschienen schwärzliche Streifen. Sternchen Siegel, der neben uns stand, flüsterte: »Wie im Ruhrjebiet, wenn't regnet.« Dann jedoch: heftiges Flakkern, irgend etwas nicht Erkennbares, Joachim regulierte die Scharfeinstellung, und da war er: Charlie Chaplin. Unser Charlie aus dem Schützenhaus-Filmkarton.

Wir wickelten, ich bin heute noch stolz darauf, das Programm reibungslos ab. Die Kinder lachten, nach jeder Spule klatschten sie. Weil Weihnachten war, lud mein Vater anschließend sämtliche Kinder zu Faßbrause ein.

Die Schützenhaus-Lichtspiele waren eröffnet.

Nur Joachim schien nicht zufrieden. Am nächsten Morgen, als wir den Saal aufräumten, sagte er: »Weißt du, was fehlt?«

Ich schüttelte den Kopf. Joachim stützte sich auf den Besen, mit dem er den Boden kehrte. »Musik fehlt. Einer, der am Klavier sitzt und Musik macht. Und dann einer, der erklärt. Wie im richtigen Kino.«

4

Joachim, in seiner hochgestochenen Art, bilanzierte: »Alles rundet sich, nur unser Schicksal nicht.«

»Sag doch ›nich‹, denn reimt et sich«, spottete ich. »Kannst du mir erklären, was sich hier rundet?«

Joachim warf mir einen abwesenden Blick durch seine Brillengläser zu. »Siehste doch«, sagte er. »Anneli kriegt einen Hintern anstelle der vergrößerten Kaffeebohne, die sie hatte, als die klein war. Tante Deli schwelgt im Wirtinnendasein. Sie schmeißt den Laden, das hat jeder erwartet. Aber sie wird dick dabei. Wie die Wirtinnen in Geschichten. Guck dir mal ihre Arme an, wenn sie Bier zapft. Und warum? Weil sie zufrieden ist. Rundum zufrieden.«

»Und wir, warum meinst du, sind wir nicht rundum zufrieden? Du und ich?«

»Der Kintopp stagniert«, sagte Joachim. »Seit Jahr und Tag machen wir dasselbe, leiern die Rollen durch, mal sind mehr Kinder da, mal weniger. Mal Mütter, die gut riechen, mal Mütter, die weniger gut riechen. Wir haben kein Klavier und keinen Erklärer. Das Angebot an Kinderfilmen ist dünn. Plumpsklo und wen wir sonst angeleiert haben, können nichts mehr ranschaffen. Wir nudeln schon die ollen Spulen mit den Pinguinen durch. Macht dir das Spaß? Nein. Ich merke doch genau, daß dir dein Lilienthal lieber ist als diese Filmkurbelei.«

Joachim spielte auf mein neues Hobby an, das vielleicht so neu nicht war: Ich sammelte alles, was ich über

Lilienthal und dessen Flugversuche finden konnte, hatte auch schon den Fliegerberg im Süden Berlins besucht und den Park mit dem Denkmal in Lichterfelde. Der rote Kampfflieger hatte mich interessiert, damals, in der alten Wohnung, als ich meine Aquarelle malte, jetzt war ich den Ursprüngen auf der Spur. Ich bastelte sogar an einem verkleinerten Modell von Lilienthals Flugmaschine. Eine seiner Flugmaschinen, muß ich ergänzen, Lilienthal hat ja eine Menge Modelle konstruiert. Sein sogenannter Normalsegelapparat ging in Serie, wurde bis nach Amerika verkauft. Und den versuchte ich in klein nachzubauen, Spannweite sechzig Zentimeter. Ich hatte mich im Anbau des großen Saals eingerichtet, wo die leeren Pferdeboxen eine ideale Werkstatt abgaben. In einer Box entstand mein Hangleitermodell, in der Box daneben bastelte Joachim an seinen Filmapparaten und Optiken.

»Und all die Filme«, sagte Joachim, »die wir nicht sehen können, weil sie nicht jugendfrei sind. Wie ein Idiot stehe ich vor dem Schaukasten im Heli und sehe mir die Szenenfotos an. Conrad Veidt in ›Dr. Caligari‹. Pola Negri und Emil Jannings in ›Madame Dubarry‹ im Ufa-Filmpalast, da dürfen wir höchstens mal bei einer Sonntags-Matinee reinschnüffeln. Alle guten Filme kriegen wir nie zu sehen. ›Carmen‹ von Ernst Lubitsch. Alles am Ku'damm. Seit General Ludendorff die Ufa gegründet hat, entstehen Filme über Filme. Die haben Geld. Wir werden kaum einen davon sehen, bis wir achtzehn sind. Ist das gerecht?«

Joachim erwartete keine Antwort. Den Blick in die Ferne gerichtet, fuhr er fort: »Bald wird es Tonfilme geben, die Leute werden zu Tausenden in die Kinos rennen, noch mehr als jetzt schon. Sie rennen aber nicht alle in den Ufa-Palast, sie wollen ihr Kino um die Ecke. Wie das Heli. Sie sind mit hölzernen Klappsitzen zufrieden statt der Fauteuils im Filmpalast. Dafür ist der Eintritt in ihrem Vorstadt-Kintopp billiger. Wir müssen richtigen Kintopp machen. Im großen Saal.«

»Wie stellst du dir das vor?« fragte ich. »Zwei Minderjährige führen Filme vor, die nicht jugendfrei sind, da seh' ich doch schon den Schutzmann auf dem Fahrrad um die Ecke peesen. Dann die Lage vom Schützenhaus. Hier bellen die Füchse, wenn du mal richtig hinhörst. Meinst du, die Leute sind scharf drauf, hier ins Kino zu latschen? Ausgerechnet bei uns und bei Mutter Natur? Hier könn' Familien Kaffee kochen, das kannste bei uns veranstalten. Und 'n Ziegengespann für die Laubenkinder, damit sie sich für 'n Sechser amüsieren. Und meinetwegen Kinder-Kintopp. Aber doch kein richtiges Kino, Menschenskind.«

Joachim schob die Brille hoch und rieb sich die Augen. »'ne lange Ansprache«, sagte er. »Hansis Weltanschauungen, wie? Projiziert auf die kleine, übersichtliche Welt des Schützenhauses. Spaß beiseite. Klingt logisch, was du sagst. Aber laß mich mal machen. Wetten, daß ich hier in sagen wir drei Jahren ein richtiges Kino auf die Beine stelle?«

»Ich wette nicht«, sagte ich.

Außer Lilienthal beschäftigten mich noch andere Dinge. Tief in meine Erinnerung eingegraben war die Szene mit Portiers Lieschen im Holzschuppen bei der alten Wohnung. Durch täglichen Umgang mit unserer kleinen Cousine war mir klar, daß Mädchen unten einen Schlitz hatten. Anneli war nicht zimperlich und gewährte großzügige Einblicke. Lieschen hatte uns geleimt mit dem »Ding«, von dem sie behauptete, sie habe die Unterhose gemeint, übrigens war sie der einzige Mensch, der Unterhose sagte, alle anderen sagten Schlüpfer. Worum ging es in dem Holzschuppen unserer Meinung nach? Daß sie sich auszog.

Ich gestehe, Lieschens »Ding«, das wirkliche, interessierte mich immer mehr. Manchmal kam sie am Sonntag mit ihren Eltern. Ihr Vater, der alte Radke, wie er genannt wurde, und ihre Mutter setzten sich an den Tisch und bestellten Bier. Zwei mächtige Leute, mit Bäuchen, die nicht hinter den Tisch gingen, sie rückten die Stühle ein bißchen ab. Sie aßen Schmorbraten oder Eisbein mit Sauerkraut oder Kartoffelpuffer, für Lieschen immer eine Portion mit. Lieschen aß ein paar Gabeln voll, ließ den Rest stehen und haute ab, ins Kinderkino oder spielen. Die Eltern mampften dann ihre Portion mit auf. Sie aßen in aller Ruhe, teilten sich die Reste, schleckten die Teller sauber. Dazu brauchten Radkes noch zwei Mollen und noch zwei und am Ende jeder einen Schnaps. Sie glühten dann von innen, Lieschens Eltern, wie Öfen, in die man heftig eingekachelt hat.

Radke politisierte gern, wenn er kein anderes Opfer fand, mit meinem Vater. Radke sagte den endgültigen Wahlsieg der Kommunisten voraus, »die klatschen euch alle an die Wand. Die ziehen sogar den Sozis die Stiebel aus.«

Mein Vater, in seiner wortkargen Art, sagte: »Abwarten.«

Tante Deli, ihre nun rundlichen Arme in die Hüften gestützt, blieb vorsichtshalber im Durchgang zur Anrichte stehen, sie mochte es nicht, wenn Radke loslegte. »Das soll er in seiner Portierswohnung machen, mit seinesgleichen«, sagte sie böse, als Radkes gegangen waren.

»Er hat ein Recht auf freie Meinungsäußerung«, sagte mein Vater.

»Ja«, zeterte Tante Deli, »mir Gläser zerkloppen. Und das Sauerkraut hängt am Kronleuchter.«

Solange die Radkes fraßen, schlich ich hinter Lieschen her, nun doch von der Hoffnung getrieben, daß sie eines Tages mehr zeigen würde als ihre Unterhose. »Wat sitzte mir denn uff de Pelle«, sagte sie und schob mich weg, wenn ich ihr den Arm um die Schulter legte. Sie flitzte davon, und es gab eine Verfolgungsjagd.

Einmal drängte ich sie in der Pferdebox, wo ich mein Modell baute, in die Ecke und hielt sie fest. Sie ließ ihre Augen von rechts nach links und von links nach rechts wandern, zeigte viel Weiß. Dann stülpte sie ihre Zungenspitze vor. »Weeßte nu, wat poussieren is?« fragte sie. Ich zuckte mit den Schultern. Das hatte ich bei Benjamin nachschlagen wollen, Benjamins Eltern besaßen ein Lexikon. Ich hatte es vergessen.

»Wenn de nich weeßt, wat poussieren is, laß mir loofen«, sagte Lieschen. Sie befreite sich aus meinen Armen und ging zur Tür. Nach ein paar Schritten drehte sie sich um und blickte mir auf die Hose. »Da rührt sich nischt«, sagte sie. »Fang mit Handbetrieb an, denn sehn wa weiter.«

Ich errötete, aber hier in dem dämmerigen Stall war das egal.

Was meinte sie mit Handbetrieb? In der Klasse redeten sie allerlei, was ich nicht verstand. Willi Köpke behauptete, er könne elfmal. Was konnte er elfmal? Hatte es mit Mädchen zu tun? Wie stand Joachim zu den Mädchen? Manchmal, nach der Schule, forderte er mich zu einem Umweg auf, »die Mieken vom Lyzeum beschleichen«. Die Mädchen hatten eine Viertelstunde später Schluß, wir kamen rechtzeitig, beobachteten, wie sie aus dem Tor strömten, sich in Gruppen zusammenfanden, verteilten, absonderten, verschiedene Richtungen für den Nachhauseweg wählten. Außer uns gammelten ein paar andere Oberschüler vor dem Lyzeum. Die Mieken sahen uns an, wurden ein bißchen rot und lachten. Sie kicherten, als sei es witzig, daß wir da standen.

Wenn Joachim einen mutigen Tag hatte, gingen wir in die Eis-Anneliese. Ein paar von den Mieken oder »Lyzen« waren da immer zu finden, und wenn wir Glück hatten, das heißt, wenn Joachim Glück hatte, ließ sich eine zum Eis einladen. Er hatte eine Favoritin, Hannelore, mit einem dicken blonden Zopf und Kulleraugen. Blauen Kulleraugen. Was Joachim an der fand, war mir nicht klar. Ich kaufte mir mein Eis selber und stand überflüssig daneben. Kleckerte mit dem Eis. Hörte mir ihre Konversation an, die aus dem Irrenhaus entlehnt schien:

»Magst du Mathe?«

»Ich kann damit nichts anfangen.«

»Ich auch nicht. Wir haben so 'nen doofen Lehrer. Er trägt immer Knickerbocker. Und Schlipse mit Blümchen drauf.«

»Unserer schmeißt mit Kreide. Außerdem niest er dauernd.«

»Ach, ja? Ist er erkältet?«

Und so weiter, bis zum Weltende. Wenn Hannelore ihr Eis aufgeschleckt hatte, steckte sie sich das Ende vom Zopf in den Mund. So einer stieg mein Bruder nach.

Andererseits, was fand sie an ihm? Eine Schönheit war er nicht, mit dem Nasenfahrrad. Er stellte seine Schulmappe zwischen die Füße, so daß er sich nicht bewegen konnte. Wenn Hannelore von ihm abrückte, mußte er sich bücken und nach der Tasche angeln.

»Stell die Tasche aufs Fensterbrett«, sagte ich.

Er schüttelte den Kopf: »Nachher isse weg.«

Von der Eiko, wie wir die Eis-Anneliese abgekürzt nannten, trabten wir nach Hause, wir waren wie üblich spät dran. Die Überwachung durch Tante Deli war gelockert. Die warme Küche lief auf vollen Touren, für die Gäste, es gab kein Familienessen um den runden Tisch mehr. Jeder aß, wie er Zeit hatte, an einem der Tische in der Gaststube.

Tante Deli rief aus der Küche, als sei ich ein Gast: »Was willste essen?«

Anneli, obwohl alle ein kleines Mädchen in ihr sahen, das einen Stoffhund – oder neuerdings eine Puppe mit Schlafaugen – in ihrem Kinderwagen vor sich herschob, bildete für uns einen Mittelpunkt. So, als ob sie jene Rolle übernähme, in der ich sie in einem lichten Augenblick gesehen hatte.

Unauffällig arrangierte Anneli: »Ich hab' heute sechs Stunden. Ihr wartet doch auf mich mit dem Essen, du und Achim?« Sie sagte gern Achim zu meinem Bruder.

Wir warteten. Anneli kam, warf ihren Ranzen auf einen Stuhl, strahlte: »Fein. Was gibt's heute?«

Tante Deli stand in der Küchentür und brabbelte die Speisekarte herunter. Manchmal war die Liste üppig, wenn unsere Verbindungen zum Land, zu den Dörfern und den Bauern, funktionierten.

Wir nannten sie »die Männer mit den Mützen«. Auf ihren Kastenwagen stapelten sich Heu und Stroh, darunter verborgen lagen die Ergebnisse geheimer Geschäftsverbindungen, die Vater mit den Mützenmännern pflegte. Kohlrabi, Kartoffeln, Gurken, Kohlrüben, Lauch, Teltower Rübchen, Grünkohl, Rotkohl, ein halbes Schwein, vier Meter Mettwurst. Der jeweilige Mann mit der Mütze saß dann bei uns am Stammtisch, eingehüllt vom Rauch jener Fehlfarbenzigarren, die Benjamins Vater produzierte, und bedeckte Zettelchen mit Zahlenreihen. Oben am Rand dieser Zettel stand aufgedruckt »Schultheiß Patzenhofer«. Sie schrieben mit Kopierstift, den sie anleckten, die Zahlen erschienen tiefblau. Wenn Bier darüberschwappte, verlief das Blau zu Wolkengebilden und Gebirgskämmen.

Sie trugen flache Tellermützen mit langem oder kurzem Schirm, in grauer oder bräunlicher Farbe, je nach Alter in verschiedenen Stadien der Verblichenheit, mit mehr oder weniger deutlichen Schweißrändern. Manche setzten für ihre Fahrten »nach Berlin« blaue Mützen mit blanken Zelluloidschirmen auf, legten auch einen Kragen aus demselben Material an. Wortkarg rechneten die Mützenmänner, tranken ihr Bier in kleinen Schlucken, als dächten sie jeden Augenblick daran, daß es üblicherweise Geld kostete. Bei Walter Pommrehnke gab es Bier gratis für jeden Lieferanten, zum Abschluß einen Schnaps.

Vater schluckte Schnäpse mit Kunden und Lieferanten, das gehörte zu seinem neuen Beruf als Gastronom. Niemals wurde er betrunken. Allenfalls schimmerte das Blau seiner Augen in tieferem, vollerem Ton. Zum Kopierstift paßte das. Tante Deli sah, wenn Abrechnung stattfand, über die Schultern der Männer. Dann stellte sie Kompensationsware bereit: Doppelkornflaschen in unauffälligen Kartons. Die Mützenmänner verstauten die Flaschen unter den Heu- und Strohballen, schwangen sich aufs Sitzbrett, auf dem als Polsterung ein Hafersack lag, und riefen: »Hüh!« Während die Pferde anzogen, grüßten sie, indem sie mit dem Peitschenstil an den Schirm tippten.

Mir mag entgangen sein, daß unsere Versorgung mit Waren aller Art auf gewöhnlich bekannten Wegen stattfand, so, wie wir unser Bier von der Brauerei bezogen. Ich glaube jedoch, daß in Notzeiten eingegangene Geschäftsverbindungen, die dem Bereich des Schwarzmarkts zugeordnet waren, bis in bessere Zeiten hielten. Das war vernünftig, denn immer wieder wurden diese sogenannten besseren Zeiten durch schlechtere abgelöst. Der Vorteil war, daß wir aus einer Bauernfamilie stammten und folglich unsere Verbindungen zum Land niemals abrissen.

In kritischen Zeiten servierte Tante Deli immer noch Hühnchen mit Gemüse aus dem Garten. Zu ihrem Erscheinungsbild gehörte die Rolle: Frau, gerafften Rokkes Hühner jagend, die durch Zaunlöcher auf die Wiese oder in den Park entkommen waren.

Zwar rief Tante Deli: »Hansi, die Hühner sind draußen!« Bevor ich allerdings die Tür erreichte, befand sie sich auf dem Weg in die Region, die ihre Hühner außerhalb des Käfigs erwählt hatten. Das Federvieh stob auf, Daunen flogen, Tante Delis Rodeländer und Leghorn rasten im Kreis, schwankten und gackerten, bis sie ihr Heil darin sahen, wieder in den Käfig zurückzukehren.

Tante Deli verriegelte das Gatter, ihr Atem ging hoch. Meistens kam bereits in diesem Augenblick mein Vater vom Stall her, eine Drahtrolle unter dem Arm. Er schloß, in geduldiger Arbeit und auf den Knien rutschend, Fluchtloch um Fluchtloch. Einem Robespierre des Hühnerhofs gleich, schleppte er sodann jenes Huhn, das er für die Rädelsführerin beim Ausbruch hielt, zum Hauklotz und schlug ihm den Kopf ab.

Komplizen waren sie, Tante Deli und unser Vater. Lächelnd nahm sie aus seiner Hand die kopflose Henne entgegen, noch tropfte Blut aus dem schlaff baumelnden Hühnerhals.

Tief in die Gemüter der Großstädter hatten sich die Zeiten des Trockengemüses, genannt Stacheldraht, und des wäßrigen, mit Sägespänen abgezogenen Kleiebrotes eingeprägt. Bald errang unser Schützenhaus den Ruf einer Freßoase. Mit Kindern und Hunden zogen die Berliner an schönen Wochenenden heran, geblümte Kleider flatterten, Männer mit Hosenträgern legten sich die Jacketts über den Arm, Futter nach außen. Stammgäste wie Radkes forderten ihr Eisbein, Radke prophezeite den Sieg der Kommunisten, solange es opportun schien: »Die klatschen euch an die Wand«, rief er. Später behauptete Radke, er habe nie derartiges geäußert – »schon gar nicht in einer Schwarzmarktbude wie dem dreckigen Schützenhaus«.

Die Regimentskameraden, meinem Vater treu ergeben, pflegten hingegen die Illusion, der Kaiser sei mal eben nach Doorn in den Urlaub gefahren, zum Holzhacken. »Deutschland braucht eine Monarchie!« Der Husaren-Gegenschlachtruf hallte bis zu Radke rüber, der Blicke zur Zimmerdecke warf und den Kopf schüttelte über so viel Unverstand.

Damals, in den früheren zwanziger Jahren, spielte unser Vater unverdrossen Leibgarde-Husar in Reserve. Eskadron – marsch! Es konnte ja ein Husarengeneral vorbeikommen, der olle Mackensen trat in seiner Uniform als Totenkopf-Husar öffentlich auf. Wenn so einer käme, würde Walter Pommrehnke die Hände an die Hosennaht legen, wie einst, als er die mit Schnüren geschmückte Attila trug.

Phantasien? Später, auf einem Husarentag, als die Reichswehr die Tradition der alten Regimenter fortsetzte, habe ich es erlebt:

Vater stand stramm!

Anneli war die einzige, meine ich heute, für die jene öffentliche Katastrophe, der Weltkrieg eins, oder mindestens das Kriegsende, real stattgefunden hatte. Und die private Katastrophe, der Tod unserer Mutter.

Anneli fragte: »Wie sah sie aus, eure Mutter?« Ich schlich mich in Vaters Zimmer, wenn ich ihn unten in der Gaststube hinter dem Tresen wußte, möglichst in Gegenwart von Regimentskameraden, Ede Kaiser und wie sie alle hießen. Es existierte eine Kommodenschublade, in der Bündel bananenförmiger, gestärkter Kragen lagen wie jene, die wir bei der ersten Besichtigung des Hauses gefunden hatten. Nur handelte es sich jetzt um Vaters Kragen.

In dieser Schublade lagen Fotografien. Unser Vater mit seiner Frau, er aktiver Husar, in Uniform, ohne Mütze. Unsere Mutter mit weißer Schürze, aufgenommen während ihrer Zeit in einer Haushaltsschule, ich glaube Lette-Haus. Unsere Mutter mit ihrer Mutter, Großmutter, die jetzt am Gudelacksee wohnte. Ein Porträt: Mutter sitzt auf einer Bank vor einer romantischen Parklandschaft, eine zersplitterte Säule, eine Marmorurne, üppig Zweige ausstreckende Bäume. Unter dem Bild, auf dem Rand des starken Pappdeckels, dem die Fotografie aufkaschiert ist, der Namenszug des Fotografen: Othmar Anschütz. Hoffotograf, steht dabei, er durfte diesen Titel führen. Wahrscheinlich hat er den Kaiser fotografiert, in aller Pracht, bevor der zum Holzhacken fuhr. Und die Kaiserin und den Kronprinzen mit seiner schönen Frau.

Hier: unsere Mutter. Ich nahm die Fotos mit und zeigte sie Anneli.

»Sie war schön, eure Mutter«, sagte Anneli.

Wirklich? Ich wußte es nicht. Eine Mutter war nicht schön oder häßlich, solche Maßstäbe, meinte ich als Kind und noch als Heranwachsender, legte man nicht an. Entzauberung trat ein, wenn man die Mutter in Kategorien einordnete, die für Teilnehmerinnen von Tanzveranstaltungen angemessen waren.

So war für mich auch unser Vater DER VATER. Er hätte ein Denkmal sein können. Daß er gelegentlich sprach – und meistens, weiß ich heute, Banales –, tat dem Nimbus keinen Abbruch.

Dadurch, daß er Vater war, zählte er auch nicht zu den Männern im üblichen Sinn. Wie könnte er, dieser Riese in jeder Hinsicht, verwickelt sein in Machenschaften und Umstände, die mit jenen Dingen zusammenhingen, von denen sie in der Schule flüsterten? Hätte er je, wie Joachim und ich, sich erniedrigt und wäre vors Lyzeum geschlichen, um die Mieken zu sehen? Die »Lyzen«, wie wir zuweilen sagten?

Wie war das zwischen unserer Mutter und unserem Vater? Wir waren auf der Welt, seine zwei Jungs. Ich verdrängte, daß dies – mindestens zweimal! – Gemeinsamkeiten erforderte. Den Verdacht, unsere Existenz könne mit dem Wort Beischlaf zu tun haben, das ich in Bejamins Lexikon nachgeschlagen hatte, wies ich von mir.

Wer half mir? Lieschen Radke ließ sich zwar, versicherten Klassenkameraden, gegen Geld an das fassen, was sie Unterhose nannte. Aber sie war nicht bereit, mich mit Worten aufzuklären. Immer noch wußte ich nicht, was poussieren war. Dieses Angrapschen in der Stallecke und Lieschens verdrehte Augen – das konnte doch nicht gemeint sein? Und was ihren Hinweis auf Handbetrieb betraf, hegte ich neuerdings einen Verdacht, der mir die Lippen verschloß. Keine Frage, keine Antwort.

Oder doch eine Antwort?

Der Flur, der die oberen Räume des Schützenhauses – unsere Wohnung – mit dem sogenannten Eßzimmer verband, lag nachts im Dunkeln. Doch wurden wir bald nach dem Einzug mit seiner Landschaft vertraut, denn oft, wenn der Betrieb unten in der Gaststube uns nicht einschlafen ließ, schlichen Joachim und ich, manchmal auch Anneli, die Treppe runter in die Anrichte. Dort standen Kisten mit Getränken. Wir schleppten Brauseflaschen nach oben und tranken sie im Dunkeln, das Prickeln der Kohlensäure in der Mundhöhle. Wir wußten, daß es etwa in der Mitte des Korridors ein Brett gab, das knarrte, und mieden es. Indianergleich schlängelten wir uns an offenen oder geschlossenen Türen vorbei. Manchmal ging entweder unser Vater oder Tante Deli früher nach oben und legte sich nieder – »einer muß auf dem Posten sein morgen früh«. Anneli gehörte zum selten anzutreffenden Typus der Hackengänger. Entsprechend hatte sie Schwierigkeiten, wenn sie über den Korridor pirschte: »Ich muß immerzu daran denken, daß ich die ganze Fußsohle aufsetze«, beschwerte sie sich. »Wieso habe ich diese Hacken?«

»Als Indianer bist zu schwach«, sagte Joachim. Ich tröstete Anneli: »Wenn du nicht gehen willst, weck mich. Ich bringe dir deine Brause.« Ein bißchen war ich, denke ich heute, in unsere kleine Cousine verliebt. Ihre Augen blitzten mindestens so wie die Augen von Radkes Lieschen. Der Vorteil war, daß Anneli mit uns umging als sei sie ein Junge wie Joachim und ich. Joachim beachtete unsere Cousine weniger, er lebte versponnen in seinen Gedanken, die um das Kino kreisten. Sein Blick durch die Brille war oft abwesend, wenn er auch Annelis Planungen schätzte, die uns zu gemeinsamen Mahlzeiten am Tisch unten in der Gaststube zusammenführten. Es war ihm anzusehen, er lächelte Anneli zu, bevor er sorgfältig und umständlich mit dem Messer an seinem Schnitzel säbelte.

Für mich bedeutete Anneli mehr, obwohl ich es damals nicht hätte formulieren können. Sie brachte Licht in unser Leben, heute würde ich sagen: ein Funkeln, wie wenn die Sonne auf die Kristalle eines Lüsters trifft.

Nun, wir besaßen keinen Lüster, nur dieses Hirschgeweihmonstrum oben in der Stube. Aber dieses Licht, dieses Funkeln, das von Anneli ausging, das nahm ich wahr. Anneli muß damals zehn Jahre alt gewesen sein, vielleicht fast elf, die Zeit verging, mein Bruder schrieb Zettel mit Geburtstagswünschen, immer handelte es sich um Filme oder um Teile für seine Apparate.

Ich stand in der Mitte zwischen beiden, meinem Bruder und Anneli gleichermaßen zugewendet, wenn auch auf unterschiedliche Art. Ich stahl mich in Annelis Zimmer, sie schlief, wobei sie die Glieder auf groteske Art verrenkte. Manchmal stand ein Bein vom Knie ab senkrecht hoch, manchmal hing ein Arm aus dem Bett, aber nicht schlaff wie bei anderen Menschen, sondern in einem Winkel nach oben. Als gebe es die Schwerkraft nicht für Annelis Glieder. Ihre Oberlippe schob sich im Schlaf hoch und entblößte Zähne, die im Dunkeln schimmerten. Fast immer wachte sie auf, wenn ich neben ihrem Bett stand. »Soll ich dir Brause mitbringen?« Sie nickte. Ich begab mich auf den Kriegspfad, vulgo Korridor, vermied das knarrende Brett und holte Brause. Anneli war wieder eingeschlafen, die Haare hatte sie hinter die Ohren zurückgestrichen, die abstanden wie auf der Karikatur eines Lausejungen.

»Wir müssen das operieren«, sagte Tante Deli manchmal. »Man schneidet irgendwas durch, und klapp!, liegen die Ohren an.«

Anneli errötete jedesmal, die Sache wurde sofort wieder vergessen, bis zur nächsten Erwähnung, die ebenfalls ohne Folgen blieb. Zu Anneli gehörten diese Ohren, die nichts von jenen Kräften hielten, die gewöhnliche Menschen zwang, ihre Glieder der Schwerkraft unterzuordnen oder ihre Ohren anzulegen.

Ich stellte eine Brauseflasche neben ihr Bett, meistens stand die Flasche am nächsten Morgen unberührt da. Die zweite Flasche brachte ich meinem Bruder. Irgendwann in der Nacht wachte er auf, manchmal wurde ich von seinem Schmatzen wach, er beherrschte mangelhaft die Kunst des Aus-der-Flasche-Trinkens. Ich nahm einen herzhaften Schluck, bevor ich mich zurücklegte, das Bild der schlafenden Anneli vor Augen, eine Mischung aus Vorstellung und Erinnerung von mondhellen Nächten.

Einmal bemühte ich mich um besondere Lautlosigkeit auf dem Limonadengang, denn aus dem Zimmer meines Vaters fiel, obwohl es sehr spät war, ein Lichtschein. Ich mußte den weißen hellen Streifen, den das Licht auf den Flur warf, kreuzen, eine gefährliche Situation, falls mein Vater wach war. Ich schnüffelte, ob ich Zigarrenrauch roch. Nichts dergleichen. Wahrscheinlich schlief er. Hatte nur vergessen, die Lampe auszuknipsen. Ich spähte ins Zimmer, als ich mich über die beleuchtete Stelle schlängelte. Fast wäre mir ein Laut des Erstaunens entfahren. Ich sah, beim Schein der Nachttischlampe, der durch ein Tuch gedämpft war, zwei Köpfe in Vaters Bett. Der eine, wie erwartet, gehörte ihm. Der zweite jedoch war Tante Delis Kopf. Was machte Tante Deli in Vaters Bett? Er hatte den Arm unter ihren Nacken geschoben, der Unterarm hing über die Bettkante, ein wenig nach oben, wie bei der schlafenden Anneli.

Ich stellte mich ins Dunkel und blickte noch einmal ins Zimmer. In diesem Augenblick bewegte sich Tante Deli. Die Bettdecke rutschte hoch und enthüllte ihren Hintern.

Einen marmorweißen Hintern.

Auf einmal wußte ich, was mein Vater meinte, wenn er Tante Deli auf den Hintern klopfte und fragte: »Was macht das Marmorpalais?«

Nur ich, Hansi Pommrehnke, hatte dabei an Potsdam gedacht.

Ich schlich ins Bett zurück, in dieser Nacht gab es keine Brause. Lange lag ich wach, bildete mir ein, daß der Lichtschein den Korridor erhellte, bis hin zu unseren Zimmern am entgegengesetzten Flurende.

Zu meinem Erstaunen stellte sich am anderen Morgen die Welt dar wie immer. Tante Deli werkte in der Küche, bereitete unsere Pausenbrote vor und das Frühstück. Sternchen Siegel raste auf einer blitzenden Maschine heran und nahm Aufträge entgegen. Ich sah Joachim an. Ich sah Anneli an. Gleichmütig stopften sie sich Haferflocken in die Münder. Ich sah Tante Deli an. Ihr straffer Rock spannte über dem Körperteil, der mir jetzt als Marmorpalais vertraut war.

Mittags, als ich von der Schule zurückkam, stand mein Vater hinter dem Tresen wie immer. Auch ihm war nichts anzusehen. Irgendwann fragte mich Joachim: »Hast du gestern keine Brause geholt?«

»Ich konnte nicht«, sagte ich. Und da wir allein bei den Pferdeboxen waren, fügte ich hinzu: »Tante Deli lag bei Vati im Bett.«

Joachim schob die Brille hoch. »So, so«, murmelte er.

»Was macht die da?« fragte ich. »Ist das . . .« Ich fand das Wort nicht, poussieren schien mir auf einmal nicht ausreichend. »Hat Vati es . . . ich denke, er hat nur mit unserer Mutter . . .«

Joachim tippte sich mit dem Finger gegen die Stirn. »Ganz schön naiv«, sagte er. »Das mußt du schon selber rausfinden, Kleiner.«

5

Tante Deli stand wieder im Türrahmen wie damals in der alten Wohnung, nur diesmal in der Tür zwischen der Anrichte und der Gaststube. Außerordentliche Anlässe hatten sie zu ihrer alten Gewohnheit zurückgeführt, zum Wechseln des Spiel- und Standbeins, zum Monologisieren.

»Wir können uns das nicht leisten«, sagte sie zu meinem Vater. »Die Papiermark ist nichts wert, fast alle Menschen leiden Not außer den Schiebern und Haifischen wie Stinnes, und du willst in die Ferien fahren. Machst du dir klar, daß die Molle fast zweihunderttausend Mark kostet? Wenn wir eine Woche zu deinen Eltern fahren, kostet sie danach vielleicht eine Million. Oder wenigstens eine halbe, ich will nicht übertreiben. In dieser Zeit kannst du kein neues Bier einlagern, ganz abgesehen von der Frage, ob dir die Brauerei dann noch Kredit einräumt. Was von den Häusern an Mieten kommt, mußt du mit dem Waschkorb abholen.«

Sie wechselte wie erwartet Stand- und Spielbein, wir sahen ihr zu, eine Familien-Vollversammlung fand statt an jenem Sonntagmorgen. Einem Sonntag wie jeder andere, so schien es, aber wir befanden uns mitten in der Inflation. Das Thema Geld beherrschte die Gespräche, nicht nur bei uns. Ausgerechnet in dieser »schweren Zeit«, wie alle Erwachsenen sagten, hatte mein Vater uns mit dem Vorschlag überrascht, daß wir zu Oma und Opa an den Gudelacksee fahren sollten.

So charmant wie früher sah Tante Deli nicht mehr aus, wie sie da im Türrahmen stand und ihre entblößten, kräftig gewordenen Arme unter dem gleichfalls kräftig gewordenen Busen verschränkte. Ich dachte an den rückwärtigen Anblick in jener Nacht, machte mir also ein vollständiges Bild von ihr.

Tante Deli setzte ihre Tirade fort: »Ich leiste mir nicht mal einen Büstenhalter, und du willst verreisen. Wer soll die Wirtschaft führen? Und dann die Kosten. Du, ich, drei Kinder. Wer weiß. Vielleicht sind wir nicht einmal willkommen. Deine Eltern werden knapsen, seit die Papiermark nichts mehr wert ist. Jeden Tag wird sie weniger Wert. Du weißt genau, daß die Molle . . . ach, das sagte ich bereits. Ich spare überall, und du willst wie Graf Koks durch die Welt zockeln. Ich weiß, dein Bruder Rudolph ist aus der Fremdenlegion zurück. Na. Andere kommen auch aus der Fremdenlegion. Oder von weiß ich, woher. Guck dir Ede Kaiser an. Sein Bruder ist aus dem Korridor gekommen. Was, sein Bruder. Die ganze Blase. Sie sitzen bei ihm im Garten, und er kann das Geld verdienen. Dein Regimentskamerad. Drei Taxen und einen Privatmietwagen, und trotzdem reicht's nicht. Nur sein Schwager, der Hubert, der ist Bierkutscher geworden. Verdient auf anständige Weise sein Geld. Und dein Bruder Rudi? Kommt aus der Fremdenlegion, quartiert sich bei den Eltern ein und läßt den lieben Gott einen guten Mann sein. Dann pfeift er, und du schnallst dir die Gamaschen um und peest los.«

»Er ist krank«, sagte mein Vater, der sich geduldig Tante Delis Rede angehört hatte. »Er hat nur noch einen Lungenflügel. Sie haben ihn entlassen.«

»Fahren wir?« schrie Anneli, obwohl es doch gar nicht ihre Großeltern und ihr Onkel waren, die wir besuchen wollten.

»Ich nehme meine Puppen mit.«

»Halt die Klappe«, sagte Tante Deli und fixierte ihre Tochter. Dann beschäftigte sie sich wieder mit unserem Vater: »Also, wie stellst du dir das nun vor?«

»Sternchen schmeißt den Laden. Außerdem spreche ich mit Ede.«

»Mit Ede Kaiser?«

»Wir mieten ihn. Mitsamt seinem Privatwagen.«

»Ach, du grüne Neune! Jetzt wird er größenwahnsinnig.« Tante Deli warf Blicke zur Decke, an der aber nichts zu sehen war außer aber Hunderten von Fliegendreckpunkten.

Mein Vater strich den Schaum von einem Bierglas, das unter dem Zapfhahn stand und sich langsam füllte. »Laß mich das deichseln«, sagte er. Tante Deli brummte irgend etwas, drehte sich um, ging in die Küche und warf die Tür hinter sich zu. Unser Vater blickte zu uns herüber. »Wir machen Ferien«, sagte er. »Das steht fest.«

Wir rannten die Verandatreppe hinunter. Unter den alten Bäumen blieb Joachim stehen. »Halt«, sagte er. »Manchmal tut es mir leid, daß wir kein Baumhaus gebaut haben. So, wie wir es damals besprochen haben. Beim ersten Besuch.«

Anneli fragte: »Wozu braucht ihr ein Baumhaus? Ihr sitzt oben drin und spuckt mir auf die Birne.«

»Auf den Kopf, heißt das«, rügte Joachim. »Bei uns wird hochdeutsch gesprochen.«

»Ach, nee, und Sternchen Siegel? Wie spricht der?« Sie machte Sternchen nach: »Werdden werr gleich sehn, Gnädigste. Wird alles jerichtet werden nach Ihre Intentionen.«

»Sternchen, der jüdelt«, sagte Joachim.

Damit konnte ich wieder nichts anfangen, und Anneli, das sah ich an ihrem Blick, genausowenig. Gut. Es gab Judenwitze, also gab es Juden, wie es Franzosen gab, die Erbfeinde, die unseren im Felde unbesiegten Truppen eingeheizt haben – oder Chinesen oder Österreicher. Wir hatten einen Österreicher in der Klasse, auch der sprach anders als wir. Gelegentlich kam sogar ein Neger ins Schützenhaus, ein stiller Herr mit grauen Schläfen, Mister Wilson. Der aber war, wenn wir unseren Vater richtig verstanden hatten, ein Preuße, denn er hatte bei den Husaren als Kesselpauker gedient. Auf einem Panoramafoto, das die Leibschwadron zeigte, war Mister Wilson auf einem Apfelschimmel abgebildet, die Kesselpauken links und rechts neben dem Sattel. Mister Wilson hob die Paukenschlegel und blickte in die Kamera. Wie sollte man sich da auskennen? In der Schule nahmen wir die Spartaner durch, ihr Verhalten wurde uns als beispielhaft dargestellt, längst, bevor sie »der Jugend der Nation als Vorbild« dienen mußten.

Sternchen kam auf seiner blitzenden Maschine angepeest, den Mützenschirm nach hinten gerückt. Er hatte eine neue Mütze mit einer Bommel oben.

Das war also ein Jude. So interessant wie Mister Wilson war er nicht. Jedoch – unser Freund.

In den folgenden Tagen, wenn wenig Betrieb war, sahen wir die Erwachsenen um den runden Stammtisch sitzen und, wie Joachim es nannte, »was besprechen«. Wie wir gelegentlich Bruchstücken ihrer Unterhaltung entnahmen, ging es um unsere Reise nach Lindow. Ede Kaiser saß da, Bier und Schnaps vor sich. Sein Schwager Hubert, der Bierfahrer, hatte den Pferden ihre Haferbeutel umgehängt und saß daneben. Auch Sternchen sahen wir in der Runde. Seiner Gewohnheit entsprechend glitt er seitwärts auf einen Stuhl und stand bald wieder auf, zapfte Getränke, stellte sie auf den Tisch. Setzte sich wieder. Er trank Apfelbrause. Tante Deli stützte die nackten Arme auf den Tisch. Anscheinend war sie jetzt einverstanden, daß wir fuhren. Es waren Ferien, niemand achtete auf uns. Trotz des strahlenden Sonnenscheins draußen hockten wir im Kinderkino. Stundenlang sahen wir uns die alten Filme an. Und ein paar neue, die Sternchen für uns aufgetrieben hatte. Es waren ebenfalls Chaplin-Filme wie der eine, den wir gefunden hatten. Wir blickten auf die Leinwand und sahen Charlies Späßen zu.

Manchmal kam Werner Spiehr zu uns in den dunklen Saal, ein Freund von Sternchen. Im Gegensatz zu Sternchen trank Werner Spiehr Bier, und zwar in Mengen. Fünf oder sechs Mollen brauche er, sagte Werner. Dazu ein paar Klare. Er setzte sich zu uns ins Dunkel, eine Molle, frischgezapft, in der Hand, den Schaum oben drauf. Dann erklärte er uns die Filme wie einer im richtigen Kino.

»Was macht Charlie?« fragte Werner. »Er fährt nun mittenmang den Güterwagen unten durch, denn er kann nicht bremsen, der Zug dampft über den Bahnübergang. Da seht ihr: Charlie verliert das Verdeck. Die Windschutzscheibe. Beinahe auch die Melone, aber die hält er fest. Sonst würde man ihn ja nicht erkennen, stimmt's?«

Wir lachten. Draußen glühte der Sommer. Er ging uns nichts an.

Eines Morgens stand Ede Kaiser mit seinem Mietwagen vor der Tür, einem blauen Sechszylinder-Chevrolet. »Jute Idee, Kamerad«, sagte er zu meinem Vater, »ick besuche bei der Jelegenheit meine Verwandten.« Die wohnten ebenfalls in Lindow, ganz in der Nähe unserer Großeltern. So hatte Ede Kaiser seinem Regimentskameraden Pommrehnke einen billigen Preis machen können. Wie ich später erfuhr, wurde er in Goldmark entlohnt, mein Vater hütete noch einen Schatz wertvoller Münzen aus Kaisers Zeiten. Aus Wilhelm zweis Zeiten, Ede Kaiser nahm solche Währung natürlich lieber als

Papiermark. In gängiger Währung hätte unsere Reise Billionen gekostet.

Anneli durfte vorn neben dem Fahrer sitzen. Sie hatte ihre Puppe mit den Schlafaugen mitgenommen und den mit Holzwolle gefüllten Hund. Auf ihre Füße legte sich Zeppelin. Keinem von uns wäre die Idee gekommen, Zeppelin zurückzulassen.

Auf den Verandastufen stand Sternchen und winkte. »Er schmeißt solange den Laden«, wiederholte mein Vater. Tante Deli, in einem Kostüm, das vor dem Krieg modern gewesen war, ließ sich ins Polster sinken. Beim Rock sah man, daß sie ihn an den Seitennähten ausgelassen hatte. Die Jacke ließ sie offen.

Wir brausten durch den Grunewald und durch Halensee. Als wir an einer Baustelle vorbeikamen, sagte mein Vater: »Das wird das letzte Stück der Avus, die modernste Autorennbahn Europas.« Tante Deli murrte: »Dazu ist Geld da.«

Wo hatten wir unsere erste Reifenpanne? In Marwitz? In Vehlefanz? Ich erinnere mich, daß Tante Deli gerade unsere Stullen ausgepackt hatte. Mein Vater biß in eine Boulette. »Pfui Deibel«, sagte er. »Die schmeckt ja wie neunzehnhundertachtzehn. Nüscht als Zaddern.«

Bevor Tante Deli auf diese Anschuldigung antworten konnte, gab es einen Knall. Es war eine Art gemütlicher Knall, die Luft entwich mit Verzögerung. Das Auto hüpfte auf dem Stuckerpflaster, schwankte von einer Seite auf die andere. Ede Kaiser kurbelte am Lenkrad und rief »Scheibenkleister«. Die Felge des beschädigten Rades klapperte über das Pflaster. Wir hielten. Mein Vater warf die angebissene Boulette aus dem Fenster und stieg aus. Ede Kaiser hockte sich neben den Wagen und besah sich den Schaden. »Ein Hufnagel«, konstatierte er.

Während die Männer einen neuen Reifen montierten, gingen wir durch das Dorf. Zeppelin rannte in ein Hoftor, Anneli ihm nach. »Zellepiiin ...«, hörten wir sie rufen. Joachim sagte: »Vorwärts, wir trinken 'ne Limo.« Ein paar Häuser weiter lag ein Gasthof, der sich »Zur Linde« nannte. Wir gingen hinein. Anneli mit Zeppelin folgte. Im Halbdunkel sahen wir den Wirt hinter dem Tresen stehen. »Hunde kommen mir hier nich rin«, sagte er, »und an Jugendliche ist der Ausschank verboten.«

Wenn ich mir heute die Entfernung von Berlin nach Lindow auf der Landkarte ansehe, verstehe ich nicht, wieso ich hier die ganze Zeit von einer Reise spreche. Nicht mehr als siebzig Kilometer trennten uns von unserem Ziel. Dennoch waren wir einen vollen Tag unterwegs. Neben dem Asphaltband der Chaussee zogen sich Sommerwege, wenn uns ein Fuhrwerk entgegenkam oder, in seltenen Fällen, ein Auto, mußten wir auf den Sommerweg ausweichen. Ede Kaiser bremste ab, der Wagen neigte sich, glitt erst mit den Rädern der rechten, dann der linken Seite die hohe Kante vom Asphalt runter. Sofort gab Ede Gas, denn die Räder mahlten im Sand. Hatten wir das Fuhrwerk passiert, kletterte der Chevrolet mühsam auf den Asphalt zurück. Ede beschleunigte, Tante Deli rief: »Nicht so schnell, Herr Kaiser!«

Ede Kaiser fuhr siebzig oder achtzig, ein paar hundert Meter, bis wir wieder vom Asphaltband runter mußten.

Kornfelder erstreckten sich blaßgelb bis an den Horizont, wo das dunkle Grün von Alleebäumen sie gegen den hellblauen, wolkenlosen Himmel abgrenzten. Stundenlang fuhren wir unter solchen Alleebäumen. Linden, so alt wie die Bäume beim Schützenhaus, begrenzten links und rechts die Chaussee und spendeten Schatten. Damals gab es noch keine Staus, hier hätte man sie ausgehalten.

Anneli langweilte sich. Fragte, ob wir noch eine Panne haben würden, das sei nett gewesen, obwohl der Wirt, »der Kaffer«, uns keine Limonade geben wollte. »Außerdem wollte er nicht, daß Zellepi ins Lokal mitkommt.«

»Was müßt ihr da reinrennen«, rügte Tante Deli. »Wir haben Limonade mit.«

Wir unterhielten Anneli, indem wir sie prüften. Inwieweit erinnerte sie sich noch an unsere erste Wohnung? »Wo war das Telefon?« fragte Joachim. Anneli: »Im Korridor an der Wand.«

»Richtig.« Ich zählte die Punkte. »Die Dunkelkammer?« – »Eine Treppe tiefer.« Anneli erinnerte sich genau. Als sie fünfzig Punkte beisammenhatte, fiel uns nichts mehr ein. Ede Kaiser und unser Vater tauschten Kriegserinnerungen aus. Joachim nannte das »Weißtenoch-Geschichten«: »Weißtenoch, wie wir Kohldampf schoben, und wir kamen in das Dorf, und alle Fensterläden waren zu? Wie wir an eine Tür gewummert haben, da kam die Madame. Ede, du hast zwei Francs hochgehalten und gerufen: ›Madame, poulet!‹«

Ede Kaiser lachte und erzählte weiter, wie sie nach der Luke vom Hühnerstall gesucht hätten. Es gab aber keine Luke, und die Madame amüsierte sich. Da krähte er, Ede, wie ein Hahn, und aus der Scheune antworteten die Hühner. Abends gab's Hühnersuppe, und die Madame rang die Hände.

Hundertmal gehört. Dennoch lauschten wir diesen Erzählungen, über unsere Spiele mit Anneli hinweg. Was faszinierte uns daran?

Heute erzähle ich selber Geschichten aus dem Krieg, dem nächsten allerdings, Weltkrieg zwei. Und ich ertappe mich dabei, daß ich überlege, wie das auf junge Menschen wirken muß. Sind sie fasziniert wie wir damals? Oder ist es für sie kalter Kaffee? Das Gelalle von

Grufties, die sich an eine Art Kostümfest mit Zerstörung erinnern?

Hinter Herzberg hatten wir die zweite Reifenpanne. Zeppelin kam zu einem Waldspaziergang und stöberte eine Wildsau mit Frischlingen auf. Wir konnten ihn kaum am Halsband halten. Die Sau machte Anstalten, auf uns loszugehen.

Bei der Ortseinfahrt Lindow verließen wir die Chaussee. Der Wagen holperte einen Kiesweg entlang, rechts erstreckten sich Gärten mit Lauben und Wohnhäusern bis zum See, der von keiner Welle gekräuselt schimmerte. Links stieg eine Böschung an, ihre obere Kante begrenzte Fichten mit rötlichen Stämmen. In Abständen führten Treppen hinauf, deren Stufen mit Brettern befestigt waren. Wir fuhren langsam. Die Gärten lagen tiefer als der Weg, von oben blickten wir auf Reihen von Gemüse. Ein Gartenweg war mit weißen Steinen eingefaßt, im Hintergrund erweiterte sich der Pfad zu einem Rondell. Dort blühten Rosen, und zwischen den Blüten schimmerten bunte Glaskugeln, groß wie Kinderköpfe.

Meine Phantasie ging mit mir durch, ich dachte mir Annelis Abstehohren an diese Kugeln und kicherte.

Tante Deli stupste mich mit ihrem Daumen. Ich sah, daß der Fingernagel eingerissen war.

In diesem Augenblick hielt der Wagen. »Das Ganze – halt! Alles aussteigen«, rief Ede Kaiser.

An einem Gartentor, über das sich ein Bogen aus Gasrohren wölbte, hingen Blütentrauben einer mir unbekannten Pflanze, das Blau dieser Blüten glich der Augenfarbe meines Vaters, jedoch war das Blau gedämpft, als habe ein Maler Deckweiß hineingerührt. Wie durch einen Rahmen sah ich das flache, mächtige Haus liegen mit seinem roten Dach und einer Glasveranda, die sich an den Seiten herumzog. Es war das einzige Haus mit einem Stockwerk an diesem Seeweg.

Dann füllten die Gestalten Omas und Opas den Blütenrahmen, das Tor öffnete sich. Sie riefen: »Juten Tach, juten Tach!« Oma drückte uns an ihre Brust, mächtig unter ihrem Kattunkleid, Zeppelin raste zwischen unseren Beinen hindurch, am Haus bellte ein Hund. Opa rückte an seiner Mütze und sah ein bißchen wie Joachim in alt aus, der Großvater hatte den gleichen Sehfehler und trug eine ähnliche Brille.

»Zellepiiien ...«, rief Anneli. Wir flitzten ein paar Stufen hinunter und in den Garten, am Hofhund vorbei, der auf Zeppelin lossprang, aber von seiner Kette gebremst wurde und einen Salto in der Luft schlug.

Übermannshoch wuchs hinter dem Haus das Schilf, ein schmaler Streifen zum Wasser war freigeblieben als Pfad zum Bootssteg. Auf dem Steg saß ein Mann mit braungebranntem Gesicht, eine Zigarette im Mundwinkel, und angelte. »Onkel Rudolph?« riefen wir.

Der braungebrannte Mann grinste und nickte. Er nickte auf gründliche Art, wie ich niemals jemanden hatte nicken sehen, so, als verursache ein Motor in ihm das Auf und Ab der Kopfbewegung. Die Zigarette behielt der Onkel im Mund, senkte das Kinn abwärts, so daß die Zigarette fast seine Brust berührte. Onkel Rudolph deutete mit der Hand auf den See: »Rin ins Vergnügen!«

Wir zogen uns aus und sprangen ins Wasser.

Onkel Rudolph kannten wir nur von Bildern her, mit dem weißen képi der Fremdenlegion auf dem Kopf. Sein Gesicht war so dunkel wie auf den Fotos. Einwandfrei war dies unser Onkel, der aus Afrika gekommen war. Wir drehten uns um, während wir hinausschwammen, und betrachteten ihn. »Ohne Brille seh' ich nicht viel«, prustete Joachim. »Aber mir sieht er ganz gesund aus.«

Zeppelin meinte, er müsse Anneli retten, schwamm

ihr hinterher und kratzte ihr den Rücken auf. Annelis Schreie hallten über das Wasser. Onkel Rudolph auf dem Steg lachte. Er steckte sich eine neue Zigarette an. Der blaue Rauch stieg senkrecht hoch.

Wiederum vollführte der Hofhund einen Salto an seiner Kette und bellte und jaulte. Vom Haus kam ein Mädchen gerannt, in Annelis Alter, wir wußten: eine weitere Cousine von uns, Laura. Soeben war sie mit ihrer Mutter angekommen. Das Haus der Großeltern füllte sich, so hatte sie es gern. »Platz da!« schrie Laura. Im Laufen zog sie sich das Kleid über den Kopf und sprang mit einem Hechtsprung vom Steg ins Wasser. Onkel Rudolph bekam ein paar Spritzer ab, er hielt die Zigarette in die Höhe.

Eine Szene aus einem Reklamefilm für Freikörperkultur? Oder der Nachmittag eines Fauns, Onkel Rudolph als Faun? Heute möchte ich es gern so sehen. Die Wahrheit war, daß wir alle Badeanzüge trugen. Badeanzüge, nicht Badehosen. Meiner war blau mit einem aufgenähten Delphin auf dem einen Hosenbein, ein verschossenes Blau, das Oberteil weiß und blau gestreift. Anneli trug einen verwaschenen roten Badeanzug, der ihr ein bißchen groß war, sie hatte ihn von einer Freundin geerbt. Lauras Badeanzug war blau wie meiner, etwas dunkler in der Farbe vielleicht.

Und Onkel Rudolph? Er trug einen schwarzen Badeanzug mit Trägern und Beinlingen. »Ihr habt mir die Fische verscheucht«, rief er. Dann zog er unter dem Steg einen aufgeblasenen Schlauch für einen Autoreifen hervor, aus leuchtend rotem Gummi. Er ließ sich hineinfallen und paddelte auf den See, mit einer Hand, in der anderen hielt er die Zigarette, so lange, bis sie zu Ende geraucht war. Onkel Rudolphs Hintern hing im kühlen Wasser. Zeppelin schwamm drei- oder viermal um dieses improvisierte Schlauchboot herum, vielleicht überlegte er, ob er hineinbeißen solle. Dann ließ er von Onkel Rudolph ab. Das Schlauchboot trieb weiter auf den See hinaus.

Wir blieben viel zu lange im Wasser. Am Ende saßen wir mit blauen Lippen auf dem Steg, blickten weit über den See, wo Onkel Rudolph in seinem Schlauchboot kleiner und kleiner wurde. Die Packung mit seinen Zigaretten und ein Sturmfeuerzeug lagen auf den Bohlen. »Wir können 'ne Lulle zischen«, schlug Laura vor. Joachim mimte Gleichmut, klaubte eine Zigarette aus der Packung. Er zündete sie an, tat einen Zug und reichte sie an Laura weiter. Wir pafften reihum und fühlten uns gut. Weil es was Heimliches und zugleich Luxuriöses war, sahen wir darüber hinweg, daß uns die jämmerlichen Badekostüme an den Körpern klitschten und hintenherum klemmten. Wasser lief an den Beinlingen heraus, unter uns bildeten sich Pfützen, und in der Stille des Nachmittags hörte ich, wie Tropfen durch die Ritzen auf das Wasser fielen.

Das kann ich heute erzählen, als sei es vor wenigen Minuten geschehen. Damals, auf dem Lindower Steg, gehörten wir zusammen, Kinder, die eine Clique bildeten, notfalls gegen die Erwachsenen. Wir fühlten uns nicht verloren wie unter dem Menschengewühl im Strandbad Wannsee, das damals noch fast urwüchsig war, die Terrassen, wie wir sie heute kennen, wurden erst später gebaut. Ungeniert gaben sich die Berliner dort dem Badeleben hin. Im letzten Sommer hatten wir zwischen zwei Familien gesessen, deren weibliche Mitglieder Unterröcke, sogar Korsetts und Büstenhalter trugen. Sie mampften Schlackwurstbrote, das fettige Stullenpapier trieb vor dem Wind über den Sand. Ein Kind in einem ähnlich uneleganten Badeanzug, wie wir ihn trugen, stieß einen blauen Ball vor sich her, auf dem weiß in großen Buchstaben NIVEA leuchtete. Der Ball flog einem Mann an den Kopf, der in seiner Sandburg lag, die Hosenbeine hochgezogen, man sah Socken und Sockenhalter. Der Mann sprang auf, fing sich den Jungen und schwalbte ihm eine. »Hören Sie mal«, rief die Mutter des Jungen, »ist das Ihr Kind?«

»Nee, aber mein Kopf«, brüllte der Mann.

Vorne am Wasser standen zwei oder drei Kerle in Hosenträgern. Sie wühlten ihre käsigen Füße in den Schlamm, hielten die Arme über der Brust gekreuzt und blickten über die Bucht, wo in der Ferne die Spreekähne zogen. Dazwischen ein paar mutige Schwimmer, in Kostümen, die dem Badeanzug von Onkel Rudolph glichen. Sie warfen sich in die Fluten, bald sah man weit draußen ihre Köpfe. Die Mädels hockten im seichten Wasser und sahen den Schwimmern nach.

Kinder wollen möglichst so sein wie andere Kinder. Ich gestehe, daß ich spät schwimmen lernte. Eine Weile tat ich so, als könnte ich es und wurde ausgelacht. Unser Vater erzählte, wie er als Husar in der Schwimmanstalt der Potsdamer Kaserne vom Zehnmeterbrett gesprungen sei. Wir glaubten es ihm, er war einer jener erwähnten mutigen Havelschwimmer. Jedoch: Was nützte das mir? Ich fürchtete mich, wenn mein Kopf unter die Wasseroberfläche geriet. Heimlich übte ich zu Hause, mit dem Bauch auf einem Hocker liegend, Schwimmbewegungen, die Joachim mir vormachte. Trotzdem hatte ich immer wieder Angst, sobald feststand, daß die Familie nach Wannsee fuhr, zumal ich auch gesehen hatte, wie der Schwimmlehrer seine Schüler mißhandelte, sie an einem langen Stecken durchs seichte Wasser schleppte und hin und wieder ohne ersichtlichen Grund einfach untertauchte.

Eines Sommertages verlor mein Vater die Geduld. »Gibt's nicht«, sagte er in seiner kurz angebundenen Art, »ein Lümmel, der nicht schwimmen lernt. Ich halte dich fest, und wir schwimmen los.« Ich klammerte mich an ihn, schluckte Havelwasser und Tränen hinunter. Wie weit schwamm er mit mir? Fünfzig Meter? Hundert? Mir schien, als müßten wir gleich das andere Wannseeufer erreichen. Wassertretend hielt er mich hoch und rief: »Fünf Mark, wenn du zurückschwimmst.«

Einen Heiermann! Damals, vor der Inflation, war das viel Geld. Ich sehe Vaters Gesicht vor mir. Er blickte mich mit seinen blauen Augen an, aber in den Augenwinkeln sah ich eine Bewegung. Kein Blinzeln, irgendwas kurz davor. Ich sah, daß er die Angelegenheit mit Humor betrachtete, mich weder auf der Stelle ersäufen noch über mich spotten würde, wenn ich es nicht schaffte. Ich stieß mich von ihm ab, machte Schwimmbewegungen, schluckte Wasser und wirklich, ich bewegte mich auf den Strand zu. Fünf Mark! Ich schwamm und schwamm. Wie lange? Eine Stunde? Einen Nachmittag? Endlich spürte ich Boden unter den Füßen, richtete mich auf und rannte hinter Vater her, um mir den Heiermann abzuholen, den blanken. Tante Deli, in schwarzem Badekostüm mit Rüschen, unter einem Sonnenschirm hingelagert, sagte: »Na, also.«

Natürlich konnte Anneli schwimmen, seit sie auf der Welt war, wenigstens so ungefähr. Und Joachim, davon war ich überzeugt, hatte es nie lernen müssen. Er hatte lediglich darauf zu achten, daß er seine Brille abnahm.

Auch jetzt, in Lindow, lag sie auf dem Steg, neben Onkel Rudolphs Zigarettenetui. Ich war glücklich. Ich hatte mitmachen können bei diesem spontanen Badefest, mußte nicht verloren auf dem Steg rumstehen und den anderen zusehen, wie bei unserem letzten Besuch vor zwei oder drei Sommern.

Joachim ähnelte dem Großvater äußerlich, wegen der Brille. Laura aber ähnelte unserer Großmutter in ihrem Wesen. Beide waren fürs Leben auf dem Land geboren, in der Stadt konnte man sie sich nicht vorstellen. Nicht einmal in der relativen Ländlichkeit unseres Vorortes. Felder und Wälder schlossen sich an den verwilderten Park und die Festwiese des Schützenhauses an, aber es war nicht dasselbe. Die Nähe der Riesenstadt, inzwischen Groß-Berlin, wie jeder immer wieder stolz betonte, als sei es sein höchstpersönliches Verdienst, daß die Gemeinden zusammengeschlossen worden waren – die Nähe dieses Molochs blieb spürbar. Vom Bahnhof marschierten Rudel von Ausflüglern zum Schützenhaus, wenn es das Wetter erlaubte. Sie sahen alles andere als ländlich aus mit ihren Strohhüten und den ein bißchen zu eleganten Anzügen, die Mädchen in Kleider gehüllt, die man als »Sonntagskleider« bezeichnen konnte. Jeder wollte etwas darstellen.

Obwohl wir uns das nicht klarmachten, wollten auch wir etwas darstellen, jeder auf seine Art. Vater einen Wirt, der Freundschaft hielt mit seinen Regimentskameraden. Tante Deli spielte ernsthaft die Wirtin, die »den Laden schmiß«, und Sternchen spielte den Radrennfahrer und Tausendsassa, der alles organisieren kann. Joachim spielte den Kintopp-Besitzer. Nur Anneli stellte sich selbst dar, heute scheint mir, sie war die einzige Ehrliche von uns.

Und ich? Wenn ich es recht überlege, ich spielte den Weisen, den »über meine Jahre hinaus Gereiften«. Mir hätte eine Laufbahn als Guru offengestanden, aber davon wußte ich damals noch nichts. Warum müssen Gurus immer aus Indien kommen? Warum nicht aus Berlin?

Statt dessen wurde ich Joachims Schlappenschammes, wie Sternchen es ausdrückte, der vieles sah und manchmal kluge Sätze vom Stapel ließ. Aber auch das fiel mir erst später auf – und wieder ein. Wenn Sternchen sagte: »Du bist Joachims Schlappenschammes«, verstand ich es nicht. Schon weil ich nicht wußte, was ein Schlappenschammes ist.

Laura war anders. Mit ihren weit auseinanderstehenden hellblauen Augen blickte sie energisch um sich, sie entschied, was gespielt wurde. Auf einer Wiese hielt Opa Schafe, vier insgesamt. Eins davon war zahm, Laura nannte es Klöterlämmchen. Seine Mutter, Klöterliese, mochte uns nicht, aber Klöterlämmchen lief hinter uns her, ließ sich geduldig von Zeppelin in die Fersen zwicken und verzehrte mit augenscheinlichem Vergnügen Salate, die Laura und Anneli ihm aus grünen Birnen, heimlich ausgegrabenen Frühkartoffeln und Löwenzahn bereiteten.

Laura bestimmte auch, daß die Puppen zweimal täglich gewickelt wurden. »Siehste nich? Die sind naß. Und Kacke is ooch in den Windeln«, behauptete sie. Anneli machte ein durchaus ernstes Gesicht und rümpfte das Näschen, wenn sie die Windel ihrer Schlafaugenpuppe öffnete. In der Küche kochten die beiden Brei aus Haferflocken. Großmutter kam dazu, sah die Schweinerei, die sie angerichtet hatten, und lachte, daß ihr Riesenbusen wackelte. »Ach, ihr«, sagte sie. Das kannten wir schon von unserem Vater.

Wir hatten den Eindruck, daß Großmutter selten nach dem Rechten sah, sondern meistens auf der Terrasse vor der Glasveranda im Korbsessel thronte. Von da aus konnte sie in den Gemüsegarten hinüberspähen, wo Großvater sich gemächlich hackend zwischen Kohlpflanzen und noch winzigen Teltower Rübchen bewegte. Seine Hacke besaß einen enorm langen Stiel, denn er bückte sich nicht gern.

Tatsächlich aber brachte Großmutter, mit Hilfe von Tante Deli, drei Mahlzeiten täglich auf den Tisch. Reichliche Mahlzeiten, trotz der schlechten Zeiten, die in der Runde der Erwachsenen dauernd erwähnt wurden, manchmal waren es sogar lausige Zeiten. Diese Mahlzeiten reicherten die Frauen durch Verwendung der Fische und Krebse an, die Onkel Rudolph aus dem See zog, und mit Gemüse aus Opas Garten.

Lauras Mutter half selten. Lauras Mutter war vor allen Dingen schön. Wir Kinder wurden derart oft darauf aufmerksam gemacht, daß wir es schließlich einsahen. Joachim meinte, sie sei ebenso schön wie Hannelore aus der Eis-Anneliese, aber anders.

Lauras Mutter schritt im Strandanzug, Illustrierte unter dem Arm, eine Zigarette aus langer Spitze rauchend, zu einer Hängematte, die Opa ihr zwischen zwei Apfelbäumen gespannt hatte. Sie bettete sich in diese Hängematte, baumelte mit einem Bein. Das wie bei einer Matrosenhose ausgestellte Hosenbein flatterte. Sie las »Uhu« oder »Die Dame«, manchmal die »Berliner Hausfrau« – die hatte Oma abonniert. Auf dem gelackten Bubikopf von Lauras Mutter spiegelte die Sonne.

»Tante Frieda liest wieder«, brummte Onkel Rudolph. Mit seiner Krebsreuse zog er ab, hinunter zum See, blaue Wölkchen paffend, obwohl, wie ihm jeder mitteilte, Zigaretten seiner Lunge schadeten. Onkel Rudolph rauchte Kette.

Schon glaubte ich, daß in Lindow das Thema Kintopp ausgeklammert sei. Selbst Joachim schien vergessen zu haben, was er im Schützenhaus, nach seiner Art ein bißchen hochtrabend, »seine einzige Leidenschaft« nannte. Da sagte eines Abends Onkel Rudolph: »Wollt ihr Filme sehen?«

Alle redeten durcheinander, sagten »Vielleicht« und »Warum nicht?« und »Besser morgen, oder?«. Nur Joachim war Feuer und Flamme, jedenfalls bemerkte die Großmutter: »Der Bengel ist ja Feuer und Flamme.«

Wenig später saßen wir im verdunkelten Zimmer vor

einem Bettlaken als Leinwand. Onkel Rudolph kurbelte an einem bemitleidenswert primitiven Projektor und zeigte uns, was er an Filmen aus Afrika mitgebracht hatte. Wir sahen unseren Onkel in voller Fremdenlegionsuniform, auf einem Kamel trabend. Wir sahen Araber, die ebenfalls auf Kamelen trabten und Flinten in die Luft warfen. Dann ein Wüstenfort mit Zinnen, vor dem Männer angetreten waren, die genauso aussahen wie Onkel Rudolph. Vor den Legionären ritt ein Mann auf einem Pferd auf und ab, wahrscheinlich ein Offizier, ich erinnere mich kaum an Onkel Rudolphs Erklärungen, was diese Streifen anbetrifft. Endlich kam eine ziemlich unterbelichtete Rolle, da war eine Frau zu sehen, die mit dem Bauch wackelte. »Rudi, das ist nichts für Kinder«, rügte Großmutter. Opa lachte.

Onkel Rudolph machte Licht an und nahm die Rolle heraus. Elektrisch hatten sie in diesem alten Haus erst seit einigen Wochen, die Petroleumfunzeln, mit denen das Haus vorher beleuchtet worden war, standen noch überall herum. Ich hatte Oma gefragt, wozu sie so viele Petroleumlampen brauche. Da hatte sie mir das mit der Elektrizität erklärt. In Berlin hatte ich in manchen Wohnungen zwar noch Gasbeleuchtung gesehen. Doch hatte ich nie gedacht, daß Elektrizität eine neue Errungenschaft sei.

Die Rolle, die dann lief, interessierte uns. Auf der Leinwand führte Onkel Rudolph einen Bären an einer Kette hinter sich her. Onkel Rudolph berichtete im Stil eines Rundfunkreporters: »Dies, meine Herrschaften, ist ein Tanzbär. Der Bär trat öffentlich auf. Sein Besitzer blies auf der Flöte, und der Bär tanzte. Danach sammelte der Mann Geld ein. Leider habe ich das nicht gefilmt.«

»Warum nicht?« fragte Anneli.

»Weil eine Kamera schwer ist, man hat sie nicht immer dabei.«

Auf der Leinwand erhob sich der Bär, blieb auf den Hinterpfoten stehen, aber er tanzte nicht. »Das ist gar kein Tanzbär«, flüsterte Laura. Tante Frieda zischte: »Ruhe. Sonst kriegste eine geschwalbt.«

Onkel Rudolph fuhr fort: »Der Bär tat mir leid. Er hatte eine Wunde am Hals von der Kette. Auf der Wunde saßen die Fliegen. Ich fragte den Mann, ob er den Bär verkaufe. Der Mann überlegte. Dann nannte er einen Preis. Einen ziemlich hohen Preis. Ich habe nicht mit ihm gehandelt, habe bezahlt«, sagte Onkel Rudolph stolz.

Der Bär schaute jetzt in die Kamera. Die Kamera war nähergerückt oder der Bär. Man sah nur den Kopf. Der Bär zwinkerte mit einem Auge. Wir lachten.

»Der Mann mit der Flöte«, sagte Onkel Rudolph, »drückte mir die Kette in die Hand. Der Bär ging hinter mir her. Es tat mir leid, daß er diese Wunde hatte, aber ich konnte ihn ja nicht ohne Kette laufen lassen.«

»Wieso nicht?« fragte Laura. »Klöterlämmchen läuft auch ohne Leine. Und Zeppelin.«

»Aber nicht der Hofhund«, sagte Onkel Rudolph. »Hofhunde und Bären sind gefährlich, klar? Als ich aus der Stadt raus war, zog ich mir die Unterhose aus und schob sie dem Bären über die Wunde. Da guckte er genauso wie eben im Film. Er zwinkerte mir zu, und ich wußte, wir werden Freunde.«

Opa fragte: »Warum hast du dir nicht das Hemd ausgezogen?«

»Wegen Sonnenbrand«, sagte Onkel Rudolph.

Die Spule war zu Ende, eben lief das unbelichtete Ende durch. Wir gingen wieder hinaus auf die Veranda, es sollte Blaubeeren geben.

»Dick und Doof wären mir lieber gewesen«, flüsterte

Joachim. Ich antwortete nicht. In diesen Ferien mochte ich überhaupt keinen Kintopp.

Nachts schlichen wir Kinder aus dem Haus und schwammen im Gudelacksee. Der Mond, eine kräftige Sichel, die viel Licht verströmte, lag auf dem Rücken über dem Horizont und stieg schnell höher. Wenn wir das Wasser mit den Armen zerteilten, blinkten die Wellen silbern. Vor uns lag fast schwarz die Insel mit ihrem Ziegelschornstein, der in den Himmel ragte. Es sah aus, als habe die Insel einen Griff, einen für Riesen. Der Riese würde kommen und die Insel an diesem Griff aus dem Wasser heben. Es würde eine Flutwelle geben, die uns verschlang.

Einmal, als wir zurück in unsere Zimmer tappten, hörte ich aus einem der Schlafzimmer die Stimme von Tante Deli: »Ich wünschte, du wärest wieder Oppusoff.«

»Oblomow«, brummte mein Vater.

Es roch nach Zigarre.

Viel zu früh fuhr Ede Kaiser mit seinem Chevrolet vor. Die Ferientage bei Oma und Opa waren zu Ende. Sie standen alle am Zaun, Großvater, Großmutter, Laura, Tante Frieda, Onkel Rudolph und Klöterlämmchen. Sie winkten, und Laura rief: »Gute Reise!«

»Ach, ihr«, sagte Großmutter und verschränkte die Arme unter ihren Brüsten.

6

Seit kurzem beschäftigten wir im Schützenhaus einen älteren Kellner mit Namen Krause. Da er einen Bart trug wie Robinson auf einer Abbildung in dem Buch mit Robinsons – des echten – Geschichten, nannten wir ihn Robinson Krause.

Robinson Krause wußte alles besser als Tante Deli. Bald galt er, den alle Herr Ober oder einfach Robinson Krause riefen, als Born der Weisheit. Jeder wendete sich an ihn, nicht nur wir, auch die Stammkunden. Dazu kloppte er Sprüche, gratis und franko, wie Joachim kommentierte: »Robinson Krause quasselt, bis er Fusseln an den Lippen kriegt. Und das gratis und franko.«

Spielte Werner Spiehr seine Schlagermelodien am Klavier im kleinen Saal, servierte Robinson Krause ihm ungefragt eine Molle: »Noch 'n Bier für Herrn Spiehr am Klavier«, rief er und kredenzte das schaumgekrönte Glas mit eleganter Gebärde. Radke verlangte die Speisekarte. »Heute jibt et Schweinebraten – für die neuen Demokraten«, reimte Robinson.

»Selber Demokrat«, giftete Radke, mit einem Blick, der später Peter Lorre in dem Film »M« berühmt machen sollte.

Frau Radke, die ihr Innenleben bereits mit ein paar Eierlikörchen stabilisiert hatte, legte die Hand auf den Arm ihres Mannes und sagte: »Laß'n doch. Er ist einfach süß.«

»Mach dein'n U-Bahn-Tunnel zu«, sagte Radke und

scheuerte vorsichtshalber Lieschen eine, die mit uns hereingekommen war.

Lieschen war jetzt groß, mit Brustansatz, und ich glaube, Werner Spiehr hatte was mit ihr. Jedenfalls spazierten die beiden manchmal gemeinsam zum Schützenhaus, auch wenn die ollen Radkes nicht mit von der Partie waren. Von Robinson wurde Lieschen zuvorkommend behandelt. »Det junge Glück steht auf Ihrem Jesicht geschrieben«, sagte er. Nie nahm er Geld von ihr, setzte alles den alten Radkes auf die Rechnung. Da die meistens erst zahlten, wenn sie duhn waren, merkten sie es nicht.

Um den Stammtisch versammelte sich, was unser Vater »seine Freunde« nannte. Hubert, der Bierfahrer, brachte, wenn er frei hatte, seine Frau mit, die stammte auch aus Westpreußen. Sie schob einen Kinderwagen, in dem lag Mathilde. Manchmal nahm Hubert sie aus dem Kinderwagen und setzte sie auf seine Knie, auf die braunen Manchesterhosen, die alle Bierfahrer trugen. Dann mußten die anderen am Tisch sagen, wie hübsch Mathilde sei. Sie war aber nicht hübsch, hatte kaum Haare auf dem Kopf. Und eine Knollennase wie Sternchens Freund Werner.

Joachim sagte, Hubert habe noch einen älteren Sohn, aber von einer anderen Frau.

Ede Kaisers Verlobte, ein dralles, brünettes Mädchen namens Minnamartha, war die Schwester von Huberts Frau, also auch aus Westpreußen. Sternbild Steinbock, Ede sagte, Steinböcke können gut rechnen, mit solchen Menschen kommt man zu was. Minnamartha machte ihm die Buchhaltung. Hatte angeregt, daß er sich die Taxen kaufte und den Mietwagen, alles auf Kredit. Erst wollte Ede nicht, »Minnamartha treibt mir in den Abjrund«, sagte er zu seiner Verlobten gewendet, aber er schielte zu den anderen rüber und lachte. »Oller Schafskopp«, sagte Minnamartha, und es klang zärtlich. Für solche Nuancen hatte ich auf einmal Sinn.

Minnamartha trank Weiße mit Schuß. Robinson servierte das Glas mit unnachahmlicher Grandezza. Ede sagte, er habe das zuerst nicht machen wollen mit den Taxen, aber Motortaxe war modern, Pferdedroschken fuhren immer weniger. Es herrschte Krieg zwischen den Chauffeuren und den Kutschern, sie machten sich die Standplätze streitig, und der Magistrat mußte das neu regeln. Jetzt, wo wir Groß-Berlin waren, gab es Fuhren weit nach draußen in die neuen Vororte. Das konnten die Pferdedroschken nicht bewältigen. »Es soll«, sagte Minnamartha, »viel Elend gegeben haben.«

Tante Deli sagte, Ede solle erzählen, wie sie ihm Pferdeäppel ... Ede sagte, es sei so schlimm nicht gewesen. Einmal hätten sie ihm frische Pferdeäppel auf den Kühler gelegt, als er nur mal schnell austreten war, am Stettiner Bahnhof. Er wußte auch, wer das gemacht hatte. Zum Kutscher mit einer ganz mickrigen Kracke vor der Droschke habe er gesagt: »Der Gaul hat aber schöne Knochen. Wie wär's denn, wenn Sie ihm auch 'n bißchen Fleisch anziehen würden?«

»Deswegen keine Feindschaft nicht«, sagte Ede. Abschließend schluckte er einen Kümmel, und Minnamartha sagte, er solle nicht so viel saufen, der Kümmel koste hunderttausend Mark und sei so 'n olles Ersatzzeug.

»Na, hören Se mal«, sagte mein Vater.

Minnamartha, Steinbock, hatte auch die Idee, daß man Kredite mit schlechtem Papiergeld zurückzahlen könnte. Ich glaube, mein Vater griff die Idee auf und zahlte die Hypotheken zurück, die auf seinen Häusern lasteten. Es kamen damals eine Menge Leute auf diesen Gedanken. Inflationsgewinnler nannte man sie. Uns hätte man genauso genannt, wenn es jemand herausbekommen hätte. Nachher wurde, meine ich, ein Gesetz erlassen, und es ging nicht mehr. Aber das meiste war bezahlt, und als die Rentenmark kam, lieh mein Vater seinem Regimentskameraden »gutes Geld«. Ede konnte den Rest zurückzahlen.

Aber das geschah später, als Ede und Minnamartha geheiratet hatten, im Schützenhaus. Sie bekamen einen Sohn, den sie Karl nannten. Karl Kaiser. Mit solchem Namen mußte der Sohn herumlaufen.

Manchmal kam Papa Warnicke, der hatte ein Schützenhaus in einem anderen Vorort, ähnlich wie unseres gelegen, weit draußen am Stadtrand. Papa Warnicke war auch ein Regimentskamerad, aber schon Reserve 1904, darum nannten sie ihn Papa, obwohl er noch jung war. Er kam immer an seinem freien Tag und brachte seine Bedienung Lydia mit, die hatte Zähne mit viel Metall im Mund. Tante Deli sagte: »Mit der hat Papa Warnicke ein Verhältnis.« Ausgerechnet Tante Deli. Hatte sie etwa mit unserem Vater kein Verhältnis?

Allmählich wußte ich Bescheid. Ich wußte auch über die Mädchen Bescheid, jedenfalls theoretisch. Beobachtete Anneli, wie sie sich entwickelte. Anneli war ein anderer Typ als Lieschen Radke. Bei Anneli sah man noch nichts von Busen. Sie bekam lange Beine, trug Wadenstrümpfe und manchmal schon hohe Absätze. Trotzdem war sie immer noch mehr wie ein Junge.

Werner Spiehr saß nebenan oft bei offener Tür und klimperte auf dem Klavier: »Salome – schönste Blume des Morgenlands«. Oder »Hallo, du süße Klingelfee«. Er kannte alle Texte und sang dazu. Die Gäste mochten das. Manchmal spielten die Männer Skat, »um Pfennige«, wie sie das nannten, aber ein Pfennig war zigtausend Mark, und die Scheine lagen in Stapeln auf dem Tisch. So ging es bis November, da kam die Rentenmark. Bis dahin mußte Robinson Krause allerdings noch etliche Bierchen servieren. »Ober, noch 'ne Molle«, war der meistgesprochene Satz in unserer Gaststube.

Die Frauen mochten Berliner Weiße mit Schuß. Wir hatten große und kleine Weißbiergläser. Die Frauen wollten die kleinen. »Und einen Strohhalm, Herr Ober.« Robinson, in seiner weißen Jacke, brachte Strohhalme und öffnete die Papierhüllen mit einem Trick. Die Hülle blieb am oberen Ende, leicht abgeknickt, haften. »Früher hatten wir sojar Zweiliterjläser«, kramte Robinson in seinen Erinnerungen. »Vier oder fünf Leute am Tisch teilten sich eine Weiße. Sie machten mit dem Daumen Zeichen am Rand, einer jrade, einer ein bißchen, der andere janz schräg, da wußten sie, wo sie jetrunken hatten. So ähnlich wie die Türken mit der Wasserpfeife, mehrere Mundstücke.«

»Woher wissen Sie denn wat von Wasserpfeifen?« fragte Hubert, der sein Baby schaukelte, daß dem fast der Kopf abfiel.

»Ick war im Krieg uff'm Balkan«, sagte Robinson.

Und Huberts Frau rief: »Paß auf, das Kind!«

Das Kind, Klein-Mathilde, mochte es, wenn Hubert sie wild schaukelte.

Eines Abends kam das Gespräch auf den Kintopp. Werner Spiehr, die Knollennase von etlichen Mollen gerötet, sagte: »Den Joachim, den verstehe ich. Wo die Filmkunst solchen Aufschwung nimmt, sollte man sich beeilen. Warum machen wir kein Kino im großen Saal?«

»Weil wir«, sagte mein Vater, »den großen Saal brauchen.«

»Moment«, mischte Sternchen Siegel sich ein, »gerade herausgefragt: Was war los im großen Saal im letzten Jahr? Nebbisch, e paar Hochzeiten, einmal Schützenfest, ziemlich lahm, darf ich mir erlauben, und das Kinderfest. Bitte gefälligst. Is das e Auslastung?«

Joachim hatte seinen Stuhl näher an den Tisch gerückt. Er rieb sich die Augen unter der Brille, sagte aber nichts.

Tante Deli rief: »Untersteht euch. Wer soll das betreiben? Der Junge?« Sie deutete auf Joachim: »Der Junge ist minderjährig. Ich muß mit ansehen, wie er Filme vorführt, die nicht jugendfrei sind, oder?«

»Moment«, sagte Werner Spiehr. »Wir können das deichseln. Offiziell wird Sternchen Vorführer oder ich. Besser Sternchen, ich mach' Musik und erkläre.«

»Und die Apparate? Wer kauft die Apparate? Man muß richtige Apparate haben, oder irre ich mich?«

»Projektoren«, murmelte Joachim, aber niemand hörte auf ihn.

Werner Spiehr sagte, er kenne einen Kinobesitzer in der Innenstadt, mit einer billigen Klitsche. Der Mann wolle aufgeben. »Er verkauft die Apparate«, sagte Werner, »und die Einrichtung. Stuhlreihen, die Projektionsleinwand. Der Ramsch ist billig zu haben. Zum Teil Devisen, zum Teil Papiermark.«

»Devisen«, zürnte Tante Deli. »Höre ich richtig? Wer hat Devisen?«

Sie stand auf und schüttelte den Rock, was ihre blassen Beine enthüllte. »Vielleicht fallen mir Dollars aus den Falten? Vielleicht steht ein Goldesel im Stall? Dazu ein Lastwagen Papiermark. Hier –« sie griff einen Schein, der vom Kartenspielen auf dem Tisch lag –, »wißt ihr, was der wert ist? Eine Molle und einen Korn. Oder einen Kümmel, nach Wahl. Für einen Eierlikör reicht's nicht mehr, der ist teurer. Nee, Jungs, det schlagt euch aus dem Kopp.«

»Moment«, sagte mein Vater. »Nimmt er Goldmark?«

Werner lachte. »Noch besser«, sagte er.

»Bongforzionös«, sagte Tante Deli. »Wir schmeißen mit Goldmark um uns.«

Mein Vater sagte: »Joachim, was denkst du?«

»Ich weiß nicht, woher ihr die Kröten nehmen wollt.« Sein Gesicht war rot. »Aber die Idee ist gut. Der Kinobesitzer in der Stadt gibt auf. Logisch, in der Nähe gibt es die Filmpaläste. Fünfzehnhundert Plätze. Aber hier draußen! Die Leute wollen nicht immer nach Berlin fahren, um einen Film zu sehen.«

Er sagte »nach Berlin fahren«, wie alle Leute in den Vororten.

»Wer's glaubt«, sagte Tante Deli.

Mein Vater brummte: »Laß ihn mal quasseln.«

Joachim fuhr fort: »Wir fangen mit Matinees an, für die Familie. Ich meine Filme, die für alle geeignet sind. Oder ein Kurzfilm-Sonntag. Dann, als nächstes, Freitagabendkino. Am Freitag bekommen sie Lohn.«

»Dafür sollen sie sich 'ne Molle kaufen«, schrie Tante Deli.

Zeppelin fuhr unter Annelis Stuhl vor und bellte. Aber Tante Deli, einmal in Fahrt, beachtete den Hund nicht.

»Alle rennen in euern Kintopp, die Kneipe bleibt leer. Und der Mensch, der uns den Laden angedreht hat, der aus der Stadt, fährt mit einem Lastwagen Geld in die Schweiz. Da kauft er sich 'ne Villa und tapeziert die Zimmer mit den Geldscheinen, oder? Nee, das schlagt euch aus dem Kopp. Da beißt sich der Hund in den Schwanz.« Sie warf einen Blick zu Zeppelin hinüber, der wieder unter den Stuhl rutschte.

Ich dachte daran, wie Zeppelin sich manchmal in den Schwanz biß, wenn er Flöhe hatte. Zeppelin drehte sich dann im Kreis, in der Hoffnung, daß die Flöhe sich durch Fliehkraft auf seinem Schwanzende versammelten, schließlich biß er hinein.

Inzwischen redeten alle gleichzeitig. Hubert, der Bierfahrer, war für den Plan, er sagte, nach dem Kino kämen sie auf 'ne Molle ins Schützenhaus. Seine Frau sagte: »Keiner wird kommen. Hier raus kommt keiner, um ins Kino zu gehen.« Ihre Schwester, Ede Kaisers Verlobte, sagte »Vielleicht doch«, und Ede meinte, manche würden, sternhagelvoll, mit der Taxe in die Stadt zurückfahren. Robinson Krause sagte: »Kino ist immer gut. Kino ist das neue Medschumm.« Worauf Papa Warnickes Freundin Lydia ihn anfuhr: »Oller Esel! Die Zukunft jehört det Radio!«

Joachim wollte noch etwas sagen, aber sie ließen ihn nicht zu Wort kommen. In ihren Augen war er ein Kind, und es war ohnehin sensationell, daß unser Vater ihn aufgefordert hatte, seine Meinung zu äußern. Grundsätzlich hielten Kinder in Erwachsenenkreisen den Mund. Schnauze, sonst Beule.

Schließlich donnerte mein Vater: »Ruhe im Beritt!« Er stand auf und trank sein Glas aus. »Die Angelegenheit will überlegt sein«, sagte er. »Ich will das überschlafen. Gute Nacht allerseits. Im Bett kommen mir die besten Ideen.«

Ede Kaiser murmelte respektlos: »Mir komm'n se uff'm Lokus.« Aber niemand hörte ihn.

Zeppelin stand auf und folgte unserem Vater. Noch immer lag er gern unter Vaters Bett. Ich fragte mich, ob er meinem Vater in Tante Delis Zimmer nachschlich, falls die beiden dort im Bett lagen und alle die Sachen machten, über die ich nun Bescheid wußte, und was sich ein Hund dabei dachte. Vielleicht fand Zeppelin alles normal, weil ihm die Vergleichsmöglichkeiten fehlten. Nachts, wenn Wildenten im Park aufflogen und Schreie ausstießen, hörten wir Zeppelin jaulen. Das war seine Welt. Zeppelin war es egal, daß für Joachim und mich, wie Joachim schließlich auch zugab, »eine Welt zusammengebrochen war«. Wieder zeigte Joachim sich unschlagbar, was Formulierungen anbetraf.

Wir »Kinder« zogen uns in unsere Zimmer im ersten Stock zurück. Gedämpft drang der Lärm aus der Gaststube an unsere Ohren. Als ich am Einschlafen war, hörte ich Anneli herantappen. Hackengang. »Laß mich rein«, sagte sie und schlüpfte unter meine Decke, »ich kann nicht schlafen. Wie kannst du schlafen, wenn es spannend wird?«

»Was wird spannend?« flüsterte ich. »Sie werden darüber reden, morgen, übermorgen, und dann sagt mein Vater ›Eskadron – halt‹. Das kennen wir doch. So ist es immer gewesen, wenn es um unsere Angelegenheiten geht. Als du das Fahrrad haben wolltest. Hast du ein Fahrrad? Nein. Du mußt dir Lieschens Fahrrad borgen, und sie gibt es dir nur, wenn sie mit Joachim knutscht.«

»Wer spricht von mir?« Joachim stand vor meinem Bett. Flüsterte: »Rückt mal.«

Zu dritt lagen wir in meinem Bett, starrten in die Dunkelheit. Joachim murmelte: »Ich fahre morgen zu dem Onkel.«

»Welchem Onkel?«

»Der den Kintopp verkauft. Die Projektoren. Man muß wissen, was man bekommt.«

»Was man bekommt?« flüsterte ich zurück. »Du tust, als sei unser Vater bereit, dir 'nen Kintopp einzurichten. Und dann. Liest du keine Zeitung? Der Tonfilm ist im Kommen. In den großen Häusern haben sie Projektoren mit Edison-Apparaten gekoppelt. Oder mit Grammophon. Al Jolson in ›Jazz Singer‹. Da stand sogar dir der Mund offen. Tonfilm! Und dann, wenn unser Vater dir die Pro ... pro ...«

»Projektoren«, flüsterte Anneli und kicherte.

»Was gibt es zu lachen? Mir fiel gerade das Wort nicht ein.«

»Alles steckt in den Kinderschuhen«, sagte Joachim. »Nachher setzt sich eine Technik durch, von der heute die meisten annehmen, sie sei nicht machbar, die Tonspur auf dem Film. Daran wird experimentiert, das dauert. Als die Dampfmaschine erfunden war, brauchte es seine Zeit, bis die erste Eisenbahn fuhr. Oder du mit deinem Lilienthal. Die Menschen wußten immer, was Fliegen ist. Sie sahen die Vögel, die Insekten. Dann kam einer, der schnallte sich Flügel um, und es ging los.« Er rückte an seiner Brille, sah mich an oder nicht, so genau wußte ich das nie.

»Was wollte ich sagen?« fuhr er fort. »Ach, so. Die Tonspur. Ich sage euch voraus, daß man sich hier und heute noch keinen Begriff davon machen kann, mit welcher Qualität einmal Tonfilme vorgeführt werden können. Denkt an das Radio. Auch das Radio steckt in den Kinderschuhen.«

Was er mit den Kinderschuhen hatte. Kinderschuhe, das Wort fuhr in meinem Kopf herum wie ein Marder im Käfig. »Röhrenradio«, hörte ich Joachim von ferne sagen. »Bis dahin zeigen wir Stummfilme. Ach, die großen Stummfilme! Pola Negri in ...«

Ich habe vergessen, in welchem Film. Joachim hatte geflüstert, bis ihn die Begeisterung hinriß und er lauter sprach. »Pst!« zischten wir. Im richtigen Augenblick. Unten an der Treppe hörten wir den elektrischen Schalter klicken. Tante Deli kam die Treppe herauf. Wir saßen in meinem Bett aneinandergekauert, warteten, bis sie in ihrem Zimmer war. In ihrem Zimmer oder im Zimmer unseres Vaters ...

Wir mußten alle drei eingeschlafen sein. Ich erinnere mich, daß ich im Wegsinken überlegte, wie Anneli wohl die Beziehung zwischen ihrer Mutter und unserem Vater sehen mochte. Vielleicht war sie zu klein, um zu begreifen. Die Überlegung mündete in einen Traum, der Anneli zeigte, wie sie mit meinem Vater Karussell fuhr. Sie saßen auf Pferden, einem Braunen und einem

Schimmel. Die Karussellpferde trugen Schabracken wie Husarenpferde auf den Fotos, die meinen Vater als Husar zeigten, mit roter Litewka und blauer Attila, jedes Bild handkoloriert. Doch trug mein Vater im Traum ein langes, weißes Hemd wie sein Nachthemd.

Aus diesem Traum weckten mich Geräusche. Ich wußte sofort, daß mein Bruder und Anneli mit mir im Bett lagen, und tastete nach ihnen. Sie waren wach wie ich. Die Umrisse der Türöffnung waren erkennbar. Lautlos schlichen wir bis zur Schwelle. Auf dem Flur, vom Lichtschein hinterstrahlt, der aus Vaters Zimmer fiel, wandelte Tante Deli im Nachthemd. Sie schwenkte ein Leintuch. »Verdammte Wärmflasche«, brummelte sie. »Der Stöpsel schließt nicht mehr. Dies Haus ist voll von Tinneff. Nur eine Meschuggene wie ich fällt auf einen Mann rein, der im Bett liegt wie Oppusoff und alles verkommen läßt.« Sie wedelte mit dem Laken.

Wir platzten fast vor Lachen, schlichen ins Bett zurück und steckten die Köpfe unter die Bettdecke. »Kneif mich«, quietschte Anneli, »kneif mich, damit es schmerzt. Ich lache sonst laut los.«

Wir hörten, wie unser Vater sagte: »Ruhe im Beritt!« Hatte er uns gehört? Oder wollte er, daß Tante Deli ihren Monolog über den Zustand der Gegenstände im Haus und gewisse Charaktereigenschaften des Hausherrn beendete?

Er vergaß, wie sonst üblich, Oppusoff in Oblomow zu korrigieren. Das Licht ging aus. Joachim und Anneli schlichen in ihre Zimmer zurück.

Am nächsten Morgen betraten wir erwartungsvoll die Gaststube, hatte doch unser Vater angedeutet, daß er die Sache überschlafen wolle. Wir warteten auf eine Entscheidung. Doch er kam herunter, setzte sich an den Tisch und sagte kein Wort. Tante Deli knallte die Pfanne mit Rührei auf den Tisch. Sternchen Siegel schnurrte auf dem Rennrad heran. Der Eislieferant lud Stangeneis ab.

Alles wie gewöhnlich, nur daß eine Atmosphäre von Erstarrung über allem lag. Niemand war unfreundlich, niemand meckerte. Niemand sagte aber auch ein nettes Wort. Stellte Fragen, meinetwegen nach der Schule: »Geht alles gut?« Mehr wollten sie nicht von uns wissen, die Erwachsenen.

Ich bezweifelte, daß sich mein Vater mit den Kintopp-Plänen näher beschäftigen würde. Neben den Filmpalästen existierten eine Menge Flimmerkisten in Berlin. Eine, für Kinder, war bereits in unserem kleinen Saal installiert. Die Erwachsenen hielten das wahrscheinlich für ein Spielzeug. Joachim war in ihren Augen ein Kind. Ihm ein Kino einrichten? Manchmal, wenn sie meinten, wir hörten nicht zu, sprachen sie darüber, was wir Kinder werden sollten – oder könnten. Joachim betreffend war dann von »Abitur machen« die Rede. Vielleicht würde er studieren?

Mein Vater träumte von einer akademischen Laufbahn für seinen ältesten Sohn. So weit hatte es noch nie jemand in der Familie gebracht. Meinem Vater erschien das als die Krönung einer Entwicklung, die, mit der Generation meiner Großeltern, der »Millionenbauern«, einen Schicksalsknick erlitten hatte. Die stattgefundene Entwurzelung, so sehe ich es heute, sollte kompensiert werden: »Hoffentlich wird was Rechtes aus den Kindern«, seufzten sie bierschwer.

Sogar Radke renommierte: »Ich lasse Lieschen uff die Handelsschule jehen. Da lernt se Stenojrafie und Schreibmaschine, ooch Buchführung. Herr Pommrehnke, denn können Se die Kleene in't Jeschäft nehmen.«

Pläne überall.

Ein Kintopp für Joachim?

»Du brauchst gar nicht hinzulatschen, um dir die

Apparate anzusehen«, sagte ich auf dem Schulweg zu ihm. »Die Erwachsenen wollen, daß du Gerichtsreferendar wirst oder irgend so ein karierter Klugscheißer mit schwarzen Ärmelschonern und 'nem halben Appel in der Stullenbüchse. Wirst sehen, mit Kintopp ist Essig.«

»Ich glaube nicht«, sagte Joachim. »Mich schmeißt keiner aus der Kurve, wetten? Alles andere interessiert mich nicht. Ärmelschoner schon gar nicht. Mag sein, wir brauchen ein bißchen Zeit. Mag sein, diesmal klappt's nicht. Aber ich lasse nicht los. Da bin ich wie Zeppelin, wenn er 'ne Wurst kaut.«

Am Nachmittag, in der Pferdebox, konferierte Joachim mit Sternchen Siegel. Ich leimte Spanten für ein Flugmodell und hörte zu.

»Ich möchte abraten, nebbich«, sagte Sternchen Siegel auf den Vorschlag, daß Joachim sich die Apparate ansehen wolle. »Du gehst hin, se sagen, was will das Kind, bitte gütigst um Verzeihung. Genommen den Fall, wir kriegen ihn rum, den Alten. Dann kommt er, der Verkäufer sagt, das Kind ist dagewesen, bereits. Eindruck? Schwach. Äußerst schwach.«

»Ich muß wissen, ob die Projektoren was taugen.«

»Werden se nichts taugen, wenn der Mann hat bespielt sein Kino damit. Zusätzlich: Werner weiß. Er wird nich reden von de Sachen, wenn se nichts taugen. Also. Zurück auf Matte, ja? Laß Werner und mich machen.«

»Ich seh's nicht ein«, sagte Joachim, »aber ist gebongt. Ich warte.«

Sternchen drehte seinen Mützenschirm nach hinten und flitzte ab.

Ich weiß nicht, mit welchen Argumenten sie meinen Vater bearbeiteten. Werner Spiehr kam, nach Strapazierung des Klaviers mit neuen Schlagermelodien, mit dem Bier in der Hand aus dem kleinen Saal. Mit einem Augenzwinkern gab er uns »Kindern« zu verstehen, daß wir uns verziehen sollten. Sternchen sahen wir hinter der Theke hin- und hertanzen. Tante Deli stand in der Küchentür, wachsamen Blicks. Anscheinend wußten alle, was stattfinden würde. Es waren gerade keine Gäste zu bedienen. Mein Vater biß die Spitze von einer neuen Fehlfarbenzigarre und spuckte sie auf den Fußboden. Sonst wurde er von Tante Deli dafür gerügt, aber diesmal sagte sie kein Wort.

Wir trampelten die Treppe hinauf und über die Köpfe der Konferierenden in unsere Zimmer, damit sie uns dort hörten, dann schlichen wir sofort zurück. Anneli hatten wir ermahnt, auf ihren Hackengang zu verzichten. Sie ging wie ein Hase, der ein paar Schrotkugeln in den Hintern bekommen hat.

Auf der Treppe hockend, bekamen wir ungefähr mit, was sie in der Gaststube besprachen. Es ging wieder um Millionen oder Billionen. Überraschend für uns wurden mehrfach Goldmark erwähnt. Sollte es einen geheimen Schatz im Haus geben? Von den Zweimarkrollen hatte sich mein Vater gerade noch rechtzeitig getrennt, eines Tages wollte diese Münzen, entgegen allen Voraussagen, niemand mehr annehmen. Mein Vater hatte dafür den Inhalt eines Schnapsladens gekauft, in den ein Pferdefuhrwerk gerast war. Er kaufte den Bruch mit, erzielte einen sagenhaft niedrigen Preis und zahlte mit den Zweimarkstücken. Die heilgebliebenen Flaschen wurden im Eiskeller gestapelt. So gab es im Schützenhaus, entgegen der Vermutung gewisser Gäste, immer einen guten Schnaps.

Goldmark also. Wofür? Joachim verpaßte mir einen Rippentriller, legte dann die Hand ans Ohr. »Hör gut zu«, hieß das. Wir hörten Werners Stimme heraus, der wiederholte: »Kintopp hat Zukunft.« Und wir hörten

Tante Deli. Sie hielt einen mehrfach unterbrochenen Monolog, nur die Sätze, die sie im Diskant sprach, drangen zu uns herauf. Sätze wie: »Mit mir nicht.« Oder: »Ihr laßt euch von den Bälgern verschaukeln.« Oder: »Für eine anständige Wärmflasche ist kein Geld da. Aber Kinoapparate werden angeschafft.« Oder nur das Wort: »Größenwahn.«

Von meinem Vater verstanden wir nur einen Satz: »Eskadron – marsch!«

Hieß das, er würde sich die Projektoren ansehen? Oder schickte er nur Sternchen und Werner in den Keller, ein neues Faß anzapfen?

»Der Hund muß raus«, rief Tante Deli. Anneli rannte runter in die Gaststube. Wir folgten ihr.

Werner plinkerte uns zu. Er balancierte ein frisch gezapftes Bier auf dem Tablett und verschwand im kleinen Saal.

Mein Vater sagte zu Sternchen: »Sie hätten uns sehen sollen, wie der Dorfschmied lachte, als wir seiner Madame sagten, sie hätte im Garten eine Leiche vergraben, und dann buddelten wir an der Stelle, wo die Erde frisch war, und fanden fünfzig Flaschen Bordeaux. Vom Besten. Der Schmied soff sie mit uns aus. Die Madame rang die Hände, jeden Tag war sie bleicher. Die Korsettschnüre hingen ihr hinten herab. Nein, war das ein Feldzug!«

»Davon träumst du immer noch, oder?« fragte Tante Deli, und es klang verbittert.

Mein Vater lachte und wälzte den inzwischen erkalteten Zigarrenstummel im Mund hin und her.

Es geschah nichts. Wenn wir Werner oder Sternchen anhauten, zuckten sie die Achseln. »Niemand weiß nichts Gewisses nicht«, sagte allenfalls Werner.

Ein paar Tage später saßen wir am Mittagstisch und mümmelten trockenen Schmorbraten mit Einheitssoße, an der Tante Deli schuld war. Von einer Seite kam mein Vater herein, von der anderen Werner. »Haste angerufen?« fragte mein Vater. »Allet jeritzt«, sagte Werner.

»Worauf wartet ihr?« sagte mein Vater. »Alles geritzt. Wir sehen uns die Projektoren an.« Joachim schob die Brille hoch. Seine Augen traten hervor wie bei einem Krebs. »Dürfen wir mitkommen?« fragte er.

»Du und Hansi. Anneli bleibt hier. Für die ist das nüscht.«

»Ich will mit«, rief Anneli.

»Halt die Klappe«, rief Tante Deli.

»Entweder ich komme mit«, kreischte Anneli, »oder ich pinkle auf eure Filmspulen. Die mit den Chaplin-Filmen ...«

Tante Deli kam hinter dem Tresen hervor und scheuerte Anneli eine. Anneli heulte und trat mit den Füßen nach Tante Deli, die eine Art Polizeigriff anwendete. »Eskadron – marsch!« befahl mein Vater.

Draußen wartete Ede Kaiser mit seinem Privatmietwagen. »Vornehm geht die Welt zugrunde«, murmelte Werner, der noch schnell sein Bier ausgetrunken hatte und als letzter einstieg.

»Fünfmal S-Bahn hin und zurück kostet fast dasselbe«, wies unser Vater ihn zurecht. »Außerdem muß Ede was verdienen.«

Ede lachte und fing, während er den Wagen lenkte, irgendeine Husarengeschichte an. Zwischen den beiden Reserve-neunzehnhundertacht-Männern flogen die »Weißtenochs« hin und her.

Der Kintopp lag weit draußen in Schöneberg, fast schon Tempelhof. Ein umgebauter Gasthofsaal. Ein drahtiger Herr mit fast nacktem Schädel, dafür einem Walroßschnurrbart, empfing uns. »Komm' Se hier ins Extrazimmer«, schlug er vor und führte uns in ein Kabuff hinter dem Kassenhäuschen. Da standen Klubsessel um einen Couchtisch und auf dem Couchtisch der olle klassische Diskuswerfer, nur daß er ein Feuerzeug war. Aus seinem Mund kam eine Flamme, wenn man den Stein strich. Dies machte uns sofort eine Dame vor, die in einem der Sessel saß oder vielmehr lag, die Beine in glänzenden Seidenstrümpfen übereinandergeschlagen. Sie hatte einen gelackten Bubikopf, ähnlich wie Lauras Mutter, und rauchte wie jene ihre Manoli-Zigarette – die Packung lag neben dem Diskuswerfer – aus einer superlangen Spitze.

Der kleine, kahle Herr erklärte: »Ich heiße Leberecht Lehmann, L.-L. jenannt. Dafür kannick nischt, det haben sich meine Eltern ausjedacht. Aber L.-L. – det is inzwischen 'n Markenname. Könn' Se alle fragen in Kinokreisen. Nur eene andere Berufsorientierung zwingt mich ... aber davon später. Bitte, setzen Se sich.«

Wir setzten uns in die Sessel, Joachim und ich nebeneinander in einen, auf die Vorderkante. Mein Vater biß die Spitze von einer Zigarre ab. Herr Lehmann, oder L.-L., hockte auf der Lehne eines Sessels wie ein Vogel, der von einem Ast auffliegen will. Die Dame schaute rundum und lächelte. Hin und wieder blies sie einen Rauchring.

»Ick habe noch nich bekannt jemacht«, fuhr L.-L. fort, »die Dame is Kitty van Delft. Natürlich ihr Künstlername. Mein Einfall. Eijentlich heißt se Käthe Mahnke.« Er tätschelte ihr Knie, und Kitty zog ihren Mund breit. Das konnte man für ein Lächeln halten oder auch nicht. »Folgendermaßen«, sagte Lehmann, »ist der Name entstanden. Kitty, damals Käthe, nur ick nannte ihr Kitty, also Kitty und ick flanieren uff'm Ku'damm. Da sieht se blauweiße Kacheln in ein' Schaufenster von ein' Jeschäft, wat sich uff flotte Kücheneinrichtungen spezealisiert hat. ›Guck mal‹, sagt se, ›die süßen blauweißen Kacheln. Segelschiffe und Mühlen. Woher mögen die kommen?‹ Ick sachte aus Holland, und det sind Delfter Kacheln, echt, und ob ick ihr 'ne Freude damit machen kann. ›Nee‹, sagt se, ›det Jelump fällt bloß runter, und denn is allet voll Scherben.‹ Sie hat lieber wat Massivet, Jold mit Diamanten oder so.«

Kitty lächelte und wand sich in ihrem Fauteuil wie eine Schlange bei der Häutung, ich dachte, ich bin im Aquarium in der Budapester Straße, da wird Schlangenhäuten demonstriert, für Lehrzwecke.

Lehmann fragte, ob er uns langweile, wir versicherten, daß nicht, oder jedenfalls alle außer Joachim und mir und Kitty versicherten es ihm.

Kitty rammte sich eine neue Manoli in die Spitze, und Lehmann sagte:

»Kurz und jut, se wollte die Dinger nich haben. Aber tanzen, det wollte se. Und siedendheiß fiel mir ihr Künstlername ein: Kitty van Delft. Na, ist det nüscht?«

Mein Vater sagte: »Alle Achtung!«

L.-L. fügte hinzu: »Jetzt tanzt se im Winterjarten.«

»Da waren 1909 die ersten Filmvorführungen«, sagte Joachim, aber niemand hörte auf ihn.

Möglicherweise war das Stichwort aber in L.-L.s Unterbewußtsein gedrungen. Er ließ sich vom Ast beziehungsweise von der Stuhllehne fallen und rief: »Folgen Se mir!«

Wir drangen durch die offene Tür, durch die wir vorhin einen ersten Blick geworfen hatten, in den Saal, ließen Erklärungen über praktische, leicht demontierbare Klappsitzreihen über uns ergehen und verließen den Saal wieder durch eine Tür gegenüber der Leinwand. Eine Wendeltreppe führte in den Vorführraum. Da standen sie, die beiden Projektoren, die nun vielleicht uns zu echten Kinobesitzern machen würden. Ich drehte mich um, weil ich sehen wollte, was Kitty für ein Gesicht machte, aber sie war uns nicht gefolgt.

Die Projektoren sahen, im Vergleich zu unserem Heimkino-Apparat im kleinen Saal, gigantisch aus. »Das traust du dich?« flüsterte ich Joachim ins Ohr. Joachim nickte.

Sie verhandelten in dem Hinterzimmer, das sich mit Zigaretten- und Zigarrenrauch füllte. Lehmann kramte von einem Bord Wassergläser hervor und zog eine Sektflasche aus dem Papierkorb. »Darauf müssen wir anstoßen«, sagte L.-L.

Augenscheinlich waren sie sich einig geworden. Joachim rieb sich die Augen. Da ihn niemand nach seiner Meinung fragte, entwickelte er ein Blickwechselsystem mit Sternchen und Werner Spiehr, und die redeten in seinem Sinn.

Werner Spiehrs Nase glühte so rot wie die Lampe über der Tür, die zur eisernen Wendeltreppe führte.

7

Ich habe mich geirrt. Silbercondor über Feuerland – das war viel später. 1924 stieg der Junkers Metall-Eindecker G 24, 195 Ps, Zweihundert-PS-Motoren, zum ersten Mal auf. Ede Kaisers Sohn hat das neulich für mich herausgefunden, als wir in alten Fotoalben blätterten. Wir fanden viel über Fliegerei, einer von Karls Onkeln war Flugpionier, einer der ersten Piloten der Lufthansa.

Als wir unser Kino im großen Saal einrichteten, war Karl Kaiser, Edes Sohn, noch nicht geboren. Damals traten die drei Codonas auf, Alfred Codona vollführte als erster Mensch den dreifachen Salto von Trapez zu Trapez.

Vergessen? Worin liegt die Bedeutung *unserer* Geschichte? Einer Familie, die einen Schützenhaus-Betrieb und ein Flohkino zu ihrer, wie Joachim übertrieb, »Herzensangelegenheit« machte?

Die Rentenmark war da, niemand hatte Geld, alles wurde auf Kredit gekauft. Die Mieter in unseren Häusern blieben die Miete schuldig. Radke meinte, man müsse die Nationalsozialisten machen lassen, die würden Ordnung in die Bude bringen.

Sternchen Siegel kaufte sich einen Hanomag Kommißbrot, jenes winzige Auto mit offenem Dach, das vorne und hinten gleich aussah. Dazu eine neue Mütze, wieder mit Bommel. Den Schirm drehte er nach hinten, wenn er in seine Kiste kletterte.

Unsere Küchenhilfe hieß Lydia, wie Papa Warnickes Freundin. Eine Nichte von einem Regimentskameraden, wie vermutet. Lydia war mächtig und blaß, errötete leicht. Sie stammte aus Westpreußen, wurde deshalb von Edes Verlobter und deren Schwester – Bierfahrer Huberts Frau – gefördert. »Das arme Mädchen.«

Manchmal nahm Sternchen Siegel »das arme Mädchen« in seinem Hanomag mit, er pickte sie auf dem Weg von der S-Bahn auf. Das Auto hatte, wenn Lydia drin saß, Schlagseite nach rechts.

Tante Deli verschloß sich dem Förderungsprogramm für Lydia. »Himmel! Dieser Trampel!« sagte sie. »Man läßt sie Kartoffeln schälen, was kommt dabei raus? Die Kartoffeln mußte mit der Lupe suchen, die Schalen so dick wie Elefantenhaut. Kind, was meinste, wo wir leben? Im Schlaraffijenland?«

Lydia errötete. Mein Vater korrigierte: »Schlaraffenland.«

»Vielen Dank«, fuhr Tante Deli fort. »Ich weiß, daß du alles immer genau weißt. Also, ich lasse den Trampel Marmelade einkochen – steh nich rum. Worauf warteste? Schrubb die Töpfe! Oder tu irgendwas Vernünftiges. Wo war ich, ach ja. Ich denke, sie ist vom Land, kann Marmelade einkochen, was seh' ich? Sie pantscht Wasser in die Marmelade. Kind, sage ich, wo hast du das gelernt? ›Bei meiner Omi‹, sagt sie, ›die nimmt Wasser.‹ Ich bringe ihr bei, wie sie das machen soll. Sie schöpft den Schaum ab, wie es sich gehört, ich bin beruhigt. Dann sehe ich, wie sie runde Blättchen ausschneidet, das Butterbrotpapier zerschnippelt, das ist für die Schulbrote von den Kindern. Ich sage, Mensch, was machste da? Das ist das Butterbrotpapier für die Kinder ihre Klappstullen. Sie sagt, das taucht sie in Schnaps und legt's auf die Konfi – na, Konfitüre hat se nich jesagt. Auf die Marmelade, hat sie jesagt, dann schimmelt die nich. Ich sage, biste plemplem? Bei uns kommt die Konfitüre, also die Marmelade, in den Eiskeller, da schimmelt se ooch nich.«

In der Küche gab es einen Krach, als ob sie in einer Militärkapelle die Tschinellen zusammenhauen und der Neger Herr Wilson zusätzlich die Kesselpauken bearbeitet. Es war aber nichts Schlimmes. Lydia hatte einen Topf fallen lassen. Einen von den Eisentöpfen, die auf den Herd in die Ringe passen.

Wir hatten schulfrei. Ferienbeginn. Lauerten in der Gaststube herum. »Schafft die Töle aus dem Weg«, rief Tante Deli, »muß ich über die verdammte Töle stolpern?« Anneli rief: »Zeppelin!« Der Hund war nun älter, mochte nicht nach draußen. Er verkroch sich unter dem Tisch. Ich streifte die Schuhe ab und stellte meine Füße auf Zeppelins Fell. Auf dem Tisch hatte ich ein Buch über Lilienthal aufgeschlagen. Ich las gerade, wie er in die Rathenower Berge fuhr, am Tag seines Unglücksfluges. Er wäre nicht tödlich verunglückt, wenn er an seinem Gleiter den Aufprallbügel angebracht hätte, der den Aufprall gemildert hätte.

Ich las das mit Spannung. Joachim war nicht im Zimmer, er bastelte an seinen Projektoren. Die Projektoren waren ein weiterer Stein des Anstoßes, neben Lydia. Wir hatten die Bauaufsicht auf dem Hals, die Feuerwehr. Einer kam, ein kleiner Dicker in blauer Uniform, heute würde man sagen, er sah aus wie der Igel Mecki aus den Bilderbüchern, damals war Mecki noch nicht erfunden. Dieser Igelmensch mit seinem in den Nakken reichenden Bürstenhaarschnitt und einer Nase, deren Spitze ein Kartöffelchen bildete, überwachte die Brandschutzmaßnahmen.

»Gestatten, Puvogel«, sagte er und steckte sich die Mütze vorne zwischen zwei Knöpfe, die er offengelassen hatte.

Puvogel erklärte, er habe eine eigene Entflammungstabelle entwickelt, Index eins bis hundert. »Die ist deutlicher als die offiziellen Tabellen.«

»Einen Kümmel?« fragte Robinson Krause.

»Ja, gerne. Einen Doppelten.«

Der Index für Wasser sei Null, erklärte Puvogel weiter. Deshalb nehme man Wasser zum Löschen. »Würden Sie denken, daß Seife brennt?«

Wir schüttelten den Kopf.

»Sie brennt«, sagte Puvogel, seine Augen leuchteten. »Der Fettgehalt der Seife wird in meiner Tabelle berücksichtigt. Entflammungsindex zwei. Nicht sehr gefährlich. Neben einer Seife darf geraucht werden.« Puvogel lachte als einziger über seinen Witz.

Wir waren sauer. Die Feuerschutzmaßnahmen waren lästig und kosteten Geld. »Wenn ich das geahnt hätte«, sagte mein Vater jedesmal, wenn es an neue Geldausgaben für Joachims Flohkino ging.

Puvogel erklärte, daß auf der anderen Seite der Tabelle die am leichtesten entflammbaren Stoffe rangierten: »Stroh. Logisch. Was aber hält die Tabellenspitze?«

Wir sahen ihn fragend an.

»Nitrofilm«, sagte Puvogel. »Das Gefährlichste ist Nitrofilm. Und Sie mit Ihrem Holzbau! Haben Sie sich das nicht vorher überlegt?«

Wir hatten nicht. Jetzt mauerte Herr Kändler, ein Regimentskamerad, eine feste Zelle, in der die Maschinen untergebracht werden sollten.

Puvogel kam öfter. Wir gewöhnten uns an ihn und seine Entflammungstabelle. Bald wußten wir, welchen Entflammungspunkt Roßhaarmatratzen, Schulbücher und Büstenhalter hatten.

Puvogel strahlte Igelzutraulichkeit aus. Er war gelernter Tischler, bei der Feuerwehr brauchten alle einen gelernten Beruf. Lange, meinte er, würde er nicht bei der

Feuerwehr bleiben. Er wollte heiraten und baute eine Laube in der Kolonie Tausendschön. Er wollte einen Kolonialwarenladen betreiben. »Wenn die da Petroleum brauchen, müssen sie bis zur S-Bahn rennen. Oder Persil. Oder Jagdwurst und Margarine. Das finden sie nun alles bei mir. Heringe im Faß. Wie finden Sie das?«

»Apropos Heringe«, rief Tante Deli, in der Küchentür stehend, »hast du die Rollmöpse bestellt? Und Schirwinski soll die Schrippen liefern.«

Schirwinski war der Bäcker.

Tante Deli, einmal in Fahrt, verschränkte die Arme unter ihren immer runder werdenden Brüsten und rief: »Fünfzig Bouletten! Lydia, hol den Hack aus'm Keller. Wer brät die Bouletten? Ich kann den Trampel keinen Moment aus den Augen lassen. Wo ist sie? Lydia! Bring das Schmalz mit. Nicht das gute, das Affenfett.«

Amerikanisches Schmalz, das in Kanistern kam, nannte sie Affenfett.

Draußen fuhr Hubert vor. Bald plumpsten die Fässer vom Wagen. Sternchen ließ sie durch eine Luke in den Keller. Hubert setzte sich an den Tisch, wo ich mein Buch las. »Anneli, du bist gewachsen«, stellte er fest, als habe er Anneli ein Jahr lang nicht gesehen. Gewachsen war sie, aber Brüste bekam sie immer noch nicht. Nur zwei kleine Hügel, wie Walnüsse. Damit säugte sie ihre Puppe.

Hubert zischte eine Molle, dann noch eine und eine dritte. Dann wischte er sich den Schaum vom Mund und sagte: »Nu, wo Eberten doot is, meinste, sie wählen Hindenburg?«

»Gefährlich«, sagte mein Vater. »Das öffnet diesem Hitler Tür und Tor.«

»Ja, der.« Hubert ging zur Theke, zog die nächste Molle an sich heran und schluckte sie im Stehen. »Er verschanzt sich hinter unseren Generälen. Erst Ludendorff, der Marsch auf die Feldherrnhalle. Jetzt Hindenburg.«

»Der Sieger von Tannenberg«, bekräftigte mein Vater.

Aus der Küche rief Tante Deli: »Rufste an wegen den Rollmöpsen?« Dann hörten wir, wie sie Lydia beschimpfte, die das falsche Schmalz gebracht hatte.

Zweierlei bereiteten wir vor: die Premiere unseres Filmtheaters und das Schützenfest – »das erste friedensmäßige Schützenfest«, wie mein Vater prophezeite. Joachim, in seiner Vernarrtheit, bildete die treibende Kraft für den Kintopp, unterstützt von Werner Spiehr und Sternchen. Soweit ich das begriff, auch von mir. Ich war kein Filmfanatiker wie mein Bruder. Aber seine Art, sich in die Aufgabe zu verbeißen, die er sich gestellt hatte, faszinierte mich. Und wohl auch unseren Vater und ein paar andere, mit denen wir nicht gerechnet hatten.

So zog als neuer Schützenhaus-Stammgast Leberecht Lehmann ein, stets begleitet von Kitty van Delft, die nach wie vor kein Wort sprach und Manoli-Ringe zur Decke blies. »Det mit Ihrem Kino jefällt mir«, sagte L.-L., zog sich einen Stuhl heran und bestellte Sekt. »Ham Se doch?« fragte er Robinson Krause, und Robinson schickte Lydia in den Eiskeller, um Sekt zu holen.

In der Zwischenzeit ging Lehmann in den Saal hinüber, wo er mit Joachim über technische Einrichtungen diskutierte und wohl auch über Filme, Programmgestaltung und Verleihfragen. Er hatte gerade einen Verleih gegründet.

Ohnehin saß er immer, wie ein Vogel auf der Stange, auf der Stuhlvorderkante, bereit, aufzuspringen.

Manchmal kamen ihm Zweifel: »Ob die Leute det annehmen? Sie rennen in Massen in diese Filmpaläste, vorher gibt es Unterhaltung. Ein Zauberer, fünf Girls, die sich ihre Beene verrenken. Stellt euch vor, die tragen rosa Trikots. Warum? Weil niemand weeß, ob der Polizeipräsident nicht nackte Beene verbietet. Und det, nachdem janz Berlin in der Inflation in Jeheimbars lief, wo jekokst wurde und nackte Jenerals- und Portierstöchter rumhüpften. Mit Schleiertanz. Salome, Salome ...«

Kitty lachte. Und sprach zum ersten Mal. »Du mußtet wissen«, sagte sie.

Sie hatte eine Stimme, mit der sie heutzutage Reklame für Rachengold schieben könnte. Zufällig saß am Nebentisch Wilfried Wumme mit seiner Blase, lauter Fußballer, die eine Molle nach der anderen zischten. Wilfried kriegte sich nicht mehr ein, er starrte Kitty van Delft an, als sei sie ein höheres Wesen, das aus unerklärlichen Gründen einen irdischen Lebenswandel absolvierte. Von nun an kam Wilfried fast jeden Tag, in der Hoffnung, daß er Kitty traf. Eines Abends fragte ihn Robinson Krause: »Vielleicht ebenfalls Sekt, der junge Herr?«

Wilfried sah den alten Ober an, und man merkte, daß er perplex war.

»So weit wollte ick nich jeh'n«, sagte er. »Wissen Se, wir sind Sportler.«

Robinson Krause verbeugte sich.

Joachim, Werner, Sternchen und L.-L. diskutierten, mit welchem Programm sie eröffnen sollten. L.-L. hatte, wie er bemerkte, »alle Wege zum Verleih geebnet«.

Wir konnten nicht mit den Kinos in der Stadt konkurrieren, Joachim wollte das auch nicht. »Unser Kino muß eine Spezialität bleiben«, dozierte er. »Die Leute müssen hierherkommen und sich aus verschiedenen Gründen amüsieren. Der Kintopp ist nur ein Teil davon.«

»Richtig«, bestätigte Lehmann. Und zu meinem Vater gewendet, sagte er: »Sie haben ein kluges Kind.«

Mein Vater lächelte geschmeichelt hinter seinem Zapfhahn, zuckte aber vorsichtshalber die Achseln. So ganz wollte er sich nicht festlegen.

Zuerst hatten wir geplant, den neuen Chaplin-Film vorzuführen, »The Kid« mit Jackie Coogan. Es stellte sich aber heraus, daß der Verleih hundert Mark pro Abend wollte. »Hundert Emm«, grollte mein Vater, »und die Häuser werfen nichts ab.«

Hundert Mark waren viel Geld. Lehmann wußte einen Ausweg. Sein Verleih bot Ausschnitte aus Paul-Wegener-Filmen an. »Wir sehen uns det vorher an, wie?« schlug Lehmann vor. »Det is ein Zusammenschnitt, wir haben's mal für eine Matinee kopiert. Reines Familienprogramm, det braucht ihr hier draußen. ›Rattenfänger von Hameln‹, ›Rübezahls Hochzeit‹ und so.«

»Auch ›Der Golem‹?« fragte Joachim, er hatte diesen Film mindestens fünfmal gesehen, indem er sich durch eine Hintertür ins Heli geschlichen hatte.

»Golem auch«, sagte L.-L. »Jedenfalls glaube ick mir nich zu täuschen. Ick stelle euch meine Verbindungen zur Verfügung. Det kriegt ihr billich.«

Sternchen scherzte: »Billig währt am längsten.«

Alle lachten und tranken und prosteten sich zu.

Als sie endlich still waren, sagte Lehmann: »Im Einkauf liegt der Segen.« Er sah meinen Vater an: »Herr Pommrehnke, jetzt will ick Ihnen 'ne Jeschichte erzählen. Wissen Se, damals, als Se die Apparate und die Bestuhlung jekauft haben, vor de Rentenmark!«

»Ja?« fragte mein Vater.

»Eijentlich sollte ick det nich erzählen. Aber sei's drum. Wat, Kitty?«

Kitty van Delft ließ ein Lächeln los, das die Titanik gerettet hätte. Dieses Lächeln brachte Eisberge zum Schmelzen. Im Hintergrund seufzte Wilfried.

»Sie erinnern sich, all det Papierjeld. Seit neuestem

beschäftige ick mir mit Innenarchitektur. Wat, det wußten Se nich? Ick richte Filmbars ein, det Programm bekommen Se von meinem Filmverleih. Nach de Inflation wollen de Leute neuen Stil. Also hab' ick eenem in de Bleibtreu 'nen Raum einjerichtet mit Stahlmöbel und viel Jlas, allet hochmodern. Aber: die Tapete! Wissen Se, wat ick dem für 'ne Tapete verkooft habe? Ick habe die Jeldscheine, die ick von Ihnen hatte, uffkaschieren lassen, und det is 'ne Attraktion! L.-L., habe ick mir jesagt, du bist jungen Kintopp-Verrückten entjejenjekommen. Aber nich, det de dir ins eijne Fleisch schneidest. Lehmann, sei wach!«

Er wendete sich zu Robinson Krause um, der in abwartender Haltung neben dem Tisch stand, in seiner weißen, gestärkten Jacke, die Serviette über dem Arm. »Krause, bring'n Se Sekt«, befahl er. »Wo war ick stehn jeblieben? Mensch, ick jeb's zu! Die Tapete hat mir den doppelten Wert in Rentenmark jebracht.«

»Gratuliere«, sagte mein Vater. Er spuckte den Zigarrenstummel, den er im Mund hatte, auf den Fußboden.

»Vielleicht hätt' ick det nich erzählen sollen«, sagte Lehmann. »Nun, gleichviel. Ick helfe euch, Kinder. Morgen bekucken wir uns den Streifen. Um elf beim Verleih, außer, ick rufe noch an.«

»Vorher können wir zehn Minuten ›Dick und Doof‹ zeigen«, schlug Joachim vor. »Und eine Wochenschau, wenn das nicht zu teuer ist?«

»Jebongt. L.-L. kümmert sich. Übrigens«, sagte er und zeigte auf seine Begleiterin, »Kitty is jetzt Nummerngirl. Se macht Karriere.«

Puvogel traf zur Abnahme der Vorführkabine ein. »Perfekt«, meinte er, während Joachim ihn herumführte. »Doch was ist das?« Er zeigte auf ein Treppchen, das zur Plattform führte, auf der die Maschinen standen. Joachim erklärte: »Dies ist die Treppe.«

»Das sehe ich«, sagte Puvogel. »Jedoch. Kannst du mir erklären, aus was für einem Material diese Treppe ist?«

»Holz. Buche.«

»Buchenholz!« Verstört setzte Puvogel seine Mütze auf. »Soll ich dir mitteilen, was Buchenholz auf meiner Liste für einen Entflammungsfaktor hat?« Er zog ein zusammengelegtes Papier aus der linken Innentasche seines Uniformrocks und entfaltete es, nachdem er seinen Finger angefeuchtet hatte. »Dreiundsiebzig«, sagte er. »Klar?«

Joachim sagte: »Dazwischen ist die Eisentür.«

Puvogel schüttelte den Igelkopf. »Das macht nichts, junger Mann, das macht nichts. Türen bleiben offen. Das kennt man, wie? Ein Luftzug, und die Chose brennt. Dies liebe kleine Treppchen brennt, diese hübsche Tischlerarbeit, ich kann es beurteilen. Die Flammen fressen sich fort, ein Balken glimmt, das Haus steht in Flammen. Wir kommen. Zwei C-Rohre, auf den Brandherd gerichtet. Aber, mein Lieber, das Kino ist hin. Und die Versicherung zahlt nichts. Warum? Weil hier das süße, kleine Treppchen aus Holz war.«

Er steckte seine Liste ein. »Ich komme wieder. Dann will ich hier 'ne Eisentreppe sehen.«

Die Premiere wurde um eine Woche verschoben. Wir mußten die Plakate ändern, die wir überall aufhängen wollten, in der Laubenkolonie, bei der S-Bahn und in Geschäften: »Neueröffnung! Schützenhaus-Lichtspiele! Kino und Wirtsgarten. Premiere am . . ., neunzehn Uhr. Bouletten. Soleier. Schultheiß-Bier.«

Die letzte Zeile hatte die Brauerei bezahlt, als Reklame. Wir wollten noch Gilka-Rum drankriegen, aber die weigerten sich. Unser Umsatz in Rum-Verschnitt, sagten sie, sei zu gering. Doch handelte Lehmann bei einem Drucker, den er kannte, einen Sonderpreis heraus. »Im Einkauf liegt der Segen«, sagte Lehmann.

Die Premiere war ein Erfolg, wenn man davon absieht, daß Wilfried und seine Blase Bierflaschen in den Saal schleppten. Als Wegener in der Golem-Rolle auftrat, randalierten sie. Der Saal war voll, viele hatten ihre Kinder mitgebracht, damit hatten wir gerechnet. Bei den Kindern kam »Dick und Doof« am besten an. Solche Filme kannten sie vom Heli und auch von unserm Kinderkino im kleinen Saal her. Manche Kinder, die Mädchen mit Zöpfen, die Jungen mit Glatze mit Vorgarten, Kahlkopf, wo nur vorne ein Pony stehenbleibt, zählten zu unserer Stammkundschaft.

Werner hatte das Klavier herüberschaffen lassen. Er klimperte alles durcheinander, wie es ihm zu den einzelnen Szenen passend dünkte. Ein bißchen Ungarische Rhapsodie, dann Paul Lincke, was er so aus »Frau Luna« zusammenbekam, Noten hatte er nicht. Zwischendurch erklärte er einzelne Szenen. Ich saß hinten im Saal, hörte ihn sagen: »Nun fuhr die Kutsche davon, und wenn sie nicht gestorben sind, so werden sie doch eines Tages Kunde von Grieneisen.«

Solche Scherze hatte er voll drauf, der Werner. Wenn er Durst bekam, intonierte er: »Noch 'n Bier – für Herrn Spiehr – am Klavier!« Robinson rannte gebückt durch den Saal und kredenzte Werner ein frisches Bier.

Einmal, als eine Dame auf der Leinwand am nächtlichen Horizont verschwand, kommentierte Werner: »Auf dem mondbeschienenen Hügel legt sie sich nieder und findet das unbekannte Glück in ihrer Mitte.«

Das Publikum seufzte, nur ein paar Kinder lachten. Dann zerstörte der betrunkene Wilfried die Stimmung, indem er rief: »Se läßt sich verkasematuckeln!«

Werner ging geschickt darauf ein und intonierte: »Glühwürmchen, Glühwürmchen, schimmre!« Er hatte die Lacher auf seiner Seite.

Mit seiner selbstkomponierten Bier-Klavier-Melodie wurde Werner später berühmt.

Nach dem Kino blieben viele da und tranken in der Gaststube. Manche brachten ihre Kinder ins Bett und kamen wieder. Lehmann, der mit Kitty an dem bedeutenden Ereignis teilgenommen hatte, spendierte eine Lokalrunde.

Joachim flüsterte mir zu: »Hab' ich recht, wenn ich behaupte, daß mich die Penne keinen Sechser mehr interessiert?«

Ich nickte. Und haute meinem Bruder auf die Schulter. Seine Brille wackelte.

Anneli trank an diesem Abend mindestens zwei Liter Faßbrause und machte in der Nacht ins Bett.

So voll wie bei der Premiere bekamen wir danach den Saal selten wieder. Aber wir stellten, mit L.-L.s Hilfe, neue Familienprogramme zusammen. Bespielten den Saal mittwochs, freitags und sonnabends. Manchmal veranstalteten wir eine Matinee am Sonntagvormittag, Charlie mit Kulturfilm gemischt und ein bißchen Märchenfilm.

»War'n Se schon im Schü-Li?« fragten die Leute einander. Joachim, mit dem vergeblichen Versuch, mir ins Auge zu blicken, stellte fest: »Das ist der Durchbruch!«

Glücklicherweise hörte ihn sonst niemand.

In offizieller Eigenschaft sahen wir Puvogel nur noch ein einziges Mal. Herr Schweinigel, der Dorfschmied – er legte Wert darauf, daß sein Name »Schweinjel« ausgesprochen wurde –, hatte, wie er betonte, in Tag- und Nachtarbeit die Eisentreppe angefertigt. Puvogel besah sie sich, stieß mit dem Fuß dagegen, als bestünde die Möglichkeit, daß die Holztreppe von uns nur angemalt war, bis sie wie Eisen aussah. Der metallische Klang überzeugte ihn. Er drückte einen Stempel auf den Abnahmebescheid und krakelte seine Unterschrift darunter.

Von da an blieb er uns als Stammgast erhalten, in Zivil. Bald berichtete er, daß er in der Kolonie den Laden aufgemacht habe. Überdies sei er frisch verheiratet. Seine Frau brachte er jedoch nie ins Schützenhaus mit. Fürs Kino gaben wir Puvogel Freikarten.

Eines Abends, die Gaststube war voll, erlitt Leberecht Lehmann, was Tante Deli einen »philosophischen Anfall« nannte. Lehmann sprach dann hochdeutsch, jedenfalls eine Version von Berlinerisch, die er dafür hielt. »Woher kommt es, daß man sich hier wohl fühlt? Weil es nicht Berlin ist, die hektische Großstadt. Jawohl. Ihr sagt, ihr fahrt nach Berlin, wenn ihr in die Stadt wollt. Recht so! Potsdamer Platz, Sarotti-Mohren, Wertheim, sehn Se, det is Berlin!«

Mein Vater grunzte unwillig. Lehmann fuhr fort: »Natürlich sind wir Groß-Berlin, dieser Vorort gehört dazu. Aber alle Nachrichten, die Berlin betreffen, spielen in weiter Ferne.«

Er wußte nicht, daß er an diesem Abend eines anderen belehrt würde. Er fuhr fort, von Sand und Märkischer Heide zu reden und von Kiefernwäldern und Havelseen, der ganze Quatsch, den man immer zu hören bekam, wenn hier draußen angetrunkene Gäste »höheren Standes« von Berlin redeten oder von dem, was eben Berlin nicht war oder auch war oder nur begrenzt war oder hauptsächlich war – niemand wurde schlau aus den sich immer mehr verwirrenden Reden von Lehmann und seinesgleichen. Und niemand hörte mehr hin.

Wenn Lehmann salbaderte, hörte allerdings Kitty hin, oder, anscheinend, sie erweckte diesen Eindruck, indem sie ihr Lächeln erweiterte und mit den Augenlidern schlug. Sie trug falsche Wimpern, kräftig und schwarz, die Lider waren düster geschminkt und sahen aus wie Rabenflügel. Ich gestehe, auch dieser Vergleich ist nicht auf meinem Mist gewachsen, er stammt von Werner.

An diesem Abend lief alles falsch, was vielleicht daran lag, daß Kitty versagte. Sie saß starr am Tisch, blies Rauchringe, schlug nicht mit den Rabenflügel-Augenlidern, sondern blickte an L.-L. vorbei auf einen imaginären Punkt an der Wand neben dem Büfett. Ein bißchen weiter hing ein Abreißkalender von Schultheiß, mit Fliegendreck bekleckert, aber sie blickte nicht einmal diesen Kalender an.

Kitty starrte auf die Wand. Hin und wieder stieg über ihrem Lackbubikopf ein Rauchkringel auf.

Man hätte Wetten abschließen können, wie lange L.-L. brauchen würde, bis er das merkte. Eine Weile salbaderte er weiter über diesen in seinen Augen bedeutenden Unterschied zwischen Stadtrand und City. »Der idyllische Stadtrand!« schmetterte er. »Und die tosende City mit ihren Hochbahnen, Sechstagerennen und Siemens-Werken!«

Wieso er auf die Siemens-Werke kam? Beim Anblick von Kitty wäre mir der Luna-Park eingefallen und Moka-Efti und der Wintergarten und Haus Vaterland.

Lehmann fiel Siemens ein! Möglicherweise erreichte dadurch Kittys Erstarrung einen Höhepunkt, der Lehmann auffiel. Er brach ab und setzte sich in seinen Stuhl zurück, nachdem er die ganze Zeit auf der Vorderkante gezappelt hatte. Den Blick auf Kitty gerichtet, begann er Liebermann-Witze zu erzählen.

Liebermann-Witze waren damals, wie wir jetzt sagen würden, »in«, Lehmann erzählte sie saftig, das mußte jeder zugeben. Nachdem Robinson Krause an Lehmanns Tisch eine weitere Sektpulle mit sanftem Korkenknall geöffnet hatte, stieg L.-L. aufs neue Thema um. »Einmal sollte Liebermann ein Porträt von einem Bankdirektor malen, einem Neureichen, direkt Parvenü.« Lehmann preschte mit eingelegter Lanze vor, hätte mein Vater das kavalleristisch formuliert. Den

Blick hielt Lehmann auf Kitty gerichtet. »Der Mann«, fuhr er fort, »kam also zu Liebermann, sie besprachen das Nötige. Am Schluß fragte der Parvenü, wie viele Sitzungen nötig seien. Liebermann sah ihn an und sagte: ›Schicken Se Ihren Frack. Det jenügt.‹«

Lehmann sah sich um. Ein paar Leute lachten. Kitty van Delft verharrte in ihrer Erstarrung.

An diesem Abend hatten wir gemischtes Publikum, Laubenkolonisten, die unverzagt KPD wählten, aber auch ein paar Sympathisanten der neuen Nazipartei. Wir kannten sie gut, wenn sie betrunken waren, sangen sie Nazilieder.

Einer von ihnen stand auf, wobei er sich, volltrunken, wie er war, auf die Tischplatte stützte, sagte in die entstandene Stille hinein: »Liebermann – die Judensau!«

Wilfried und die Männer seiner Blase sprangen auf, Rufe ertönten: »Nazi!« – »Kommunisten!« – »Judenknecht!« Sternchen Siegel war hinter der Theke hervorgesprungen und hing dem Betrunkenen am Hals. »Sag das noch mal«, schrie Sternchen, »sag das noch mal!«

Der Betrunkene wollte Sternchen abschütteln. Aber Sternchen hatte sich wie ein Terrier in seinen Feind verbissen.

Inzwischen fielen Wilfried und seine Blase und Nazi-Sympathisanten übereinander her. Molleglaser krachten auf Schädel – die große Molle wurde im Henkelglas serviert, das nicht, wie heute, eine Sollbruchstelle besaß. Robinson wedelte mit seiner Serviette, als wolle er Fliegen verscheuchen. Sternchen fiel zu Boden, der Nazi trat mit dem Fuß nach ihm. Unter den Tischen schoß Zeppelin heran, in mörderischer Geschwindigkeit trotz hohen Hundealters, und zwickte dem Nazi ins Bein. Der schrie und schlug nach dem Hund, traf aber Sternchen, der eben unter dem Tisch hervorkroch. Sternchen sank zusammen und blieb liegen.

Anneli, von dem Lärm herbeigelockt, stand auf der Treppe und blickte mit Riesenaugen auf die Szene. An den Fuß der Treppe hatten sich auch Tante Deli und Lydia zurückgezogen. Lydia unternahm von hier aus Vorstöße in den Saal. Sie lief, wie ein Schiff sich bei mäßig bewegter See bewegt, sie schwoite hin und her. Manchmal bückte sie sich und sammelte ein zerbrochenes Glas, eine heruntergefallene Handtasche auf. Ihre Fundsachen lagerte sie auf dem Tresen, hinter dem mein Vater stand und »Ruhe im Beritt!« rief.

Vergeblich. Niemand hörte auf ihn. Manchmal mußte er fliegenden Gegenständen ausweichen.

Im kleinen Saal hatte, seit das Klavier abtransportiert war, Werner Spiehr eine Quetschkommode deponiert, auf der er bei den nun seltenen Kindervorführungen spielte. Jetzt stand er, diese Quetschkommode umgeschnallt, in der Tür und begann mit voller Lautstärke die Marseillaise zu spielen, Allons enfants, gemischt mit Fetzen aus dem Preußischen Präsentiermarsch. – Das war sein Programm fürs Klavier gewesen, als wir einmal, im Rahmen einer Matinee, eine Rolle aus dem Napoleon-Film von Abel Gantz zeigen konnten.

Manchmal bückte sich Werner, wenn ein Stuhlbein nahe vorbeiflog oder ein Glas neben ihm an der Wand zerschellte. Er drückte das Instrument mit aller Kraft, übertönte die Schreier. Aber auch Vaters Ruhe-Rufe gingen in diesem musikalischen Lärm unter. Später sagte mein Vater, an diesem Abend sei ihm klargeworden, daß die Posaunen des Jüngsten Gerichts durch Ziehharmonikas ersetzt werden würden.

Kitty befand sich jetzt nahe am Ausgang, ihre Starre war gewichen, jetzt lachte sie, blies Rauchringe. Vor ihr stand, ein Stuhlbein erhoben, Leberecht Lehmann, bereit, sie zu verteidigen. Schweiß leuchtete auf L.-L.s Glatze, er kaute ein Schnurrbartende. Doch der Kampf verschob sich nach der anderen Seite. Mein Vater blickte auf die Fundsachen, die sich vor seinen Augen anhäuften. Joachims Brille war darunter. Joachim kroch halbblind zwischen den Tischen und zog Sternchen Siegel am Bein. Sternchen, aus seiner Betäubung erwacht, war bestrebt, in die entgegengesetzte Richtung zu kriechen. Mehrere Krakeeler stürzten über die beiden. Vor Werner kniete ein Mann und hielt sich den Kopf. Blut floß aus seiner Nase und aus einer Kopfwunde.

Und ich? Ab und zu nahm ich ein Bierglas und haute es einem Unvorsichtigen über den Schädel, ohne Unterschied der Gesinnung. Ich dachte, erst wenn alle auf dem Boden lägen, würde der Krawall aufhören.

Jedoch unterschätzte ich meinen Vater. Plötzlich schoß er hinter dem Tresen hervor, ein Tablett in der Hand. »Husaren, mir nach!« schrie er und putzte ein paar Raufer mit der Tablettkante nieder. Bei dem Radaubruder angelangt, dessentwegen der Zirkus angefangen hatte, hob mein Vater das Tablett und ließ es auf dem Kopf des Gegners niedersausen. Diesmal mit der flachen Seite. Der Boden des Tabletts bestand aus Sperrholz. Der Schädel des Mannes bohrte sich durch die Sperrholzplatte. Das Tablett saß ihm wie ein Kragen auf den Schultern.

Der Mann wankte zur Tür. Er mußte an Kitty vorbei. Kitty öffnete zum zweiten Mal, seit wir sie kannten, ihren Mund zum Reden.

»Dir steck' ich 'ne glühende Manoli in den Arsch«, sagte sie zu dem Mann.

Lehmann trat ihm in den Hintern. Der Mann flog zur Tür hinaus. Vielleicht lag es daran, daß die Tür jetzt offenstand: Mein Vater, Wilfried und was von seiner Blase übrig war und ein paar Stammgäste räumten auf. Wer sich nicht ergab, flog durch die Tür. Ein besonders

Mutiger sprang Wilfried an. Der griff eine Flasche Pfefferminzlikör, die auf einem Tisch neben ihm stand, und schmetterte sie dem Angreifer auf den Kopf. Der grüne Likör floß über das Gesicht des Feindes. »Die jrüne Woche is eröffnet«, rief Wilfried.

Danach wählten alle, die noch laufen konnten, freiwillig die Passage nach draußen. Werner intonierte: »Wohlauf, Kameraden, aufs Pferd, aufs Pferd ...«

Vor der Tür, sah ich, nahm Robinson Krause die Brüder und Schwestern in Empfang und kassierte ab. Er tat das in untadeliger Haltung, addierte auf einem Block im Schein des aus den Fenstern fallenden Lichts. »Bitte, drei Mark fuffzig«, hörte ich ihn sagen. Die meisten zahlten willig.

Der Saal war leer. Übriggeblieben waren, neben der Familie, Wilfried und ein paar Getreue, einige lädiert, und Lehmann mit Kitty. »Meine Husaren«, sagte mein Vater, und seine Stimme klang stolz. Werner Spiehr verschloß die Quetschkommode. Joachim und Sternchen lagen über Stuhllehnen, Federbetten nicht unähnlich, die eine Hausfrau zum Auslüften über einen Gartenzaun breitet.

Zeppelin leckte Bierpfützen.

Tante Deli stand mitten in der Gaststube. »Jetzt räumen wir auf, oder?« fragte sie.

Kitty lachte herzlich. Lydia stellte sich neben Joachim und hielt ihm die zerbrochene Brille vor die Nase.

»Eskadron – absitzen!« kommandierte mein Vater. »Der Rest jeht aufs Haus.«

8

Die Schäden von der Rauferei waren schnell behoben. Die meisten Gäste kamen wieder, mehr oder weniger ramponiert. Vorstadt-Berliner – vielleicht sogar fast alle Berliner – sind gutmütig, das jedenfalls behauptete mein Vater.

Nur der Mann, der das Tablett als Kragen verpaßt bekommen hatte, und seine Freunde ließen sich nicht mehr sehen. Niemand vermißte sie. Doch rechneten wir mit einem Überfall. »Mich würde es nicht wundern«, sagte Tante Deli, »wenn die uns einen SA-Trupp schicken, der uns die Scheiben einschmeißt, oder?«

Allmählich vergaßen wir die »Nacht der fliegenden Gläser«, Berichte über Heldentaten, allen bekannt, langweilten schließlich. Die Kopfwunden verheilten. Hubert lieferte ein paar Kartons mit neuen Gläsern, sie ersetzten den Bruch. »Is alles bezahlt«, murmelte Kellner Robinson.

»Wieso?«

»Ick habe damals beim Kassieren vor der Tür uff jede Rechnung drei kaputte Jläser jesetzt.«

Robinson Krause tat so, als wenn er Krümel von einem Tisch wischte, er knallte seine Serviette aufs Holz. Alle achteten die Geste und schwiegen. Als ich mich umsah, stellte ich allerdings fest, daß sie grinsten: unser Vater, Tante Deli, Werner, Sternchen, sogar Lydia. Joachim bleckte die Zähne und schaute durch seine nagelneue Brille, wieder mit schmalem schwarzen Rand, er trug nie eine andere, wenn ich von einer unsäglichen Dienstbrille später und einer noch unsäglicheren Gasmaskenbrille absehe.

Augusthitze. Manchmal staute sich im Westen ein Gewitter. Es brauchte einige Zeit, bis es über die Havel kroch. Dann rannen die weißen Haufenwolken zu einer dunkelblauen Wand zusammen. Spaziergänger, von den ersten dicken Tropfen getroffen, die kleine Sandfontänen aufwirbelten, retteten sich auf die Veranda, riefen Puh! und Fuideibel! und überlegten, was sie bestellen sollten. Sie saßen im Trocknen, es goß, blitzte und donnerte. Nach einer Weile sagte mein Vater: »Im Westen wird es wieder hell.« Dann standen sie auf und zahlten, und wenn es nur noch tröpfelte, gingen sie weiter, um die Pfützen herum, die sich gebildet hatten.

Die Türen der Stallboxen, in denen Joachim und ich nach wie vor unsere Werkstätten betrieben, standen offen. Kaum eine Stunde nach dem Regenguß löste die Sonne den Teer auf den Pappdächern auf, ein Geruch, der heute noch, nach vielen Jahren, die Bilder jenes Sommers vor meinen Augen entstehen läßt.

In meiner Box breiteten sich die Flügel eines Flugapparates. Ich baute jenes Starrflügelmodell Lilienthals nach, mit dem er abgestürzt war, kurioserweise war es sein erfolgreichstes Modell, er verkaufte es bis nach Amerika. Dort sahen es wohl die Gebrüder Wright und ließen sich zu eigenen Flugversuchen anregen. Sie endeten, wie man weiß, mit dem ersten erfolgreichen Motorflug.

Über ein Gerippe aus Weidenzweigen spannte ich Pergamentpapier, das ich, wie beim Flugmodellbau, der jetzt in Mode kam, mit Spannlack behandelte. Ich vergaß auch den Sicherheitsbügel nicht.

»Wenn das fertig ist«, sagte Joachim, »was machst du dann?«

Ich verriet meine geheimsten Pläne: »Beim Schützenfest will ich damit vom Dach des Schützenhauses fliegen.«

Joachim sah mich durch seine Brille an, mit einer Art kugelsicherem Blick. Das fiel mir damals ein: kugelsicherer Blick. »Das meinst du ernst?« fragte er.

»So ernst wie du mit deinem Kintopp. Du willst dich davon doch auch nicht abbringen lassen, oder?«

Joachim lachte. »Wahrscheinlich erscheine ich unseren Hausgenossen ebenso meschugge wie du mit deinem Flugapparat. Und ich gebe zu: Trotz der Großzügigkeit unseres Vaters scheint mein – unser – Kintopp keine Zukunft zu haben. Es ist das Flohkino unter den Flohkinos. Der Saal ist schlimmer, provisorischer als irgendein Saal in der Stadt. Alle spielen ein bißchen mit, Werner, Sternchen, Siegel, weil es ihnen Spaß macht. Ernst nimmt das keiner.«

Er scharrte mit einem Fuß in der alten Torfmullschicht, die den Stallboden bedeckte. »Wahrscheinlich hoffen sie«, fuhr er fort, »daß ich mich von diesen Jugendspielereien abwende, Abitur mache, ein vernünftiger Mensch werde. In ihren Augen vernünftig. Und wirklich, es sieht so aus, als kämen wir nicht voran. Gut, das Kino wird dreimal die Woche bespielt, es trägt sich. Was aber, wenn der Tonfilm kommt? Neue Maschinen werden dann notwendig. Wahrscheinlich kosten sie das Zehnfache von den Projektoren, die wir jetzt benutzen. Wer soll das bezahlen?«

Er sah mich an und doch an mir vorbei und wiederholte: »Wer soll das bezahlen?«

»Vater«, sagte ich.

»Das glaube ich nicht«, sagte Joachim. »Wenn er den Eindruck hat, daß es Ernst wird, reagiert er mucksch. Eskadron – halt! Die Sprüche kennen wir doch. Ich bin gleich sechzehn. Von der Penne gehe ich mit mittlerer

Reife ab, darauf kannst du einen lassen. Und wenn ich in der Stadt in einem Kino arbeite! Als Vorführer!«

»Wie willst du das dem Alten beibringen?«

Joachim erzeugte mit dem Fuß braune Wölkchen, als trete er auf Bovisten. »Beibringen? Dem ist nichts beizubringen. Ich muß ihn vor die vollendete Tatsache stellen.«

Joachims Stil. Vollendete Tatsachen. »Du brauchst seine Zustimmung«, sagte ich. »Bis wir einundzwanzig sind, brauchen wir seine Zustimmung. Für alles und jedes.«

Bereits gewöhnte ich mir seine Sprechweise an.

»Vielleicht läßt sich was mit unserem Kintopp hier drehen«, sagte Joachim. »Sie bauen eine neue Siedlung am Graben. Mehr Publikum. Berlin ist weit, sie wollen nicht immer in die Stadt. Außerdem sollte man über die Dörfer ziehen, Vorstellungen in Gasthöfen veranstalten.«

»Dazu brauchst du transportable Geräte.«

»Ich weiß, ich weiß.«

Ich bewunderte Joachims Zielstrebigkeit, die fast einer Besessenheit gleichkam. Hans Joachim war sein vollständiger Vorname, laut Geburtsurkunde. Es war der Vorname eines Husarengenerals, wie konnte das anders sein bei uns, wo die Plempe, der Husarensäbel, im sogenannten Eßzimmer an der Wand hing, die Husarenstiefel blankgeputzt auf der Kellertreppe standen, mit gelber Lackborte. »Joachim Hans von Ziethen, Husarengeneral« – Fontanes Gedicht stand in jedem Lesebuch –, »Ziethen aus dem Busch«.

Eine Verpflichtung? Damals erschien so etwas gar nicht lächerlich, alle Welt watete bis zum Kinn in derartigen Traditionen.

»Vielleicht geschieht ein Wunder«, sagte ich.

»Genauso ein Wunder, wie es nötig ist, damit dein

Apparat fliegt.« Joachim deutete auf die Flügel über unseren Köpfen. Die Hitze summte.

In der Gaststube saß jetzt öfter Herr Schönicke. Alfons Schönicke, seines Zeichens Präsident der Schützengesellschaft und augenblicklicher Schützenkönig. Herr Schönicke hatte als Gehilfe in einer Futter- und Düngemittelhandlung begonnen. Jetzt gehörte ihm das Geschäft. Wie er das gedeichselt hatte, blieb sein Geheimnis. Anscheinend gab er eine Menge Geld für den Schützenverein aus. »Wir müssen das erste wirklich friedensmäßige Schützenfest veranstalten«, betonte Schönicke. Er umklammerte sein Weißbierglas, als sei es ein kostbarer Pokal, von ihm, dem Schützenkönig, errungen. Schönicke trug ein grünes Hütchen wie ein Landjunker, das er nie abnahm. Später, als die Schützen in ihren Uniformen bei uns aus und ein gingen, sah ich, daß dieses Hütchen mit der an einer Seite aufgestellten Krempe zur Schützentracht gehörte. Schönicke trug das Hütchen zu jeder Zeit.

Wiederum wurden wir in die Disteln geschickt, die Schießstände wurden instand gesetzt. Sternchen und gelegentlich Werner, falls er nicht seinen anderen, uns unbekannten Beschäftigungen nachging, reparierten Stände und Anzeigegräben. Mit Pinseln und weißer Farbe tarnten wir die Schäden.

An den folgenden Wochenenden tönten die Schüsse von den Schießständen herüber. Die Mitglieder der Schützengilde übten. Sie kamen auf Fahrrädern, zu Fuß, mit Autos, einer sogar im Kutschwagen. Ihre Gewehre führten sie in Segeltuchhüllen mit sich oder in Lederfutteralen. Joachim und ich und ein paar Jungen aus der Laubenkolonie machten ein bißchen Extrageld als Anzeiger. Mit der Laubenkolonie herrschte Waffenruhe, seit Wilfried sich für uns am sogenannten Liebermann-Abend geschlagen hatte.

Schönicke, mit seinem Hütchen und einem Zahnbürstenbart unter der Nase, stolzierte bei den Schießständen auf und ab. »Es wird«, sagte er. »Die Männer, im Felde unbesiegt, haben nichts verlernt.«

Ab und an griff er selbst zum Gewehr und sägte mit einer Reihe von Schüssen das Schwarze aus der Scheibe. Das sollte heißen: Seht her, mit Recht bin ich Schützenkönig. Im Krieg war er Scharfschütze gewesen. Wenn er viel getrunken hatte, renommierte er damit, wie viele Franzmänner er »abgeknipst« hatte.

Er trank Weiße mit Waldmeister, zwischendurch Kümmelschnäpse. Mir grauste vor dem Schützenkönig.

Laura traf aus Lindow ein, mit ihrer hübschen Bubikopf-Mutter. Ede Kaiser hatte die beiden vom Bahnhof abgeholt. Laura führte ein Sortiment Puppen mit sich und, in einem Köfferchen, Kleider und Strampelhosen. Sie zog bei Anneli ein. »Ich wollte Klöterlämmchen mitbringen«, schmollte sie, »sie ließen mich aber nicht. Dabei hätten wir leicht im Abteil für Reiser mit Traglasten oder Schafen fahren können.«

»Reisende heißt das«, belehrte Anneli sie. »Und es heißt mit Traglasten oder Hunden. Ein Schaf ist kein Hund.«

»Das hat die Lindow-Oma auch gesagt«, meinte Laura. »Aber Klöterlämmchen ist nicht größer als ein Hund. Klöterlämmchen hätte mitreisen sollen.«

»Und wenn dann ein richtiger Hund einsteigt? Eine scharfe Töle? Die Töle stürzt sich auf Klöterlämmchen. Was dann?«

Laura packte ihren Puppenkoffer aus. »Vielleicht hast du recht«, räumte sie ein. »Vielleicht habt ihr alle recht. Aber schade ist es. Wir hätten gut mit Klöterlämmchen spielen können.«

Sie sah sich in Annelis Zimmer um. »Wo sind deine Puppen?«

»Ich glaube, ich bin zu groß dazu«, sagte Anneli.

»Quatsch. Wer redet dir das ein? Die Jungs, was? Jungs sind bescheuert. Du mußt nicht auf sie hören. Kuck, was ich mitgebracht habe. Meine Puppen heißen Klara und Wanda. Die dritte heißt Anneli, nach dir. Leider hat sie ein Loch im Kopf. Meinst du, das kann jemand kleben? Vielleicht der kleine Mensch mit dem Hanomag und der komischen Mütze?«

Sie meinte Sternchen.

Es endete damit, daß Anneli ihre Puppen wieder vom Dachboden holte, wo sie in einem Reisekorb lagen. Sogar der Hund mit der Holzwollefüllung wurde vorgeholt. Zeppelin, der mit zunehmendem Alter ungnädiger wurde, vermied das Zimmer der Mädchen. Wahrscheinlich fürchtete er, wieder Vater spielen zu müssen.

Lauras Mutter fand Gefallen an der Arbeit am Tresen. Sie zapfte Bier, goß Schnäpse ein, servierte Bouletten und Soleier. Nur von ihrer langen Zigarettenspitze trennte sie sich nicht, sie rauchte unentwegt. Es sah komisch aus, wenn sie und Kitty zusammentrafen, beide mit ihren Spitzen. »Das Turnier zweier Lanzenreiterinnen«, nannte Vater das. Im Schützenhaus wurde die Dampflanze erfunden. Ständig kräuselte sich Zigarettenrauch über den beiden Bubiköpfen.

Die neue Attraktion sprach sich schnell herum. Viele Jugendliche kamen und einzelne reifere Herren und hefteten ihre Blicke auf Lauras Mutter. So Portier Radke, der mit einem Kollegen, Portier Kutschke, kam. Das ging so lange gut, bis Frau Radke die Männer eines Abends abholte. Sie kam, sah und zog ihren Schuh aus, den sie Radke auf den Kopf schlug. Von da an wagte er es nicht mehr, Lauras Mutter anzusehen.

Oma und Opa hatten sich ebenfalls zum Schützenfest angemeldet. Eine Reise würde ihnen guttun, sagten sie. Großmutter hatte einen Ballen Samtstoff mitgeschickt, lila mit roten Blümchen. Sie ließ Lauras Mutter ausrichten, daß der Stoff für eine Kaffeetante gedacht sei. »Eure Oma meint, ihr braucht eine Kaffeetante«, berichtete Lauras Mutter. »Eure Oma sagt, auf jedem anständigen Schützenfest gebe es eine Kaffeetante und einen Ziegenwagen für die Kinder und einen Onkel Pelle.«

»Eskadron – Schritt!« befahl mein Vater. »Nu macht mal halblang. Wo sollen wir das herbekommen? Es geht bestimmt ohne Kaffeepelle und Onkel ... ich meine ...«

»Nee, es geht nicht ohne die!« Sofort verbündeten sich die Frauen. Tante Deli und Lauras Mutter nahmen meinen Vater in die Zange. »Wo der Stoff da ist!« Und: »Als wir Kinder waren, trat immer ein Onkel Pelle auf. Und einen Ziegenwagen gab's. Und eine Stange, da konnte man raufklettern, und oben hingen Würste.« Lydia stand in der Tür. »Jawohl, Würste«, sagte sie und errötete. »Auch du«, brummte mein Vater.

Sternchen, der alles mit angehört hatte, meinte, er könne die Kaffeetante basteln. »Innen ist eine lange Stange mit Querholz«, sagte er. »Nebbich, kein Problem. Den Kopf machen wir aus einem Seidenstrumpf, mit Sägemehl gefüllt. Augen, Mund und Nase werden aufgemalt. Werden Se seh'n, das wirkt. Haare von schwarze Stoffetzen, können die Damen aufnähen. Im Gewand werden sein Löcher, ich bin innen und trage die Tante, sie ist vier Meter hoch, sagen wir, durch die Löcher werd' ich schauen. Ach ja, alte Handschuhe, ebenfalls ausgestopft. Die größten, was sind zu finden. De Arme werden baumeln, ja?«

Die Frauen stimmten zu, Joachim gab seine Pferdebox her, dort entstand binnen zwei Tagen die Kaffeetante. Sternchen hatte ihr ein freundliches Gesicht gemalt.

Probeweise trug er sie über den Hof. Sie wankte ein bißchen.

»Und Onkel Pelle?«

Zufällig war der frühere Feuerwehrmann Puvogel anwesend. »Übernehme ich«, sagte er. »Hat jemand 'ne Melone?«

Hubert hatte. Eine Melone gehörte zu Onkel Pelle. Man befestigte eine Papierblume an dem Hut, ähnlich, wie sie später Marcel Marceau an seinem Zylinder trug. Schwalbenschwanz, Hemd mit steifem Kragen und Fliege besaß Puvogel selbst.

Blieb das Problem des Ziegenwagens. Ein anderer Stammgast half, Herr Eichelkraut, früher Rollkutscher. Eichelkraut hatte sich auf die Entleerung von Sickergruben verlegt. Immer mehr Villen wurden am Stadtrand gebaut, fern der städtischen Kanalisation. Tante Deli behauptete, Eichelkraut röche nach seinem Metier. Aber das war Verleumdung, und man nahm seine Hilfe an. Am nächsten Tag führte er einen Ziegenbock mit einem Wägelchen vor. Der Ziegenbock war zahm und hieß, behauptete Eichelkraut, Friedrich Wilhelm.

Eichelkraut roch möglicherweise nicht schlechter als alle Männer damals, sie trugen ihre Anzüge jahrelang, und Begriffe wie chemische Reinigung waren ihnen fremd. Ich war lange der Meinung, daß die chemische Reinigung erst nach dem Zweiten Weltkrieg erfunden wurde.

Aber Friedrich Wilhelm stank. Er stank nach Bock. Wir nahmen das in Kauf. Der Probelauf der Kaffeetante, des Ziegenfuhrwerks und Onkel Pelles fand statt. Laura führte den Ziegenbock, meinte, er sei fast so lieb wie Klöterlämmchen. Puvogel als Onkel Pelle schoß den Vogel ab. Er kam auf einem Hochrad.

Tante Deli insistierte, daß die Wurst-Kletterstange errichtet werden müsse, und so waren Joachim und ich in diese Angelegenheit verwickelt. Wir sägten im Park einen passenden Baum um, entrindeten ihn und errichteten die Kletterstange, mit einem alten Wagenrad oben, an das die Würste gebunden werden sollten. »Am Schluß«, sagte mein Vater, »schmiert ihr die Stange mit Seife ein. So war's in meiner Jugend.«

Jetzt fing der auch mit seiner Jugend an. Wir fanden es besser, wenn er sich in sein Bett verzog, als Oppusoff oder Oblomow. Seit Lauras Mutter am Tresen bediente, ging Vater wieder dieser Gewohnheit nach, falls ihn nicht Vorbereitungsarbeiten für das Schützenfest unten in der Gaststube festhielten. Ziemlich oft sahen wir ihn jetzt, wenn wir in unsere Zimmer gingen, im Bett sitzen wie einst, Kissen im Rücken, die Zigarre im Mund, eine Zeitung vor der Nase. Manchmal mußten wir ihn aus dem Kahn holen, wenn unten Schönicke sich an den Stammtisch fläzte und rief: »Wo ist Pommrehnke?«

Manchmal ging Joachim zu ihm hinauf, stets in der Hoffnung, unser Vater würde den Kinoplänen ein, wie Joachim es formulierte, williges Ohr leihen. Wie damals, als er die versteckten Goldmark herausrückte, mit denen Lehmanns Projektoren erworben wurden.

Neuerdings winkte Vater jedoch ab, die Zigarre in der Hand, sobald Joachim in der Tür auftauchte. »Das Radio hat Zukunft«, sagte er. Und fügte manchmal hinzu: »Und die großen Filmpaläste.«

Im übrigen, meinte er, sei es Zeit, daß wir uns ums Schützenfest kümmerten. »Große Ereignisse werfen ihre Schatten voraus«, brummelte er. Zeppelin steckte seine braune Nase unter dem Bett hervor und sah Joachim an. »Mit einem Vorwurf im Blick«, sagte Joachim. »Zeppelin hält zu Vater. Die Alten tun sich zusammen.«

In der Tat resultierte unsere Schwierigkeit, uns verständlich zu machen, immer wieder aus der Einstellung dieser Generation, zu der mein Vater – und wohl auch Zeppelin – gehörten. Mit Kindern sprach man nicht. Kind war man bis zum einundzwanzigsten Geburtstag. Ein Jugendlicher war geschäftsunfähig, er durfte ohne Erlaubnis des Erziehungsberechtigten nicht heiraten. So stand es im Bürgerlichen Gesetzbuch. Gelegentlich schnüffelten wir darin rum.

Joachim hörte niemand zu, wenn er über seinen Kintopp redete. Mir hörte niemand zu, wenn ich das Thema Flugversuche anschnitt. Allenfalls sagte jemand: »Willste Flieger werden?« oder schlug mir auf die Schulter und scherzte: »Unser neuer Richthofen.« Hier draußen, wo die gepriesenen Zwanziger Jahre nicht stattfanden, ließ sich alles einem einzigen Motto unterordnen: »Deutschland über alles«. Bald würde niemand mehr aufstehen, wenn jemand Liebermann einen Saujuden genannt hätte: die Gäste aus der Stadt nicht, weil sie insgeheim dasselbe dachten, und die Laubenmenschen aus Angst nicht. Die Idylle täuschte.

Puppenmutter Laura führte das Braunbier ein. Brause mochte sie nicht. Hubert lieferte Fäßchen mit Malzbier, Pupenbier genannt. Sie und Anneli zogen es auf Flaschen, und die angefangenen Flaschen standen überall herum. Sogar die Puppen mußten Malzbier trinken. Sie sahen verklebt aus.

Keine Chance für das Kino? Oma und Opa reisten an. Opa wuchtete Koffer und Plaids aus Ede Kaisers Chevrolet, wenn Oma reiste, nahm sie ihren halben Haushalt mit. Ohne ihre gewohnten Dinge, meinte sie, könne sie nicht leben.

Oma drückte uns an ihre breiten Brüste, sie steckten in einem Futteral aus ähnlichem Stoff, wie sie ihn für die Kaffeetante geliefert hatte. Opa trug gestreifte Stresemannhosen, dazu eine Jacke aus Englisch-Leder mit vielen Taschen, wie man sie an Jägern oder Anglern sieht. Die Zusammenstellung fand er passend, obwohl Lauras Mutter scherzte: »Unten Reichskanzler, oben Lederstrumpf.«

Oma drückte uns, bis wir japsten. »Ach, ihr«, flüsterte sie, und ihre Augen waren feucht. Sie führte ein, daß die Familie wieder oben am Eßtisch speiste, unter dem Geweihkronleuchter. Lydia kurbelte die Platten in dem nie zuvor benutzten Speiseaufzug nach oben, einem flachen Kasten, der sich an Seilen bewegte und Geräusche verursachte, als stürze ein Teil des Schützenhauses ein. Oma und Lydia unterhielten sich durch den Aufzugschacht.

Oma inspizierte die Kaffeetante und war zufrieden. In Kinofragen wurde Joachim unerwartete Hilfe von Opas Seite zuteil. Opa sagte: »Warum zeigt ihr nicht während des Schützenfestes Kurzfilme? Die Leute gehen gerne für ein paar Minuten oder eine halbe Stunde ins Kino.«

Er besichtigte den Saal und war erschüttert. »Das ist eine Baracke«, sagte er. »Das schlimmste Flohkino, das ich je gesehen habe. Die ollen Jirlanden. Könnt ihr mir sagen, welche Farbe sie haben? Vor lauter Fliegenkacke erkennt man det nich mehr.«

Unser Vater, der hinter ihm stand und an seiner Zigarre sog, meinte: »Kein Geld. Die Häuser werfen nischt ab. Seit der Rentenmark wollen sie keine Miete zahlen. Jeden Tag sitzt mir ein Mieter auf der Pelle und will Ermäßigung.«

»Du machst was falsch«, rügte Großvater, er sagte aber nicht, was mein Vater falsch machte. Der sog an seiner Zigarre, und seine blauen Augen blitzten. Wahrscheinlich hätte er gerne der Eskadron den Befehl gegeben: Füsiliert den ollen Meckerer.

Großvater ergriff die Initiative. »Runter mit die Jirlanden«, sagte er. »Und Farbtöppe her. Alle Mann an die Brassen.«

Großvater war in seiner Jugend zur See gefahren. Hier stieß die Kavallerie auf die Marine, wir würden sehen, wer Sieger blieb. Im Augenblick war die Marine im Vorteil.

Opa schickte uns auf die Leitern, ich staunte, wie viele Leitern es auf dem Grundstück gab. Die Girlanden fielen. Wir weißelten Wände und Decke.

Sternchen drückte sich. Draußen paradierte er vor Großmutter mit der Kaffeetante.

»Komm raus aus deinem Paschazelt«, rief Großvater.

Sternchen schlüpfte unter der Kaffeetante hervor, lehnte sich an die Wand. Opa befahl: »Du, mein junger Freund, richtest eine Stehbierhalle ein. Sofort. Hier im Eingang. Lauras Mutter kann das dann übernehmen, wir schenken Faßbier aus. Bevor die Leute ins Kino gehn, auch nachher, trinken sie gerne ein Bier. Die Kinder Faßbrause. Oder Pupenbier. Wenn Laura Pupenbier mag, ist es für die anderen Kinder auch gut.« Er wendete sich zu Joachim um: »Wenn fertig jemalt ist, stellen wir die Filme zusammen. Wir beide.«

Joachim sah ihn durch seine Brille mit dem kugelsicheren Blick an. Allerdings war auch Erstaunen hineingemischt.

Es blieb nicht aus, daß Großvater meine Werkstatt inspizierte. »Fliegen willste damit?« fragte er und deutete auf meinen Apparat. »Det wird ein Sturzflug«, prophezeite er, setzte jedoch hinzu, das mache nichts, man wünsche Piloten Hals- und Beinbruch, und er habe auf dem Boden einen Sack Gips gesehen.

Mein Vater legte sich ins Bett und errichtete Faschinen in Form von Zeitungen um sich. Über den Zeitungen stiegen blaue Wölkchen von seiner Zigarre auf. Kalt kaute er sie, wenn er mit der Welt und dem Leben im Einklang stand. Der Rauch deutete darauf hin, daß er wütend war.

Buden und ein Karussell wurden aufgebaut, Stände errichtet. Schausteller kamen. Die Wiese verwandelte sich in einen Festplatz. Vom Schießstand her knallten die Karabiner. Drei Tage sollte das Fest dauern.

Am Freitag nachmittag zogen die Schützen ein, mit Musik, die Kapelle blies Märsche. Die Schützen trugen Uniform. Herrn Schönickes Brust war von Medaillen und Schützenschnüren bedeckt. Die Schützen hatten ihre Gewehre geschultert und marschierten im Gleichschritt. Vater, im dunklen Anzug, um den weißen Umlegekragen eine Krawatte, strahlte. »Im preußischen Jeist«, murmelte er. Am Rockaufschlag trug er das Abzeichen des Kyffhäuserbundes.

Vor dem Festzelt, in dem es Bier, Bouletten und Eisbein gab, drehten sich Eismaschinen. Der Motor trieb Scheiben an, die mit bunten Kringeln bemalt waren. Die Eismaschinen gehörten einem Herrn Lazzaroni, wie auf einem Schild geschrieben stand. »Einer von diesen Mausefallenhändlern«, brummte Opa. Es gehörte zum Umgangston, daß man die Italiener Mausefallenhändler oder Makkaronifresser nannte, ein Österreicher war Kamerad Schnürschuh, nach der Fußbekleidung, die Österreichs Truppen im Krieg getragen hatten. »Warum kamen sie stets zu spät?« räsonierte Opa, »weil sie ihre Wickelgamaschen über die Schuhe schnüren mußten. Inzwischen war der Russe vorgestoßen.«

Der Russe, *der* Franzmann und *der* Tommy. Man dachte und fühlte deutsch. Geschichtslehrer Bullus verwandelte die Niederlage an der Marne in einen deutschen Sieg: »Wir schwächten die Angriffskraft des Feindes«, rief er triumphierend und hämmerte mit dem Zeigestock auf die Landkarte ein, die uns die Kriegsschauplätze von 1914 zeigten. Immer fügte er hinzu, daß die Sozialisten und Kommunisten »dem deutschen Soldaten einen Dolchstoß in den Rücken« versetzt hätten.

Die Schützen marschierten. Sie nahmen Aufstellung. Die Kapelle spielte. Die Sonne brannte. Von allen Seiten strömten Besucher auf den Festplatz, in Sonntagsanzügen die Männer, die Frauen in meist selbstgeschneiderten Sommerkleidern. Fast alle Kinder trugen Matrosenanzüge. Das gefiel Opa. Zufrieden blickte er auf die Kleinen. Er hatte darauf bestanden, daß auch Laura und Anneli Matrosenkleider anzogen.

»Steht das Programm?« fragte er Joachim.

Joachim nickte: »Alles klar.«

Mit Werners, Sternchens und Lehmanns Hilfe hatte er ein gemischtes Kurzfilm-Programm zusammengestellt, dreitausend Meter Film. Niemand würde sich langweilen. Werner saß am Klavier, ein frisches Bier vor sich. Erschienen auf der Leinwand Zwischentitel, untermalte Werner sie mit gefühlvollen, der Handlung angepaßten Läufen. Manchmal verstieg er sich zu Kommentaren. Erschien auf der Leinwand der Text: »Zehn Jahre später ...«, so ergänzte Werner: »blies der Stabstrompeter.« Und ähnlichen Unsinn. Das Publikum lachte. Und verlangte von Lauras Mutter Getränke.

Die Schützen ballerten. Auf der Wiese drehten sich das Karussell und die Scheiben der Eismaschinen. Ein Geiger und einer mit einem Schifferklavier spielten zum Tanz auf. Aus Brettern hatten wir einen Tanzboden gezimmert. Lieschen Radke trug ein mit Rosen bedrucktes Kattunkleid, das wie eine Wurstpelle an ihr klebte. Sie tanzte mit Joachim, sooft der aus seinem Kino wegkam, er löste sich mit Sternchen und mir in der Vorführkabine ab. Es war glühend heiß dort oben, die Spulen, alles Fünfunddreißig-Millimeter-Film, wogen schwer.

Einmal, als ich neben Lauras Mutter in der Stehbierhalle stand, sah ich, wie Wilfried die inzwischen eingeseifte Kletterstange hochhangelte und nach den an dem

Wagenrad aufgehängten Trophäen griff. Er rutschte immer wieder ab, die Leute lachten und ermutigten ihn durch Zurufe: »Höher, Tarzan!« – »Alles hat ein Ende, nur die Wurst hat zwei!« – »Seife biste nich jewöhnt, wat?« Onkel Pelle alias Puvogel umkreiste die Gruppe auf seinem Hochrad.

Mein Vater sagte: »Alles läuft wie am Schnürchen.«

Robinson Krause befehligte eine Lohnkellner-Brigade. »Man muß aufpassen, det sie sich nicht die Eisbeine in die Taschen stopfen«, sagte er.

Am Tanzboden spielten sie: »Du hast ja keine Ahnung – wie schön du bist, Berlin ...«

Joachim schwenkte Lieschen im Kreis, ihre Beine waren bis oben zu sehen. Radke murmelte: »Da bahnt sich wat an.« Seine Frau hieb ihm die Mütze in die Stirn. »Bist nich jescheit, Doofmann«, zischte sie und zog ihn fort.

Als der Tanz zu Ende war, sah ich, daß Lieschen mit Joachim in der Vorführkabine verschwand. Werner meinte später, das müsse gewesen sein, als Joachim die eine Rolle verkehrt herum einlegte.

Die Kaffeetante wankte über die Festwiese. Die Kinder zogen sie an den Armen. »Werdet ihr das bitt schön lassen sein, nebbich«, schimpfte Sternchen aus seinen Kucklöchern.

Der Sonnabend vormittag war für meinen Flugversuch vorgesehen. Ich rechnete damit, daß dann nicht so viel Publikum meiner Premiere als Pilot beiwohnen würde. Doch die Sache hatte sich herumgesprochen. Die halbe Laubenkolonie war da. Hubert, der Bier lieferte, ließ das Fuhrwerk stehen. Er hängte den Pferden die Futterbeutel um. Anscheinend wollte niemand das Schauspiel versäumen. Sechs Mann von der Schützenkapelle waren angerückt und intonierten »Puppchen, du bist mein Augenstern« und ähnliche Ohrwürmer.

Die Zuschauer hielten Biergläser in den Händen. Sternchen und ich schleppten Leitern ans Schützenhaus und zerrten den Flugapparat aufs Dach. Er war in zwei Hälften zerlegt, ich setzte sie oben zusammen.

Ermunternde Zurufe. Einer trompetete: »Pommrehnkes haben jetzt 'nen Storch. Vielleicht braten se sich den?« Joachim breitete unterhalb des Dachfirsts Strohgarben aus. Pessimist, dachte ich.

Die Kapelle spielte einen Tusch. Ich steckte den Kopf durch die Öffnung zwischen den Flügeln, ergriff die Halterungen.

Wie gerne wäre ich jetzt wieder die Leiter heruntergestiegen. Die Gesichter, mir zugewendet, glichen hellen Scheiben, mit einer Ausnahme: Mister Wilson, der Kesselpauker, war eingetroffen. Ich fixierte meinen Blick auf Mister Wilson und stieß mich ab. Schon merkte ich, wie der Apparat Luft unter den Flügeln bekam, da demontierte die rechte Tragfläche. Wie ein Stein stürzte ich zu Boden, hörte noch die Rufe der Zuschauer.

In meinem Bett wachte ich auf. Tante Deli saß auf dem Bettrand. Sie legte mir Waschlappen auf die Stirn, die sie in kaltes Wasser getaucht hatte. In der Tür stand Oma und rieb ihre Brüste.

»Was ist passiert?« fragte ich.

»Nichts Besonderes«, sagte Tante Deli. »Du bist abgestürzt, oder?«

An Oma vorbei drückte sich Zeppelin. Er sprang an mir hoch und leckte mir das Gesicht.

Das Fest ging weiter. Am Nachmittag taumelte ich über die Festwiese, einen Verband um den Kopf. Ich hatte mir die Stirn aufgeschlagen. Die Narbe habe ich noch heute, niemand dachte daran, daß die Wunde genäht oder geklammert werden müßte. Dergleichen chirurgische Künste blieben auf die Innenstadt beschränkt.

Hier vertrauten sie darauf, daß, wie Oma sagte, »die Natur sich selbst hilft«.

Ich dachte, sie würden mich auslachen, aber ich bekam nur wohlwollende Gesichter zu sehen. Lieschen Radke, in ihrem Kattunkleid, das durchgeschwitzt war, baute sich vor mir auf und sagte: »Ick finde, du bist 'ne Kanone. Willste meine Freundin kennenlernen?« Sie hatte ein schwarzhaariges Mädchen mit Kohlenaugen dabei, in einem ähnlichen Kleid, wie sie es trug. »Mariechen, mein Name«, sagte die Freundin und gab mir die Hand.

Ich tanzte mit Mariechen, nur Foxtrott und Schieber. Vom Walzer wurde mir schlecht. Wahrscheinlich hatte ich eine Gehirnerschütterung.

Der Flugapparat lag im Schuppen. Oder, was davon übrig war. Vater ließ sich zu der Bemerkung hinreißen: »Du mußt Leisten von Bendix nehmen. Die sind stabiler.«

Ganz Berlin verwendete Leisten von Bendix. Aber Leisten kosteten Geld. Weidenzweige wuchsen unten am Graben. Außerdem hatte Lilienthal ebenfalls Weidenzweige fürs Gerüst seiner Flugmaschinen verwendet.

Wo war der Konstruktionsfehler? Es mußte doch möglich sein ... Mariechen zog mich fort. »Geh mit mir in'n Kintopp«, bat sie. Da ich mit Vorführen dran war, lernte auch Mariechen die Kabine kennen. Ich gab acht, daß ich die Spulen richtig herum einlegte.

Am Sonntag vormittag fand das Ausscheidungsschießen statt. Stundenlang hörten wir das Ballern von den Schießständen, trotz Blasmusik. Gegen Mittag trugen sie Puvogel auf einer Bahre vorbei, Onkel Pelle war vom Hochrad gestürzt. Er schien nicht ernsthaft verletzt zu sein, denn er lächelte mir zu.

Wenig später stand der Sieger fest und wurde über Lautsprecher verkündet. Wiederum hatte Herr Schönicke es geschafft, er blieb Schützenkönig, wenn auch knapp. Sein Vorsprung betrug achtzehn Ringe. Die Kapelle spielte »Was machst du mit dem Knie, lieber Hans?«, das war gerade modern, und dann den Badenweiler Marsch. Zum Badenweiler Marsch zogen die Schützen ins Zelt, dort war ein Mittagessen für sie vorbereitet. Die Tradition verlangte, daß der Schützenkönig dieses Mittagessen bezahlte und alle Getränke. Arme wurden nie Schützenkönig.

Schönicke, Junggeselle aus Überzeugung, wählte sich Kitty als Schützenkönigin. Ich weiß nicht, ob die Angelegenheit abgesprochen und Kitty vorbereitet war. Jedenfalls erschien sie in einer Art Dirndlkleid mit weißen Rüschen vor der Brust, wozu ihr Bubikopf seltsam aussah. Schönicke führte Kitty zu Tisch, Lehmann saß am anderen Ende der Tafel, er hatte Lauras Mutter als Tischdame. Die Pole der Tafel waren unsere beiden Bubiköpfe. Wie gewohnt, richteten sie ihre Zigarettenspitzenlanzen aufeinander.

Schönicke hielt eine Ansprache, in der viel von deutscher Treue und deutschem Geist die Rede war. Nachher war er ziemlich betrunken, weil alle mit ihm anstießen. So fiel ihm nicht auf, daß Kitty, ihrer Gewohnheit entsprechend, schwieg. Sie lächelte, aß und trank und rauchte, und manchmal warf sie einen Blick zum anderen Ende der Tafel hinüber, wo L.-L. den Arm um Lauras Mutter gelegt hatte.

Der Geiger von der Tanzkapelle hatte sich als Zigeuner verkleidet. Er tänzelte um den Tisch und spielte, was er »lustige Weisen« nannte. Die Mitglieder der Schützenkapelle hatten ihre Instrumente in eine Ecke des Zeltes gestellt, die Röcke ausgezogen und sprachen den Getränken und Speisen zu. Ihre Stirnen glänzten. Es war heiß im Zelt, obwohl die Bahnen an den Enden aufgeklappt waren.

Der Tag endete mit einer Überraschung. Am Abend, die Sonne war untergegangen, aber es wurde um diese Jahreszeit fast nie richtig dunkel, verkündete der Lautsprecher:

»Meine Damen und Herren, die letzte Kinovorstellung! Strömen Sie bitte zahlreich in unser Lichtspieltheater. Unwiderruflich letzte Vorstellung. Wir zeigen, aus Paris importiert, ›Die Reise zum Mond‹. Und ›Die Eroberung des Nordpols‹, von dem berühmten französischen Regisseur und Produzenten Méliès. Diese Filme wurden noch nie in Deutschland gezeigt« – was wahrscheinlich nicht stimmte –, »wir laden Sie ein zur Premiere.«

Der Mann, der die Durchsage machte, es war Werner Spiehr, erhob die Stimme: »Und nun, meine Damen und Herren, die zweite Überraschung. Die Tänzerin Kitty van Delft vom Wintergarten Berlin wird ihren Ausdruckstanz vorführen: ›Im Serail‹. Kommen Sie jetzt. Die Vorführung beginnt in fünf Minuten!«

Ich saß zwischen Lieschen Radke und Mariechen, ihrer – inzwischen auch meiner – Freundin. Das Licht ging aus, Scheinwerfer richteten sich auf die Leinwand. Wieder einmal intonierte Werner Spiehr »Salome«:

Salome – schönste Blume des Morgenlands.
Salome – wirst zur Göttin der Lust im Tanz!
Salome – reich den Mund mir wie Blut so rot –
Salome – deine Küsse sind süßer Tod!

Ein paar Betrunkene sangen den Refrain mit. Von der Seite trat Kitty in den Lichtkegel. Zum ersten Mal sah ich sie ohne Zigarettenspitze. Sie trug eine Art Türkenkostüm, aus Schleierstoff die Pumphosen, einen glänzenden Büstenhalter. Auf dem Kopf saß ein Turban mit einer Feder, die in einer Agraffe mit blauem Stein steckte. Im Takt der Musik begann Kitty die Hände zu ringen, erst vor dem Schoß, dann über dem Kopf. Sie machte trippelnde Schritte nach rechts und links und warf glühende Blicke aus schwarzumrandeten Augen.

»Bravo«, schrie Lehmann, der hinter mir saß. Das Publikum trampelte und klatschte. Salome – oder Kitty – wackelte mit dem nackten Bauch. »Die braucht Bullerichsalz«, schrie einer, aber die Zuschauer zischten ihn nieder. Die Musik ging ihrem Ende zu. Salome-Kitty stand mit wiederum erhobenen Armen, der Scheinwerfer berieselte sie mit Licht in verschiedenen Farben.

Dann ging das Licht aus. Dröhnender Beifall, Dacapo-Rufe, denen nicht stattgegeben wurde.

Werner Spiehr spielte: »Das war in Schöneberg – im Monat Mai.« Das Publikum sang mit. Über die Leinwand flackerten die ersten Szenen von der »Reise zum Mond«.

9

Opa schickte uns in die Pflaumen: »Lauft, holt ein die erste Ernte! Oma backt Pflaumenkuchen!«

Wir rannten mit Körben und Eimern in den Obstgarten. Joachim und ich vergaßen unsere Würde als Halberwachsene, Anneli und Laura schrien: »Flaumen, Flaumen.«

Sie ließen das P weg wie alle Berliner. Trotz Tante Delis Mahnung, daß bei uns hochdeutsch gesprochen werde. Es war eine Abart von Hochdeutsch. Daß sich Pferd vorne mit einem P schreibt, entdeckte ich erst in der Volksschule, als wir mit farbigen Stiften Marke Posthorn Wörter malten.

Lydia, einen Korb in der linken, einen weißen Emaileimer in der rechten Hand, schlingerte wieder wie ein Schiff, sie kam als letzte, wir zwangen sie, auf den höchsten Ast zu steigen. Lydias Beine waren kräftig, schneeweiß, und in den Kniekehlen leuchteten blaue Adern. Nicht Äderchen, Adern. Joachim und ich wechselten einen Blick voller Verständnis, jene Vorzüge betreffend, die Lydia, kletternd, enthüllte. Der Pflaumenbaum wankte, ein Ast krachte. Lydia stand an den Stamm gepreßt, ihre Kittelschürze hochgerutscht, und sah auf uns hernieder. »Den Korb«, sagte sie.

Wir reichten ihr den Korb und gingen zu den nächsten Bäumen. »Manometer«, murmelte Joachim.

Die Pflaumen wollten ausgewählt sein, noch waren die wenigsten reif. Unter den Bäumen lief Zeppelin hin und her, verschlang von den herunterfallenden Pflaumen die schönsten. Die Kerne spuckte er aus. »Zellepin«, rief Anneli, sie wußte längst, wie der Hund wirklich hieß, aber sie war bei Zellepin geblieben. Ein Kosename nun für unseren, für Vaters und Annelis Hund, dessen Haare um die Schnauze herum grau geworden waren. Zeppelin lief unter den Baum, auf dem Anneli und Laura saßen, im Gegensatz zu Lydia mit schlanken, braungebrannten Beinen, Zeppelin schaute nach oben und wedelte mit dem Schwanz. Anneli warf ihm eine Pflaume zu, die er auffing. Der Kern fiel ihm Sekunden später seitwärts aus dem Maul. »Klöterlämmchen frißt auch Pflaumen«, schnurrte Laura.

Wir pflückten viel zu viele Pflaumen. Lydia mußte die Einweckgläser aus dem Keller holen, umkommen ließen wir nichts. Oft sagte Tante Deli: »Daß mir nichts umkommt.«

Oma und Lauras Mutter rührten Teig und wälzten ihn aus. Bald zog der Duft aus der Küche durchs Haus, im Backofen summten die Kuchen auf großen Blechen. Mein Vater warf die Zeitungen aus dem Bett und kam herunter. »Das hält kein Schwein aus«, sagte er.

Auf dem Herdrand simmerten Bunzlauer Kannen mit Kaffee.

Unser Film- und Tanzprogramm auf dem Schützenfest hatte ein Nachspiel. Genaugenommen sogar zwei Nachspiele, die mit Anzeigen endeten. Ein Polizist auf einem Fahrrad, Tschako in die Stirn gedrückt, von der Schweißtropfen perlten, brachte amtliche Schreiben, deren Empfang mein Vater bestätigte. Wir wurden belehrt, daß wir ohne Genehmigung Schönheitstänze vorgeführt hätten – damit war Kittys Auftritt als Vorstadt-Salome gemeint. Ferner hätten wir Filmstreifen vorgeführt, die nicht von der Zensur genehmigt waren.

»Ich denke, wir leben in einer Demokratie?« sagte mein Vater. »Wozu eine Filmzensur? Leben wir unter Ludendorff? Dem Kaiser? Nicht einmal unter Friedrich dem Großen gab es eine Filmzensur!«

Durcheinanderredend, belehrten wir unseren Vater, daß es unter Friedrich dem Zweiten auch keine Filme gegeben habe. »Unwichtig«, rief unser Vater. »Jedenfalls gab es unter dem keine Zensur. Und jetzt, unter einer demokratischen Regierung, geht es los.«

Die längste Rede, die mein Vater je gehalten hatte, außerhalb des Themas Husaren. Wir besprachen die Angelegenheit mit Leberecht Lehmann.

»Lächerlich«, sagte dieser. »Kittys Tanz war ein spontaner Einfall. Sie hat keine Gage dafür genommen. Geben Sie her, den Wisch. Ich kümmere mich darum.«

Das Endergebnis war, daß die Angelegenheit wegen Geringfügigkeit niedergeschlagen wurde. Doch mußte mein Vater, als der Veranstalter, Vergnügungssteuer entrichten. Schönheitstänze wurden zu einem anderen Satz besteuert als Filmvorführungen.

Die Filmvorführungen betreffend, kamen wir nicht so leicht davon. Es stellte sich heraus, daß L.-L. die Spule mit einem Teil des Nordpol- oder Mondexpeditionsfilms durch Beziehungen direkt aus Paris bekommen hatte. Der Film lief nicht im offiziellen Verleih, und er war deshalb auch nicht der Zensurbehörde vorgelegt worden. Wir erhielten eine Verwarnung des Reichsverbandes der Lichtspielhaus-Besitzer und wurden zu dreihundert Mark Geldstrafe verknackt, widrigenfalls soundsoviel Tage Haft.

»Das ist der Dank des Vaterlandes«, sagte mein Vater.

Es stellte sich heraus, daß wir dem Verband der Lichtspielhaus-Besitzer – vielleicht nannten sie sich auch Lichtspieltheater-Besitzer – gar nicht angehörten. Das Kino war als Anhängsel der Schützenhaus-Gaststättenbetriebe gelaufen, seit jenen Tagen, da wir die Vorführungen für Kinder im kleinen Saal veranstalteten.

Zum ersten Mal richtete sich in dieser Zeit die Aufmerksamkeit der Erwachsenen auf Joachim, jetzt erkannten sie, daß er, das Kind, der »Kleine« mit der Brille, immer die treibende Kraft gewesen war. »Es ist dein Kino«, sagte unser Vater, und Erstaunen lag in seiner Stimme. Wahrscheinlich entdeckte er in diesem Augenblick seinen Sohn als heranwachsenden Menschen, mit dem in Zukunft gerechnet werden mußte. Vielleicht sogar am Skattisch. Die Zulassung zum Kartenspiel ersetzte jene Rituale, die uns aus völkerkundlichen Filmen von fernen Eingeborenenstämmen vertraut waren.

In diesen Wochen entschied sich, daß Joachim der Kino-Macher war. Auf Anraten Lehmanns wurde der Kinokomplex von den Schützenhaus-Betrieben gelöst und eine eigene Firma gegründet: Schützenhaus-Lichtspiele offene Handelsgesellschaft. Joachim, als Minderjähriger vertreten durch unseren Vater, hielt vierzig Prozent, Sternchen Siegel, Werner Spiehr und Leberecht Lehmann waren mit je zwanzig Prozent beteiligt. Es war L.-L.s Idee gewesen, Sternchen und Werner mit hineinzunehmen, »damit sie das Interesse nicht verlieren«. Lehmann, früher selbst Filmtheater-Besitzer, ging als Filmkaufmann durch, was die Handelskammer beruhigte, meinte er. Der Hauptgrund schien mir jedoch, daß ihm Kintopp Spaß machte. Nun war er wieder drin, mit weniger Geld und weniger Verantwortung als vorher.

Die Anteile für Sternchen streckte mein Vater vor. Sternchen brauchte einige Zeit, bis er seinem Vater verständlich gemacht hatte, daß er, Sternchen, nicht die Laufbahn eines Textilkaufmanns einschlug. Der alte Siegel kam sogar einmal zu uns heraus. Ein kleiner

Mann, der einen dunklen Paletot trug. Er schnüffelte den Saal ab, indem er von hinten nach vorne und von vorne nach hinten trottete, wobei er den Kopf schüttelte. Dann nahm er in der Gaststube Platz und bestellte eine Selters. »Das Glück der Kinder«, sagte er zu meinem Vater. »Werd' ich im Weg stehen?«

Herr Siegel zückte die Brieftasche und entnahm ihr ein Bündel Banknoten. »Für den Anteil«, sagte er. »Was Se haben vorgestreckt, Herr Pommrehnke.«

Mein Vater nahm das Geld und verbeugte sich. Sternchen fuhr seinen Vater im Hanomag Kommißbrot zum Bahnhof. Wir sahen, wie der alte Siegel immer noch den Kopf schüttelte.

Ausnahmsweise möchte ich in diesem Zusammenhang über meine Empfindungen sprechen. Ich freute mich für meinen Bruder und daß die Filmangelegenheit eine günstige Wendung genommen hatte. Ich freute mich vor allen Dingen, daß die Erwachsenen ihn anerkannten, daß sie – endlich – erkannten, wer die Kintopp-Angelegenheit bewegt hatte, all die Jahre. Doch zugleich sah ich deutlich meine Rolle. Ich war und blieb der Jüngere, der kleine Bruder. Als die geschilderten Ereignisse sich abspielten, war ich ungefähr vierzehn Jahre alt. Das galt nichts. Um meine Zukunft kümmerte sich niemand, kaum einmal fragte jemand, was ich einmal werden wolle. Solche Fragen wurden am Rande gestellt, aus Höflichkeit, wenn man mit Kindern nichts zu reden wußte. Was willste einmal werden? Lokomotivführer?

Machte ich mir selbst Gedanken über meine Zukunft? Ich glaube, in jenem Augenblick schon. In der Kino-Angelegenheit steckte ich tief drin. Mehr als irgend jemand sah, ich glaube, auch Joachim war sich darüber nicht klar. Ich sah aber in jenen Tagen mit übergroßer Deutlichkeit, daß ich an den Kintopp verloren war, möglicherweise als unscheinbarer Gehilfe meines aktiven, dynamischen Bruders ein Leben lang. Man hat lichte Momente, auch wenn man erst vierzehn ist.

Andererseits war ich, trotz der Niederlage bei meinem Flugversuch während des Schützenfestes, entschlossen, meine Interessen auf diesem Gebiet nicht zu vernachlässigen. Ich wollte von nun an Kontakt mit Gleichgesinnten aufnehmen, mich darum kümmern, was die überall aus dem Boden sprießenden Segelfliegerschulen vorhatten, den Flugmodell- und Gleiterbau studieren.

Ohne Zweifel waren diese Interessen mächtiger in mir als die Kino-Interessen. Andererseits war der Kintopp eine Familienangelegenheit, und wir bildeten eine jener Familien, die zusammenhielt, laut Tante Deli »wie Pech und Schwefel«.

Das war damals nicht ungewöhnlich. Sogar Huberts Familienmitglieder hatten sich, trotz Ausweisung aus den nun polnischen Gebieten, nicht in alle Winde verstreut. Sie saßen hier am Stadtrand, keiner mehr als fünf Minuten zu Fuß vom anderen entfernt, und trafen sich bei Ede, weil der einen Garten hatte, in dem man sitzen und Bier trinken und klönen konnte. Und weil er der Bräutigam oder inzwischen der Mann von jener westpreußischen Schönheit war, die zum Hubert-Familienverband gehörte, Huberts Schwägerin. Ede war aufgenommen, die Großfamilie existierte. Und funktionierte.

Genau wie unsere nicht ganz so große Familie funktionierte, »zwischen Feuerland und Jesundbrunnen«, wie Opa scherzte. Auf seinen Schiffsreisen hatte er tatsächlich einen Vetter oder Onkel entdeckt, der in Südamerika ein Geschäft betrieb. Kein Seemannsgarn, in einer Schachtel auf dem Boden lagen Fotos und Postkarten von diesem Onkel.

Vielleicht wurde ich Flieger. Vielleicht fiel ich dem

Kino anheim. Vielleicht würden mich die anderen bemerken. Von meiner Existenz Kenntnis nehmen.

Aufgrund der neuen Konstellation setzte Joachim durch, daß er im nächsten April die höhere Schule verließ. Er stieß auf geringen Widerspruch. Mein Vater legte sich ins Bett. Tante Deli sagte, sie wolle lieber die Küche in Ordnung bringen, doch behalte sie sich vor, ihre Meinung zu äußern. War die Angelegenheit entschieden? Mein Bruder ging mit mittlerer Reife ab.

In der Eis-Anneliese sah ich manchmal Hannelore, Zöpfe um den Kopf gewunden, ein massiges Mädchen. An Joachim dachte sie gewiß nicht mehr, genausowenig, wie Joachim an sie dachte. Die Zeit der Lyzen und Mieken war für ihn vorbei. Ich suchte mir Freunde, mit denen zusammen wir die Hannelore in der Eis-Anneliese beglupschten.

Die Anzeigengeschichte war ausgestanden. Wer uns angezeigt hatte, bekamen wir nie heraus. Angeblich war die Polizei anonymen Hinweisen nachgegangen. Oma und Opa waren abgereist, nachdem Opa mit Tees die Bauchschmerzen kuriert hatte, die bei Mitgliedern der Pflaumenorgie einsetzten. »Der Kuchen ist das nicht«, sagte sie. »Ihr habt beim Pflücken zuviel gefressen.«

Das stimmte. Wir taten es Jahr für Jahr, mit denselben Ergebnissen. Wir tranken auch Wasser und Faßbrause auf die Pflaumen. Schweigend litten wir, mit Ausnahme von Anneli. Sie brüllte wie ein Kalb.

Laura und ihre Mutter blieben noch ein bißchen. Mir fiel auf, daß die Mädchen eines Tages ihre Puppen wegpackten. In Annelis Zimmer sah man keine einzige Puppe mehr, nur der Stoffhund saß in einer Ecke auf Annelis Bett. Er hatte ein Ohr verloren, und an der Brust kam die Holzwolle raus.

Statt mit Puppen zu spielen, organisierten die Mädchen Fahrräder. Sie waren jetzt öfter bei der Brücke über dem Graben zu finden. Zu dieser Brücke kamen auch die Jungen aus der Laubenkolonie und aus den Villenstraßen. Manchmal gab es eine Prügelei. Die Mädchen standen an ihre Räder gelehnt, und die Jungen umkreisten sie. Die Jungen rauchten Zigaretten und warfen die Kippen in den Graben, mit lässiger Armbewegung.

Berlin war niemals eine Stadt, die vor Erotik auseinanderbarst, die Vororte schon gar nicht. Jedoch, in diesem Sommer lag etwas in der Luft. In unserem Stadtrandteil wurde es spürbar. Es lag nicht am süßen Duft der Linden. Der wehte jeden Sommer von der Allee herüber, die in die Stadt führte. Es lag auch nicht daran, daß alle Kinder – außer mir – in diesem Jahr erwachsen wurden, jedes auf seine Weise. Vielleicht wollten alle teilhaben an jenem Glanz, den die Zeitungen erfanden. Gehörten wir nicht in dieses wunderbare, elegante, aufregende, manchmal ein bißchen schlüpfrige Berlin? Dieses Berlin, das wir auf den Wochenschaustreifen sahen, das jene Magazine schilderten, die Lauras Mutter las? »Hallo, du süße Klingelfee« und »Salome, deine Küsse sind süßer Tod«.

Schließlich ereilte es unseren Vater. Wir hatten uns daran gewöhnt, daß er und Tante Deli ein Paar abgaben. Hätte uns jemand gefragt, ob sie verheiratet seien, würden wir wahrscheinlich guten Gewissens mit Ja geantwortet haben. Die Umstände waren uns vertraut, von klein auf, an unsere Mutter erinnerten wir uns kaum mehr. Anneli war keine Cousine, sie galt als Schwester. Tante Deli schmiß den Haushalt und eigentlich auch die Kneipe, seit mein Vater sich wieder öfter ins Bett zurückzog. War Tante Deli uns »wie eine Mutter«? Wir wußten es nicht, Vergleichsmöglichkeiten fehlten uns. Wie war eine Mutter? Benahm eine Mutter sich wie Huberts Frau? Mathilde, des Bierfahrers Töchterlein, kroch in der Kneipe auf dem Fußboden, die Bretter dunkel und von Bier getränkt, sie bewahrten seit Jahrzehnten dumpfen, hefegeschwängerten Destillengeruch. Klein-Mathilde kroch, oder, wie ihre Mutter es formulierte, sie krabbelte. Und zerfetzte Bierdeckel.

Wir vermißten »die Mutter« nicht. Tante Deli sorgte für unser, wie sie sagte, »leibliches Wohl«, feststehende Redensarten benutzen sie alle.

Nach Joachims Schulabgang mit mittlerer Reife gelang Tante Deli ein unvergeßlicher Monolog. In der Tür zwischen Küche und Gastzimmer stehend, die Arme unter den Brüsten verschränkt, sagte sie: »Es geht mich nichts an, oder? Doch wenn du mein Kind wärst, würde ich dich übers Knie legen und versohlen. Ich würde dir die Hosen strammziehen und dir ein paar mit dem Rohrstock überbraten. Oder, noch gescheiter, ich würde dir die Hosen runterziehen und dir mit der siebenschwänzigen Katze ein paar pfeifen, daß du denkst, Ostern und Pfingsten fallen auf einen Tag. Ich weiß, ich weiß. Dem jungen Herrn kann man so was nicht antun. Der Herr Kinobesitzer, oder?«

Ihr »oder« fügte sie fragend ein, erwartete aber keine Antwort. Joachim saß auf einen Stuhl gefläzt am Stammtisch und schob seine Brille mal rauf, mal runter.

»Ich verlange nicht, daß du auf mich hörst«, fuhr Tante Deli fort. »Aber erlaube, daß ich mir Luft mache. So viele Jahre kümmere ich mich um euch Lümmels. Seit eure Mutter ... Na. Oder? Du hattest eine Chance, Joachim. Abitur. Studium. Was hättest du werden können, Architekt, Arzt. Die anderen werden über dich lachen. Ja, höre mir zu! Über dich lachen werden sie eines Tages, schicke Studenten mit avec, und du mit deinem Flohkino! Falls es dann noch existiert. Und wenn es existiert, dank deinem Vater, der immer wieder Geld investiert in ... in ... in dieses Steckenpferd. Weiter ist es nichts. Ein Steckenpferd, ja. Und alle die Schleimscheißer, die hier herumlungern und sich satt essen und Bier saufen, alle, die so tun, als sei das ihre Erfindung! Einer klimpert ein bißchen auf dem Klavier und drechselt hübsche Worte, bis die Backfische aus der Laubenkolonie seufzend hintenüberfallen. Der andere nuddelt ein bißchen an den Apparaten, dann setzt er sich in seinen Hanomag, dreht die Mütze um und ab, heidi. Das ist euer Kintopp. Oder?«

Joachim sagte nichts, mein Vater döste oben im Bett, Sternchen und Werner waren nicht da, konnten sich folglich nicht verteidigen.

Sie hätten es, glaube ich, ebensowenig getan wie Joachim. Tante Delis Worte erreichten ihn nicht, ich sah es seinem Gesicht an. Sie merkte es auch und drehte sich um. »Blast mir alle den Hobel«, murmelte sie und verschwand in die Küche. Ihr Hinterteil hatte sich gerundet, ich bemerkte es zum ersten Mal, Vaters Freundin war – rundum rund. Ich war an dem Punkt angelangt, wo ich mir hätte vorstellen können, was die beiden miteinander trieben, nachts, in diesem oder jenem Schlafzimmer. Aber so etwas stellte man sich damals nicht vor. Im tiefsten Innern war ich, wie fast alle Kinder – und die Kindheit reichte weit! –, überzeugt, daß geschlechtliche Vereinigungen der Eltern zahlenmäßig der Anzahl der Kinder entsprachen. Einmal pro Kind, Schluß. Es machte uns Mühe, bereits dies zu akzeptieren. Später waren Eltern dermaßen erwachsen, daß wir ihnen jene Handlungen nicht mehr zutrauten, von denen Sünderinnen wie Lieschen Radke berichteten.

Niemals habe ich mit meinem Bruder oder mit anderen Kindern darüber gesprochen. Doch bin ich sicher, daß sie ebenso empfanden. Zille-Miljöhs konnten wir uns nicht vorstellen.

Tante Deli also, fürs leibliche Wohl und manchmal

darüber hinausgehend, wenn auch wirkungslos. Ab und zu drückte Oma uns an ihre wunderbar weichen Riesenbrüste und flüsterte: »Ach, ihr ...«

Zum Anschauen verfügten wir über Kitty und Lauras Mutter, lebendig gewordene Figuren aus Hochglanzmagazinen wie dem »Silberspiegel«. Für die Aufklärung zeichnete verantwortlich Lieschen Radke. Alles war in Butter.

Was verband mich mit Mariechen? Ein Kind war sie und zugleich uralt wie eine Puppe, deren Porzellankopf Jahrhunderte überdauert hat, aber dennoch das Antlitz der Kindheit zeigt. Ihre Kleider, mit enganliegendem Oberteil und weitschwingenden Röcken, immer aus golden schimmernden Stoffen, schienen aus alten Truhen geborgen. Sie strömten Gewürzdüfte aus. Das Kattunkleid sah ich nur einmal an ihr, auf dem Schützenfest. Mariechen trug es nie wieder.

Vielleicht liebte ich Mariechen. Der Blick ihrer nachtdunklen Augen schien mir der Beweis, daß sie mich wiederliebte. Lieschen Radkes Vorschläge zur Verfeinerung der Technik unserer Beziehung prallten an mir ab. Prallten sie auch an Mariechen ab?

Ich weiß es nicht.

Und mein Bruder?

Ich weiß es nicht. Gelegentlich hüpfte Lieschen vor ihm her, die Stufen der eisernen Treppe zur Vorführkabine hinauf. Manchmal sah ich Joachim auf Sternchens blitzendem Rad davonsausen, er hatte dieses Rad geerbt, unternahm Touren, sagte nie wohin. Einmal, als ich »aus Berlin« kam, sah ich ihn in der Nähe des S-Bahnhofs mit einem Mädchen, das Hannelore aus der Eis-Anneliese ähnelte. Das Mädchen hatte ebenfalls ein Rad dabei, beide schoben die Räder, Joachim links, das Mädchen rechts. Joachims Arm lag um die Taille des Mädchens.

Ich machte, daß ich wegkam, bevor sie mich entdeckten.

Jene Epoche war vielleicht glücklich zu nennen, trotz Krieg, Inflation und bald einsetzender Weltwirtschaftskrise, weil die Menschen durch keine Selbstkritik beeinträchtigt wurden. Die Interimsrepublik ritten sie irgendwie ab – ein kavalleristisches Bild, ich kann meinen Vater, den Husaren, nicht verleugnen. Ein Volk, ein Reich, ein Wilhelm II waren sie gewesen, ein Volk, ein Reich, ein Führer leuchtete ihnen ein, sobald es an der Zeit war. Sie erkannten die gewohnte Ordnung wieder, die verlorengegangen war, vorübergehend. Befehlsempfänger waren sie allesamt.

So sehe ich es heute. Vielleicht war, vielleicht bin ich wie sie. Joachim erscheint mir als Ausnahme. Er ging, unbeirrbar, einen anderen Weg. Einen Weg, den wir nicht begriffen.

Was mußte geschehen, damit diese Selbstsicherheit erschüttert wurde?

Bei uns ritt ein kleines bißchen Schicksal hoch zu Roß ein. An einem Vormittag im Frühling sprengte das Mädchen Gila auf ihrem Rappenwallach Ali in den Hof.

Ein Mädchen war Gila eigentlich nicht mehr, eher eine junge Frau. Natürlich die Tochter oder Nichte eines Regimentskameraden. Da dieser Regimentskamerad als Wachtmeister den Dienst quittiert hatte, also eine höhere Charge darstellte als mein Vater, der Gefreite Pommrehnke, mußte der Vorschlag angenommen werden, daß Gila ihr Reitpferd bei uns einstellte. In Boxe eins hing mein Flugapparat, Boxe zwei diente Joachim als Werkstatt. Boxe drei und vier waren frei. Also wurde Ali in Boxe drei eingestellt. Schönicke lieferte Heu und Stroh und füllte Hafer in die Futterkiste. In der Stallgasse hingen Sattel und Zaumzeug.

»Dieser Spannlackgestank«, beschwerte sich Gila. In eleganten Stiefeln, mit prallsitzenden Reithosen und einer wie Froschhaut grünlich schillernden Bluse stakste sie durch die Stallgasse, ihre Peitsche klopfte an den Stiefel. »Ali mag diesen Gestank nicht«, behauptete sie.

Ich zuckte die Schultern. Gila erreichte bei meinem Vater, daß Spannlackauftrag nur noch im Freien vorgenommen werden durfte.

Gila sattelte Ali, schwang sich aufs Pferd und entglitt über die Wiese zum Waldrand, wo kilometerlange Forstwege anfingen. Ihr dunkles, ein wenig rötliches Haar flatterte hinter ihr her, sie trug nie eine Kappe.

Gila kam täglich zur selben Stunde. Bald verzichtete mein Vater auf sein Bettdasein und machte sich in Hof und Stall zu schaffen. »Morjen, Gila«, hörten wir seine Stimme. »Schönes Wetter heute.«

Schönes Wetter. Mehr fiel ihm nicht ein? Wo blieben seine kavalleristischen Redewendungen, die hier angebracht gewesen wären?

Wir sahen, wie mein Vater der Reiterin in den Sattel half – er faltete die Hände vor dem Unterbauch, und sie stieg mit der Stiefelspitze in diesen Tritt. Mit ihren Stiefeln, an denen Stallmist klebte. »Danke, Herr Pommrehnke.« Ihre Stimme war hell, vielleicht das, was man sich unter glockenhell vorstellt. Wenn ich dieses Wort lese, es kommt in Romanen häufig vor, stelle ich mir eine Mischung aus Klingeln und Läuten vor – Schlittenglöckchen und die kleinste Glocke einer Dorfkirche.

Sie gab Ali einen Klaps mit ihrer Peitsche und sprengte davon.

Ihre Haare. Joachim und ich sahen gerne, wenn Gilas Mähne flog, in Zeiten, als andere Frauen Herrenschnitt trugen. Anneli hatte sich die Haare abschneiden lassen. Wenn sie gegen das Licht stand, leuchteten ihre Abstehohren rot auf. »Ein Jammer. Schade um deine Haare«, sagte Tante Deli, und sie drückte damit aus, was wir alle fühlten.

Tante Deli trug nach wie vor ihre Frisur, die sich notfalls zu einem Dutt stecken ließ. Wenn es viel Arbeit gab in der Küche, dann tat sie es. Einzelne Löckchen, über der Schläfe, an der Stirn, machten sich selbständig. Hätte uns jemand gefragt, so hätten wir irgendwas von »schön« genuschelt, oder »uns gefällt's«.

Es fragte uns aber niemand, nicht einmal Joachim wurde gebeten, über Tante Delis Frisur oder über irgendwelche anderen Dinge, die den Erwachsenen augenscheinlich wichtig waren, seine Meinung zu äußern. Über Hugenberg und Stinnes – der war plötzlich gestorben – und über Rathenau, der ermordet wurde, sprachen sie, mit oder ohne Leidenschaft, je nachdem, wie viele Biere und Korns sie intus hatten. Sie sprachen über die NSDAP und über die Kommunisten, die im Reichstag Stimmen gewannen, und darüber, daß ein gewisser Dr. Goebbels den Gau Berlin führte.

Zur Saalschlacht kam es nicht mehr. Ich wollte nur sagen, daß in der Schützenhaus-Gaststube zwei Welten existierten: die Welt der Erwachsenen und die Welt der Kinder, der wirklichen und der sogenannten. »Ach ihr«, sagte Oma, damit war alles erledigt, alles gesagt. Einmal hörte ich, wie Ede Kaiser erzählte, auch er habe eine Oma – oder handelte es sich um seine Schwiegermutter? –, die »Ach, ihr« sagte.

Vielleicht stammte Edes Ach-ihr-Sagerin aus denselben westpreußischen Regionen wie unsere Oma. Möglich war's, dieser Vorort Berlins war ziemlich fest in den Händen von Rücksiedlern aus dem Korridor, aus Westpreußen. Miteinander sprachen sie plattdeutsch, im übrigen versuchten sie sich in einer Sprachversion, die sie Hochdeutsch nannten. In den Sprachsumpf des Berliner Icke-dette-kieke-mal wollten sie sich nicht ziehen lassen, aus Karrieregründen.

»Wir sind hier nicht bei Zille«, hieß die Warnung, wenn jemand aus der Familie zu berlinern begann.

Zille, genannt Pinselheinrich, den heute jeder kennt, damals aber nur manche kannten, wie erstaunlicherweise unser Vater, starb in dieser Epoche, die mit Nurmis Weltrekord begann, 1921 lief der skandinavische Aschenbahn-Meister die Meile in vier Minuten zehn Komma vier Sekunden, und die mit Max Schmelings Sieg über Franz Diener endete – so ungefähr. Die Welten der Erwachsenen und der sogenannten Kinder überschnitten sich an zwei Punkten unseres Schützenhaus-Daseins: in Kinofragen und in Fragen der Herrenreiterin Gila.

Wir stellten fest, daß Tante Deli nervös wurde, wenn mein Vater an sich herumpolierte und nach draußen stürzte, sobald er Gila mit ihrem Opelwagen vorfahren sah. Tante Deli neigte nun auch zu kurzen Bemerkungen. »Muß das sein?« fragte sie, »kommt die olle Schrippe nicht alleine in den Sattel?«

Tante Deli erwartete keine Antwort, der Frageton war zufällig, so, wie sie »oder« mit Fragezeichen sagte.

Wenn Anneli uns nicht drauf aufmerksam gemacht hätte, würden wir nicht bemerkt haben, daß Tante Deli sich die Lippen schminkte. Neuerdings. Sie bückte sich, bis sie sich in den Metallteilen der Zapfhähne spiegeln konnte, griff in die Schürzentasche und holte einen Lippenstift heraus. Zack, waren die Lippen bekliert.

Waren alle verrückt geworden? Anneli, nachts, wenn wir zu dritt in einem der Betten zusammenrückten, flüsterte: »Das Gila-Monster ist schuld.«

Gila-Monster? Anneli erklärte, sie habe in einem Tierbuch gefunden, daß Gila-Monster eine Echse sei. »Es gibt eine Echse, die heißt Gila-Monster«, behauptete

Anneli. Teilte uns wispernd sogar den lateinischen Namen mit: »Heloderma suspektum.«

»Suspektum heißt verdächtig«, sagte Joachim. Wir lachten, bis das Malzbier aus dem Glas hüpfte, das zwischen uns hin und her gereicht wurde, obwohl Joachim kein Malzbier mochte. Anneli zuliebe trank er ein paar Schlucke.

Dank der Aufmerksamkeit unserer kleinen Cousine erfuhren wir, daß Gila-Monster zu Recht suspekt war. Die Echse war giftig. Ihr Biß, behauptete Anneli, verursache Schweißausbruch, Angst, Kopfschmerzen und Ohrensausen – »ähnlich wie bei mittlerer bis leichter Vergiftung durch den Biß einer Diamantklapperschlange«. »Ach, ach«, machten wir. »Ich schwöre es«, flüsterte Anneli. »In dem Buch trug die Echse genauso eine grüne Bluse wie Gila. Ich meine, die Haut von der Echse sah genauso aus.«

Gila-Monster brachte Unordnung und Leid. Mein Vater unternahm Exkursionen mit Schönicke. Er wollte – ein Pferd kaufen. Sie klapperten die Ställe ab. Fast hätten sie ihnen auf dem Gutshof, der in der Nähe unserer früheren Wohnung lag, eine Kracke angedreht, aber mein Vater als Kavallerist merkte, daß sie dem Pferd irgendwas gegeben hatten, damit es Temperament zeigte, und die Haare um die Nüstern waren mit Schuhwichse gefärbt. Sie wollten nicht, daß mein Vater und Schönicke dem Gaul ins Maul kuckten, da hätten sie gesehen, daß die Zähne abgeschliffen waren. Schönicke erzählte, daß mein Vater gesagt hätte: »Den stellt zwischen die Blattpflanzen. Wenn man eine Oma neu anmalt, wird se nich jung.«

Eichelkraut hörte von der Suchaktion. »Wozu willste 'n Ferd?« fragte er, das P nach Berliner Art unterdrükkend.

Mein Vater erklärte für seine Verhältnisse weitschweifig und oft nach der Küchentür schielend, hinter der Tante Deli rumorte, er habe daran gedacht, Anneli Reitunterricht zu erteilen. »Das hilft gesellschaftlich«, behauptete mein Vater. »Sie ist in dem richtigen Alter. Bald kann sie mit Fräulein Gila ausreiten.«

»Fräulein« sagte er, der Schuft. Später verhörten wir Anneli, die nicht in der Gaststube gewesen war. »Reiten?« fragte sie empört. »Mich hat er nicht gefragt. Ich will gar nicht reiten. Wieso muß ich auf so 'ner Kracke sitzen, und denn flieg' ich in den Dreck? Was hat der Olle vor? Ich bin kein Husar, und seine Kracke und die bekloppte Gila-Echse und all den Sums kann er sich an 'n Hut stecken.«

Wir nahmen Anneli ins Verhör, ihrer Mutter wegen, und ob es ihr selbst was ausmache, daß unser Vater der Gila-Echse nachstellte. Vielleicht behauptete sie deshalb, daß sie nicht reiten lernen wollte?

»Mir ist schnurzegal, wer mit wem rumpeisert«, behauptete sie. »Hauptsache, sie lassen mich in Ruhe. Titten hab' ich nu selber. Also?«

Wir schauten hin, bemerkten zum ersten oder höchstens zum zweiten Mal, daß Anneli sich vorne gerundet hatte.

»Was willste denn machen, mit deinen Titten?« fragte ich scheinheilig.

Anneli, um die Antwort nicht verlegen, schrie uns ins Gesicht: »Ich werde sie in die Stadt schmuggeln, verdammt noch mal.«

Ende der Malzbiersitzungen. Annelis Vertrauen war uns entzogen, wenigstens vorübergehend.

Eichelkraut meinte, er habe ein Pferd für meinen Vater. Er wisse einen Traber, der wegen geringfügiger Beinverletzung keine Rennen mehr laufe. »Billig zu haben. Und noch jung. Dem könn' Se det Jallopieren noch beibringen, Husar Pommrehnke, verstanden?«

»Jawoll«, sagte mein Vater. Er und Schönicke und Eichelkraut zogen los. Am Abend stand in der Boxe vier, der letzten, die noch frei war, ein Pferd, das Gilas Wallach ähnelte, eine Stute mit dem komplizierten Namen Berenice. Am nächsten Tag kaufte mein Vater Reitstiefel und Breecheshosen. »Ich muß Berenice einreiten«, nuschelte er. »Dem Jaul den Jalopp beibringen.«

»Berlinere nicht«, sagte Tante Deli. Sie war hochrot im Gesicht. Das kam diesmal nicht von der Hitze in der Küche.

Mein Vater brachte Berenice den Galopp bei. Da es besser geht, wenn ein Pferd sich nach dem anderen richtet, wurde Berenice der Galopp an der Seite des Wallachs Ali eingetrichtert. Zwangsläufig ergab sich, daß Vater an der Seite von Gila-Monster in die Wälder ritt. Einmal hörten wir, wie Sternchen zu Werner sagte, daß sie bei einem bestimmten Forsthaus den Satteltrunk nähmen. Wenig später hörten wir, wie Werner zu Sternchen sagte, in dem Forsthaus könne man Zimmer mieten, und die Pferde stünden manchmal eine Stunde lang angebunden vor der Tür.

Gila-Monster blühte auf. Wenn sie durch die Stallgasse schritt, wedelte sie mit den Hüften. Man mußte ihr aus dem Weg gehen. »Gilachen«, nannte mein Vater jetzt seine Eroberung. Gila wechselte vor unseren Augen die Bluse, sie genierte sich nicht. Stieg von einer frosch- oder echsengrünen Bluse in die andere, sie trug immer grüne Blusen, die schimmerten. Von Büstenhaltern hielt sie nichts. Ihre Brustwarzen waren merkwürdig abgeplattet, Joachim meinte, wie mit der Kneifzange abgekniffen.

Manchmal stellte Gila Fragen. »Was bastelst du da? Flugmodelle? Ich dachte, du hast aufgehört, seit ich dir gesagt habe, daß Ali den Spannlackgestank nicht verträgt.«

Zu Joachim sagte sie: »Achim Pommrehnke, der Kinobesitzer. Parbleu!«

Oder ähnliches, sie hielt sich für höflich, nehme ich an. Wir, zum Voyeurtum verurteilt, ohne zu wissen, was das war, hatten sie – Originalton Joachim – »ganz schön auf der Latte«. Nicht, daß Gila-Monster uns Zeit stahl oder unserem Vater, die er sonst uns zugewendet hätte. Er lag weniger in seinem Bett und mehr im Forsthausbett, das war der ganze Unterschied. Und die Frau, mit der er das Bett teilte, war eine andere.

Eigentlich verdrängten wir unsere Beobachtungen. Ein Vater tat so was nicht, dies war unsere Überzeugung. Was wir sahen, fand nicht statt. Oder fand statt wie hinter einer Glasscheibe. Die handelnden Personen kannten wir nicht.

Daneben, obwohl wir sie haßten, regte Gila-Monster uns auf. Zwar lief in unserem Programm ein Film »Wege zu Kraft und Schönheit«, der Verleih verkaufte ihn mit der Werbezeile: »Film-Hymne an den Körperkult«. In dem Film gab es viele Nacktszenen, und wenn wir ihn vorführten, saß die halbe Vorortbevölkerung im Saal. Aber dies hier war anders. Gilas Blusenwechsel im Stall ließ mich nicht gleichgültig.

»Wann bekommt Anneli Reitunterricht?« fragte schließlich Tante Deli.

Mein Vater schüttelte den Kopf. »Die Kracke läuft noch nicht richtig. Bald, bald.«

Diesmal hatte Anneli gehört, worum es ging. Von der Treppe her zeigte sie den Erwachsenen einen Vogel. Tante Deli sah das, schwieg jedoch.

Die Schlafzimmertüren der Erwachsenen blieben jetzt verschlossen. Kein Lichtstrahl fiel mehr auf den Korridor.

Und niemand erwähnte mehr das Marmorpalais.

10

Manchmal war der Gemeindepfarrer gekommen in der Hoffnung, daß seine Schäfchen sich so zahm erwiesen wie Lauras Klöterlämmchen und in die Kirche trabten. Doch die Zeiten waren gegen diesen Menschen, der Blicke durch eine goldumränderte Brille abwechselnd auf uns, die wir im Sündenpfuhl der Gaststätte verharrten, und auf Gott richtete: Gott war oben. Im Zweifelsfall zeigten die Augen des Pfarrers viel Weiß wie bei jemandem, der einschlafen will und noch die Lider offenhält.

Gott lebte bei uns in den Blumen und Pflanzen, so stand es in den von Mathilde Ludendorff herausgegebenen Zeitschriften, die Tante Deli im Abonnement hielt. Sie lagen zuhauf über den Tisch im sogenannten Eßzimmer verstreut. Ich blätterte darin und fand, daß die Verfasser gegen den vom Goldbrillenpfarrer propagierten Gott, gegen die Nazis und gegen die Juden waren – kurzum, gegen so ziemlich alles, mit Ausnahme der Husaren und der Schützen, die genossen einen Freiraum, indem sie nicht abgekanzelt wurden.

Doch mußte man sich, wie unser Vater sagte, nach der Decke strecken. Ich erinnere mich, daß wir gelegentlich den Konfirmandenunterricht besucht hatten. Wir hatten Karl-May-Bände in schwarzes Papier eingeschlagen, sie sahen wie Gesangbücher aus, und während des Unterrichts lasen wir, wie Winnetou am Komantschen-Marterpfahl litt.

Trotzdem brachten wir es auf zwei Konfirmationen. Einmal wurde mein Bruder gefeiert, im dunklen Anzug, er betrank sich und kotzte auf das Büfett. Jahre später fand Annelis Konfirmation statt, eine Feier, von der mir Tante Delis tränenumflorter Blick in Erinnerung ist. Meine eigene Konfirmierung fiel aus, weil ich eine Halsentzündung bekam. Damals grassierte Diphterie, Kinder starben daran, es schien möglich, daß meine Angina in Diphterie überging.

Sie tat es nicht, aber ich war bettlägerig, mit hohem Fieber und versank in wohltuende Verantwortungslosigkeit. So bekam ich von jenem Pfarrer eine Urkunde, mit Dürers »Ritter, Tod und Teufel« darauf und einem Spruch, den ich vergessen habe, zugeschickt. Ich war fernkonfirmiert. Viele Kinder wiesen diese Urkunde mit dem Bild von Dürer vor, es war in hoher Auflage hergestellt.

Mit dem Fortschreiten der völkischen Gesinnung blieb der Pfarrer weg. Statt dessen kam ein Mensch mit wehendem weißen Bart und Sandalen. Der Bart wehte auch, wenn sich kein Lufthauch regte, ein faszinierendes Phänomen. Dieser Mensch unterhielt sich stundenlang mit Tante Deli, sie wischte sich den Lippenstift ab, sobald er das Lokal betrat.

Eines Tages wurde in Annelis Schule die christliche Weihnachtsfeier – einmal hatte sie beim Krippenspiel Maria dargestellt – durch Julklapp ersetzt, im altgermanischen Stil. Allzuviel erfuhren wir darüber nicht, denn Anneli war wütend. Sie hatte einen Arsch mit Ohren geschenkt bekommen – von wem, bekam sie nicht heraus –, eine Kleinplastik aus gebranntem Ton, der eben dies darstellte. Wir lachten. Anneli heulte. Der Arsch mit Ohren wurde aufs Regal hinter der Theke gestellt. Manchmal, wenn mein Vater auf einen der Stammgäste wütend war, nahm er das Ding vom

Regal und plazierte es auf dem Tisch vor dem Betreffenden.

Einmal, erinnere ich mich, erhielt Schönicke den Wanderpreis. Er hatte es sich angewöhnt, sein grünes Hütchen auf den Tisch in die Bierpfützen zu legen. Dort wirkte es, mit seinem durchschwitzten Rand, wie ein Geschwür kurz vor dem Aufgehen. Schönicke gab den A.m.O., wie das Ding abgekürzt bei uns hieß, zurück, entschuldigte sich und bezahlte eine Lage. Geschah die A.m.O.-Überreichung in Annelis Gegenwart, verließ sie die Gaststube.

Einmal murmelte Tante Deli, zu meinem Vater gewandt: »Das Ding sollten sie dir überreichen. Herrenreiter und Husar. Daß ich nicht lache.«

Wir registrierten solche Ausbrüche, die auf weiterbestehende Gemeinsamkeiten zwischen Gila-Monster und unserem Vater hindeuteten, dachten uns jedoch nichts weiter dabei. Diese Umtriebe der Erwachsenen waren in kein Denksystem einzuordnen, das wir beherrschten. Niemand hatte uns mit Vergleichsschablonen ausgestattet, die Eltern nicht und die Schule nicht.

So träumte ich jetzt davon, mich der Hitlerjugend anzuschließen. Hitlerjungs betätigten sich als Segelflieger, ich hatte einen Film darüber gesehen. Neuerdings gab es den Motorschlepp. Das Flugzeug wurde mittels einer Winde hochgezogen. Das Seil lief über eine Trommel, die statt des Antriebsrades auf die Hinterachse eines Autos montiert wurde. Das Auto bockten sie hoch, der dritte Gang wurde eingelegt, und das Seil wickelte sich auf. In einer bestimmten Flughöhe klinkte der Pilot des Segelflugzeugs das Seil aus.

Zwar hatte ich mich in der Schule einer Flugmodellbau-Gruppe angeschlossen, doch war Fliegen mein eigentlicher Traum. Nach dem Abitur wollte ich mich freiwillig melden, die ersten Flugstaffeln entstanden, trotz Versailler Vertrags. Es hieß, Piloten würden heimlich in Rußland ausgebildet.

Bedeutende Ereignisse, den Fortschritt der Fliegerei betreffend, hielten mich in Atem. Lindbergh war von Amerika über den Ozean geflogen, wir sahen ihn in der Wochenschau. In umgekehrter Richtung bezwangen Köhl, Fitzmaurice und von Hünefeld das große Wasser. »Ein Kontinent rückt näher«, hieß es aus diesem Anlaß in Zeitungen und Wochenschauen. Manche Szenen konnte man jetzt auf Sechzehn-Millimeter-Amateurfilm bekommen, die Zeit der schweren Fünfunddreißiger-Spulen schien fürs Heimkino vorbei.

Kapitän Nobile startete zum Nordpol, und Hugo Eckener kreiste mit seinem Luftschiff über Berlin. Wir wollten Zeppelin, dem Hund, zeigen, daß dort oben der richtige Zeppelin flog, aber Hund Zeppelin riskierte einen einzigen Blick und trabte dann in den Stall. Dort, neben den Pferden, war jetzt sein Lieblingsplatz. Er lag auf einem Bündel Stroh, mit geschlossenen Augen. Allenfalls öffnete er sie, wenn ein Pferd Äpfel fallen ließ. Unter Vaters Bett lag Zeppelin nie mehr. Er hatte es auch aufgegeben, hinter den Reitern her in den Wald zu traben. Schließlich endeten solche Ausflüge damit, daß er vor dem Forsthaus auf den Hinterkeulen saß und wartete.

Feststand: Gila-Monsters Gegenwart lockerte den Familienverband.

Indirekt war Zeppelin das erste Opfer. Eines Morgens, als mein Vater in den Stall ging und die Pferde füttern wollte, fand er Zeppelin tot auf dem Stroh liegen. Anneli und ich kamen aus der Schule, und der Hund war nicht mehr da. »Zellepin«, rief Anneli. Sie rannte zum Stall, da war er nicht. Sie schaute in den großen Saal, rannte in den Garten, rief nach ihm.

Der Hund war begraben worden, bevor Anneli aus

der Schule kam, sie wollten ihr den Schmerz ersparen. Joachim flüsterte mir zu, daß sie den Hund in eine Decke gewickelt und am Ende der Wiese vergraben hätten.

»Ihr laßt Anneli draußen herumrennen, und keiner sagt ein Wort?« sagte ich. »Keiner macht das Maul auf? Soll sie denken, Zeppelin sei abgehauen? Davongelaufen wie irgendein Köter? Sie weiß genau, daß Zeppelin das nicht tun würde.«

Mein Vater hielt den Kopf gesenkt und wischte auf der Theke mit einem Tuch. Tante Deli rumorte in der Küche, lauter als üblich. Joachim rückte an seiner Brille. »Komm«, sagte ich. Wir gingen nach draußen und fingen Anneli ein. »Zeppelin ist tot«, sagte ich. »Heute nacht ist er gestorben.«

Anneli sah uns an, einen Augenblick schien sie wie versteinert. Dann sah ich an ihren Augen, daß sie begriff. Sie fiel mir um den Hals und blieb an mir hängen. Ein Schluchzen versetzte ihren Körper in Zuckungen, ich erwartete Tränen, aber es kamen keine.

Sie ließ mich los. »Wo?« fragte sie.

»Sie haben ihn begraben«, sagte ich. »Sie wollten nicht, daß du ihn tot siehst. Joachim weiß, wo das Grab ist.«

Joachim führte uns ans Ende der Wiese, wo frische Erde im Grün die Stelle zeigte. »Ihr hättet warten können«, sagte Anneli. »Meint ihr, ich hätte es nicht ausgehalten? Wie soll ich mich nun von ihm verabschieden?«

Wir schauten vor uns hin auf die frische Erde.

Anneli drehte sich um und ging ins Haus zurück. Sie ging vornübergebeugt, die Arme hingen schlaff herunter wie die Arme der Kaffeetante. Sie schloß sich in ihr Zimmer ein und wurde an diesem Tag nicht mehr gesehen, außer von Lydia. Lydia stellte ihr Butterstullen und ein Glas Milch vor die Tür. »Anneli hat die Tür einen

Spaltbreit geöffnet und das Tablett hereingezogen«, berichtete Lydia. »Sie hat mir zugelächelt, aber nur mit einer Hälfte des Gesichts. Sie lächelte halb, und das sah traurig aus.«

Am nächsten Tag pflanzten Anneli und Lydia Blumen auf Zeppelins Grab. Ich weiß nicht, was es für Blumen waren. Aber alle blühten blau. Keine Blume war darunter, die gelb oder rot oder rosa blühte. Ob die Mädchen sich was dabei gedacht hatten, weiß ich nicht.

Joachim vernarrte sich mehr und mehr in seine Kinoidee. Mit Hilfe Leberecht Lehmanns und Werners hatte er eine Auswahl getroffen, Filme, die für unser Stadtrandpublikum geeignet waren. »Ben Hur« lief, erinnere ich mich, und ein Dubarry-Film mit Pola Negri. Dann Filme mit dem neuen Star Greta Garbo. Schließlich besorgten sie sich Buster Keaton und Harold Lloyd. Alles lief bei uns als Stummfilm, mit Werners Kommentaren und Musikbegleitung.

An einen einzigen Mißerfolg erinnere ich mich, »Metropolis«. Davon wollten die Menschen hier draußen nichts wissen. »Ich verstehe sie«, sagte Joachim, »aber ich möchte sie nicht verstehen. Wenn sie einen künstlerischen Film ablehnen, vielleicht künstlerische Filme überhaupt, wird das Kino verflachen. Weißt du, wie viele Menschen jede Woche ins Kino gehen?«

Ich wußte es nicht.

»Zweihundertfünfzig Millionen«, sagte Joachim. »Unter all diesen Millionen muß es doch genügend Menschen geben, die künstlerische Filme wollen.«

Meine Interessen lagen immer mehr bei der Fliegerei, und manchmal verwünschte ich Joachim und unsere Filmkiste. Nahm uns der Gaststättenbetrieb des Schützenhauses nicht genügend in Anspruch? Mußten sich alle obendrein noch um Joachims Flimmerkiste kümmern? Schoko und Limonade und Bier verkaufen, Kassenfräulein spielen – dies war meistens Annelis Aufgabe, sie haßte es, wenn sie in dem Kassenkabäuschen sitzen mußte. Abwechselnd führte einer von uns die Filme vor. Man mußte immer dabeistehen, alle Augenblicke riß der Film, oder der Fördermechanismus hakte, oder die Optik verstellte sich, oder es regnete auf der Leinwand dunkle Striche, was vielleicht mit der verstellten Optik zusammenhing, ich bekam es nie heraus. Wenn ich vorführte, gab es oft Ärger, das Publikum johlte und pfiff, und manchmal warfen sie Bierflaschen nach der Leinwand.

Joachim langweilte mich weiter: »Das einzige wirkliche Filmgenie«, behauptete er, »war Méliès. Ich bin froh, daß wir damals die Spule gezeigt haben. Inzwischen ist kein einziger Meter von ihm im Verleih zu bekommen.«

»So«, sagte ich.

Joachim blieb unbeirrt: »Ich wundere mich, daß nicht ein Kino irgendwo auf der Welt den ganzen Tag ›Die Reise zum Mond‹ spielt und die anderen Filme von Méliès. Von diesem großen Zauberer.«

»Vielleicht tut es ein Kino«, meinte ich. »In Chikago oder in Marseille oder auf den westlichen Hebriden oder was weiß ich.«

Joachim schüttelte den Kopf. »Bestimmt nicht.« Er faßte mich am Jackenaufschlag, gegen seine Gewohnheit, eigentlich vermied er jede Art von Berührung, aktiv oder passiv. Ich glaube, er litt, wenn wir zu dritt im Bett lagen und er zu allem anderen, unserer Nähe zu Annelis Körper, Malzbier schlürfen mußte.

Jetzt zerrte er an meiner Jacke. »Man sollte nur erstklassige Filme zeigen«, sagte er. »›Gösta Berling‹. Was für ein Stummfilm. Der Ton macht den Film nicht besser. Eines Tages wird es ein Kino geben, hier in Berlin, das nur diese wunderbaren alten Filme zeigt.«

Plötzlich ließ er meine Jacke los. »Es wird mein Kino sein«, sagte er.

Die ersten Mickymaus-Filme kamen aus Amerika. Alle Kinder liebten sie, wir mußten sie bei jedem jugendfreien Film als Vorprogramm zeigen. Sie liefen noch stumm bei uns, als andere Kinos längst Ton hatten.

Werner machte Geld mit seinem Lied vom Bier auf dem Klavier. Eine Schallplatte wurde gepreßt, wir spielten sie auf dem alten Grammophon, nachdem Joachim eingefallen war, daß die Kurbel, die wir eine Stunde lang vergeblich gesucht hatten, an einem seiner selbstgebastelten Apparate steckte. Werner lehnte sich an das Grammophon und setzte die Nadel auf. Er schnitt ein Gesicht, als höre er zum ersten Mal das Stück eines genialen Komponisten, der nichts mit ihm, dem unauffälligen Werner, zu tun hatte. Als die Platte zu Ende war, applaudierten wir. Werner applaudierte mit.

Anschließend fand wieder eine der mir verhaßten Filmbesprechungen statt, von meinem Vater mit dem Ruf »Ruhe im Beritt!« eingeleitet. Wir saßen im kleinen Saal, der inzwischen, mangels Filmvorstellungen mit der kleinen Apparatur, wieder als Hinterzimmer eingerichtet war, mit Tischen und einem altdeutschen Büfett, das, mit Zinnen bewehrt, wie ein Teil der Wartburg aussah. Es war jenes Möbelstück, auf das Joachim bei seiner Konfirmationsfeier erbrochen hatte.

Niemand erwartete, daß ich mich zu den Kinoplänen äußerte. Aber alle erwarteten, daß ich dabeisaß. Ich war heute ungeduldig. Die Mitglieder der Modellbau-Gruppe hatten sich angesagt, wir wollten im Stall arbeiten. Da Gila-Monster, wie ich erfahren hatte, heute nicht zum Reiten kam, bestand Gelegenheit, in der Werkstatt mit Spannlack zu arbeiten. Die Pferde beschwerten sich nicht.

Vom offenen Fenster her hörte ich, wie die Kronen der alten Bäume im Park rauschten. Ihre Blätter bewegten sich und ließen Sonnenstrahlen hindurch. Die Sonnenstrahlen malten auf der Tapete an der gegenüberliegenden Wand Muster. Sie bildeten sich, zerflossen, bildeten sich wieder. Manchmal liefen sie als Wellenbewegung von der oberen Tapetenkante zur unteren. Ich hörte wie aus der Ferne Werner reden: »Die musikalische Untermalung müssen wir auf eine neue Basis stellen. Klavier ist romantisch, klar. Aber in all den anderen Flohkinos spielen sie Schallplatten oder haben lebende Musiker.«

»Bist du kein lebender Musiker?« fragte Sternchen.

Werner Spiehr trank seine Molle mit einem Zug aus und rief zu Robinson Krause in den Schankraum hinüber, er solle ihm eine neue bringen. »Klar. Vielen Dank«, sagte Werner. »Natürlich bin ich ein lebender Musiker. Aber die Leute sind anderes gewöhnt. Wir müssen uns etwas einfallen lassen.« Er blickte im Kreis umher, und seine rote dicke Nase leuchtete. »Ich habe eine Idee«, sagte er, »aber die Sache ist noch nicht durchgereift. Ich werde euch Näheres wissen lassen.«

»Perfekt«, sagte mein Vater. »Welche Gnade.«

Sie kamen dann aufs Programm zu sprechen. Und draußen rauschten die alten Bäume und erzählten ihre Geschichte ...

Auf einmal hatte ich den Eindruck, ich müßte etwas sagen. »Darf ich mal ... ein paar Worte ... «, sagte ich. Alle sahen mich erstaunt an. »Ich weiß nicht«, stotterte ich, »aber ich habe ein paar Ideen für das Matinee-Programm an den Sonntagen.«

»Hört, hört!«

»Achtung, der Taubstummenverein!«

Ich ließ mich nicht entmutigen, heute wundere ich mich, daß ich an jenem Tag wagte, weiterzusprechen.

Ich hatte aber, auf Grund meines Interesses für die Fliegerei, in den Kinos der Innenstadt alle möglichen Kulturfilme gesehen – »Berlin, die Symphonie einer Großstadt«, »Pamir, das Dach der Welt« und ähnliches. Ich hatte mir gedacht, daß solche Filme den Menschen hier draußen gefallen müßten, wenn sie sonntags mit ihren Familien kamen. Für solche Fälle würden sie möglicherweise sogar von den umliegenden Dörfern heranreisen, viele hatten Bahnverbindung. Also schlug ich vor, daß wir solche Filme zeigen sollten.

Joachim sah mich erstaunt an. Nicht so sehr, glaube ich, weil ich zum wahrscheinlich ersten Mal bei so einer Sitzung geredet hatte, sondern weil ihm als hundertprozentigem Cineasten – das Wort kam später auf, aber er war wirklich einer – meine Ideen gegen den Strich gingen. Ich sah es hinter seiner Stirn arbeiten. Wußte, was da vorging: Der Kleine hat eine Macke, dachte mein Bruder.

Die anderen redeten alle durcheinander, mindestens zehn Minuten lang. Ich hörte nicht mehr hin, mir war wieder alles gleichgültig. Fanden sie keine Sonntagsfilme, müßte ich nicht in der überhitzten Kabine hocken und die Projektoren bedienen. Sternchen brauchte die schweren Rollen nicht in seinem Hanomag Kommißbrot heranzufahren. Anneli mußte keine Karten verkaufen.

Vielleicht könnte ich in die Havelberge fahren und den Hitlerjungs beim Segelfliegen zusehen. Ich könnte mich erkundigen, was man tun mußte, um der Mannschaft beizutreten. Sicher würden sie mich nicht gleich fliegen lassen. Aber die Chance bestand, daß ich eines Tages ...

Ich wurde aus meinen Gedanken gerissen. Mein Vater sagte: »... sind wir alle der Meinung, daß wir Hansis Ideen aufgreifen.«

Die anderen nickten. Robinson Krause servierte eine Runde. Molle mit Korn. Auch für mich. Mein Vater sah's mit hochgezogenen Augenbrauen, sagte aber nichts. Brummte nur: »Folglich. Eskadron – marsch!«

Von den Mitgliedern der Fußball-Juniormannschaft, die Wilfried anschleppte, wollte Anneli nichts mehr wissen, obwohl sie da hartnäckige Verehrer hatte. Sirenes Vetter ließ nicht locker, lud Anneli zum Fußballspiel ein und in die Eis-Anneliese. Sirene war nun ein junger Mann mit Pickeln am Hals. Über die Pickel wand er einen weißen Schal aus glattem Stoff, der Schal ging immer auf, und man sah die Pickel. Er kam mit Braut, einer langen Blonden, sagte wenig und trank Weiße mit Schuß. Seine Braut trank Weiße ohne Schuß, das fiel uns auf. An seine Laufbahn in früheren Zeiten, die ihm den Namen Sirene eingetragen hatte, wollte er nicht erinnert werden. Sirene drohte gegebenenfalls mit Hieben, von denen dem Herausforderer sämtliche Gesichtszüge entgleisen würden.

Sein kleiner Vetter jedoch umschwänzelte Anneli, sie ließ es sich gefallen. Alle staunten, als sie es schließlich vorzog, die Gaststube zu verlassen, wenn der Kleine reinkam.

Das heißt, alle Gäste staunten. Wir hatten längst gemerkt, daß Anneli nach Zeppelins Tod verändert war. Sie nahm nicht mehr an unseren gemeinsamen Mahlzeiten teil, trug ihren Teller die Treppe hoch ins Zimmer. Das Fahrrad stand an die Schuppenwand gelehnt, langsam entwich die Luft aus den Reifen. Oft kam sie verspätet aus der Schule, sie bummelte unterwegs. Ich sah sie einmal auf einer Bank in den Anlagen bei der Mädchenschule sitzen und Löcher in die Luft starren.

»Du mußt mit ihr reden«, mahnte mein Vater Tante Deli. »Schließlich bist du die Mutter.«

Tante Deli benutzte die Gelegenheit und brachte an, daß sie hier nichts mehr zu reden habe, seit diese junge Reiterin alles kaputtmache. Und mit ihrer Tochter, mit Anneli, könne sie schon gar nicht reden. Anneli sei kein Kind mehr. Ihrer Mutter vertraue sie sich am wenigsten an.

»Heiliges Kanonenrohr«, sagte mein Vater. Tante Deli warf die Küchentür hinter sich zu. Der Kalk rieselte, man hörte es in der Stille, die eingetreten war. Sogar das Summen der Fliegen, die am Fliegenfänger über dem Stammtisch klebten, setzte einen Augenblick aus.

Von diesem Tag an begann der Rückzug der Kavallerie im Schützenhaus. Die äußeren Anzeichen schienen gering. Nach wie vor unternahmen Gila-Monster und ihr Husar Ausritte in den nahen Forst, und die Pferde wurden gesichtet, vor dem Forsthaus angebunden. Nach wie vor nahm die Reiterin in der Stallgasse nach dem Ritt ihren fliegenden Blusenwechsel vor. Dennoch spürten wir, eine Veränderung war eingetreten.

Tante Deli legte keinen Lippenstift mehr auf. Ihr Gesicht, gewöhnlich von Küchenhitze gerötet, blieb jedoch bleich, sogar bei Stoßgeschäft, wenn die Küche dreißig oder vierzig Schweinebraten hintereinander lieferte, und noch ein Dutzend Eisbein dazu. Es schien, als sei Tante Deli von innen erkaltet. Eines Morgens, wir waren unter uns, sogar Anneli saß mit am Frühstückstisch, kündigte Tante Deli an, daß sie und Anneli verreisen würden. »Wir fahren nach Lindow«, sagte Tante Deli. »Zwar sind das nicht unsere Großeltern, wenn wir welche hätten, würden wir natürlich zu unseren Großeltern fahren. Aber immerhin sind es ja auch unsere Verwandten. Und ich weiß, wir sind willkommen.«

Wir erstarrten in unseren Bewegungen. Joachim hielt die Tasse in halber Höhe. Ich hörte auf zu kauen. Das war die Revolution.

Mein Vater brummte: »Kannste nicht machen. Niemand für die Küche.« Er schnitt sich Brot und Wurst in mundgerechte Häppchen. Starrte auf seinen Teller. Tante Deli sagte erst einmal nichts, ließ ihn weiterbrummen. Wir hörten Worte wie »Verrat« und »in den Rücken fallen«.

Tante Deli sagte immer noch nichts. Es wurde spannend.

Da sprang mein Vater auf. »Zum Teufel«, schrie er, »wer ist hier der Herr im Haus?«

»Wir haben keinen«, sagte Tante Deli ruhig. »Derjenige, der Herr im Haus sein sollte, läuft einer Schickse nach. Einer trockenen Schrippe aus Potsdam, deren Vater zufällig Husar ist. Der Herr im Haus vernachlässigt seine Aufgaben. Der Herr im Haus zapft ein paar Biere, besäuft sich mit diesem Bierfahrer, diesem Hubert, und denkt, daß die Welt von Husaren kommandiert wird. Der Herr im Haus läßt seine Kinder von der Schule weglaufen, er kümmert sich nicht um sie. Der Herr im Haus hat nie mit einem Lehrer gesprochen. Seine Kinder benehmen sich, als seien sie in einem Bordell aufgewachsen. Ja, in einem Puff!«

Beim letzten Wort überschlug sich Tante Delis Stimme. Vaters Kopf war dunkelrot. Er warf das Messer auf den Tisch. »Genug!« brüllte er. »Aus meinem Haus! Ich will, daß die verdammte Metze verschwindet. Ich will, daß du verschwindest, samt deiner Brut!« Er warf seinen Stuhl um und stampfte aus dem Zimmer.

»Da haben wir den Salat«, sagte ich.

Zu meinem Erstaunen begann Tante Deli zu lachen. Zuerst zuckten ihre Mundwinkel, ein bißchen Spucke lief heraus, dann lachte sie laut. Sie lachte, wie sie niemals gelacht hatte in all den Jahren. Als sei ihr jetzt, in diesem Augenblick, das Amüsanteste in ihrem Leben widerfahren. Anneli fing auch an zu lachen, zaghaft erst, dann prustete sie los. Es war ansteckend. Am Ende lachte auch Joachim, lachte ich, wir gackerten, hielten uns die Bäuche.

Trotz der gewaltigen Drohung ahnten wir, daß dies die letzte Husarenattacke gewesen war, Lanze eingelegt und den Säbel geschwungen. Mein Vater blieb unsichtbar, er zog sich in die Festung seiner Federbetten zurück, wo ihm niemand Gesellschaft leistete, nicht einmal mehr der Hund, dessen braune Nase viele Jahre lang unter dem Bett hervorgeblitzt hatte.

Mein Vater ritt nicht mehr aus. Dieser Rückzug in die Bettenburg war Gila-Monster gegenüber ein Fehler. Wahrscheinlich erkannte die Amazone die Brüchigkeit ihrer Beziehung. Sie konnte sich zusammenreimen, was geschehen war, als sie eines Morgens Zeugin von Tante Delis und Annelis Abreise wurde, Mutter und Tochter stiegen in Ede Kaisers Privatwagen. Herr Pommrehnke blieb unsichtbar.

Das sagte alles. Gila-Monster erkannte: Dies bedeutete nicht freie Bahn, sondern es war der Anfang vom Ende. Sollte sie sich etwa die Ärmel aufkrempeln und die Küche im Schützenhaus übernehmen? Sollte sie sich, indem sie sich dort einquartierte, dem Spott dieser halberwachsenen Lümmel, Pommrehnkes Söhnen, aussetzen?

Was sie über uns dachte, ließ sich erraten. Der Älteste war Kintopp-meschugge, lebte, bleich wie ein Engerling, in verdunkelten Räumen, auf dieses niemals endende Geflimmer starrend. Der andere, Hansi, schleppte sich durch die Gymnasiumsklassen, bastelte an Flugzeugen, die beim ersten Flug zerschellten, zeigte sonst keine besonderen Interessen, wirkte blutleer und verschüchtert.

Dazu dieser spillerige Sternchen Siegel, der klavierklimpernde Alkoholiker Werner. Leute, das ahnte Gila, die man nicht von einem Tag auf den anderen loswurde.

Gila-Monster galoppierte allein in den Wald. Sie saß gekrümmt auf dem Wallach.

Es kam soweit, daß Sternchen die Stute an der Longe bewegen mußte. Eichelkraut regte sich auf, was wir mit »seinem« Pferd machten. Er schlug vor, daß jemand den Arsch mit Ohren nach oben transportierte und ihn meinem Vater überreichte. Aber niemand traute sich.

Natürlich brach die Gastronomie wenige Tage nach Tante Delis Abreise zusammen. Lydia schaffte die Küche nicht. Wiederum bewährte sich ein Regimentskamerad. Papa Warnicke schickte seine Stütze, das Mädchen mit dem vielen Metall im Mund. »Für ein paar Tage«, meinte er.

Die Stütze blieb Wochen. Wir gewöhnten uns an das Blitzen ihres Maschinenmundes, ein heiteres Spiel des Lichts. Daß sie ebenfalls auf den Namen Lydia hörte, komplizierte unser Leben ein bißchen. Rief jemand: »Lydia!«, dann stürzten beide Lydias aus der Küche, verklemmten sich in der Tür und ließen den Schmorbraten fallen.

Mein Vater schüttelte den Kopf und zog sich so bald wie möglich auf seinen Mount Gänsekiel zurück. Da lag er dann, dampfte Zigarre. Zornig? Verzweifelt? Einsichtig? Wir wußten es nicht. Stolz war ein Leibgarde-Husar und zeigte ebensowenig seine Gefühle wie Winnetou am Marterpfahl.

Großvater telefonierte. Da er dem Telefon nicht traute, brüllte er in den Apparat. Mein Vater hielt den Hörer weit vom Ohr ab, wir bekamen mit, was Opa sagte: »Wat haste mit der Kleenen jemacht? Deine Deli is janz aufjelöst. Wie Syndetikon in de Waschschüssel.«

Mein Vater preßte kurz den Hörer ans Ohr, wollte etwas sagen, aber gleich vergrößerte er den Abstand wieder, denn Opa brüllte weiter: »Die kam in ein'n Zustand an, wie kalt jewordene Mehlsuppe. Mensch,

Junge, reiß dir am Riemen. So jeht det nich. Ick wollte sagen, jetzt jeht es ihr besser. Aber du solltest ... wat? Frollein, ick spreche noch. Ja. Versteh'n Se mir nich? Jetzt hat die olle Amsel jetrennt. Nee, ick bin noch da. Walter, biste noch da, mein Junge? Ja? Ick wollte sagen, jetzt jeht et besser, ooch der Kleenen. Mensch, die war traurig. Det mit ihre Töle, det die Töle dot is. Walter, biste noch da?«

Wir lagen auf den Stühlen und grinsten.

»Oma läßt jrüßen«, sagte Großvater. »Laß dir wat einfalln, Junge. Ende, Ende.«

Mein Vater stand da, den Hörer in der Hand. Er schüttelte den Kopf wie Franz Diener, als Maxe Schmeling ihm den Uppercut verpaßt hatte. Lydia Blitzzahn trat hinzu, nahm ihm behutsam den Hörer aus der Hand und hängte ihn auf die Gabel. Wir nannten sie Lydia Blitzzahn, zur Unterscheidung von Lydia Trampel.

Lydia Blitzzahn unterdrückte Lydia Trampel. Neuerdings sahen wir Lydias blaue Adern in den Kniekehlen wieder, wie einst beim Pflaumenpflücken. Sie kroch mit einem Lappen unter den Tischen herum, bewacht von Lydia Blitzzahn, und wischte auf. Dies war früher selten geschehen, der meiste Dreck hatte an Mathildes Strampelhöschen geklebt.

Mathilde war fast sechs, sie konnte über den Tisch kucken. Und, wenn im Nebenzimmer oder im kleinen Saal gedeckt war, an den Tischtüchern ziehen. Auf den Dielen kroch jetzt Klein-Karl umher, der Sohn von Ede und seiner westpreußischen Frau, und ein pummeliges Mädchen, Tochter des Feuerwehrmanns Puvogel.

Puvogels Frau kam immer noch nicht mit, sie mußte den Laden hüten. Puvogel brachte seine Tochter, er trug sie auf dem Arm, hin zum Schützenhaus durch die Dämmerung, zurück durch die Nacht.

Zwei Tage lang nach Opas Anruf blieb mein Vater im

Bett liegen. Er fühle sich krank, sagte er. Die Lydias brachten ihm heiße Brühe und Tee. Sternchen sagte, sie sollten ihm Hühnerbrühe geben, ausschließlich Hühnerbrühe. Die Juden heilten alles mit Hühnerbrühe. »Wird er auferstehen wie a junger Gott«, versprach Sternchen.

Der junge Gott aber wollte nicht. Die letzte Zigarre, die er geraucht hatte, lag frühverlöscht im Aschenbecher auf dem Nachttisch. Fehlfarben, an einem Ende besabbert. Niemand räumte sie weg, weil Vaters Gewohnheit des Stummelkauens bekannt war und geheiligt wurde. Die Lydias flüsterten, man solle einen Arzt holen, aber mein Vater verbot es ihnen. Manchmal sprach er jetzt mit Joachim über das Kino, das war neu, es schien, als begriffe er nun, daß Joachim kein Kind mehr war.

Am liebsten empfing er Papa Warnicke, der jeden Abend Lydia Blitzzahn abholte. Papa Warnicke setzte sich auf den Bettrand, und dann hechelten sie ihre Husarengeschichten durch, unverwüstlich, als sei die Welt 1917 stehengeblieben. Wir hörten einzelne Wörter, Patrouillenritt, Attacke, Eskadron. Neuerdings sollte man Schwadron sagen, mit dem völkischen Erwachen Hand in Hand entstand die Abneigung gegen welsches Worttum. Ich hörte, wie die beiden sich darüber unterhielten.

War mein Vater wirklich krank? Daß er seine Zigarre nicht rauchte oder wenigstens kaute, deutete darauf hin. Doch wie konnte ein Kranker derart fröhlich sein wie mein Vater, wenn Papa Warnicke auf dem Bettrand saß?

Joachim war tagsüber selten da, er fuhr in die Stadt, »nach Berlin«, wie wir immer noch sagten, sah sich Vorführungen der Filmverleihe an. Spielfreie Abende bei uns trieben ihn wieder in die Stadt, in die Kinos. Aus den so gesammelten Erfahrungen entwickelte er den Spielplan für uns. Er spekulierte damit, daß viele Vortbewohner den weiten Weg in die Stadt scheuten und sich, etwas später, gerne Filme in den Stadtrand-Klitschen ansahen, von denen sie gelesen oder im Radio gehört hatten. In unserer Stadtregion standen nur das Heli und unsere Schützenhaus-Lichtspiele zur Verfügung. So nahmen sie den mangelnden Komfort in Kauf. Schließlich kamen sie wirklich von den Dörfern, wie wir es uns gewünscht hatten. Zweimal die Woche fuhr Sternchen in seinem Hanomag los und plakatierte unser Programm. Die Matineen waren manchmal ausverkauft, die Leute interessierten sich für Kulturfilme.

Immer wieder erschreckte mich Lydia Blitzzahns Lächeln. Wie alle jungen Menschen konnte ich mir nicht vorstellen, daß man sich einen Partner oder eine Partnerin mit körperlichen Gebrechen aussuchte. Wie küßte man ein Mädchen mit Brille? Wie kam man je darüber hinweg, daß ein Mädchen beim Lachen sein Zahnfleisch zeigte? Wie, wenn der metallische Geschmack eines Mundes wie der von Lydia eine unmenschliche, technische, maschinenhafte Nähe suggerierte? Unvorstellbar.

Unvorstellbar, wie Joachim als Brillenträger bei Mädchen zum Ziel kam. Zum Ziel, das hieß zum Kuß. Weiteres mochte oder konnte ich mir nicht vorstellen.

Anneli schrieb Joachim und mir einen Brief aus Lindow. Wir bekamen selten Briefe, lasen Annelis Berichte vom Gudelacksee mit zusammengesteckten Köpfen, während mein Vater um unseren Tisch schlich. Anneli schrieb:

Liebe Jungs, Joachim und Hansi,
hier ist es glühend heiß wie immer im Sommer. Zusammen mit eurem Onkel fangen wir Krebse, das ist nicht einfach. Man muß die Steine umdrehen, unter

denen sie sitzen, und sie an der richtigen Stelle anfassen, sonst zwicken sie mit ihren Scheren. Einmal hat mein Finger geblutet, da hat eure Oma mir einen Verband gemacht mit einer weißen Mullbinde. Abends war der Verband dreckig, denn wir sind mit dem Boot hinausgerudert, und ich habe das Wasser mit einer Konservenbüchse ausgeschöpft, da war unten im Boot viel Schlamm. Ich erzähle euch das, weil wir ein Erlebnis hatten, das schrecklich und schön zugleich war. Wir kamen in die Nähe der Insel mit der Ziegelei. Überall stehen Schilder: Anlegen verboten! Wir fuhren aber doch näher ans Schilf, denn wir hörten seltsame Laute. So, als wenn ein Säugling ein bißchen schreit, aber nur ein bißchen. Wir konnten uns das gar nicht erklären. Vielleicht ist es Moses im Schilfkörbchen, sagte eure Oma, aber das konnte ja nicht sein. Wir also rein ins Schilf. Was finden wir? In einer Kiste einen riesigen Stein, und neben dem Stein einen ganz kleinen Hund. Stellt euch vor, der Hund sah aus wie Zeppelin, nur eben winzig, mit dicken Pfoten. Euer Opa sagte, so eine Schweinerei, da haben sie einen jungen Hund ertränken wollen, aber die Kiste ist nicht untergegangen, sie hat sich im Schilf verfangen. Wer weiß, wie lange der Hund schon da drin ist. Er wollte aus der Kiste, traute sich aber nicht, wegen dem Wasser ringsumher, und jaulte. Wir holten ihn ins Boot, und er wedelte mit dem Schwanz, war aber sehr erschöpft. Schnell sind wir zurück, und Oma hat Milch lauwarm gemacht, sie hatte auch eine Flasche mit einem Schnuller, damit hat sie, sagt sie, Klöterlämmchen ernährt, als Klöterlämmchen klein war. Das alte Schaf, die Mutter, hatte nämlich Klöterlämmchen verstoßen, das tun Schafe manchmal. Oma hat mir das erzählt. Opa sagte, nicht nur Schafe tun das, und überhaupt sei es eine Schande, wie Men-

schen ... Da legte Oma den Finger an die Lippen, das heißt, Opa sollte den Mund halten, was er auch tat. Ich weiß nicht, was er sagen wollte. Oder? Jedenfalls sagen euer Opa und euere Oma, ich soll den Hund mit nach Hause nehmen, hoffentlich ist er dann kräftig genug, dann haben wir wieder einen Zeppelin. Ich hoffe, er kommt durch, manchmal ist er sehr schwach und fällt um. Aber dann ist es wirklich mein Hund und liegt nicht bei euerm Papa unterm Bett, das schwöre ich. Opa hat mir erklärt, daß er mein Großonkel ist und eure Oma meine Großtante. Es ist kompliziert oder wie das heißt. Ich soll sie Oma und Opa nennen wie ihr, und das tue ich. Oder hätte ich euch fragen müssen?

An Jungs ist hier nichts los. Der öffentliche Badestrand ist weit weg, da gehe ich selten hin, weil sie einen anpöbeln. Hier ist kein Mensch, ich schwimme nackend bis fast zur Insel und zurück. Der kleine Hund steht dann auf dem Steg und winselt. Wasser mag er nicht, kein Wunder bei seinen Erlebnissen. Aber er ist ja kein Karpfen oder Hecht. So macht es nichts. Ich weiß nicht, wann wir wiederkommen, aber sicher vor Ende der Ferien, weil ich ja in dies doofe Lyzeum muß. Mama hat zwar gesagt, sie fährt überhaupt nicht mehr nach Berlin zurück, aber das glaube ich ihr nicht. Wir gehören ins Schützenhaus. Die Erwachsenen sollen nicht albern sein. Lebt Gila-Monster noch?

Herzliche Grüße und Küsse, alle lassen Grüße bestellen. Ich schließe, weil ich auf die Post will, bevor sie zumacht.

Eure Anneli

Sie kamen an einem Freitagabend, es war noch hell. Aus der Taxe, die Ede Kaiser steuerte, luden sie Taschen und Körbe aus. Oma hatte Liebesgaben geschickt, eingelegte Pilze, ein Huhn in Gelee, Blaubeermarmelade, selbstgesammelte Tees in Beuteln mit Zetteln dran, wogegen sie halfen, Krebsbutter, Augustäpfel, Johannisbeermarmelade. Mein Vater hatte sich versteckt, wahrscheinlich im Bett. Die beiden Lydias halfen, die Sachen ins Haus zu tragen. Zuletzt stieg Anneli aus, einen winzigen Hund an sich gepreßt. »Ihm war schlecht«, sagte sie, »er hat die Bahn vollgekotzt. Wie findet ihr ihn?«

Er hatte haargenau die Schokoladennase wie Zeppelin und dessen braunes Fell. Wir liebten ihn.

Die Erwachsenen hatten allerlei zu bereden. Anneli meinte, wir sollten den Hund taufen, hinten beim Stall, da gab es eine Wasserleitung. »Wie soll er heißen?« fragte Joachim, der sich geduldig in dies Kinderspiel verwickeln ließ. Anneli meinte, Zellepin zwei, aber da hatte ich eine Idee: »Warum nicht Doktor Eckener?« fragte ich. »Nach dem Kommandanten des Luftschiffs, das über Berlin gekreist ist.«

Der Vorschlag wurde akzeptiert. Wir machten dem Hund ein Kreuz auf die Stirn, unter dem Wasserhahn. Er blickte unwillig. Wie es in Annelis Brief gestanden hatte, mochte er Wasser wirklich nicht.

Anneli führte Dr. Eckener an Zeppelins Grab. Doch anscheinend roch Zeppelin nicht mehr nach Hund. Das Grab sagte Dr. Eckener nichts.

Schließlich war mein Vater herunter in die Gaststube gekommen. Alle taten erstaunt, als wir verkündeten, wie der Hund hieß. Bevor Widerspruch aufkam, wurden wir abgelenkt durch einen Lastwagen, der in den Hof rollte, auf den Eingang der Lichtspiele zu. Hinter dem Lastwagen hoppelte Sternchen Siegel in seinem Hanomag, die Mütze umgedreht. Er sprang aus dem Wagen, aus dem Lastwagen stiegen zwei Männer. Zusammen schlugen sie die Plane hoch. Sie entluden längliche Gegenstände und schleppten sie ins Kino. Allmählich versammelte sich eine Zuschauergruppe: beide Lydias, Annelis Mutter, Robinson Krause, Werner. Auch Schönicke und der Polier Klobinski, der uns oft besuchte, gesellten sich dazu, schließlich unser Vater.

»Was bringt ihr da?« fragte mein Vater.

»Die neue Kinoorgel«, sagte Werner.

11

Im Wald, in der Nähe des Forsthauses, das meinem Vater und Gila-Monster als Absteige diente, lag, in einer Schonung versteckt, ein Weiher. Ein Teil der Oberfläche war mit Entengrütze bedeckt, aber da, wo der Pfad mündete, gab es eine Badestelle mit klarem, bräunlichem Wasser. Dort kam kaum jemand hin außer uns, die Bewohner vom Schützenhaus. Manchmal fuhr ich allein mit dem Rad zu dieser Stelle. An einer Seite standen Birken, die sich im klaren Teil des Tümpels spiegelten. Durch ihr helles Laub fiel die Sonne. Ein Teil des Weihers, jener, wo die Entengrütze schwamm, blieb stets im Schatten. Wenn man über die Grenze zwischen besonntem und nichtbesonntem Wasser schwamm, spürte man Kälte.

Einmal, als ich nach dem Mittagessen aufbrach, sagte Lydia Trampel, sie habe ihren freien Nachmittag, ob es mir recht sei, daß sie mitkomme.

Mir war es recht. Sie trug wieder eine ihrer Kattunpellen, die alles zeigten. Sie fuhr vor mir her, und der Saum ihres Kleides rutschte hoch. Wieder sah ich diese Kniekehlen, weiß mit den blauen Adern.

Am See angekommen, zog Lydia sich sofort aus. Sie hatte keinen Badeanzug mit. Sie ging ins Wasser, mit ihrem Wiegeschritt. Ich genierte mich ein bißchen, ihr zu folgen, zog mich schnell aus, überlegte, ob ich meine Badehose anziehen sollte. Doch dann fand ich das unfair.

Lydia blieb stehen, als ihr das Wasser bis an den

Podex reichte. Sie streckte den Bauch vor, ich sah sie halb von der Seite, an ihren Hüften verliefen ebenso blaue Adern wie an ihren Kniekehlen. Lydia bückte sich und bespritzte ihren Oberkörper. Dann warf sie sich ins Wasser und schwamm hinaus. Schnell sprang ich hinterher. Wir balgten uns, beim Tauchen verschwanden wir in Schlammwolken. Schließlich gerieten wir in die Entengrütze. Wir wühlten uns da durch fast bis ans andere Ufer. Dann wateten wir durchs flache Wasser an Land. Die Entengrütze hing an uns runter, wir sahen aus wie Nöcke aus dem Stummfilm.

Es gab eine Stelle mit weichem Moos. Lydia ließ sich auf den Rücken fallen, und ich stürzte zwischen ihre Schenkel. Gegenseitig wischten wir uns die Entengrütze aus dem Gesicht. Ich preßte mich an Lydias Brüste und an ihren runden, festen Bauch. Sie war heiß und kalt zugleich.

Durch die Entengrütze und den klaren Teil des Tümpels schwammen wir zurück zu der Uferstelle, wo wir unsere Kleider und die Fahrräder gelassen hatten. Lange lagen wir nebeneinander auf dem Badetuch in der Sonne. Es war einer jener Sommertage, wie sie zwischen Spree und Havel häufig sind, mit diffusem, fast nördlichem Licht, mein Vater sagte dazu Skandinavienlicht. Die Sonne bewegt sich scheinbar nicht weiter.

Wir rückten dicht aneinander, und ein einziger Gedanke erfüllte mich: Jetzt gehörte ich zu denen, die *wissen*. Nichts war mehr Geheimnis, ich verstand nicht, wieso es je ein Geheimnis gewesen war.

Wir wiederholten diesen Ausflug nicht und setzten auch die *Wissen*-Spiele, wie ich es bei mir nannte, nicht fort. Sie sagte nie etwas darüber, sie sagte ohnehin selten etwas, und ich hielt genauso meinen Mund. Trotzdem verband uns dieses gemeinsame Erlebnis. Manchmal lächelten wir einander zu.

Schließlich kam Mariechen. Ihr brauner Körper mit den festen, etwas klein geratenen Gliedern wurde mir vertraut. Welch ein Gegensatz zu Lydias weißer Üppigkeit. Stimmte es denn, daß Männer sich auf einen Typ festlegten? Ich wollte das mit meinem Bruder besprechen, er schien eine Neigung zu höheren Töchtern mit Kranzzöpfen zu haben. Doch ich vergaß es.

Es dauerte lange, bis Mariechen und ich miteinander schliefen. Nach Art des Schützenhauses geschah es dann in der Vorführkabine, dort stand ein altes Sofa, von Joachim Turnierwiese genannt. Ein prosaischer Ort, gemessen an den romantischen Gefühlen, die in meinem Herzen tobten.

Auch in Mariechens Herz? Ich weiß es nicht. Die Töchter Groß-Berlins neigen in Gefühlsdingen zu Nüchternheit. Vielleicht gehörte meine bronzene Nymphe in die Kategorie der Mädchen »zum Pferdestehlen«. Mangels Erfahrungen konnte ich das damals nicht beurteilen.

Monate des Versteckspielens begannen. Die Erwachsenen durften nichts merken, damals war das unsere Überzeugung. Hinzu kam, daß sich Rowdies aus der Stadt und aus der Laubenkolonie auf die Spuren Verliebter setzten. Sie tauchten an den unmöglichsten Stellen auf. Es knackte im Gebüsch, auf schmalem Pfad radelten sie, eine Gruppe, auf uns zu, wir wichen in die Brennesseln aus, Hohngelächter dröhnte in unseren Ohren.

Dann die Trennungen. In den Ferien fuhr ich an den Gudelacksee zu den Großeltern, ein Träumer, der mit wehem Herzen auf dem Bootssteg saß und goldenen Sonnenuntergängen zusah, bis die Mücken über mich herfielen. »Er ist verliebt«, sagte Opa in einem bestimmten Ton. Neu war mir, daß man über Gefühle spottete. Mariechen blieb bei ihren Portierseltern, ich wußte nicht, was sie in den Ferien machte, fragte auch nicht. Wahrscheinlich verbrachten Kutschkes ihre Sommersonntage am Strandbad Wannsee. Das Strandbad wurde jetzt fein, mit neuen Kabinengebäuden und Promenaden. Ich stellte mir vor, wie die Stenze hinter Mariechen herpfiffen, und litt.

Nach etlichen Trennungen erstarb unsere Liebe. Ein paarmal noch fielen wir auf das Sofa in der Vorführkabine, aber es war nicht mehr dasselbe. Schließlich kam Mariechen nicht mehr ins Schützenhaus.

Lydia, unsere Lydia, nicht jene, die uns Papa Warnicke geborgt hatte, führte im Schützenhaus das Radio-Zeitalter ein. In der Frühzeit dieser Erfindung zeigten uns Leberecht Lehmann und Kitty ein Empfangsgerät, das Lehmann erworben hatte, für vierhundert Mark, wie er stolz sagte. Eine Unsumme Geld. Das Gerät bestand aus einem Kasten mit Spulen aus grünem Drahtgeflecht und Röhren obendrauf, eine Röhre, aus mattem Glas, lief in einer Spitze aus wie eine Pickelhaube. Ein zweiter, größerer Kasten mit Stoff vor dem Schalloch barg den Lautsprecher. Dann gab es einen dritten offenen Kasten mit einem Traggurt, in dem die Batterie lag. L.-L. erklärte, sie müsse jede Woche aufgeladen werden. Diese drei Teile stöpselte Lehmann mit Drähten und Bananensteckern zusammen. Er lief in den Stall, schleppte die Leiter herbei, hängte einen zwanzig Meter langen Draht vor dem Haus in den Bäumen auf. Dies sei, sagte er, die Antenne, notwendig für guten Empfang. Die Antenne führte durch einen Fensterspalt ins Gastzimmer und wurde ebenfalls mit dem Radio verbunden.

Lehmann drehte an den Knöpfen. Es krachte und knisterte im Lautsprecher. Nach einer Weile hörten wir, wie von einer schlechten Schellackplatte, Operettenmusik. »Übertragung aus dem Rundfunkstudio Berlin«, sagte Lehmann, mit einem Ton, als habe er dieses Monstrum erfunden. Kitty wiegte sich im Takt der sogenannten Musik. Mein Vater, Robinson und die anderen machten höflich erwartungsvolle Gesichter, ich tat es ihnen gleich.

Da war sie, die neue Zeit. Faszinierend? Ich konnte das nicht für mich entscheiden. Für Lydia jedoch schienen diese Apparate wirklich Faszination auszustrahlen. Mit gläubigem Gesicht starrte sie auf den Lautsprecher, aus dem erst Knurren, dann Musik strömte. Ihr Gesicht glich den Gesichtern von Stummfilmschauspielerinnen, die in Kirchen vor Madonnenstatuen auf die Knie fallen. Sie war nicht von den Apparaten wegzubringen, dreimal rief Tante Deli sie aus der Küche, bis sie ging – rückwärts und indem sie einen Stuhl umwarf.

Damals ging Lydia mit Bierfahrer Huberts Sohn aus erster Ehe, mittlerweile ein Schlaks von fast zwanzig, der Pomade in seine Haare schmierte und wie ein orientalischer Basar roch. Hubert entschuldigte sich jedesmal für seinen Sohn, wenn er Bier lieferte. »Hannemann ist besser, als er aussieht«, sagte Hubert.

Er nannte seinen Sohn Hannemann. Alle nannten diesen Stenz Hannemann, bis auf Huberts Frau. Huberts Frau wollte möglichst wenig von Hannemann wissen.

Hannemann trank elegante Sachen wie Pomeranzenlikör. Er rauchte flache Orientzigaretten, die er einem silbernen Etui entnahm und mit einem Ende auf die Tischplatte klopfte. Daumen und Zeigefingerspitze seiner rechten Hand waren gelb von Nikotin. Lydia himmelte Hannemann an. Sie stellte sich neben ihn, sooft es ging, und sah ihm zu, wie er Rauchringe blies. Hin und wieder nippte sie an seinem Pomeranzenlikör. Sie verbrachte ihre freien Tage mit ihrem Kavalier. Ich stellte mir das Paar in allen möglichen Zuständen vor, Zuständen, in denen Verklebtheit eine Rolle spielte, verursacht durch Likörchen und Pomade. Wenn sie diesem Menschen übers Haar strich, wie sie es mit mir getan hatte, unten am Weiher – wo ließ sie danach ihre Hand? Stand sie auf und wischte die Pomade in ein Handtuch? Hütete sich vor neuer Berührung mit dem Kleisterkopf? Und wenn sie sich küßten mit diesen Likörlippen ...

Ach, Äonen waren vergangen seit unserem Sommertag am Weiher.

Eines Tages sagte Lydia zu Hannemann, sie wolle ein Radio haben. So ein schickes Ding wie Lehmann und Kitty es hatten. Die Antenne baumelte noch draußen an den Bäumen.

Hannemann steckte die Daumen in die Ärmellöcher seiner Weste, lehnte sich zurück. Er wippte mit dem Stuhl und grinste. Die Zigarette klebte einen Moment lang auf der Zungenspitze, ein Trick, mit dem Hannemann renommierte. »Abwarten und Tee trinken«, sagte er. Gerne benutzte Hannemann abgegriffene Redensarten, eine Eigenschaft, die neue Phantasieschübe bei mir auslösten mit Bezug auf das Intimleben dieses Paares. Was mochte Hannemann seiner Lydia ins Ohr säuseln, wenn sie allein waren, hinten im Park oder in Lydias Zimmer? Hannemann führte seine likörklebrigen Lippen an Lydias Ohr, die rosige Muschel, wie er einmal sagte, und flüsterte: »Nur wer die Sehnsucht kennt, weiß, was ich leide« oder ähnlich Abgegriffenes.

Lydia, möglich, ließ Hannemann nicht leiden, erhörte ihn. Blaue Adern. Ich unterdrückte meine Gedanken – vorbei. Vorbei wie die Tage mit Mariechen, der Gazelle mit ihrem festen Körper, der bräunlichen Haut.

Lydia jammerte nach ihrem Radio. Hannemann brachte nie Gesehenes. Nicht den mächtigen Apparat, aus drei Teilen bestehend, wie Lehmann ihn vorgeführt hatte. Auf die Tischplatte stellte Hannemann eine winzige Vorrichtung. Auf eine Holzplatte war ein Glasröhrchen montiert, darin ein Kristall. Hannemann erklärte, Vakuum sei da drin. Mit Hilfe eines Hebels stochere man an dem Kristall. »Setz die Kopfhörer auf«, befahl er Lydia. Nun verbarg sie ihre rosigen, Einflüsterungen wahrscheinlich ergebenen Ohrmuscheln hinter schwarzen Metalldosen, ein Kopfbügel aus Stahl führte über ihren Scheitel. Bananenstecker eingestöpselt. »Wackle mit dem Ding!« befahl Hannemann.

Lydia stocherte auf dem Kristall. Auf einmal verklärte sich ihr Gesicht. »Musik«, sagte sie. »Ich höre Musik!«

Hannemann lächelte. Er nahm Lydia die Kopfhörer ab, hielt einen gekonnt ans Ohr. »Miserabler Empfang«, murmelte er. Wir verbanden, seinen Anordnungen folgend, die Antenne, die immer noch draußen in den Bäumen hing, mit dem Apparat, es handelte sich, belehrte uns Lydias Freund, um einen Detektor. Schließlich rissen wir einander die Kopfhörer aus den Händen, deutlich hörten wir Musik. »Wirklich«, bestätigte Tante Deli, Anneli ließ sich zu einem »fabelhaft« hinreißen. Sie war in dem Alter, wo sie alles entweder fabelhaft oder »unter aller Sau« fand. Unser Vater befahl erst mal »Ruhe im Beritt«, dann lauschte er. »Richard Tauber singt«, sagte er andächtig.

Joachim lief um den Tisch herum, mit kurzen Schritten, seine Art zu gehen. Er machte nie lange Schritte. Heute meine ich, den Gang hat er sich in der Vorführkabine angewöhnt. Über den Hof, über die Wiese ging er mit diesen kurzen Schritten, man hätte ihn erkannt, wenn er Kopf und Oberkörper in einen Sack gesteckt hätte.

Er lief um den Tisch herum und grinste, als sei ihm die Apparatur namens Detektor seit langem bekannt.

Er und Lydia kamen mehrmals auf diese Vorführung zurück. »Was nützt das Ding in einem Gasthaus, wenn nur einer hören kann?« fragte Joachim. »Überdies experimentiert der Film mit Anlagen, wo Tausende den Ton hören können. Stellt euch vor: eine Leinwand im Freien, dreißig Meter hoch. Tausende sitzen in einer Art Stadion, wie der Sportpalast, ohne Dach. Sie sehen das Bild auf der Leinwand. Und der Ton läuft, daß alle es hören können. Alle die Tausende.«

Dies fand statt, bevor es einen brauchbaren Tonfilm gab. Joachim neigte, auf seinem Fachgebiet, zu Visionen. In vielem, sehe ich heute, behielt er recht.

Wer hätte sich damals ein Freilichtkino vorstellen können, mit Riesenleinwand, Autos, die hineinfuhren?

Realistischer verhielt sich Lydia. Sie ruinierte Hannemanns Schmalztolle im Vorbeigehen, gleichzeitig stieß sie mit ihrer Hüfte gegen Hannemanns Schulter. »Du kaufst mir einen richtigen?« flüsterte sie, laut genug, daß wir alle es hörten.

Lydia meinte einen Radioapparat, wie Lehmann ihn besaß. »Abwarten und Tee trinken«, säuselte Hannemann.

Eines Tages wurde der Rundfunkempfänger geliefert. Vater hatte den halben Geldbetrag beigesteuert, dafür wurde der Apparat zur allgemeinen Benutzung im Regal hinter dem Tresen aufgestellt. Joachim nagelte den Antennendraht an die Scheuerleiste, grüner dünner Draht, umsponnen und gewachst. Richard Tauber sang für alle. Fast immer blieb das Radio angedreht. Manche Gäste hörten hin, die anderen nicht. Gespräche verstummten, wenn Hannemann oder mein Vater oder Joachim einen Sender suchte, dann sonderte der Lautsprecher quietschende Geräusche ab. Tante Deli sagte jedesmal »muß das sein?«, erwartete jedoch keine Antwort. Klobinski in seinem Suff sang gegen unser Radio an: »O Tannenbaum, o Tannenbaum, der Kaiser hat in'n Sack jehaun.«

Womit er bewies, daß er nicht zeitgemäß dachte. Hannemann belehrte ihn und brüllte: »Der Nationalsozialismus hat seinen Sieg auf die Fahnen geschrieben.« Hannemanns Haar glänzte im Licht der Lampe, die über dem Tisch hing.

Klobinski wendete einen Gemeinplatz an. »Wer jlaubt, wird selig«, sagte er.

Hannemann ballte die Fäuste.

Überhaupt konnten mein Vater und Lydia es immer nur wenigen recht machen. Großvater, bei einem späteren Besuch, sang »Des Seemanns Los« mit:

»Stürmisch die Nacht, und die See geht hoch,
tapfer noch kämpft das Schiff.
Warum die Glocke so schaurig klingt,
dort zeigt sich ein Riff.«

Großvater glänzten Tränen in den Augen. Verständnislos hefteten die übrigen Gäste ihre Blicke auf den singenden Greis. Er sah uns an mit Joachim-Augen, und unter der Brille schimmerte es feucht. »Ach, du«, sagte Großmutter, ihren Lieblingsausruf in die Einzahl transferierend. Und setzte hinzu: »Jetzt sammelt er Mützenbänder.«

In der Tat. Beim Besuch in Lindow hatte Großvater uns seine Sammlung vorgeführt. Original-Mützenbänder vom Kanonenboot »Iltis«, untergegangen vor Tsingtau, von der »Prinz Heinrich« und vom Kreuzer »Karlsruhe«. Er korrespondierte mit Marinekameraden, sogar mit der Admiralität. Onkel Rudolph half – »er schreibt einen schönen Stil«, meinte Großvater.

Lydia liebte Schlager. »Komm, hilf mir mal die Rolle drehn«, sang sie mit, fehlerhaft, aber froh. Hannemann blickte stolz. Mein Vater liebte Erna Sack. Die drehte er laut auf. Anneli wollte Shimmy und Charleston. Einig waren sie sich, wenn das Radio »Es war einmal ein treuer Husar« spielte. Da blickten sie alle auf unseren Vater, als habe er das Lied erfunden.

Einmal dachten sie im Rundfunkhaus an mich. Sie spielten: »Flieg, du kleine Rumplertaube.«

Den Detektor erbte ich, Hannemann schenkte ihn mir in einem Anfall von Großmut. Was hatte ihm Lydia erzählt? Wußte er um unser Abenteuer am Weiher? Verband ihn das mit mir? Ich dachte nicht weiter nach. Lieber nicht.

Werner Spiehr verfolgte, was das Radio an Melodien brachte. Am Tisch saß er, ein Bier vor sich, Ober Krause servierte ungefragt von Zeit zu Zeit eine Molle. Werner hielt die Quetsche auf den Knien, suchte sich die Melodien zusammen. Einem Zigeuner gleich, besaß er das Talent, nach Gehör zu spielen, Schlagermelodien wußte er geschwind auswendig.

Wenn Werner spielte, schwieg das Radio. Meistens fand das zu später Abendstunde statt, wenn das Lokal leer war, die Frauen Gläser zusammenräumten, über die Tische wischten.

»Herr Wirt, noch 'ne Lage«, intonierte Werner. »Drei Kümmels, vier Bier. Herr Wirt, keine Frage. Kassiert wird bei mir.«

Werner trank einen Schluck, meinte: »Det is von Paul Abraham.« Er kannte alle Komponisten.

Zusammen mit Anneli hörte er Platten, oben unter dem Kronleuchter, manchmal vermischte sich die Musik von dort mit dem Radioprogramm. Niemand beschwerte sich, damals waren die Menschen geduldig.

Wenn Werner eine Melodie beherrschte, intonierte er sie auf der neuen Kinoorgel. Mächtig hallten die Töne im Saal, die Musik veredelte Joachims Stummfilm-Vorführungen. Anneli und ich setzten uns in die letzte Reihe und gaben uns der Macht der Musik hin. So jedenfalls nannte es Hannemann, wenn Anneli und ich verschwanden: »Sie geben sich der Macht der Musik hin.«

Was fühlte ich, während die Orgel dröhnte, während Greta Garbos Gesicht zweimeterhoch auf der Leinwand erschien?

Vielleicht erregt es Verwunderung, wenn ich sage: nichts. Mein Herz, meine Seele, mein Innenleben, mein Gemüt waren blank und weiß wie die gestärkte Jacke von Robinson Krause – wo andere Kellner die Wochenkarte auf den Revers mit sich umhertrugen, blieb Robinsons Jacke blank und weiß. Ich hätte meinen Zustand genausogut mit den Schneeflächen am Nordpol vergleichen können. Nansens »In Nacht und Eis« hatte ich gelesen, die Fotos seiner »Fram« im Packeis gesehen. Nirgends ein Mensch, nirgends ein Tier. Nur dieses Weiß.

Ich weiß nicht, was Anneli dachte, wenn wir da im Dunkeln saßen, Seite an Seite, diesem Mischmasch aus Klassik, Tango und Schlager hingegeben, mit dem Werner Spiehr das Programm begleitete. Ich weiß nur, daß ich zufrieden war. Tief zufrieden und leer. Fast haßte ich es, wenn Werner sein Spiel unterbrach und Erklärungen abgab:

»Wie ziehen sich die Kavaliere aus der Affäre? Sie verjagen die Majorin. Sie wandert dahin im Schnee. Das Hochwasser braust ...« Und ähnliches. Werner las die Bücher zu den Filmen, erzählte Dinge, die gar nicht auf der Leinwand sichtbar wurden.

Das Publikum nahm's hin. Manchmal pfiff einer von Wilfrieds Kumpeln auf den Fingern, oder, in den seltenen Augenblicken der Stille, rollten Bierflaschen unter den Sitzen. Dann zischte sofort jemand »Ruhe bitte!«, mächtig setzte das Orgelspiel ein.

Neben mir, im Flackern des Projektorlichts, sah ich

Anneli. In diesem Licht erschien ihr Gesicht weiß. Heute würde ich scherzen: Das paßte zu meinem Innenleben. Doch das stimmt nicht. Mein Gehirn stellte keine Zusammenhänge her. Seine Trennschärfe übertraf die des Radioapparates. Es war nicht nötig, an einer Spule zu ruckeln.

»Sprich, was wahr ist, trink, was klar ist.« Mit diesem Spruch, in Kreuzstich auf weißem Leinenstreifen, überraschte Anneli meinen Vater zum Geburtstag. Mein Vater pinnte den Spruch ans Regal mit den Gläsern und Flaschen, unter den Radioapparat. Da verblich er, das Leinen verdreckte, die blanken Knöpfe der Reißnägel dunkelten nach. Annelis Spruch – woher hatte sie ihn? – paßte in unsere Kneipe. Besonders der zweite Teil: »Trink, was klar ist.« Für die erste Zeile hätte niemand geradegestanden. Wo war die Wahrheit? Die Gespräche an den Tischen deckten Hilflosigkeit auf. Wirtschaftskrieg. Ein paar Millionen Arbeitslose. Eine Million davon, dachte ich mir, lebten in der Laubenkolonie und in diesem Vorort, der mir ärmlich und lausig erschien, gemessen an den Nachrichten, die uns aus Radio und Zeitungen über die Reichshauptstadt Berlin zuflossen.

Angeblich gehörten wir dazu: Groß-Berlin. Doch so weit wie New York war der Luxus von uns entfernt, den sie beschrieben. In »Neuyork«, wie jedermann hier Amerikas größte Stadt nannte, geschah Absurdes. Schwarzer Freitag, Bankenkrach, für uns unbegreifbar. Trink, was klar ist! Für ein Bier und einen Kümmel war Geld übrig. »Die Menschen ertränken ihren Kummer«, stellte Tante Deli fest, wenn sie Kasse machte. Eine Vorstadtkneipe war ein krisensicherer Betrieb, auch das Kino war jeden Abend ausverkauft.

An warmen Tagen, wenn die Fenster offenstanden, übertönte das Zwitschern der Spatzen jene Botschaften, die aus dem Lautsprecher unseres Radios quollen. Ich sah hinaus. Gila-Monster ritt auf einsamen Wegen. Eichelkraut beschwerte sich, daß Berenice nicht bewegt wurde. »Ihr könnt so wat dem Ferd nich antun«, grummelte er. »Wenn ihr det Ferd wärt, würde euch det jefallen? Immer im Stall, zweimal die Woche an de Longe und anjepflockt uff de Wiese. Meinste, det ist ein Leben für ein Ferd wie Berenice?« Er blickte meinen Vater an. »Dir versteh' ick nich, Pommrehnke. Een oller Husar und kiekt zu, wie die Mähre dicke Knöcheln bekommt. Willste nich wieder reiten?«

Tante Deli stand neben meinem Vater und errötete. Mein Vater sagte, er wolle lieber nicht, habe es sich abgewöhnt, zu alt.

Anneli peeste mit Schallplatten vorbei. Sie schnappte auf, wovon sie redeten. Bremste, ein paar Platten fielen zu Boden. Damals waren es Schellackplatten, es schepperte, als sie zerbrachen. »Ich will reiten lernen«, sagte Anneli, während sie sich hinkniete und die Trümmer auflas. Tante Deli knurrte: »Es heißt, ich möchte.«

»Bravo«, sagte Eichelkraut. »Det könnte ein Husarenkind sein.«

Mein Vater retirierte in die Gaststube. »Wat denn, wat denn ...«, murmelte er, »immer langsam mit die jungen Pferde.«

Mein Vater nahm Anneli husarenmäßig ran. Die Stute bockte, stülpte ihre Rosette heraus und äpfelte. Im Lauf der ersten Unterrichtswoche verlor Berenice ein paar Pfund, und es machte allen Spaß. Gesattelt wurde nicht. »Erst, wenn du mit dem Pferd verwachsen bist«, sagte mein Vater, »kommt der Sattel rauf.«

Es wurde Herbst. Anneli ritt mit Berenice in den nahen Wald. Sie ritt erst aus, wenn Gila-Monster ihren Ali wieder in den Stall geführt hatte. Nie sah man beide zusammen.

Joachim und Sternchen bauten Hindernisse auf der Wiese. Anneli sprang. Zu Weihnachten bekam sie Reitstiefel. Ihr zuliebe nahm Joachim die Fridericus-Rex-Filme mit Otto Gebühr ins Programm auf, »weil der so dufte auf seinem Schimmel reitet«.

Für alle Ewigkeit, dachte ich, würde unser Leben so verlaufen. Gila-Monster ritt und glich einem Geist zu Pferde. Niemals mehr kam sie ins Gastzimmer, sie wechselte kein Wort mit meinem Vater. Gab es etwas zu besprechen, wartete sie, bis sie Sternchen oder Werner erwischte. Sie hatte jetzt einen gewissen Zug um den Mund, so jedenfalls drückte Tante Deli sich aus, und ein Triumph lag in ihrer Stimme. Mein Vater legte sich dann sofort ins Bett.

Er lag auch im Bett, als ich das Abitur machte. »So, so«, sagte er. »Zeig das Zeugnis.«

Ich zeigte es. Er sah sich die Zensuren an. »Nicht doll«, sagte er. »Wat nu?«

Ich sagte ihm, daß ich mit dem Chef von Flug-Wuttke gesprochen hätte. Die verkauften alles, was für den Flugmodellbau benötigt wurde. Der Flugmodellbau sei im Kommen, sagte ich, die Luftwaffe erstehe wieder. Flugmodellbau für die Jugend sei unerläßlich.

Wahrscheinlich war mein Vater enttäuscht, daß ich nicht über Studienpläne sprach. Insgeheim, bin ich sicher, hatte er gehofft, daß ich, nachdem Joachim ausgeschieden war, zum ersten Akademiker der Familie Pommrehnke heranreifen würde. Nun war es Essig damit. Vater mochte sich fragen, ob seine Söhne etwas taugten. Aber er schwieg. Machte nicht einmal davon Gebrauch, uns durch Tante Deli seine Meinung zu vermitteln.

»Schweigen auf der ganzen Linie«, sagte Joachim zu mir. »Dann nimm man deine Ungeheuerlichkeiten« – er zeigte auf die Trümmer meiner Flugmaschine und auf fertige Modelle, die im Stall von der Decke hingen –, »nimm den Klumpatsch und ziehe hin in Frieden. Ich jedenfalls wünsche dir eine brillante Zukunft als Aeronaut.«

Den Klumpatsch nahm ich nicht mit. Eine Woche später schnüffelte ich Spannlack, von morgens um acht bis nachmittags sechs Uhr dreißig, an Sonnabenden bis ein Uhr. »Du stinkst«, stellte Anneli fest. Dabei roch sie nach Pferd.

»Die Fahne führt uns – in die E-he-wigkeit –
ja, die Fahne – ist mehr als der Tod.«

Männer des SA-Sturms exerzierten auf der Wiese. »Privateigentum«, ließ mein Vater ein Schild aufstellen, doch es zeigte keine Wirkung. An der Spitze des Haufens marschierte Hannemann, in Röhrenstiefeln, dunklen Breeches und braunem Hemd. Den Sturmriemen seiner mit dem Hakenkreuz verzierten Mütze hielt sein unausgeprägtes Kinn. Die Koteletten hatte er sich abrasiert. Ich erwartete die Abnahme seiner Uniformmütze, denn ich war sicher, daß seine Haartolle nun von Pomade befreit erscheinen würde. »Die Fahne war mehr als der Tod« – also paßte Pomade nicht hierher.

»Reechts – um!«

»Können Sie nicht lesen? Privateigentum«, brüllte mein Vater.

»Och, wir üben doch nur«, sagte Hannemann.

Er betrat die Gaststube in seiner Kluft, warf die Mütze auf den Tisch, was ihm den Arsch mit Ohren einbrachte, von Tante Deli stillschweigend herbeigebracht. Hannemanns Haar war trocken und kurzgeschnitten. Lydia quengelte: »Ick erkenne dir nich wieder, Hannemännchen.«

Hannemännchen saß kerzengerade, hatte ein für allemal den preußischen Ladestock verschluckt. Neue Würde, die Befremden erregte. Die anderen Gäste schauten herüber, die aus der Laubenkolonie mit verzerrten Gesichtern. Ich hörte, wie einer von Winfrieds Freunden murmelte: »Die Pfeife ...«

Unser Stenz und Erzzivilist, der uns das Zeitalter des Radios eröffnet hatte, war nun ein Mitglied der Bewegung. Ganz wohl fühlte er sich noch nicht in seiner Uniform, nicht einmal im Kreis seiner Kameraden, die Bier verlangten. »Gestatten ...«, sagte Robinson, sammelte die Mützen ein und hängte sie auf den Kleiderständer. Der sah aus wie eine Hydra mit SA-Köpfen.

Tante Deli stand im Rahmen der Küchentür, hinter ihr brutzelten Sonntagsportionen, die ihre Düfte absonderten, später roch es leicht angebrannt, denn Tante Deli entledigte sich, nachdem sie das Radio angedreht hatte, einer ihrer Monologe:

»Ich denke, mir ist die Brille beschlagen. Hannemann, du Gartenzwerg und Tangobubi, was ist in dich gefahren? Sehe ich dich bar deiner Koteletten? Wo ist deine Schmalztolle? Verrätst du deine Leidenschaften? Jazz und Swing? Marschmusik statt dessen? Bei uns – Sense. Die neue Zeit kannste meinetwegen auf der Kälberinsel angröhlen. Hier nich, verstehste? Und die Kluft. Haste keine anständige Hose? Mußt du mit dem Wellenbrecher auf unsern wertvollen antiken Bestuhlungen rumrutschen? Zieh dir mal keinen Splitter ein, sonst wirste Opfer des Kampfes um Berlin. Lieber Josef! Wenn dich der Gauleiter sähe. Du hast ja noch Milchschorf an der Birne. Ich schlage vor, du und deine Freunde, ihr laßt in Zukunft die nette Kluft zu Hause oder in eurer Vereinsbude. Hier verkehren bereits die Schützen. Die ganze Gilde. Also macht euch nicht breit.«

Hannemann grinste verlegen. Einer von seinen Braunhemdkumpeln stand auf. »Moment, liebe Frau«, sagte er, überhörte, daß Tante Deli raunte, sie sei nicht seine liebe Frau, mit Blick auf meinen Vater gelang es ihr sogar, hinzuzusetzen, sie sei überhaupt niemandes Frau, liebe schon gar nicht ...

Der SA-Mann ließ sich nicht beirren, »liebe Frau«, wiederholte er, »einige von uns sind alte Kämpfer«.

Er ließ das wirken, ganz hinten sagte einer leise: »Grünschnäbel.«

»Wir haben Berlin fast erobert, und wir werden Berlin ganz erobern. Unaufhaltsam schreitet der Nationalsozialismus zum Siege. Wir schlagen deshalb vor, daß Sie, Herr Pommrehnke, uns die Schießstände zur Verfügung stellen. Für unser Exerzieren mit Gewehr Achtundneunzig. Ferner möchten wir das Hinterzimmer als Vereinslokal benutzen, als Heim für unseren Sturm.«

Die Kumpel klatschten, riefen »Hurra« und »Heil«. An den Tischen im Hintergrund standen ein paar Gäste auf und verließen das Lokal. Ich sah, wie Krause wieder einmal draußen kassierte. In ein paar Minuten, meinte ich, würden wir die zweite Klopperei Kommunisten gegen Nazis erleben.

Die nächsten Worte schienen diese Möglichkeit anzudeuten: »Sie müssen sich, Herr Pommrehnke, nicht sofort entscheiden. Doch wissen wir, wie Sie als alter Leibgarde-Husar und völkisch gesinnter deutscher Mann sich entscheiden werden. Wir kommen wieder.«

Sie standen auf, holten ihre Mützen, verließen das Lokal, indem sie sich an Krause vorbeidrückten, der gerade hereinkam. Hannemann schlich als letzter raus. Lydia wischte sich die Hände an der Schürze ab.

»Haben die gezahlt?« fragte Robinson Krause.

Mein Vater winkte ab. »Geht ausnahmsweise aufs Haus«, sagte er.

Durch meine Arbeit bei Flug-Wuttke bekam ich vieles nicht mit. Abends war ich froh, wenn ich mein Essen runtergeschlungen hatte und ins Bett gehen konnte. Von Oma stammten die mit feinstem Gänseflaum gefüllten Kissen, die prallen Federbetten, das wärmende Unterbett. Heutzutage schlafen die Menschen wie in der Anatomie. Die Zeit der wirklichen Betten wird nicht wiederkehren, nie mehr erholsamer Schlaf zwischen Eiderdaunen den Müden erfrischen.

Ich lag da, dachte nach. Anneli schleppte das Grammophon heran, wir hörten Platten. »Joachim hat Schiß vorm Tonfilm«, sagte sie, »ein Prometheus kostet zweihundertfünfzigtausend Dollar.«

»Projektor?« fragte ich.

»So heißt det Ding wohl«, sagte Anneli. »Der Ton ist an den Film drangeklebt, hat mir Joachim erklärt. Er braucht einen anderen Apparat, sonst hört man nichts. In der Stadt ist jetzt vor dem Film immer ›Fox tönende Wochenschau‹. Lindbergh hat geredet, als er gelandet war nach seinem Ozeanflug, und man hat die Propeller gehört, ich meine, den Motor. Nicht von ihm, von seinem Flugzeug, das heißt ›Sprit von Sankt Louis‹.«

»Spirit«, sagte ich, »mit i.«

»Mit zwei i«, sagte Anneli.

»Die SA läßt durch den dämlichen Hannemann jede Woche fragen, wie es mit dem Schießstand ist. Er sagt, das Schützenhaus Spandau ist fest in der Hand der SA. Eine Keimzelle, sagt Hannemann. Euer Vater hat mit dem alten Warnicke gesprochen, ob er mitmacht, aber der hat gesagt, er denkt nicht dran, und die SA kann ihm den Hobel blasen. Außerdem glaubt er nicht, daß Hitler siegt. Meine Mutter sagt, sie aber glaubt, daß Hitler eine Chance hat, er ist ein Mann, der auf Frauen wirkt. Bitte, das hat meine Mutter gesagt. Ich weiß nicht, ob er auf Frauen wirkt. Auf mich wirkt er nicht. Hitler ist nämlich nicht mein Typ. Trotzdem ist BDM prima, glaube ich. Die machen Heimatabende.«

»Geh hin«, sagte ich.

»Nietschewo. Unsere Klasse ist gespalten. Ich warte ab. Wie findest du Hitler?«

»Weiß nicht. Wenn mein Vater sagt, er gewinnt die Wahlen nicht, dann stimmt das.«

»Dein Vater weiß nicht alles.«

»Ich vertraue ihm.«

Anneli nuddelte das Grammophon auf. »Es wird alles anders«, sagte sie. »Du und Joachim, ihr seid groß. Richtige Männer, ja. Und Deutschland erwacht, steht im ›Angriff‹. Tango?«

Ich nickte.

»Ein spanischer Tango
und ein Mädel wie du . . .«

12

Der Jasmin blühte spät in diesem Jahr, der Flieder früh. Betäubend mischten sich beide Düfte, wenn die Fenster offenstanden, und verdrängten den schalen Kneipengeruch. Bierfahrer Hubert, Vater des nun der Bewegung angehörenden Hannemann, und Joachim saßen nebeneinander am Tisch, ich gegenüber. Hubert malte, indem er den Flüssigkeitsvorrat einer Bierpfütze benutzte, mit dem Finger die Umrisse eines Eisenbahnwagens aufs Holz. »Es handelt sich um einen Waggon«, erklärte er Joachim, »wie sie bis vor kurzem bei der S-Bahn liefen. Die Reichsbahn hat die ältesten ausgesondert, aber natürlich sind sie gut erhalten. Du solltest einen nehmen, der früher vierter Klasse rollte, die haben größere Abteile und nicht so viele Klosetts. Die Klosetts kannste sowieso nicht benutzen. Du wirst Eichelkrauts Kunde.«

Mein Vater trat an den Tisch. »Ich höre Eichelkraut«, sagte er. »Das Schützenhaus ist an die Kanalisation angeschlossen, falls ihr das nicht bemerkt habt.«

»Das Schützenhaus, aber nicht der Waggon«, sagte Joachim. Er rückte mit seinem Plan heraus: Hinten ans Ende der Wiese wollte er einen Bahnwaggon aufstellen und darin wohnen.

»Hast du Töne«, sagte mein Vater. »Sind wir dir nicht mehr fein genug?«

»Darum geht es nicht«, sagte Joachim. »Ich bin erwachsen und habe ein Recht zu wohnen, wie ich will.«

»Wie du willst?« Mein Vater schnaufte. »Zwanzig

Jahre hast du unter meinem Dach gelebt, an meinem Tisch gesessen, mein Essen verzehrt. Auf einmal ist dir alles nicht gut genug?« Er winkte ab, als Joachim etwas sagen wollte. »Halt die Klappe, jetzt rede ich. Das kommt nicht in Frage.«

Wir warteten, ob noch etwas nachkäme. Aber mein Vater gehörte nicht zu den Monologisierern wie Tante Deli.

»Setz dich her zu uns«, forderte Hubert ihn auf, »und trink einen. Sei vernünftig. Na, mach schon.«

Mein Vater hatte beim Fässerrollen geholfen, trug eine grüne Schürze. Mit dem Schürzenzipfel wischte er über den Stuhl und nahm Platz. »Söhne«, schnaufte er. »Entartete Kinder.« Darauf Hubert: »Wen meinste?« Mein Vater: »Kuck ihn dir an, den Kinobesitzer. Wer hat ihm geholfen? Wer hat immer wieder Geld in den Kintopp gesteckt? Und dein Hannemann paßt mir auch nicht!«

Mein Vater sah Hubert an, mit preußischblauem Blick, seine Augen waren dunkel vor Zorn.

»Moment«, sagte Joachim. Aber mein Vater dröhnte: »Schweig! Laß mich erst mit Hubert reden. Die Sache möchte längst geklärt sein.«

Hubert staunte, wie er auf einmal das Objekt von Vaters Gereiztheit wurde.

»Dieser Stenz Hannemann«, fuhr mein Vater fort, »der sich rausnimmt, unser Mädchen zu vernaschen, der die Wand hinter seinem Stuhl mit Pomade beschmiert, dieser Saftarsch erdreistet sich ... «

Hubert stand auf. »Erlaube mal, immerhin ist er mein Sohn. Wenn du ihn Saftarsch nennst ... «

Mein Vater zog Hubert auf den Stuhl. »Entschuldige«, sagte er. »Ist mir rausgerutscht. Mich wurmt, daß er mit seinen SA-Rowdies anrückt und meint, das Schützenhaus gehöre ihm.«

Hubert nickte. »Verstehe ick«, sagte er. »Meinste, ick komme darüber weg? Was denkste, wie wütend meine Frau ist. Dein Bastard aus erster Liäsong, sagtse. Erste Liäsong! Haste so was gehört? Sie nennt ihn Bastard, du nennst ihn Saftarsch. Wat soll ick sagen? Det mir Hannemann Freude macht, mit die SA? Wie se marschiern? Für Hitler durch Nacht und durch Not oder wie det Changsong heeßt? Achim, zapp paar Bier, wir kommen auf dir zurück.«

Hubert setzte sich gerade hin, als habe er den Ladestock Hannemanns ausgeborgt und seinerseits verschluckt.

»Ick war im Sportpalast«, fuhr Hubert fort, »wegen Hannemann. Hannemann jing aus dienstlichen Jründen, ick wollte mir orjentieren. Wat is dran an den Nazis? Wat is dran, det ihnen die Jugend hinterherläuft? Ja, und auch reife Menschen. Kuck dir um unter die Kameraden. Mancher trägt den Parteibonbon ans Revers, ick komme rum bei meine Bierfahrten. Einije tragen ihn noch untert Revers, aber ick kann mir ausrechnen, wann se damit jlänzen. Falls die nämlich die Wahl jewinnen ... «

»Niemals«, rief mein Vater.

»Ick sage ja, falls. Also, ick im Sportpalast. Du kennst die Örtlichkeit ja vom Sechstagerennen. Ick dachte, werden een paar Parteipiesels dasein, weil der Führer reden soll. Wat soll ick dir sagen? Tausende. Die Bude knüppelvoll bis unters Dach. Überall SA mang, die Türen von SA bewacht. Sie kiekten mir dämlich an, ick schenierte mir, ick habe jesacht, meen Sohn hat Dienst, se rückten jleich beiseite. Uffn Podest vorn Dr. Goebbels, der is ihr Hauptmacker in Berlin. Schrie und kloppte mit sein' Klumpfuß auf, se sollten ruhig sein, der Führer is soeben abjefahren, von wo, hat er nich jesagt. Se haben Marschmusik jeblasen, äußerst schneidig, jebe ick zu, obwohl, det olle Schalmeienjequäke dazwischen, det haben se von unsere Kommunisten übernommen. Von die Kommunisten hab' ick keen' jesehen, war 'ne hundertprozentige Naziveranstaltung. Wieder hat der Dr. Goebbels jeschrien, der Führer kommt jleich, alle brüllten ›Heil‹! Wie in 'ne jijantische Klapsmühle schien mir det, stell dir vor Plötzensee mal tausend.«

»Ich war noch nie in Plötzensee«, muffelte mein Vater.

Hubert blieb unbeirrt: »Ick aber. Wir liefern Bier nach die Klapsmühle. Wo war ick stehenjeblieben? Also, der Goebbels schreit, jleich kommt er, und dann springen alle uff, eine Jasse bildet sich, da kommt Hitler, hinter ihm allerlei Jefolje, alle in braune Uniformen. Der Hitler hebt immerzu seinen Arm und blickt um sich, alle heben de Arme, se spielen das Deutschlandlied, und se singen mit, und denn rufen se wieder ›Heil‹, und der Goebbels brüllt ›Mein Führer‹, und ›Wir sind anjetreten‹. Ick dachte, vielleicht kommt doch die Kommune, und et jibt ne anständije Saalschlacht, wie in de Frühzeit in de Pharussäle, da hatten se im Hinterzimmer jleich 'n Verbandsplatz. Tamps perdü, sag' ick dir, det war 'ne Epoche, wo se Thälmann Milljohnen Stimmen jaben. Ex und vorbei. Det hier war 'n reiner Nazizirkus. Ick sage mir, Hubert, de bleibst, wenn de jetzt rausjehst, poliern se dir de Fresse, det hat keenen Zweck. Außerdem wollte ick rausfinden, wat meinen Hannemann bewejt.«

»Die Bewegung bewegt ihn«, brummte mein Vater.

Hubert sah ihn erstaunt an. »Exakt. Der Hitler hat jesprochen, auf wat sich det deutsche Volk besinnen müßte, und die Schuld von det internationale Judentum und die Schmachverträge von Versailles. Det war allet klar und deutlich. Ick kiekte mir um und sah, wie se alle mit die Blicke an Hitler hingen, wie wenn er son Messilias wär oder ähnlichet.«

»Messias«, korrigierte mein Vater.

»Richtig. Messias. Mir war det Wort vorüberjehend entfallen.«

Tante Deli kam aus der Küche. »Was berlinern Sie so, als wenn wir auf'm Wedding wären?« rügte sie Hubert. »Wir bringen den Kindern bei, daß sie hochdeutsch sprechen, und Sie ... «

»Entschuldrichen Sie man«, sagte Hubert. »Die Pferde sind mit mich durchjejangen. Jrade berichte ich, wie der Hitler im Sportpalast jesprochen hat.«

»Gehn Sie da hin?« fragte Tante Deli. »Ich denke, ich höre nicht recht. Ich denke, Sie sind Antinazi?«

Hubert blickte sich um, als säßen SA-Spitzel an den Tischen, es war aber früher Nachmittag und niemand im Lokal.

»Sie wissen, daß nicht ... «, sagte Hubert.

Mein Vater warf ein: »Er möchte Hannemann verstehen.«

»Das möchte ich auch«, schimpfte Tante Deli, drehte sich um und ging wieder in die Küche.

»Achim, hol mal 'n paar Mollen«, sagte Hubert. »Wo war ick stehenjeblieben? Jetzt habe ick vollkommen den Faden verloren. Is ejal. Verstehste, wat ick erklären will? Daß eine Verzinaziong von diesen Kerl ausjeht.«

»Faszination«, sagte mein Vater.

»Sage ick doch. Eine Fas ... Fasz ..., na, wie det heeßen mag. Er wickelt se sich alle um 'n Finger, und denn steckt er se in die Tasche. Se haben jejubelt, als wenn Schmeling 'nen Öpperkött uff Franze Dieners Kinnspitze plaziert hätte, aber det alle fünf Minuten. Der Jau Berlin steht fest hinter uns, mein Führer, hat der Jöbbels geschrien. Det möchte ick bezweifeln. Anscheinend jedoch war ick der einzije im Sportpalast, in det Riesending, der det bezweifelte. Alle andern schrien ja, ja, und denn sangen se wieder so 'n neuet Lied, wat se haben, seit der Horst Wessel umjekommen is. Det singen se im Stehen, de Arme hoch.«

»Die Fahne hoch«, sagte mein Vater.

»So heeßt det Lied«, sagte Hubert. »Ick meene, se sangen det und hielten de Arme hoch, jeder den rechten Arm, der Führer hielt ooch seinen rechten Arm hoch. Nur neben mir een Kriegsinvalide, der hatte keenen rechten Arm mehr. Der hielt den linken hoch.«

Er sah uns reihum an. »Wat jrinst ihr? Is nich komisch. Wenn ihr mich fragt: De siejen.«

»Nicht in Berlin«, sagte mein Vater.

»Wenn se überall siejen? Wat soll Berlin machen?«

»Berlin ist Reichshauptstadt«, sagte mein Vater. »Wir sind treudeutsch, von ein paar Tangobubis und Volksverrätern abgesehen. Treudeutsch, Hubert. Aber niemals Nazis.«

»Deen Wort in Jottes Jehörjang«, sagte Hubert.

Joachim warf ein: »Können wir die Waggonfrage besprechen?«

»Was ist da zu besprechen«, sagte mein Vater. »Ihr macht alle, was ihr wollt. Meinetwegen. Fragt die Brauerei, ob sie die Aufstellung erlaubt. Die Brauerei ist Eigentümer des Schützenhauses.«

Hubert zwinkerte Joachim zu. »Is bereits jebongt«, sagte er.

»Ihr braucht mich nicht«, grollte mein Vater. »Ich glaube, ich lege mich ein bißchen hin.«

Im »Angriff« stand, ich hatte das mal gelesen, was Dr. Goebbels damals in den Pharussälen gesagt hatte, bevor die Stuhlbeine geschwungen wurden:

»Da ist einer irrsinnig geworden. Herr Zeitgenosse, Sie scheinen nicht zu wissen, daß Sie sich in einer nationalsozialistischen Versammlung befinden. Sollten Sie noch einmal wagen, den ruhigen und sachlichen Verlauf der Versammlung zu stören, so kann ich nicht garantieren, ob Sie nicht durch eine zweckentsprechende Kopfmassage wieder zu einem brauchbaren Mitglied der Gesellschaft gemacht werden.«

Die Kommunisten hatten dreiundachtzig Verletzte, die Nazis zwölf. Goebbels ließ sie mit dicken Mullbindenverbänden fotografieren.

Papa Warnicke hatte mal gesagt, sie seien über Vereine an ihn herangetreten, ob er sein Schützenhaus als Versammlungslokal zur Verfügung stellen würde. Es gab einen Schwimmverein »Hohe Welle«, einen Sparverein »Pinke Pinke«, einen Anglerverein »Modderkrebs«. Getarnte Nazi-Organisationen durchweg. Er hatte meinen Vater gewarnt.

Vieles erfuhr ich nur, wenn Anneli sich zu mir setzte, während ich mich ins Gebirge jener Kissen kuschelte, die sich, dank Omas Fürsorge weich mit Eiderdaunen gestopft, schützend um mich plusterten – ich verstand meinen Vater und seine Flucht in die Bettenburg. Eine feste Burg, bewiesen die prallen Inletts, mußte es nicht sein, feste Burg, das war ein Schimmer von geschwänztem Religionsunterricht, lückenhafter Konfirmanden-Unterweisung. Wir lebten, wenn ich es überlege, gottlos, bis auf Tante Deli, die auf ihren Kräuterapostel hereingefallen war. Auf ihrem Nachttisch lag »Des Kindes Seele und der Eltern Amt« von Mathilde Ludendorff.

Zu spät. Nicht einmal Anneli war mehr Kind. In ihrem Reitdreß radelte sie zur Schule, bis man es ihr verbot. Sie nahm es lächelnd hin, ging aus der letzten Klasse ab.

»Kein Abitur?« fragte mein Vater. Anneli schüttelte den Kopf. Tante Deli hielt ihr vor, was sie aufgab, aber

Anneli besaß die Gabe des sichtbar oberflächlichen Zuhörens, so daß ihre Mutter schnell verstummte. Sie verstummte, wie ein Wasserrinnsal im Sand versiegt, oft genug hatten wir das mittels gefüllter Gießkanne dargestellt im märkischen Sand. Das Wasser grub seine Spur bis zu einem bestimmten Punkt. Der Sand verschluckte es hinter diesem Punkt, der sich nur durch Zufuhr weiterer Wassermengen hinausschieben ließ.

Zu mir sagte Anneli: »In dem Gutshof bei unserer früheren Wohnung etabliert sich ein Reiterverein. Ich glaube, da mache ich mit.«

Sie ritt bereits auf kleineren Turnieren. Doch war Berenice kein ideales Sprungpferd, die Hinterhand sei zu flach, sagte Anneli. Die Husaren gaben ihr recht.

Flug-Wuttkes Juniorchef, Segelflieger, drei Schwingen am Revers seiner Sportjacke, förderte mich. Er meinte, als Abiturient könne ich nach anderthalb Jahren die Lehrlingsprüfung ablegen. Er zog mich beim Einkauf hinzu, machte mich auf neueste Entwicklungen aufmerksam. Die Firma arbeitete mit der Technischen Hochschule und dem Materialprüfungsamt zusammen. Es ging um die Entwicklung neuer Tragflächenprofile, wie ich bald herausbekam, für Motorflugzeuge.

Trotz dieses neuen Interessenkreises merkte ich, wie sehr ich an meinem Bruder und seinen Kintopp-Plänen hing. Joachim faszinierte mich durch seine Unbeirrbarkeit. Das Kino lief gut, Geld stand zur Verfügung.

Joachim erfand die Festivals. Eine Woche lang zeigte er Filme eines bestimmten Regisseurs. Ein andermal kamen die Fridericus-Schnulzen dran. Manchmal verschreckte er das Vorstadtpublikum. So, als er sich mit dem Prometheus-Verleih verbündete, später mit einer Firma, die sich »Weltfilm GmbH« nannte. »Hunger in Waldenburg« lief zwei Tage, dann verbot die Zensur den Film. Joachim führte »Panzerkreuzer Potemkin«

auf. Werner griff, für die Kinoorgel, tief in die klassische Kiste: viel Beethoven.

Die Zuschauer blieben weg, solche Filme mochten sie nicht. Lehmann meinte, wenn man mit Sicherheit das Kino ruinieren wolle, so solle Joachim nur mit solchen Festivals fortfahren.

Joachim konterte: »Dies ist, wenigstens zum größten Teil, ein Proletariervorort, mit Laubenkolonie. In Deutschland gibt es sechs Millionen Arbeitslose. Wenn jeder von ihnen nur zwanzigmal im Jahr ins Kino geht, also rund alle zwei Wochen, dann macht das hundertzwanzig Millionen Besucher.« Er holte eine Statistik heraus, nach der im letzten Jahr insgesamt zweihundert Millionen Kinobesucher in die Lichtspieltheater geströmt waren. »Sie geben das Geld genauso für die Illusion aus, für das Kino, wie für Bier und Schnaps«, dozierte er weiter. »Weshalb sollten sie sich nicht ›Kuhle Wampe‹ ansehen?«

»Weil«, sagte Lehmann, »solche Filme von der Armut handeln. Die haben sie zu Hause. Merkst du nicht, daß die Menschen im Kino Vergessen suchen?«

Kitty brach ihr Schweigen und sagte: »Vergessen, jawohl«

Joachim zeigte Einsicht. Als nächstes Festival liefen bei uns Adele-Sandrock-Filme, vor ausverkauftem Haus.

Trotzdem war Joachim unzufrieden. »Wenn wir nur Mist über die Leinwand flimmern lassen«, sagte er, »erfüllt das Kino seine Aufgabe nicht. Ich finde, es hat eine erzieherische Aufgabe. Die Leute nehmen doch nicht etwa an, daß dieses Salongetue bekannter Darsteller die Welt ist?«

Sie nahmen es aber an. Oder jedenfalls, sie wollten das sehen. Es machte ihnen Spaß, wenn Harry Piel seinen Kopf in einen Löwenrachen steckte. »Eines Tages«, murmelte Joachim, »führe ich ihnen den gesamten Napoleon von Abel Gance vor. Auf drei Leinwänden. Wie sich Gance das gedacht hat.«

Seine Worte sagten uns wenig. Doch wir merkten, wie fanatisch er an den Film als Kunstwerk glaubte.

Er war ein Fanatiker. Packte das Leben an, während unseres dahinglitt.

Ich liebte ihn dafür.

Es wurde Herbst, bis der Waggon von der Reichsbahn geliefert wurde. Da stand er nun, unter fast kahlen Bäumen, in aufdringlichem Grün. Die Farben der Natur verblichen, Joachims neues Heim leuchtete. Innen blieb der Eindruck erhalten, sich in einem Waggon vierter Klasse zu befinden. Ein Bett in einem Abteil, im anderen ein Arbeitstisch und etliche Klubsessel, die Sternchen Siegel nacheinander mit seinem Hanomag angekarrt hatte, bildeten die ganze Einrichtung. Jenes Holztreppchen, das damals den Feuerschutzvorschriften zum Opfer gefallen war, führte hinaus. In diesem Jahr waren die Krähen besonders zahlreich eingefallen. Sie kreisten um den grünen Waggon bis weit in das Frühjahr hinein, der erste Schnee fiel spät.

Ich spekulierte, was es mit Joachims Umzug auf sich habe. Eine Folge jenes Gefühls, das wir Erwachsenwerden nannten? Niemand hätte erklären können, worum es sich dabei im einzelnen handelte, wir gaben uns mit dem Wort, dem bloßen, nackten Wort, zufrieden. Vereinfacht: Brauchte er eine sturmfreie Bude? Möglicherweise war dies das Geheimnis. Wir sprachen nicht darüber. Nicht im Familienkreis, und ich schon gar nicht mit Joachim. Allenfalls Anneli gegenüber machte ich Andeutungen: »Wieso lebt er in seiner grünen Schachtel?«

»Plemplem«, sagte Anneli. »Du weißt, daß er 'ne Makke hat.«

Thema durch. Tango, bitte. Was hielt mich ab, mit unserem Vater über Joachim, über mich, über uns alle zu reden? Heute weiß ich: Er strahlte die Unnahbarkeit jener Vätergeneration aus. Mit Werner, mit Sternchen, die zwischen den Generationen standen, scherzten wir, eine kumpelhafte Sprache benutzend. Doch färbte die Scheu vor »den Erwachsenen« unsere Verhaltensweise dermaßen, daß wir auch mit ihnen nie gewagt hätten, »Tacheles« zu reden – ein Wort von Sternchen.

Und Tante Deli?

Für Anneli, deren Mutter sie war, mochte sie zuständig sein. Ich fragte Anneli nicht, aber ich glaube, zwischen ihr und ihrer Mutter gab es ebensowenig Aussprachen. Tante Deli erledigte Probleme per Monolog. Sie erledigte sie wirklich, wie mit einem Vorschlaghammer. Ihr Leben bildete eine Funktion zum Leben unseres Vaters, des Millionenbauern-Erben und Gastwirts. Des Husaren und Regimentskameraden. Des Kavalleristen, der sich ungestraft Extravaganzen herausnahm wie seine »Obulofferei«, seine Ausritte mit Gila-Monster. Tante Deli gehörte jenem Lager der Erwachsenen an, das hoch oben auf dem Feldherrnhügel unser Leben lenkte oder, auf Grund dieser optischen Perspektive, über uns hinwegsah.

Kein Zweifel, wir waren nun selbst erwachsen. Als sichtbares Symbol hatte Joachim, heimlicher Leiter der Kinogesellschaft, den Waggon in den Park rollen lassen. Doch blieb es bei diesem Symbol, der Abstand zur Generation vor uns veränderte sich nicht. Wir gediehen schlecht und recht in ihrem Schatten.

Erst spät wurde mir klar, daß sie, unsere Väter und Mütter – oder Tanten –, sich gleichermaßen krümmten. Nicht so sehr unter der Autorität ihrer Eltern. Die waren, wie meine Großeltern, eher großzügig, manchmal zur Weisheit neigend. Soweit sie aus dem Osten stammten, waren sie großzügig. Ihr freies Leben dort, die Umstände der Aussiedlung, die Tatsache, daß sie mit fremden Völkergruppen in enger Nachbarschaft gelebt hatten, zwangen ihnen freiere Anschauungen auf. Unsere Elterngeneration hingegen? Staatsmacht, Autorität. Daran hielten sie sich, kaisertreu, die perfekten Untertanen. Sie leisteten Eide, zu denen sie sich bekannten bis zum Untergang.

Die Krähen kreisten um Joachims Waggon, den ganzen Winter lang. Im März taute der Schnee, und die Krähen blieben weg. Um den Waggon kreisten jetzt Mädchen auf Fahrrädern. Die Sonne wärmte, dann zogen sie ihre braunen Kletterwesten aus, und ihre weißen Blusen leuchteten. Nach dem Schwarz der Krähen nun dieses Weiß.

Es handelte sich um eine Gruppe von BDM-Mädchen. Isabella, ihre Führerin, glich jenem Mädchentyp, den Joachim in Eis-Anneliese-Zeiten bevorzugte. Inzwischen schienen mir fast alle Mädchen blond, nur ihre Zöpfe trugen sie gewöhnlich offen wie Isabella, selten um die Köpfe geringelt.

Ich spähte durchs Fenster des Schützenhauses in den Park, wo die weißen Blusen kreisten. Nach ein paar Fragen kamen die Mädchen in die Gaststube, bestellten Faßbrause. Isabella und Joachim hielten sich bei den Händen. Sie sah ihm zu, während er seinen Schmorbraten verschlang. Isabella sah ihm zu, als nehme er eine außergewöhnliche Handlung vor. Die Mädchen schwatzten und kicherten und erröteten abwechselnd. Einige kannten wir, Kinopublikum. Es war noch nicht lange her, daß sie sich für zwanzig Pfennig »Pat und Patachon« angesehen hatten.

Der Frühling sprenkelte Grün über die Bäume, ein helleres Grün als der Waggon, der auf zwei Säulen von kreuzweise übereinandergelegten Eisenbahnschwellen ruhte. Den Raum darunter benutzte Dr. Eckener, der Hund, als Hütte. Hier saß oder lag er bei warmem Wetter und beobachtete, wer kam und ging.

Die Mädchen lehnten ihre Räder an die Sockel aus Eisenbahnschwellen, sie standen beieinander, liefen wieder auseinander. Vom Schützenhaus her, wenn die weißen Blusen sich bewegten, sah es aus, als flatterten nun Möwen statt der Krähen um den Eisenbahnwagen. Isabella, ihre Führerin, eilte die Stufen hinauf, verbrachte eine viertel, eine halbe Stunde bei Joachim.

Was tat sie dort? An den Sonntagen, wenn ich frei hatte und dem Aufmarsch der Mädchen zusah, überließ ich mich den lächerlichsten Phantasien. Lächerlich deshalb, weil es mich nichts anging, was mein Bruder und Isabella trieben, ich hätte nicht gewagt, ihn danach zu fragen. Doch ich stellte mir vor, auf die allerprimitivste Weise, wie Isabella ihre Uniform auszog, ihre Bluse, den blauen Rock, dann in diesen lächerlichen weißen Baumwollschlüpfern dastand, die damals alle Mädchen trugen. Ich stellte mir vor, wie Isabellas Zöpfe herabhingen, auf ihre Brüste, deren Form ich mir ausmalte, nach dem äußeren Eindruck von ihren Besuchen in der Gaststube her. Ich stellte sie mir immer mit diesen Zöpfen vor und in diesen lächerlichen Schlüpfern, obwohl sie doch genauso ihr Haar lösen, den Schlüpfer ausziehen konnte.

Es war sogar möglich, daß nichts dergleichen geschah. Daß sie am Tisch saßen, wo Joachim einen Filmstreifen durch den Betrachter laufen ließ. Daß sie einander gegenüber in den Sesseln saßen und sich unterhielten.

Vielleicht über Weltanschauliches? Würde sie Joachim aufweichen? Ihm vorwerfen, er sei Kommunist, weil er diese Filme zeigte, die im proletarischen Milieu spielten? Verlangte sie von ihm, daß er sich zum

Nationalsozialismus bekennen müsse? Bevor sie ihn erhörte?

Alles schien mir möglich, das eine hatte einen erotischen Aspekt für mich genauso wie das andere. Man hätte meinen können, ich sei in Isabella verliebt, auf meinen Bruder eifersüchtig, und heute weiß ich oder ahne zumindest, daß ich diesen Eindruck erweckte. Nicht bei meinem Vater, der, aus der Sicherheit seiner Bettenburg, meinem Bruder sein Erwachsenendasein im grünen Waggon zugestand, innerlich immer noch staunend, nehme ich an, denn er gehörte gewiß zu jenen Vätern, für die ihre Kinder immer Kinder blieben. Eine Eigenschaft, die gewöhnlich Müttern zugeschrieben wird, doch glaube ich, daß Väter nicht frei davon sind. Besonders nicht ein Vater wie der unsere.

Wenn Isabella mit Joachim ins Schützenhaus herüberkam, unterhielt sie sich zwanglos mit Tante Deli, mit Werner Spiehr, mit Sternchen. Allerdings zeigte Sternchen die Tendenz zu entweichen, wenn »die Nazihippe«, wie er sie nannte, bei uns einfiel, und das Auftreten der gesamten Mädelschar schien ihm ganz und gar unerträglich. Er überließ es dann Robinson Krause, »die jungen Dinger« mit Faßbrause zu tränken. Tante Deli erwiderte nie Isabellas Gruß, obwohl Isabella »Guten Tag« sagte, als einzige übrigens, ihre Mädels sagten »Haitta!«, eine Zusammenziehung des neuen Nazigrußes.

Mich überfiel in Gegenwart Isabellas eine Art Lähmung. Ich errötete, selbst wenn sie nicht mit mir sprach, konnte Arme und Beine nicht bewegen, Halsstarre setzte ein. Es dauerte geraume Zeit, bis ich die Kontrolle über meine Gliedmaßen zurückerlangte. Sofort entfernte ich mich vom Tisch, kam mir vor wie Sternchen Siegel.

Niemand schien meine Verlegenheit zu bemerken.

Bis eines Tages Anneli mich im Stall stellte, wo ich ihr beim Absatteln half. »Sie ist ein Skorpion«, sagte Anneli, scheinbar beiläufig. »Ihr Stachel trifft dich, und du bist gelähmt.«

»Wen meinst du?« fragte ich, obwohl ich genau wußte, daß Anneli auf mein Verhalten in Isabellas Gegenwart anspielte.

Anneli setzte sich auf die Futterkiste und klopfte auf den Deckel. »Setz dich her«, sagte sie. »Neben mich. Ganz dicht. Komm. Hast du Schiß vor mir?«

Ich schüttelte den Kopf und setzte mich neben sie.

»Aus dir werde ich nicht schlau«, sagte Anneli. »Dir ist anzusehen, daß du die Nazijule nicht liebst. Und trotzdem erstarrst du. Die Mieze ist nicht deine Angelegenheit, dein Bruder pimpert sie, wenn überhaupt. Vielleicht reden sie auch über Filme, das würde ich Joachim zutrauen. Joachim ist kein Mensch, in gewissem Sinne. Was Isabella an ihm findet, ist mir schleierhaft. Aber noch schleierhafter ist mir, warum sie dir zusetzt. Sie kommt herein, und du erstarrst zur Salzsäule. Und sie merkt es nicht einmal, weil du ihr einfach Wurscht bist.«

Anneli legte ihren Arm um mich, und ich roch diesen kleinen verschwitzten Körper und den Stalldunst. Unter dem Arm hatte die Bluse einen nassen Fleck. Hätte mich das abstoßen müssen? Anneli war mir vertraut, vielleicht mehr. Ich rückte an sie heran, und wir hielten uns fest.

»Ich kann es nicht erklären«, sagte ich. »Sie ist so blond, so körperlich. Sie paßt in die Zeit. Ich fühle ähnliches, wenn ich diese BDM-Turnerinnen sehe. Rhönrad, Keulenschwingen. Das hat für mich was ...«, ich suchte nach dem passenden Wort: » ... was Primitives. Es ist einfach sexuell.«

Ich wollte mich losmachen, aber Annelis Arm hielt

mich fest, und das Vertrautsein, das ich mit diesem zu jener Zeit groben Wort gefährdet hatte, blieb.

Anneli schwieg. Die Pferde trampelten in ihren Boxen.

13

Ein spanischer Tango – und ein Mädel wie du.« Anneli drehte die Grammophonkurbel. Da gab es einen Knacks. Die Feder war zerbrochen. Im starken Arm meines Kavalleristen-Vaters sah ich das Grammophon, er hielt es seitwärts, damit er keine Stufe verfehle beim Runtertragen. Er bestimmte das Gerät für die Müllkuhle hinten am Waldrand. »Tinneff«, murmelte er und tastete sich von Stufe zu Stufe.

Aber Anneli – Anneli hing an der Musikmaschine, mochte auch ihre Seele zerbrochen sein, in Form einer Spiralfeder, unersetzbar inzwischen, der Fortschritt nahm keine Rücksicht auf die Mechanik unseres Apparates. Anneli trug das Grammophon wieder ins Haus, polierte den Trichter, befestigte mit Klebstoff die grüne Filzhaut auf dem Plattenteller, die sich gelöst hatte.

Lydia sagte: »Wir haben das Radio, tanzen wir danach!«

Doch das Radio stand unten in der Gaststube. Tanzvergnügen mußten angemeldet werden. Nur spät, wenn die Gäste gegangen waren, bei verschlossenen Türen, drehten manchmal Lydia und Hannemann sich zu später Musik aus dem Rundfunkhaus. Hannemann in durchschwitztem Braunhemd, im übrigen aber zivil, dunkelblaue Hose mit scharfer Bügelfalte. Er schliefe nachts auf der Hose, so hielte er sie in Form, sagte Lydia. Hannemann errötete. In Uniform wagte sich nur noch

Isabella in den Saal, zuerst etliche Mädchen ihrer Blondschar mit ihr, später blieben sie fort.

Warum? Joachim, mein Bruder, du hast sie verscheucht. Hast den weißen Blusenschwarm nicht haben wollen, Isabella nahegelegt, ihre Mädelschar auf andere Festwiesen zu treiben, was sie auch tat. Denn tief fühlte sie sich in deiner Schuld seit dem Zwiebeltag.

Isabellas Eltern betrieben eine Gärtnerei und Baumschule. Ihre Tochter meinte viel, wenn nicht alles über Gedeih und Verderb von Pflanzen zu wissen, hielt damit nicht hinterm Berg – der Ausdruck stammte von Tante Deli: »Isabella hält mit ihren Kenntnissen nicht hinterm Berg.« Eingehende Beratung erfolgte beim Bepflanzen von Blumenkästen, Geranien schmückten die Brüstung der Veranda. Dank Isabellas Rat eine hängende Art, die besonders lieblich aussah, meinten beide Frauen.

Am Zwiebeltag stampfte Isabella über senkrecht stehendes frisches Lauch. Die Zwiebeln, meinte sie, würden größer, wenn man das Lauch zerstampfe. Sie bewegte ihre kräftigen, blassen Beine wie ein Maschinenmensch aus »Metropolis«, in zackigem Rhythmus, beobachtet von Joachim, der stumm am Pfeiler der Pforte zum Gemüsegarten lehnte. Er griff nicht ein, er konnte es nicht.

Manchmal kam nun auch Joachim abends in mein Zimmer. »Sie stampfte alles nieder«, berichtete er, »und in ihrem Gesicht war ein Zug . . ., es machte ihr Freude. Ich dachte, wie sie mich niederstampfen würde, eines Tages, in nicht ferner Zukunft. Wie sie über Filmschlangen stampfen würde, Unvölkisches vernichtend. Stimmt's, bei einer BDM-Führerin muß man damit rechnen?«

Er erwartete keine Antwort, fuhr fort: »Ich habe ihr gesagt, sie solle sich zum Teufel scheren, mit ihrer gesamten Mädelschar. Immerhin, nachdem ich die Mädels beschimpft und ihnen Dr. Eckener hinterhergehetzt hatte, zogen sie sich ihre Kletterwesten an und fuhren davon.«

»Die blonde Schar«, murmelte ich.

»Wer sagt so was?« Joachim sah mich an. »Die Nazis machen Reklame mit Fotos, da sind die Mädchen alle blond drauf. Isabella ist blond. Ebenso ein paar von den Mädchen. Aber die meisten haben dunkle Haare. Man muß genau hinsehen. Nicht auf Reklame reinfallen. Als Filmmensch bin ich das Hinsehen gewöhnt.«

Ich versuchte, mich zu erinnern. Wahrscheinlich hatte er recht. Die wenigsten mochten blond sein.

»Wo sind sie?«

»Die kommen nicht wieder. Ich habe Isabella gesagt, meinetwegen kann sie wiederkommen, sie allein, wenn sie verspricht, daß sie Zwiebeln nicht zertrampelt und Filme nicht vernichtet. Berlin ist von Wiesen umgeben, überall sind exerzierende Mädelscharen willkommen. Bei uns nicht.«

»Bei uns nicht?«

»Es war scheußlich, als die SA hier marschierte. Hannemanns braune Bande. Erinnerst du dich?«

Wie sollte ich nicht.

»Hannemann«, fuhr Joachim fort, »wurde in die Schranken gewiesen, mitsamt seiner SA. Jetzt haben wir das BDM in die Schranken gewiesen.«

»Statt dessen haben wir den Kegelklub ›Alle Neune‹. Mit Wilfried an der Spitze.«

»Laubenpieper. Harmlos. Und uns zugetan.«

»Bist du sicher? Hast du vergessen, wie Wilfried und seine Kumpels auf der Brücke standen, und wir mußten vorbei? Mitten durch die hindurch?«

»Mensch, Hansi. Das ist Äonen her. Ein Jahrzehnt. Daran denkst du noch? Die Jungs haben uns bei der

Prügelei rausgehauen. Das sind Freunde jetzt. Prima Kinokunden. Beim Kegeln lassen sie sich ein Faß aufstellen. Die hauen auf die Pauke. Sehen nicht auf den Pfennig. Dabei sind die meisten von ihnen arbeitslos.«

»Was wird mit Isabella?«

»Was soll werden? Sie ist frisch und saftig. Wie 'ne dicke Williams-Christ-Birne. Alo ahe. Was meinste?«

»Ich meine, wenn ihre Mädels nicht mehr kommen dürfen . . .«

»Isabella bleibt mir. Solange ich will.« Joachim sprach mit Überzeugung.

Hart war mein Bruder geworden, unnahbar, bis auf die seltenen Stunden unserer Gespräche am Abend. Unerbittlich hatte er durchgesetzt, daß der Waggon im Park aufgestellt wurde, in dem er nun hauste, sturmfrei, cineastischen und womöglich anderen Orgien hingegeben. Unerbittlich verfolgte er seinen Weg als Cineast. Wie viele Kinos es in Berlin gebe, hatte mein Vater wissen wollen. Und gleich geraten: »Fünfhundert?« – »Über tausend«, hatte Joachim geantwortet.

Über tausend Kinos! Ob er denn eine Chance für sich sähe, angesichts der Konkurrenz, hatte mein Vater wissen wollen, angesichts der Tatsache, daß sie in den großen Kinos Tonfilme spielten, während in seiner, in Joachims, Flohkiste nach wie vor die ollen Stummfilmklamotten abgeleiert wurden, mit dieser Kinoorgel-Untermalung. Lächerlich.

Joachim belehrte unseren Vater, daß dies auch sein Kino sei, offene Handelsgesellschaft. Bewies ihm anhand von Zahlen, daß die Flohbude Schützenhaus enorme Gewinne machte. Ausverkaufte Vorstellungen.

»Es wird nicht so bleiben«, unkte unser Vater. »Ton-Wochenschau. Kulturfilme mit Ton. Wir können das nicht bringen. Ich habe in der Stadt einen Kulturfilm gesehen, ›Tierfänger in Afrika‹, mit Löwengebrüll. Alles dran. Wie meinste, will Werner das darstellen? Echtes Löwengebrüll? Und wenn die Neger schnattern. Will Werner selbst schnattern? Oder das auf der Orgel bringen?«

Eine außerordentlich lange, in ihrer Art humorige Rede unseres Vaters. Sie rang Joachim nicht das kleinste Lächeln ab. »Bisher kommen sie. Lachen über Dick und Doof und Harold Lloyd. Also funktioniert unser Rezept, oder? Sie haben die Kohle nicht, um in die Stadt zu fahren und sich in die Fauteuils vom Ufa-Palast zu lümmeln.« Er blickte meinen Vater von unten an, durch seine Brille – Joachim saß am Tisch in der Gaststube, mein Vater stand. »Jedoch«, sagte Joachim, »du bist gar nicht so ganz auf dem Holzweg. Eines Tages wollen sie Ton haben. Hier bei uns. Wie in der Stadt!«

»Was machen wir dann?« fragte Vater. »In Kinofragen hast du die Weisheit mit Löffeln gefressen.«

Joachim lächelte. »Ich habe eine Idee ...«

»Die schönen Zwiebeln«, murmelte Tante Deli, sah meinen Vater an. Nicht jedoch mit einem Blick, der zum Verkünden solcher Schreckensnachricht gepaßt hätte, denn eine Schreckensnachricht blieb das. Mein Vater liebte Bratkartoffeln mit Sülze und frischem Schnittlauch. Der war nun unter den Füßen der braunen Bestie Isabella gefallen und geknickt. Tante Delis Blick, was immer sie neuerdings vermeldete, sagte nur eins: »Ich mag dich.« Vielleicht sogar: »Ich liebe dich.« Aber so weit ging man als Berlinerin nicht. Nicht in der Öffentlichkeit.

Fest stand: Mit der Wiedereroberung von Vaters Bettenbastion kam Tante Deli voran, wiedererwachte Gefühle wurden erwidert, augenscheinlich, denn die Kopfkissen, so Anneli, »zeigten zwei Dellen nebeneinander«.

»Hat sich vielleicht nur auf die andere Seite gewälzt, der Oblomow-Vater. Oder Dr. Eckener der Hund war ins Bett gesprungen.«

»Nein, nein«, rief Anneli, »sieh dir die beiden an, euren Vater und meine Mutter. Sein Husarengrinsen. Siegreich. Und sie wird rot. Hast du gesehen, welches Gesicht sie machte . . .«

»Die Zwiebeln?« fragte ich.

»Siehst du. Dir ist es auch aufgefallen. Sie sind verliebt, sie sind verliebt. Neu verliebt. Und Gila-Monster kriegt demnächst den endgültigen.«

»Endgültigen was?«

»Tritt in den Arsch«, sagte Anneli.

Oma und Tante Deli waren in der Küche. Oma verdankten wir die Neuerung, daß in einer Küchenecke ein Tisch aufgestellt wurde mit ein paar Stühlen. Hier gluckte Lydia, mehr, als Tante Deli recht war, und lauschte den Radiotönen, die von der Gaststube hereindrangen. Lydia machte ein erstauntes Gesicht, wenn die Musik verstummte, der Nachrichtensprecher gleichmütig die Zahl der Toten bei einem Eisenbahnunglück in Hinterindien nannte. Ihre Züge verwandelten sich, wenn Fortschritte der Nazipartei angesagt wurden, sie dachte an Hannemann.

Tante Deli scheuchte sie auf: »Lydia! Hast du nichts zu tun?«

Lydia nahm den Wischkodder, ließ sich auf die Knie nieder und wischte über die Fliesen. Schwarze und weiße Schachbrettmuster. Tante Deli hatte auf diesen Fliesen bestanden, obwohl sie leicht schmutzten.

Oma saß am Tisch, Tante Deli gegenüber, während Lydia die Reihen der Fliesen entlangkroch. Das Radio dudelte. Vor Oma stand ein Kaffeetopf, hoch und braun, Bunzlau, weiß ich jetzt. Dampf stieg auf, zog Oma in die

Nase. Es gab von einer Kaffeefirma eine Reklame, eine alte Dame sog Kaffeedämpfe ein. So sah Oma aus.

»Wirklich?« fragte Oma. »Ihr wollt ...« Sie beugte sich vor: »Aus dem Pommrehnke werde ich nicht schlau. Ja, ja, er ist mein Sohn. Was fange ich damit an? Genügt das vielleicht? Nein, ich kenne ihn nicht.«

Oma warf sich zurück, der Stuhl krachte. Lydia hielt einen Augenblick im Kriechgang inne. »Sieben Siegel«, sagte Oma. »Kaum war der Junge erwachsen, ging er zu den Husaren. Stattlich, aber fremd. Dann der Krieg. Hat er dir vom Krieg erzählt? Er hat. Mir nicht. Weiß der Schinder, ob das Männergeheimnisse sind? Wohl nicht, wenn er dir ... Dann hat er die Frau geheiratet. War ein anständiges Mädchen. Daß sie so früh sterben mußte. Die beiden Jungs, he? Joachim und der kleine Hansi. Na. Nitschewo. Inzwischen sind das Männer, kaum zu glauben. Wahrscheinlich dämlich wie alle Pommrehnkes. Lassen wir das. Walter natürlich ausgenommen.«

Großmutter beugte sich wieder vor, flüsterte: »Ihr wollt wirklich? Ach, ihr!«

So was hörte man bei uns durch die offene Küchentür, untermalt von Erna Sack, während man die Fäden von einer Roulade um die Gabel wickelte. Anneli grinste, deutete mit ihrer Gabel zur Küche, rief ein paarmal »Siehste!«, was hätte »Hörste« heißen müssen. Da schaukelte Oma um die Ecke, ihr Millefleur-Kleid eine Hülse für Rundes. Darüber ihr Gesicht, rund ebenfalls. Ein runder Schädel, slawisch, sagten wir jetzt. Mittelscheitel, den sie Lauseallee nannte, angeklatschtes Haar, wenig Grau darin. Und runde Brillengläser.

Oma krempelte einen Ärmel auf und zapfte sich ein Bier. »Eigentlich trinke ich nur Eierlikör«, sagte sie.

Sie sagte das jedesmal, wenn sie das größte Bierglas aus dem Regal nahm und unter den Zapfhahn stellte.

Großvater behauptete, in Lindow braue sie im Keller Kirschlikör, den sie heimlich trinke.

»Ach, ihr.« Großmutter setzte sich zu uns. »Hol mir den Kaffeetopp.« Sie trank abwechselnd Bier und Kaffee. In der Küche schimpfte Tante Deli mit Lydia. »Kriechst du den ganzen Tag auf den Fliesen? Wer rupft die Hühner?«

»Wir haben kaum mehr Hühner in Lindow«, sagte Großmutter. »Alle verspeist. Weißt du, wer sie frißt? Euer Onkel Rudolph. Nicht er alleine. Ein Kamerad kam später zurück aus der Fremdenlegion, lungenkrank auch er. Sie rauchen und husten, was das Zeug hält. Der andere ist ein Verwandter von euerm Schofför, ein gewisser Bruno. Dann sind sie elend, wollen Hühnersuppe. Was macht dein Großvater? Er geht in den Stall und greift ein Huhn und schlägt ihm den Kopf ab. Mann, sage ich, was hast du angestellt, die beste Henne. Die legt ja noch. Ein Wunder, daß sie nicht ein Ei verloren hat. Ein letztes, vor Schreck. Du Mörder, sage ich.

Aber er – er lacht. Muß ich Süppchen kochen, dann kommen die Invaliden, sagen was, so wenig Nudeln? Dann fressen sie, dann rauchen sie, und dann husten sie. Ein Leben. Ach, ihr!«

Großmutter schneuzte in ein buntkariertes Taschentuch, das sie aus dem Busenausschnitt zog. Das Geheimnis einer scheinbar vorhandenen dritten Brust, die weniger wogte als die beiden anderen, war geklärt.

Anneli warf andächtige Blicke. »Ich dagegen – Mäusefäuste«, murmelte sie. Sah an sich runter, wo sich wenig wölbte unter der Bluse.

Großmutter war gerührt. Mußte die Brille hochrükken, ein paar Tränchen auffangen. »Nu heiraten sie«, sagte sie. Sah uns an, staunend, daß wir nicht fragten, wer. Fühlte sich verpflichtet zu erklären: »Ihr beide, ihr werdet jetzt verwandt.«

Verliebt, verwandt und Joachim in seinem grünen Wagen. Welcher Gedanke war mir unterlaufen? Ich blickte zu Anneli hinüber, wir erröteten beide. Ein bißchen nur, ein bißchen. Obendrein die Bilder, die durch mein Hirn zogen, ein Privatkino. Brust an Brust marschierten BDM-Mädchen vorwärts. »Der Träger und Aska-ha-ri! Heia! Heia, Safari!« Und sie waren, anderen Nachrichten und Behauptungen entgegen, alle, alle blond, und zwischen ihren Brüsten auf den weißen Sporthemden saß der Nappo mit dem Hakenkreuz.

Mir gegenüber, am auf die Gabel gewickelten Rouladefaden angepeilt, Annelis Mäusefäuste. Objekt für Mißbrauch durch Reitlehrer, diese groben Viecher. Man weiß, wie es in Reitervereinen zugeht, oder? Diesen Grobianen war Anneli ausgeliefert. Anneli, die nach Pferd roch. Hatte sie nicht berichtet, wie die Kerle umsprangen mit den Schülerinnen? »Kneif die Dattel zusammen, Kleene.« Derlei Sprüche. Entsprechende Handgreiflichkeiten gratis.

Der Faden lag längst auf dem Tellerrand, fettig, braun von Soße an einigen Stellen. Das Fleisch war kalt geworden auf meinem Teller, während ich Großmutter zuhörte, Ernstes und Heiteres, berichtet von einer Frau aus Lindow in der Mark. Während das BDM marschierte, in meiner Phantasie, mit schwingenden Brüsten ...

Bevor die privaten Ereignisse über unseren Köpfen zusammenschlugen – damit war laut Joachim zu rechnen –, versetzte Leberecht Lehmann der Weltkugel einen Stoß, damit sie sich nach der anderen Richtung drehe. Er würde darauf pfeifen, sagte er, daß wir uns im Sirup privater Ereignisse suhlten. Denn er und Kitty seien das Modernste. »Wir sind das Modernste«, rief er.

Sternchen Siegel flüsterte: »Wenn der Hahn kräht auf

dem Mist, ändert sichs Wetter, oder 's bleibt so, wie's ist.« Aber Lehmann hörte nicht hin.

»Das Allermodernste sind wir. Und warum? Weil: Der Kronprinz hat ebenfalls 'ne Freundin, die Nummerngirl ist.«

Kitty lächelte, stolz trug sie den schönsten – und letzten – Bubikopf der Welt auf makellosen Schultern. Nackte Schultern, Spaghettiträger. Inzwischen gewagt, die deutsche Frau trug Blusen aus Lavable mit halbem Ärmel. Lehmann faltete seinen Körper auf eine Stuhlkante. »Erst kommen die Blusen, die Kleider und dann die Jupons voller Plu. Darauf die Dessous und so weiter, und dann, dann kam sie.«

Ende der Durchsage. Heute Lavable, bitte. Lehmann sagte: »Gerda Puhlmann heißt sie.«

Anneli nickte. »Er reitet mit ihr bei uns.« Setzte hinzu, als würden wir nicht folgen können: »Der Kronprinz mit der Puhlmann.«

»Entschuldigt.« Lehmann faßte sich an die Glatze. »Wo ist Joachim, euer Kintoppdirektor?«

Wo sollte Joachim sein? Im grünen Wagen, umgirrt von seiner Odaliske, seiner BDM-Frau. Wir liefen die Verandatreppe runter, überquerten die Wiese. Rechts von uns bullerten die Kegel, Wilfried und seine Klubkumpane übten. Ich sah Wilfried, die Hemdsärmel aufgekrempelt über dem weißleuchtenden Bizeps, die Sonne hatte nur die Unterarme gebräunt. Wilfrieds Hemdsärmel waren zu strammen Rollen gewickelt, wie auf Gemälden von Arbeitern der Faust. Das lässige Umschlagen, drei-, viermal, blieb den Jünglingen und Leisetretern vorbehalten, die am Ku'damm bei Kranzler im Vorgarten müßiggingen.

Hier leuchtete der Bizeps, wurden kraftvoll Kegel geschoben. Mollen gezischt. Angekreidet. Wilfried prostete uns zu, während wir übers Gras eilten, Kitty als letzte, die Zigarettenspitze diente ihr als Balancierstange.

Die Kinotüren standen weit offen. Orgelklänge dröhnten. Was spielte Werner? Hörte ich recht? Einen Choral. »Wo Wahn die Weisen treibet ...« Ich hatte dies Lied im Konfirmandenunterricht gelernt, wider meinen Willen, weil ich es mochte, kraftvoll und nicht scheinheilig und bigott wie sonst alles, was trotz anderweitiger Lektüre in unsere Hirne drang.

In der Tür rief ich trotzdem laut: »Werner! Werner ...«

Die Orgel erstarb. Ein letzter, lungenkranker Ton. Werner stand gleich darauf in der Tür, als habe er die Orgel fernbedient. Mit seiner roten Nase und den immer tiefer in Fettpölsterchen gebetteten Augen glich er dem gerade berühmt werdenden amerikanischen Filmkomiker W. C. (»Dabbeljuh Zieh«) Fields. »Zu Joachim«, rief ich.

Dr. Eckener fuhr unter dem Waggon hervor und kläffte. Sofort stand Isabella auf der Treppe. Ihr Haar war aufgelöst. Keine Zöpfe?

Joachim empfing uns im Salon, zwischen den Klubsesseln, im ehemaligen Vierter-Klasse-Abteil. Geräumig, doch unverkennbar Eisenbahnwaggon. Durch die schmalen Fenster auf beiden Seiten fiel eine Unmenge Licht. Die Scheiben zum Wald hin waren halb heruntergelassen, mit Lederriemen eingehakt. Vorhänge flatterten, die mit Buchstaben bedruckt waren, DRB, Deutsche Reichsbahn. Bildete ich es mir ein, oder roch der Waggon immer noch nach Eisenbahn? Nach Lokomotivenruß, Öl, Staub und Klosett?

Auf dem Tisch lagen Kataloge von Filmverleihern, zuoberst einer der Tobis-Klangfilm. Möglich, daß Joachim darin geblättert hatte, bevor wir eintraten. Vielleicht hatte Isabella neben meinem Bruder gestanden, das aufgelöste Haar umspielte sein Gesicht? Oder kamen sie aus dem Schlafabteil, das ein Vorhang abtrennte?

Ich verbot mir solche Gedanken. Alle schnatterten drauflos, bis auf Kitty, die fast Stumme in jeder mir bekannten Lebenslage. Auch Isabella schwieg, sie flocht ihr Haar wieder zu Zöpfen.

Kitty blies Manoli-Dampf, nach vorangegangener galanter Handreichung Werners, der ihr Feuer gegeben hatte. Er besaß ein Feuerzeug, das der Freiheitsstatue im Hafen von New York nachgebildet war. Oben aus der Fackel schlug die Flamme. Neben Kitty wirkte Isabella unfertig wie der Rohling eines Werkstückes, nicht zu Ende bearbeitet.

Leberecht Lehmann hockte auf der Armlehne eines Klubsessels, Kitty hatte sich darin niedergelassen. Sie hatte sich hineingefaltet, flamingogleich, die Flamingos knicken ein Bein um, im Stehen zwar, dennoch sah dies ähnlich aus. Auch an Annelis Schlafhaltung erinnerte es mich, wenn ein Bein, unter der Decke hervor, abgeknickt in den Raum ragte.

Lehmann begann nun seinen Vortrag. Dank ihm, meinte er, könne das Tonfilm-Zeitalter beginnen, hier im Vorort. Er wies auf den Tobis-Klangfilm-Prospekt, den er ebenfalls sofort entdeckt hatte. Unser Kino, meinte Lehmann, sei wahrscheinlich das erste Stadtrandkino, das Tonfilme ...

»Wie das?« fragte Joachim in seiner kurz angebundenen Art. Er wirkte manchmal, als wolle er möglichst wenig mit uns zu tun haben. »Die Apparaturen sind unverschämt teuer, dazu kontrollieren Produzenten und Verleiher den Vertrieb. Du willst uns doch wohl nicht vorschlagen, daß wir diese Riesenschallplatten verwenden wie bei dem Film mit Al Jolson?«

Joachim spielte auf jenes andere, damals benutzte Tonfilmsystem an, bei dem synchron Schallplatten von mindestens einem Meter Durchmesser liefen. Sie hatten damals, zur Vorführung des Jazz-Singer-Films in einem der großen Lichtspieltheater der Innenstadt, jene Apparaturen montiert, die aus Amerika kamen. Die Vorführkabine wurde von der Wach- und Schließgesellschaft und von Polizisten bewacht. Joachim und Sternchen hatten uns das berichtet, sie hatten mehrere Vorstellungen besucht und sich umgesehen.

Lehmann winkte beruhigend mit beiden Händen. »Keine Sorge«, rief er, »ich spreche von Lichtspur, selbstverständlich.«

L.-L. berichtete, er habe eine feinmechanische Werkstatt entdeckt, in der jene doppelten Optiken hergestellt wurden zu Versuchszwecken für große Firmen. Die Firmen hätten die Apparate übernommen, Prototypen, die dann in Serie gingen. Doch sei in den Werkstätten allerlei Material vorhanden, von den Versuchen her. Der Inhaber jener Werkstatt habe ihm, Lehmann, versichert, daß er durchaus einen Projektor bauen könne. »Hoch und heilig hat er es versichert«, betonte Lehmann. »Der Mann sitzt auf dem Material. Ich darf ihn inzwischen einen Freund nennen. Er wird uns helfen. Wir sollten uns das Zeug ansehen. Hast du Lust, Joachim?«

Lust! Dies war seine Welt. Joachim rückte an der Brille. Fragte, husarenmäßig kurz, das erinnerte an meinen Vater: »Wo?«

Ede Kaisers Mietwagen schaukelte uns in die Innenstadt, in die Gegend der Kochstraße. Ede hatte neben dem Fahrersitz einen Kinderstuhl festgebunden, in dem saß sein Söhnchen Karl. Das Kind erzeugte mit seinen Lippen Motorengeräusch, der Sabber rann ihm übers Kinn. Manchmal wischte der Vater mit dem Ärmel über Karlchens untere Gesichtspartie.

Wir bogen in einen Industriehof. Gekachelte Wände

an den Gebäuden, ein Schild »Buchbinderei Lüderitz und Bauer«, wieder eine Durchfahrt. Lieferwagen mit Firmenaufschriften, Lastenaufzüge, die außen an der Fassade hinauf- und hinabkletterten. Dann ein anderes Schild, kleiner, zwischen anderen Firmenschildern versteckt: »Feinmechanische und optische Werkstätten R. Schulte-Bumke«. Ede Kaiser sagte, er würde warten, und hob seinen Sohn aus dem Kinderstuhl. Es war ein hoher Kinderstuhl, wie man ihn den Kindern zum Essen an den Tisch schiebt, Karlchen konnte aus dem Fenster sehen, durch die Windschutzscheibe, über den Kühler hinweg. Wir stiegen Treppen hinauf, durch eine Eisentür betraten wir die Werkstatt. An kleinen Drehbänken bearbeiteten Männer kupferne Werkstücke oder Messingteile. Frauen polierten Linsen, auf denen das Licht blitzte. In einer Ecke, an einem runden Tisch, bauten sie Mikroskope zusammen.

Alle trugen weiße Kittel. Auch Herr Schulte-Bumke, ein noch junger Mensch mit langen, dunklen Haarkoteletten, trug einen weißen Kittel. Er habe, erklärte er, für Massolle und seine Kollegen gearbeitet, das sagte mir nichts, aber Joachims Augen leuchteten auf.

Später erklärte mir Joachim, daß Massolle und zwei andere Berliner die eigentlichen Erfinder des Tonfilms seien. In der Friedrichstraße hätten sie das erste Tonfilmstudio der Welt eingerichtet, mit Kartoffelsäcken als Schalldämpfung.

In Schulte-Bumkes Werkstatt merkte ich, wie ich mich wiederum von Joachim hatte einwickeln lassen. Was hatte ich hier zu suchen? Weshalb war ich mitgefahren? An meinem einzigen freien Tag seit Wochen? Setzte nicht Wuttke auf mich? Hatte er mir nicht versprochen, mich mit in die Rhön zu nehmen, zum Segelflug-Wettbewerb?

Ich spürte den Sog, der von Joachim ausging. Woher nahm er diese Kraft?

Während Herr Schulte-Bumke uns langatmige Erklärungen gab, wußte ich, daß Joachim wiederum gesiegt hatte. Er würde das erste Vorort-Tonfilmkino haben. Die Menschen würden ins Schützenhaus strömen. Werner konnte seine Orgel dichtmachen, mit Laken verhängen.

Bis es dann soweit war, gab es eine Menge Schwierigkeiten. Die Grundplatten, auf denen die Optik aufgebaut war, paßten nicht zu den Sockeln der Projektoren, die in unserem – ich ertappe mich dabei, wie ich sage »unserem« – Kino für die Stummfilm-Vorführung installiert waren. Passende Sockel jedoch konnten weder Lehmann noch Schulte-Bumke auftreiben. Wilfried half uns. Ein Freund von ihm, Mechaniker, fertigte auswechselbare Grundplatten an, die mit Bolzen und Muttern an den vorhandenen Sockeln befestigt wurden. Die Grundplatten trugen die eigentlichen Apparaturen. Abwechselnd, durch Lösen oder Anziehen von ein paar Schrauben, konnten wir unsere Apparaturen für Stumm- oder Tonfilm benutzen.

Mein Vater gab wieder einmal sein Oblomow-Leben fast auf, jetzt war er häufig im Kinosaal zu sehen, beschäftigte sich mit Basteleien. Eine Bastelei hatte die andere zur Folge. Weil bei Schulte-Bumkes Apparaten zwei Optiken übereinandersaßen, die Bildoptik und die für den Ton, mußten zwei weitere Projektionsfenster in die Mauer gebrochen werden, über den vorhandenen. Mein Vater, der nie eine Maurerkelle von nahem gesehen hatte, übernahm diese Arbeit. Meine Erschöpfungszustände, verursacht durch harte Arbeit bei Flug-Wuttke, ließen sie nicht gelten: »Fauler Sack!« Und: »Ran an die Ramme!«

Bis in die Nacht stand ich auf der Leiter, montierte

Schalldämpfplatten, die Werner und Sternchen Siegel mir hinaufreichten. Unbenutzt standen die Ohren der Gänsedaunenkissen in meinem Bett in die Höhe, bis ich, spät, auf mein Lager fiel. Es hätte eine Gefängnispritsche sein können, mit hartgelegenem Strohsack, ich hätte den Unterschied nicht bemerkt.

Es war ein Umbau!

»Fünfzehn Sitze mehr?« schrie Werner. »Und wenn wir dann wieder mal Stummfilm spielen, habt ihr zwar die fünfzehn Sitzplätze, aber keine Kinoorgel mehr!«

Es war Sternchens Vorschlag gewesen, die Orgel rauszuwerfen. »Noch gibt es Kinos, wo man se kann verscheuern«, sagte er, »zu günstige Preise. Was wird sein nachher?«

»Nachher«, brüllte Werner, »wird sein, daß ihr die Orgel zurückhaben wollt, und was dann?«

»Du hängst an de Theorie, der Tonfilm wird einjehen wie 'ne Primel ohne Berieselung«, schrie Sternchen zurück. »Du bist e historischer Mensch.«

Joachim entschied: »Die Orgel bleibt.«

»Siehste«, sagte Werner.

»Scheiße«, sagte Sternchen. Und fragte trotzig: »Wo bleiben de Mehreinnahmen?«

Einen Sonntag nachmittag lang ließen wir alles liegen. In der Reithalle vom Gutshof nahm Anneli auf Berenice an einem Springturnier teil. Weder Joachim noch ich spürten jenes Reiterblut in uns, das man, angesichts der Husarentradition in unserer Familie, hätte erwarten können. Während Anneli auf Berenice die Hindernisse nahm, ihre Mutter in die Hände klatschte, mein Vater zufrieden grunzte und seine Regimentskameraden anstieß, unterhielten Joachim und ich uns leise über den Film. »Wir werden ihnen ihren Tonfilm geben«, sagte Joachim. »Aber du wirst sehen, der Tonfilm ist das Ende der Filmkunst. Ich muß es machen, aber ich will nicht. Weißt du, daß ich eigentlich nicht will?«

Ich nickte. In diesem Augenblick, während Anneli unten den großen Ochser bezwang, Tante Deli aufsprang, die Althusaren »Bravo« riefen, wußte ich, daß ich wiederum in diesen Mahlstrom geraten war, den Joachim erzeugte. Das war nicht Kinofexerei, abstellbar nach Belieben. Es würde für mich, ahnte ich, genauso wichtig sein wie meine Beschäftigung mit dem Flugmodellbau.

Der Einfluß meines großen Bruders? Oder mehr?

»Weißt du, daß sie Méliès wiedergefunden haben?« flüsterte Joachim. »Er betrieb einen Spielzeugladen, stell dir vor, auf dem Gare Montparnasse. Jetzt laufen seine Filme wieder in Paris.«

»Stummfilme?«

»Stummfilme.«

Tat ich Anneli unrecht an diesem Tag? Der ein wichtiger Tag für sie war? Überzeugt war ich, daß ich sie liebte, in diesem Augenblick, als sie aus der Reitbahn kam, Berenice am Zügel, das Gesicht gerötet. Sägemehlstaub auf der schwarzen Jacke, der Samtkappe. Genauso stark spürte ich jedoch den Sog, der von meinem Bruder ausging, meinem großen Bruder. Ich liebte Anneli und liebte den Geruch des Spannlacks bei Flug-Wuttke und liebte unseren Kintopp und Joachim, den Verführer, den Starrsinnigen. Und sah zu, wie Tante Deli und unser Vater wieder Arm in Arm gingen, am Büfett der Reitbahn aus einem Glas tranken, von derselben Bockwurst abbissen, sich den Senf aus den Mundwinkeln küßten. Und das in aller Öffentlichkeit.

Ede Kaiser meinte: »Da werden bald die Hochzeitsglocken bimmeln.«

Tante Deli errötete.

Gut. Frauen werden leicht rot, oder? Jedoch, daß auch

unser Vater errötete, Kriegsteilnehmer, Leibgarde-Husar, Reserve neunzehnhundertacht – das war neu.

Das war schrecklich.

Rauf auf die Leiter. Ich schraubte Platten an. »Wie ein Berserker«, sagte Werner zu Sternchen. »Was hat er?«

14

Reiten, reiten, reiten ...« Anneli saß mir gegenüber im Gras, in den Himmel ragte ihr Kopf, die Sonne stand tief. Annelis Abstehohren leuchteten. Irgendwann hatte sie auf Rilkes »Cornet« stoßen müssen, Bindings »Reitvorschrift für eine Geliebte« lag hinter ihr. Solche Bücher schenkten ihr die Kavaliere des Reitklubs, und es wird jedem natürlich erscheinen, daß diese Geschenke in mir Eifersucht auslösten. Eine gelinde Eifersucht, denn noch war jenes Harz in meiner Seele nicht aufgelöst, das Erkenntnis verhinderte.

Wie stand es um meine kleine Cousine und mich? Die Tatsache, daß wir wie Geschwister miteinander aufgewachsen waren, und das Wissen um ihre »Welt« im Reiterverein ließen mich annehmen, Anneli brauche mich nicht. Es paßte mir nicht, daß sie in diesen Büchern schmökerte, die Geschenke aus jener Welt waren, von der ich ausgeschlossen blieb. Aber ich erhob keine Einwände. Grimmig las ich meinerseits gegen sie an, hatte ein Buch über Lilienthal in den Garten geschleppt, den Altbewährten, und verlangte, daß die Schilderungen seiner Flugversuche in den Rhinower Bergen mich läutern würden.

Ach, ich begriff nicht, was ich da las, obwohl mir doch alle Einzelheiten und Umstände vertraut waren. Doch schob ich diese Unfähigkeit nicht auf Annelis Gegenwart, ihre Seufzer, die ihr jene Rilke-Lektüre abverlangte. Vielmehr erkannte ich, daß der Sog, den meines Bruders Leidenschaft fürs Kino auf mich ausübte – oder den er ausübte –, eines Tages womöglich stärker werden würde als meine eigene Leidenschaft, die zum Modellflug.

Die Erkenntnis kam blitzartig, dauerte nur den Bruchteil einer Sekunde, und es bedurfte meiner dringlichsten Bemühung, den Eindruck für weitere Sekundenbruchteile festzuhalten.

»Komm ins Haus«, sagte ich zu Anneli. »Ich kann nicht mehr lesen.«

Sie klappte mit einem endgültigen Seufzer ihr Buch zu und stand auf.

Augenblicke der Sammlung waren uns gegönnt durch das, was Joachim »die Tücke des Objekts« nannte. In diesem Fall die Tücke des Objektivs. »Kein Mensch hat eine Ahnung von Tonfilm«, beschwerte sich Joachim. »Es gibt keine Techniker, und wenn es sie gibt, arbeiten sie bei der Ufa oder bei der Tobis oder bei Lorenz und den anderen Apparate-Herstellern. Ich möchte wissen, wo die Jungs leben. Mal muß doch einer vorbeikommen und sein Bier bei uns trinken.«

»Worum geht es?« wollten wir wissen. Joachim erklärte, die Endverstärkerstufe arbeite nicht mit genügender Kraft. Eine weitere Röhre sei nötig. Er wisse aber nicht, welche. Überdies wären unsere lächerlichen Lautsprecher ungeeignet. »Die sind ein Dreck. Wir brauchen elektrostatisch erregte Lautsprecher.«

»Die sollte es geben«, warf Werner ein.

Unser Vater, hinter dem Tresen, rief: »Wer soll das bezahlen?«

Wir erklärten ihm, daß die Schützenhaus-Lichtspiele in den letzten Jahren Geld verdient hätten, er konnte es immer noch nicht fassen. Der Umbau, der Einbau neuer Apparaturen, der Preis für neue technische Einrichtungen – mit Lehmanns Verbindungen und unserem kleinen Finanzpolster war das kein Problem, Joachim hatte sich durchgesetzt. Ihm gebührte Anerkennung. Das jedoch ging meinem Vater wider die Natur. Er kannte unsere Bilanzen, erlaubte sich jedoch, die dort ausgewiesenen guten Ergebnisse sofort wieder zu vergessen, weil ein anderer diese Ergebnisse erzielt hatte. Jemand, den er immer noch als Kind ansah, als unmündig.

»Es wird ein böses Ende nehmen«, murmelte mein Vater.

Joachim muckte auf: »Ich glaube nicht. Wir haben es so weit geschafft, wir werden es weiter schaffen.«

Und Sternchen Siegel murmelte: »Bitte schön, werden Se haben das erste Vorstadt-Tonfilmkino. Werden Se nich sein zufriedengestellt?«

»Zufriedengestellt«, wiederholte Robinson Krause mit einer knappen Verbeugung. Vater drohte ihm mit dem Bierspachtel.

Tante Deli dachte praktisch. »Wenn diese technischen Sachen nicht klappen, denke ich, können wir den Saal zwischendurch anders benützen.«

»Wie meinst du?« fragte mein Vater. Das hätte er unterlassen sollen, denn Tante Deli sagte, mit schlichtester Betonung ihrer Worte:

»Wir können in dem Saal unsere Hochzeit feiern.«

Wieder sahen wir unseren Vater erröten. Wir schwiegen. Es geschah nichts anderes, als daß sich unsere Vermutungen bewahrheiteten. Waren wir dafür? Dagegen? Wie immer schien das nicht unsere Angelegenheit zu sein.

Werner brach das Schweigen, indem er sagte: »Ich könnte die Orgel spielen, ›Treulich geführt‹. Macht sich immer gut.«

Tante Deli reagierte schnell: »Dir will ich mal was sagen«, rief sie, »du bist ein billiger Halunke. Ja, das bist du. Ich habe mir hundertmal angehört, was du im Kintopp für Erklärungen abgibst, Herr Spiehr! Da zieht es einem die Schuhe aus! Und diese Musikpotpourris. Das Gewitter aus der Wilhelm-Tell-Ouvertüre und hinterher gleich ›Was machste mit dem Knie lieber Hans‹. Und immer einen in der Krone. Meinste, ich lass' mir von dir unsere Hochzeit ruinieren? Nee. Ich werde 'ne Kapelle engaschiern, mit schöner Musik, altes Programm, verstehste? Was richtig zum Schunkeln, wo sich Oma und Opa freuen. Und mein Walter Pommrehnke auch, ich kenne ihn. Daß du mir da nicht querschießt, du vollgetanktes Karussellpferd. Nee. Ich will zu unserer Hochzeit den ›Rixdorfer‹ und ›Das war in Schöneberg im Monat Mai‹ und ›Glühwürmchen, flimmere‹. Denkt, ich bin 'ne sentimentale Zicke, das macht mir nichts aus. Das ist unsere Hochzeit und nicht euer Kino, oder?«

Werner hatte sich ins Hinterzimmer geschlichen und seine Quetschkommode vorgeholt. Jetzt stand er in der Tür, das Instrument umgeschnallt, und intonierte: »Im Grunewald, im Grunewald – ist Holz-aktion . . .«

»Sekt«, rief mein Vater, »wir sind verlobt. Krause, was stehn Sie denn rum!«

Werner ging zu Paul Lincke über. Das machte ihm keine Schwierigkeit, diesem Meister des Flimmerkisten-Potpourris. »Gnädige Frau«, rief er, »das hab' ich alles im Repertoire!«

Eines Abends betrat ein streng aussehender kleiner Herr die Gaststube, das Kreuz durchgedrückt, einen Spazierstock in der Hand. Sein Anzug saß ihm knapp, so, als sei der Mann Uniformröcke gewöhnt und trage nur ausnahmsweise Zivil. Den Bart hatte er à la Wilhelm zwei in hochgewichste Enden gezwirbelt, das sah man heutzutage selten. Niemand schien ihn zu kennen, mit Ausnahme unseres Vaters, der so etwas wie ein Ohrenwakkeln andeutete, das hatten wir noch nie an ihm gesehen.

Plötzlich flüsterte Anneli: »Gilas Vater.«

Der Besucher stand einen Augenblick still, bis er sich an die mangelhafte Beleuchtung gewöhnt hatte. Das Radio dudelte, mein Vater stellte es leise, behielt den Mann im Auge.

»Husar Pommrehnke!« rief der Mann, seine hohe Stimme ließ die Gäste an den anderen Tischen verstummen.

Mein Vater sagte: »Zu Diensten?«

Der Fremde stieß mit dem Stock auf. »Zu Befehl, heißt das.«

»Nicht mehr«, sagte mein Vater. »Was kann ich für Sie tun?«

»Da hört sich doch alles auf. Für mich tun! Husar Pommrehnke! Sie werden sich erinnern. Ich war Wachtmeister bei den Leibgarde-Husaren, bis ... tut nichts zur Sache. Ich bin Ihr Vorgesetzter!«

»Nicht mehr«, murmelte mein Vater.

In der Küchentür sah man Tante Deli, die sich die Hände an der Schürze abwischte.

»Husar Pommrehnke«, schrie der kleine Mann, »Sie haben meine Tochter entehrt!«

Erstaunte Gesichter an den anderen Tischen; Robinson Krause trat auf den Mann zu, flüsterte: »Wenn ich bitten dürfte ...« Eine Sekunde lang sah es aus, als wolle er den Stock gegen Robinson heben.

»Niemand hat hier was zu bitten. Ich habe mir was zu verbitten. Ihr schlampiges Verhältnis mit meiner Tochter Gila, Husar Pommrehnke!«

Mein Vater kam hinter dem Tresen vor, an ihm vorbei schoß Tante Deli, ihre Locken flatterten. Joachim und ich sprangen auf. Robinson stand immer noch dicht vor dem Störenfried. Im Hintergrund sah ich, daß auch Wilfried und seine Mannen sich erhoben. Sie ergriffen ihre Biergläser.

In diesem Augenblick öffnete sich die Tür zur Gaststube. Herein stürzte Gila-Monster. »Vater! Nicht!« schrie Gila. »Es war meine Schuld!« Sie hängte sich an sein Jackenrevers. »Laß mich«, rief ihr Vater, »diese Tat gehört gesühnt!«

»Nein, nein«, rief Gila, »versündige dich nicht.«

Gilas Vater war bereits nicht mehr in der Lage, sich zu versündigen. Ich hatte ihm den Stock entwunden.

Es war höchste Zeit. Tante Deli, in einem Anlauf, der nicht zu bremsen war, verfehlte das ursprüngliche Ziel. Es gelang ihr jedoch, die vorgesehene weite Kurve enger zu nehmen. Sie prallte auf Gila. »Du, du . . .«, rief Tante Deli. Gila ließ das Revers von ihres Vaters Jacke fahren, doch nicht schnell genug, wir hörten, wie der Stoff riß, sahen das untergefütterte Leinen herausquellen. Eine Sekunde später hatten Tante Deli und Gila einander bei den Haaren und ohrfeigten sich. Mein Vater nahm mit der linken Hand Tante Deli in Griff, mit der rechten Gila-Monster und hielt beide auf Abstand. »So nicht«, sagte er. »Deli, ab in die Küche!«

Tante Deli gehorchte. Mein Vater ließ Gila frei: »Bring deinen Vater nach Hause. Und sag ihm, er solle sich hier nie wieder sehen lassen. Schöner Leibgarde-Husar. Der will Wachtmeister gewesen sein.«

Wir überließen Gila den ramponierten Vater, der »Unerhört!« murmelte, während sie ihn durch die Tür schob. Ich gab ihr den Spazierstock in die Hand.

In den folgenden Tagen richteten wir den großen Saal provisorisch für die Hochzeit her. »Ob wir den wohl noch brauchen?« sinnierte Sternchen Siegel.

In der Tat mußten wir seinen Gedankengängen zustimmen, wie auch Joachims Bemerkung: »Der Haussegen hängt schief.«

Tante Deli und mein Vater knurrten sich an wie zwei

Hunde. Mein Vater bezog wieder seine Bettenburg, oblomowte vor sich hin – dieses Verb hatte Anneli erfunden – und beschimpfte Tante Deli, sobald er ihre Schritte vor der Tür hörte. Sie ließ es sich niemals nehmen, für einen kurzen Monolog zu verharren, den sie gegen die als Faschinen aufgerichteten Zeitungen hielt, hinter denen sie richtig meinen Vater vermutete. »Wer ist der Esel?« fragte sie scheinheilig. Eine Antwort erwartete sie nicht. So fuhr sie gleich fort: »Der Esel ist Herr Pommrehnke. Walter Pommrehnke. Der treue Husar! Daß ich nicht lache! Der Herr vergnügt sich mit der feinen Wachtmeisterstochter. Und muß sich herunterputzen lassen. Ein Wunder, daß er nicht Liegestütze machen mußte. Das hätte unseren Gästen gefallen. Heute abend gehn wir aus, 's gibt Liegestütz im Schützenhaus. Wie wäre das als Reklamevers?«

Pommrehnke, unser Vater, griff unters Bett und holte einen Pantoffel vor. »Verzisch dich, oder . . .«, drohte er. Tante Deli lachte und verließ den Türrahmen. »Ausgerechnet die trockne Schrippe!« rief sie vom anderen Ende des Flurs.

Anneli hatte diese Szene mitbekommen und uns haarklein berichtet.

Gila-Monster blieb fort, Anneli bewegte jetzt auch Gilas Pferd, manchmal noch in den Abendstunden, wenn sie Berenice abgesattelt und in den Stall geführt hatte. Eichelkraut, der bei Pferdeproblemen telepathisch reagierte, war am dritten Tag anwesend: »Ihr könnt dat nich allet auf die Tiere auslassen«, sagte er. Anneli schlug ihm vor, er solle nach Potsdam fahren und Gilamäuschens Absichten herausfinden. Das versprach er.

»Und unser Paar? Ick hab' den Quatsch jehört«, sagte Eichelkraut. Er roch wieder einmal nach Rieselfeld. »Bleibt ruhich, Kinderchens. An't Standesamt hängt det Aufjebot. Allens wird seinen Weech jehen.«

Wir waren nicht sicher.

»Soll ich nu kaufen de Jirlanden oder lieber Trauerflor?« quengelte Sternchen.

Tante Deli hatte das gehört. Sie lachte. Erstaunlich, wie guter Laune sie war. »Her mit den Girlanden«, rief sie. »Nächsten Sonnabend wird geheiratet.«

Oben klappte das Fenster vom Schlafzimmer meines Vaters.

Als wir noch Kinder waren, hatte ich mir oft vorgestellt, wie es sein würde, wenn unser Vater und Tante Deli heirateten. Ein Gedankengang, der parallel zu jenem anderen stattfand, in dem meine Mutter als Haupthinderungsgrund fungierte. In jenen Augenblikken dachte ich, es sei unmöglich, daß mein Vater je eine andere Frau heiraten würde, sei es auch die uns vertraute Tante Deli, die Mutter unserer Cousine Anneli, die uns wie eine Schwester war.

Anscheinend hatten sie gewartet, bis wir erwachsen waren, wir würden nie Genaues erfahren, darüber sprach man nicht. All der Vertrautheiten wegen, in die wir, nach dem Stil der Zeit etwas oberflächlich, aber dennoch einbeschlossen waren, hatten wir die Gila-Monster-Epoche als Störung empfunden. Es war gut, daß die Angelegenheit endgültig bereinigt war, durch jenen Auftritt von Gila-Monsters Vater. Wenn Tante Deli sagte, am Sonnabend würde geheiratet, dann wurde geheiratet. Mit irgendeiner Methode würde sie ihren »Obuloff« aus der Bettkiste bekommen.

Eichelkraut fuhr mit einem Viehtransporter vor. Ali, Gila-Monsters Pferd, meldete er, werde in Potsdam eingestellt.

»Direkt bin ick froh für det Tier«, meinte er. »Ein Tier muß, sobald es unter Menschen is, wissen, wo et hinjehört. Det is jenau wie mit die Menschen selbst. Faß dir mal an de Neese, Kleener« – er deutete auf die Mitte meines Gesichts, als erwarte er das tatsächlich –, »faß dir mal da an und denke nach über dir. Hier haste alles. Jesetzt nu, det wäre nich? So denkt det Ferd ooch. Oder vielmehr et denkt nich, wenn wir ooch sagen, det Denken soll man die Ferde überlassen, die haben 'nen jrößeren Kopp wie wir. Nee, ick bezweifele füglich, det diese Kracke hier, wo ick verlade, und die wir Ali nennen, seine Zeit mit Denken zubringt. Aber se fühlt. Die Kracke fühlt, vastehste? Se will wo hinjehörn. Und mit det Gila-Monster oder wie ihr die stolze Reiterin nennt, die Amazone in det jrüne Jileh, war det nich klar. Ick sage euch mit all euern Ferdevastand, mit den sich jewisse Familienmitjlieder bei euch brüsten, hättet ihr die Ferde ruiniert. Wenn, ja wenn nich eure kleene Anneli sich eines Tages in den Sattel jeworfen und eene Beziehung zu dieset mäßije Springferd Berenice uffjetakelt hätte und denn notjedrungen zu unseren Ali. Wat, Ali? Nu marschier schon.«

Ali keilte aus, er mochte nicht in den Transporter gehen. Da hielt ihm Anneli eine Mohrrübe vor die Nase, und er folgte willig.

»Saach ick's nich«, brummelte Eichelkraut. Er schlug die Klappe zu.

Als der Wagen abfuhr, sagte Anneli: »Ich glaube, fortan stelle ich Berenice im Reiterklub unter. Hier wäre sie nun alleine. Das ist nichts für sie. Eichelkraut ist gar nicht doof. Man muß wissen, wo man hingehört.« Sie sah mich an: »Und ein Pferd gehört zu anderen Pferden.«

Damit sollte ich was anfangen. Ich sah ihr nach, wie sie zum Schützenhaus hinüberstiefelte. Mit der Reitgerte klopfte sie an den Stiefelschaft.

»Die Gäste kannst du als Gesottenes an Aschinger verkaufen«, sagte Werner. Er meinte, daß es im Kinosaal, den wir entfremdeten und für die Hochzeitsfeier schmückten, heiß werden würde.

Werner brachte auch gleich seinen Vorschlag an: »Wir nehmen, was meint ihr, die vordere Wand heraus. Die Saaltüren, den halben Giebel darüber. Das Kassenhäuschen – weg damit!« Er zog mich am Ärmel vor den Saaleingang: »Die linke Hälfte bleibt sowieso stehen, weil leider die Vorführkabine Massivbau ist.«

»Zu sein hat«, sagte ich, »wegen der Brandschutzeinrichtungen. Du weißt, die Entflammbarkeit von Nitrofilm ...«

»Alter Käse«, sagte Werner. »Unsere neuen Apparate sind verkapselt, da springen keine Flämmchen raus. Wenn der Filmvorführer sich keine Zigarre ansteckt ...«

»Ja, wenn er. Vielleicht kriegt er auch eine gescheuert, und die Funken fliegen ihm aus den Augen.«

»Du mußt es wissen«, amüsierte sich Werner. »Ihr habt alle total private Erlebnisse gehabt, da oben. Denkst du, das wäre mir entgangen?«

Ich konterte: »Und die Mädels, die schief und krumm herumlaufen, weil du sie in Sternchens Hanomag vernascht hast?«

Werner hob die Hände. »Eins zu eins«, sagte er.

Das Schützenhaus glich einem Ferienlager. Anneli und ich waren ausquartiert worden, Joachim gewährte uns Obdach, seine aus der »Edda« entsprungene Odaliske blickte auf uns nieder, als seien wir Ratten, die ihren Weltenbaum benagten. »Äußerst gemütlich«, brummelte sie. Ich sagte, daß der Führer ihr weitaus stärkere Ungemütlichkeiten zumuten würde, demnächst, wenn sie mit fünf anderen Miezen im Lagerzelt pennen würde, aber da empfand sie wohl die mitverordnete Weltanschauung als erleichternden Umstand. Völlig erstarrte sie, als auch noch Lydia, Bettzeug unter dem Arm, die Treppe zum Waggon erklomm. »Eure Oma«, japste sie. »Die will unbedingt in meinem Zimmer wohnen.«

Isabella höhnte: »Gebt doch Oma und Opa den Waggon. Es kommen ja noch mehr Gäste!«

Die letzten Worte rief sie uns nach, Joachim, Anneli und ich rannten zum Schützenhaus rüber, um Oma und Opa zu begrüßen, die soeben, von Ede Kaiser abgeholt, aus Lindow eingetroffen waren.

Oma preßte uns drei an ihre Brüste, wir hatten Platz, »Ach, ihr«, sagte sie ein Dutzendmal hintereinander, immer in anderer, uns wohltuender Betonung. Opa grinste, und auf seinem einen Brillenglas funkelten Lichtreflexe. »Laß die Jugend los«, rief er. »Det sind nu keine Kinder mehr.«

Auch Onkel Rudi war mitgekommen und sein Kamerad aus der Fremdenlegion, der zur Familie Kaiser gehörte. »Nennt mich Bruno«, rief er, aber er hatte ein bißchen zu laut gerufen und mußte husten.

Gut. Bruno. Wo schlief er? Isabella hätte die Betten verteilen müssen. Doch erklärte Ede Kaiser: »Die Fremdenlegion bringe ick bei mir in der Laube unter. Das ist Husarenpflicht.«

»Eskadron – abgesessen!« kommandierte mein Vater, der auf der Verandatreppe erschienen war. Oma winkte ihm, bestand darauf, auch ihn, ihren Sohn, ihr ein und alles, an die Brust zu pressen.

Opa sagte: »Wird nich bald aufjebackt?« Er hatte Hunger. Dann küßte er Tante Deli, die sich die Hände wieder einmal an der Schürze abwischte. »Kind, wie fühlste dir?« fragte Opa.

»Bongforzionös, wie sie hier sagen.« Tante Deli senkte ihre Stimme. »Und weißt du, warum? Wir haben soeben ein Monster verjagt.«

Opa ruckelte mit der Hand an seiner Brille, aber er

sagte nichts weiter. Zufällig stand Joachim neben ihm. Die Ähnlichkeit war wirklich lächerlich.

Wem mochte ich ähneln? Unserer Mutter, die auf dem Foto oben in der Stube mit dem Geweihleuchter glasigen Auges in die Kamera sah? Ich sollte meinen Vater fragen, ob sie Anlage zu Basedow hatte oder ob ihr vom Fotografen befohlen worden war, für eine längere Belichtungszeit die Augen offenzuhalten. Ich ertappte mich bei dem Gedanken, daß wir Tante Deli zur Familie zählten, nicht erst neuerdings anläßlich dieser Hochzeit. Sie hatte tatsächlich Mutterstelle vertreten. Joachim, zwei Jahre älter als ich, mochte von Erlebnissen geprägt sein, an die er sich mehr oder weniger erinnerte. Für mich hatte unsere Mutter keine Rolle gespielt.

Wie sollte sie auch. Trotzdem berichtete ich niemandem von dieser Erkenntnis, im Bewußtsein, das wäre unschicklich gewesen. Eines Tages würde ich Anneli über ihren nichtvorhandenen Vater ausfragen und welche Perspektive sie zu dem sie betreffenden Mangel hatte.

Dachte sie über den dunklen Punkt ihrer Herkunft nach? Warf sie ihrer Mutter vor, daß sie, je nach Bedarf, einen neuen Vater erfand? Oder gab es zwischen Mutter und Tochter einen geheimen, privaten Vater, und nur die Öffentlichkeit wurde, mehr oder weniger absichtlich, im unklaren gelassen?

Oder war Anneli das alles schnurzpiepegal?

Der festliche Tag nahte heran, Walter Pommrehnke, zum zweitenmal in seinem Leben Bräutigam, gab seine Bettenburg auf. In diesen Tagen sah man den einen oder anderen mit seinem Bettzeug unter dem Arm durch Gänge oder, wie Lydia und Anneli und mich, sogar über die Wiese ziehen.

Mein Vater zog mit seinem Bett über den Gang, in

Tante Delis Zimmer. Mochte er. Gleich waren sie ja verheiratet. Dann durfte er sich legal in Wort und Tat auf das Marmorpalais beziehen. Opa richtete sich in Vaters Zimmer ein, unsere Zimmer waren an Verwandte vergeben, die wir nur vom Hörensagen kannten. Eines Morgens war Tante Delis Cousine mit ihrem Mann erschienen, der Mann war Radiosprecher und sie ein elegantes älteres Mädchen, die in einer Art Strandhose einherlief und lange Ketten aus dunklen Steinen trug, die bei jeder Bewegung rasselten. Das Paar wünschte mit Arthur und Lorchen angesprochen zu werden, was wir bereitwilligst taten, obwohl Sternchen Siegel meinte, Lorchen hießen nur Papageien und Wellensittiche. Arthur hatte eine schöne, geschulte Stimme. Dieser Stimme verdankte er seinen Job.

Stammgäste, Sommergäste, längst vergessene Freunde, aus dem Nichts auftauchende Familienangehörige vermengten sich zu einer Menschenschar, die, ihre Mitglieder zuweilen austauschend, jedoch in immer gleicher Personenzahl vorhanden, durchs Haus treppauf, treppab zogen, Getränke verlangten, sie bezahlten oder nicht bezahlten, sich zu schnellen oder lange dauernden Mahlzeiten niederließen. Tische standen auf der Veranda, im Wirtsgarten, vor dem Saal, dessen halbe Stirnwand niedergefallen war. Sternchen Siegel und Robinson Krause trieben eine Schar von Hilfskellnern an. Die Schützengilde marschierte ein und knatterte schneidige Übungssalven.

Wem galt das alles? Diesen beiden, uns vertrauten Menschen, meinem Vater und Tante Deli, die mehr als jeder Hilfskellner in die Bedürfnisse des Sommerbetriebs verwickelt waren? Die Gäste, die hier herauskamen, wollten die Natur genießen, ihr Eisbein verzehren. An normalen Sonntagen waren das zwei-, dreihundert Leute. Diesmal ging es zu wie beim Schützenfest. Menschen in bunten Kleidern wallten über die Wiese.

Sonnabend morgen, Zeit fürs Standesamt. Opa hatte ins Bett gepinkelt. Sein Laken hing zum Trocknen übers Treppengeländer. Er war dennoch guter Laune. »Det junge Paar!« rief er ein ums andere Mal, bis ihm Oma befahl, er solle die Klappe halten und »lieber noch mal aufs Klo gehen, bevor wir abfahren«.

Musik erklang, die Kapelle der Schützengilde marschierte an. Vor dem Schützenhaus nahm sie Aufstellung. Der Badenweiler Marsch ertönte. Das Brautpaar stand auf der Verandatreppe, die Säulen waren mit Girlanden aus frischem Grün geschmückt. Unser Vater trampelte mit einem Fuß den Takt mit. Dann trat er Tante Deli auf den Rocksaum. Als der Marsch zu Ende war, stand sie auf einem Stuhl, und Oma steckte ihr den Saum hoch. Anneli hielt solange das Blumenbukett.

Jetzt stoben sechs Reiter in roten Röcken heran, der Reiterverein erwies seine Referenz. Dies waren, vorgeschickt, die Hornbläser. Sie stellten sich in einer Reihe auf und bliesen Hornsignale. Alles war sehr schön, manchem Zuschauer blinkten Tränen in den Augen. Die Gäste, die zu dieser Stunde im Garten ihren Frühschoppen tranken, sprangen auf und klatschten.

Hinter den Reitern bogen Kutschen in den Hof ein, in diesen Kutschen, alles offene Landauer, sollte zum Standesamt gefahren werden. Dann rüttelte Ede Kaisers Chevrolet vors Haus. Aus dem Chevrolet stiegen sechs Regimentskameraden. Einschließlich Ede Kaiser trugen sie Husarenuniform. Die Felduniform, graue Röcke mit Verschnürung, graue Pelzmützen.

Papa Warnicke befand sich unter ihnen. Die Sechs nahmen vor der Treppe Haltung an, grüßten. Auch mein Vater legte die Hand zum Gruß an den Rand des schwarzen Gocks, den er zu seinem Gehrock trug.

Der Geruch von Kampfer breitete sich aus, die Uniformen hatten lange in der Mottenkiste gelegen. Papa Warnicke meldete: »Sechs Husaren der Leibschwadron angetreten!«

»Danke«, sagte mein Vater. Knapp und militärisch.

Tante Deli murmelte: »Ein reizender Einfall.«

»Neunzehntes Jahrhundert!« sagte Joachim.

»Fehlt dir Hannemanns SA-Sturm?« konterte ich.

Inzwischen bliesen die Jagdreiter: »Das ist der erste Streich – das ist die Leib ...« Weckruf der Husaren, jeder von uns kannte die Melodie, singend hatte sie unser Vater uns vermittelt, als wir klein waren. Zeit zum Aufstehen.

Das Brautpaar nahm in der ersten Kutsche Platz, privilegierte Gäste drängten in die anderen Gefährte. Joachim und seine Odaliske fuhren auf Fahrrädern. Sie trug, als einzige, die Uniform der neuen Zeit: weiße BDM-Bluse, blauen Rock. Isabellas Zöpfe lagen fest und schwer auf ihrem Rücken wie die Raupenketten von Kürassierhelmen.

Die Kolonne bog auf die Chaussee zur Stadt ein. Die Schützen intonierten von neuem einen Marsch. Ich fuhr mit Sternchen Siegel im Hanomag. Wir bildeten den Schluß der Kolonne.

Das Jawort wurde gegeben, Ringe wurden getauscht, Großmutter weinte kugelrunde Tränen, und Großvater suchte im Rathaus das Klo. Dann zappelte sich ein Fotograf ab bei dem Versuch, die verschiedensten Gruppen, mit oder ohne Brautpaar, zu Fuß, zu Pferd oder in Kutschen auf die Platte zu bannen. Die Husaren zogen Flachmänner aus den Taschen und tranken dem Brautpaar zu. Tante Delis Blumenstrauß welkte in der Hitze. Nur ein paar weiße Gladiolen blieben in Form. Das bemerkte ich damals nicht, doch besitze ich eins der Fotos. Auf dem Foto ist deutlich zu sehen, daß die übrigen Blumen welk herabhängen. Nur die Gladiolen leuchten unverdorben.

Anneli erhielt einen Sonderapplaus. Sie ritt im Damensattel auf Berenice vors Rathaus, langer, grauer Rock, schwarzes, tailliertes Jäckchen, Zylinder. Der Zylinder war ihr ein bißchen groß, aber das machte nichts, Annelis Abstehohren hielten ihn. Berenices Zaumzeug war mit Margeriten geschmückt, daran erinnere ich mich, auch ohne Foto.

Beugt sich Anneli über meine Schulter und bestätigt, daß die Erinnerung mich nicht trügt?

Die Tafel war im Kinosaal gedeckt, feinster Damast aus Omas Beständen, Blumen- und Myrtenschmuck. Fast hundert Geladene. Eine große Hochzeit. Außer den bekannten und bisher nicht bekannten Familienmitgliedern und Freunden wie L.-L. mit der in ein knappes Goldlamékleid gepreßten Kitty entdeckte ich die Gruppe der Husaren. Wilfried mit Kumpeln und blassen, heiteren Mädchen, der Schützenkönig, Bierfahrer Hubert mit Frau und Sohn Hannemann – dieser in Zivil –, Portier Radke, der wütend Zigaretten paffende Fremdenlegionärs-Onkel, unser Polier – kurzum, alle, alle gaben dem Brautpaar die Ehre.

Leberecht Lehmann klopfte ans Glas, solange es noch Zeit war, denn in der Hitze sprachen die Gäste den Getränken eifrig zu.

»Liebes Brautpaar, liebe Freunde«, rief Lehmann, und Werner intonierte auf der Kinoorgel einen Tusch, »liebe Freunde. Der Anlaß, der uns hier vereint, ist ein erfreulicher. Jahrelang profitierten wir von dem Charme und der Großzügigkeit unserer Schützenhaus-Wirte. Heute können wir sie als Wirtspaar bezeichnen. Mögen uns noch viele Jahre vergönnt sein, in den Etablissements des Ehepaars Pommrehnke, als Kinogäste in diesem Saal, in dem wir feiern, wo sich die neue Epoche des

Tonfilms vorbereitet, dank unseres lieben Joachim und seiner Freunde, zu denen ich mich, jawohl, mit meiner lieben Kitty hier rechnen darf.«

Bravorufe, Klatschen. Werner legte auf der Orgel den fünften Gang ein, das heißt, er zog alle Register, die ersten Takte von Mendelssohns Hochzeitsmarsch ertönten. In die folgende Stille hinein sagte L.-L.: »Ich danke. Wir alle danken. Und wünschen Glück.«

Er ging um den Tisch herum und küßte die Braut. Alle riefen »Prost!«. Und Werner hieb wieder auf die Orgel ein.

Sommergäste mischten sich unter die Hochzeitsgäste, die Lohnkellner flitzten. Später fuhr ein Wagen der Brauerei Schultheiß Patzenhofer vor, von sechs Rössern gezogen. Huberts Kollegen luden Bierfässer ab und rollten sie in den Saal. Ein Geschenk der Brauerei. Freibier für alle! Wilfried und seine Clique besetzten die Kegelbahn. Lieschen Radke lag, im lila Kleid, auf der Pritsche vom Schießstand und ballerte, zur Freude der Gilde-Schützen, eine Serie herunter. Die Scheiben zeigte sie uns. Schönicke sagte: »Im nächsten Jahr werden wir keinen Schützenkönig, sondern eine Schützenkönigin bekommen.«

Werner nannte Lieschen »das Schulschiff«, er meinte, wir alle hätten auf diesem Schulschiff gelernt, wie man einen Knoten spleißt.

Der Nachmittag senkte sich auf die Festgesellschaft hernieder. Erste Schnapsleichen lagen am Waldrand, von gnädigen Samariterinnen in buntleuchtenden Kleidern betreut. Ein Storchenpaar flog gemächlich über den Festplatz. Trotz des fortgeschrittenen Alters unseres Brautpaares wurde das als Orakel angesehen. »Werdet sehen, Pommrehnkes bekommen noch was Kleines.«

Es stellte sich später heraus, daß die Störche anderswohin bestellt waren. Aber daran erinnerte sich keiner mehr.

Als die Dämmerung hereinbrach, entfachte Sternchen auf der Festwiese ein Feuer. Im Schein der Flammen stellte Isabella sich mit einigen Mädchen aus ihrer Schar auf. Alle trugen weiße Blusen mit dem Hakenkreuz-Nappo vorne drauf. Die Mädchen sangen:

»Flamme empor!
Steige mit loderndem Scheine
von den Gebirgen am Rheine
glühend empor!

Heilige Glut!
Rufe die Jugend zusammen,
daß bei den lodernden Flammen
wachse der Mut.«

Das Lied stammt von achtzehnhundertvierzehn. Die Mädels wurden von Isabella in den grünen Waggon geführt und bekamen Würstchen mit Kartoffelsalat.

Die Gesellschaft an der Tafel wechselte, Verwüstung allenthalben, gegen die Robinson und seine Lohnkellner ankämpften. Jetzt wurde wiederum aufgetragen. Das Brautpaar hielt aus, umrundet von den sechs Husaren, denen der Schweiß unter den Pelzmützen hervorrann. Aber sie weigerten sich, Vaters Vorschlag zur »Marscherleichterung« anzunehmen.

»Weißt du noch«, raunten sie unter ihren Mützen. Papa Warnicke schilderte den Kampf um Schloß Hollebeke in Belgien: »Den englischen Maschinengewehrschützen haben wir mit der Lanze an die Wand genagelt. Wer war das? Zugführer Winkler? Ach, man vergißt einiges. Die Engländer schossen mit Revolvern. Sie hatten Eisenschilde in den Händen, das wiederum habe ich nicht vergessen. Wie im Mittelalter. Neben mir im Granatloch saß ein Ziethenhusar, der hatte einen Schuß durch den Fuß. Mein schöner Stiebel, rief er immerzu. An seinen Fuß dachte er nicht.«

»Ist wahr«, sagte ein anderer Husar, »der Fuß heilt zu, der Stiebel nicht.«

Auf diese Erkenntnis mußten sie eine Lage trinken. Ede Kaiser sagte, vor diesem verdammten Schloß habe Regimentskamerad Senftepuhl, genannt die Tolle Nummer, einen Kopfschuß bekommen. »Ach, watt, Koppschuß«, schrie Warnicke. »Die Kugel hat ihm 'nen anständijen Scheitel jezogen. Aber er hat's überlebt. Später konnte Senftepuhl seinen Finger in die Narbe legen, und denn hat er immer zitiert: ›Durch diese hohle Jasse muß er kommen!‹«

Opa hielt ebenso eisern aus, davon abgesehen, daß er alle Viertelstunde einen Ausflug aufs Kinoklo machte. Glücklicherweise lag das in seiner Nähe. »Die Kavallerie – halb Mensch, halb Vieh, zu Pferd gesetzte Infantrie«, schrie Opa. »Wer spricht von der Marine? Ick sage nur: Skagerrak!«

»Opa«, sagte Tante Deli, »die Geschichten kennen wir alle aus Lindow!«

»Hat sich wat!« dröhnte Opa. »Hab' ich euch erzählt, wie wir mit unserer Artillerie . . .«

»Haste, Opa.«

»Wie die Torpedoboote unsere ›Lützow‹ einjenebelt haben?«

»Haste.«

»Zum Donnerwetter«, sagte Opa und warf sich im Stuhl zurück. Der Stuhl fiel um. Die Husaren sprangen hinzu und setzten Opa wieder auf. Sie kehrten nach Schloß Hollebeke zurück. Nach einer Weile rief Opa: »Wißt ihr, daß Admiral Hipper auf das Torpedoboot G 39 umgestiegen ist? Mitten in der Schlacht?«

»Wirf Anker, Opa.«

»Geh an die Boje.«

»Zum Donnerwetter«, rief Opa. Und fiel hintenüber. Die Husaren richteten ihn auf.

»Ick suche da unten wat«, brummelte Opa. Dann rief er Werner zu: »Jetzt singen wir die Pferdeknechte an die Wand. Melk die Orgel!«

Opa stellte sich hin, er mußte sich an der Tischkante festhalten. Werner war wirklich an die Orgel gegangen, sah zu Opa hinüber. Opa begann:

»Das ist die Liebe der Matrosen –
auf die Dauer, lieber Schatz,
ist mein Herz kein Ankerplatz.
Es blühn in jedem Hafen Rosen,
und für jede gibt es tausendfach Ersatz.«

Werner untermalte Opas Gesang mit leisen Orgeltönen. Für Überraschung sorgten die Husaren, die aufstanden und in den Refrain dieses Liedes von der Konkurrenz einfielen:

»Man kann so schön im Hafen schlafen,
doch heißt es bald auf Wiedersehn!
Das ist die Liebe der Matrosen –
es geht fort und an Bord –
ahoi, Herr Kapitän!«

Sie sangen es dreistimmig, als hätten sie es vorher einstudiert, und die Zuhörer machten gerührte Gesichter. Joachim sagte: »›Bomben auf Monte Carlo‹. Mit Hans Albers. Auch diesen Tonfilm werden wir vorführen. Hier in diesem Saal.«

Nur Anneli und ich hörten Joachims stolze Worte. Wiederum spielte Werner auf der Orgel einen Tusch. Im Saal flammten Lampions auf, Joachim hatte Glühbirnen-Lichterketten installiert, über die Glühbirnen hatten wir Lampions gestülpt. Wir sahen in den Park. Um das Feuer flammten Fackeln auf, bildeten eine Lichtergasse. Die Zuschauer wichen beiseite. Im Eingang nahm die Kapelle der Schützengilde Aufstellung.

Der Hohenfriedberger Marsch ertönte. Wir sahen im Licht der Fackeln einen Schimmel tänzeln. Auf dem Schimmel saß eine gekrümmte Gestalt, den Dreispitz auf dem Kopf.

»Der Alte Fritz!« riefen die Leute.

Aber bald wurden ihre Rufe von anderen übertönt, die riefen: »Otto Gebühr!«

Er war es. Leberecht Lehmann verdankte das Brautpaar diese Überraschung. L.-L. hatte es möglich gemacht. Der Alte Fritz ritt auf seinem Schimmel in den Festsaal. Vor dem Brautpaar stieg er ab, warf den Zügel einem Pagen in rotschimmerndem Wams und mit Zopfperücke zu. Dieser Page war, wir sahen es mit Erstaunen, Anneli.

Der Alte Fritz nahm den Dreispitz ab und begrüßte das Brautpaar, die Braut mit Handkuß, den Bräutigam mit Händedruck und Schulterschlag. Die sechs Husaren hatten Haltung angenommen und standen, die Hände an den Mützen. Otto Gebühr winkte gnädig, die Husaren nahmen wieder Platz.

Lehmann hatte an alles gedacht. Sechs Lohnkellner servierten in Grenadieruniform, mit hohen Blechmützen, lange Kerls. Die Schützen spielten Marschmusik, gedämpft, wie es dem Anlaß entsprach. Der König speiste mit dem Brautpaar. Noch vor dem Dessert erhob er sich, schritt zu seiner Kutsche, die draußen wartete. Die Musikkapelle verfiel noch einmal dem Hohenfriedberger.

Otto Gebühr drehte gerade »Das Flötenkonzert von Sanssouci«. Alle Uniformen stammten aus dem Fundus von Ufa-Babelsberg. Opa muffelte: »Dieses Fest hat die Kavallerie fest in der Hand.« Oma beugte sich zu ihm und sagte zärtlich: »Du oller Döskopp.«

15

Warum läßt du uns, Herr, abirren von deinen Wegen und unser Herz verstocken, daß wir dich nicht fürchten?« Der Spruch stand auf einem Kalenderblatt. Ich hatte es auf Omas Nachttisch gefunden, am Tag nach ihrer Abreise, und in meine Brieftasche gelegt.

Hatte sie es zufällig liegenlassen? Oder in der Hoffnung, daß es einer von uns findet, wie es ja auch geschehen war? Und daß er den Spruch allen anderen Mitgliedern dieser Familie zeigt, die man, von Omas Standpunkt aus gesehen, als gottlos bezeichnen mußte. Oma war eine fromme Frau.

Vielleicht hatte sie aber auch gezielt die Hoffnung, daß Tante Deli den Spruch fand, die frischgebackene Ehefrau, wie Oma sie genannt hatte. Denn Tante Deli hatte Oma die nichtstattfindende kirchliche Trauung mit ihrer von dem Kohlrabiapostel vermittelten Weltanschauung erklären wollen. Dies sei nun eine anerkannte neue Religion, ihre Anhänger nannten sich deutschgottgläubig. Großmutter hatte gemeint, da solle der Erzengel Gabriel mit dem Teufel zusammen zwischenfahren, für einen Engel allein sei das nicht mehr zu schaffen.

Hatte Oma also beabsichtigt, der Braut und neuen Ehefrau eine Mahnung mit auf den Weg zu geben, so war ihre Absicht vereitelt: Das Blatt ruhte in meiner Brieftasche.

Gleich nach der Hochzeit reiste ich mit Wuttke an die

Kurische Nehrung. Ein Segelflug-Wettbewerb fand dort statt. Wuttke interessierte sich besonders dafür, weil der bekannte Pilot Wolf Hirth ein völlig neues, nach brandneuen aerodynamischen Erkenntnissen konstruiertes Segelflugmodell vorführen würde. Ich war nun Flugmodellbauer mit Abschlußprüfung, der Beruf war ziemlich neu, einen Teil der Prüfung absolvierte ich vor einer aus drei Ingenieuren bestehenden Kommission des Dampfkessel-Überwachungsvereins.

Es war meine bisher längste Reise. Der Zug fuhr durch eine sommerliche Landschaft, die mich an unsere Fahrten nach Lindow erinnerte. Weithin breiteten sich goldene Kornfelder. Einmal zog dunkelblau eine Gewitterwand auf, während das Licht der Sonne noch voll auf den Felsen lag. Ich fand das schön. Wuttke erklärte mir die Thermikverhältnisse angesichts dieser Wetterlage.

Wir blieben bis Ende September auf der Nehrung. Anneli schrieb, sie habe die Reitlehrerprüfung bestanden und gehe für drei Monate nach Krampnitz, um die Fahrprüfung abzulegen. Berenice sei im Gut eingestellt, beim Reiterverein. Das Tonfilm-Kino sei eröffnet worden, mit »Die drei von der Tankstelle«. Der erste Film, in dem Heinz Rühmann mitspielte. »Ein Bombenerfolg«, schrieb Anneli. »Und alles funktioniert, sogar die Lautsprecher.«

Ich absolvierte meine ersten Flugstunden am Knüppel eines Segelflugzeugs, einer Schulmaschine »Grunau 9«. Wuttke wollte, daß ich im folgenden Jahr die erste Prüfung machte. Es sei gut fürs Geschäft, meinte er. Denn er merkte, daß ich der geborene Pilot nicht war. Zwar begriff ich schnell, wußte sofort mit Luftströmungen und Aufwinden umzugehen. Aber das große, befreiende Gefühl, auf das ich gehofft hatte, immer noch Gunther Plüschows Worte im Gedächtnis, dieses Gefühl stellte sich nicht ein. Glitt ich wirklich einem Vogel gleich über den Sanddünen der Nehrung dahin?

Ich fand, daß ich in einem sperrigen, starren Kasten saß, an dem knatternd der Wind zauste, war unfähig, mich anders als durch technische Hilfe und Tricks vom Boden zu lösen. Von vogelgleich keine Spur. Es tröstete mich nicht, wenn ich zusah, wie die Störche auffliegen. Sogar wenn man auf sie zukommt und sie einen bemerken, wenn man mit dem Wind kommt, laufen sie einem entgegen. Sie starten wie Flugzeuge gegen den Wind. Nur so bekommen sie genügend Luft unter die Flügel, für ihre schweren Körper.

Aber dann. Dann schwingen sie sich in die Lüfte, starten zu ihren Langstreckenflügen, die sie von Ostpreußen bis nach Afrika führen. Einem Fischer von der Kurischen Nehrung und einem Nilbauern aus der Gegend von Assuan sind die Vögel gleichermaßen bekannt.

Und wir? Mühsam schrauben wir uns in die Luft, mit ungefügen Apparaten, unbeweglichen Schwingen. Sofort, im Gleitflug, erreichen wir wieder die Erde.

Hirth, mit seiner neuen Konstruktion »Fafnir II«, flog zwar einen Rekord. Aber »zum Himmel aufschwingen« konnte er sich auch nicht.

Über die gegen den Wind startenden Störche hatte ich bei Lilienthal gelesen. Auch ihm war das nicht entgangen. Er hielt sich Störche in Gefangenschaft, entwikkelte nach den Beobachtungen, die er an ihnen machte, neue Flügelprofile. Für Lilienthal stand fest, daß der Mensch eines Tages mit beweglichen Schwingen fliegen würde. Es gab Nachfolger. Aber bis heute hat sich der vogelgleiche Flug nicht durchgesetzt. Unsere Flugzeuge funktionieren nach dem Prinzip der Fische.

Damals, an der Nehrung, wenn es Abend wurde und die Lagerfeuer aufflammten, sprach ich mit Wuttke über die Störche. Er kannte Lilienthals Experimente, wie ich. Doch er dachte praktisch. »Hauptsache, wir sehen ihnen ab, was nützlich ist«, sagte er. »Gegen den Wind kommen auch wir in die Luft.«

Trotz dieser Tage an der Nehrung, den Bildern, die sich mir boten, als ich am Knüppel des Segelflugzeugs saß, war ich nicht unglücklich, als ich meine Werkstatt bei Flug-Wuttke wieder betrat. Ich nahm meinen Kittel vom Haken und machte mich an die Arbeit. Neue Aufträge verlangten Überstunden. Wir entwickelten eine Serie von Modellen nach ausländischen Flugzeugtypen für die Reichswehr. Ein neues Unterrichtsfach in der Flugabwehr hießt dort Flugzeugerkennungsdienst. Die Alliierten hatten Deutschland wieder eine beschränkte Flugabwehr zugestanden.

Heiligabend. Tante Deli stand auf der Trittleiter und putzte den Weihnachtsbaum. »Zum ersten Mal sind wir eine Familie«, sagte sie, Hoffnung in den Augen. Noch war nicht sicher, ob Joachim aus dem grünen Waggon herüberkommen würde. Er fühle sich, hatte er mir gebeichtet, unfähig, all diesem Familienglück seine Poren zu öffnen.

Er sagte wirklich »Poren zu öffnen«, noch immer griff er manchmal im Wort zu hoch oder mindestens daneben, wie ich das aus unserer Kinder- und Jünglingszeit gewöhnt war. »Außerdem plagt mich Isabella«, sagte Joachim. »Sie ist auf Julklapp aus.«

»Damit hat Anneli Erfahrung«, scherzte ich. »Vielleicht gewinnen wir einen neuen Arsch mit Ohren.«

Ich fragte Joachim, die Stunde war günstig, was er an Isabella finde. Warum er sich nicht von ihr trenne?

»Wieso trennen?« murmelte Joachim. »Es ist alles gleich.«

Ich insistierte: »Wieso alles gleich?«

Joachim zeigte nach oben, wo die Treppe in den ersten Stock mündete. »Da oben«, sagte er, »kannst du den Grund sehen. Sie auf dem Foto steckt mir verquer im System. Unsere Mutter.«

Ich setzte zu einer Erwiderung an, aber er schnitt mir das Wort mit einer Handbewegung ab: »Alle sagen, ich war winzig, als sie starb. Alle sagen, ich kann mich nicht erinnern. Vielleicht stimmt das, vielleicht nicht. Wieweit kann sich der Mensch zurückerinnern? Gibt es vielleicht sogar eine unbewußte Erinnerung? Es ist nicht so, daß sie mir, wie sagt man, vorschwebt. Mir ist, als sei das Leben zwischen ihr und mir nicht zu Ende gelebt. Und jedes Mädchen, das kommt, kriegt das zu spüren. Verstehst du nun?«

»Kein weihnachtliches Thema«, sagte ich.

Er nickte. »Vielleicht komme ich, vielleicht nicht.«

Er kam, mit Isabella. Sie trug Zivil, Rock und Pullover. Nicht sehr feierlich. Doch war das nicht wichtig. Zu den Prinzipien, die mein Vater eingeführt hatte, als er das Schützenhaus übernahm, gehörte, daß an Feiertagen geöffnet war. So fand unser sogenanntes Familienweihnachten im Kreis einiger Gäste statt, die in der Gaststube strandeten und sich langsam vollaufen ließen. Pommrehnke spendierte ihnen freie Mahlzeiten, Werner, der wie jedes Jahr mit uns feierte, spielte Wehmütiges auf dem Schifferklavier. Schließlich schwankten sie davon.

In der Nacht schneite es. Am Morgen fiel weißes Licht durch die Fenster. Anneli war nirgends zu finden.

Eine Stunde später fuhr sie mit einem Pferdeschlitten vor, sie hatte Berenice eingespannt. Uns war neu, daß Berenice auch in der Deichsel ging. Anneli lud uns zu einer Schlittenpartie ein. Außer mir zeigte niemand Lust. Anneli sah aus, als wirke sie in einem in Rußland spielenden Film mit. Pelzmütze, Muff, eine dreiviertellange Jacke aus einem Fell, das ich nicht kannte. Ich warf mir einen Schafspelz über, den unser Vater im Ersten Weltkrieg aus Mazedonien mitgebracht hatte. Ein paar Motten flatterten auf.

Wir fuhren auf verschneiten Wegen in den Wald. Es war kalt. Auf Umwegen gelangten wir, nach mehreren Stunden, an jenes Forsthaus, in dem sich Walter Pommrehnkes Idylle mit Gila-Monster abgespielt hatte. Anneli hielt an. Berenice dampfte.

»Das Pferd braucht eine Pause«, sagte Anneli.

Ich deutete auf das Forsthaus: »Hier?«

»Warum nicht?« Anneli blickte mir in die Augen. »Ich möchte wissen, wie die Zimmer sind. Und ich möchte sie ausprobieren. Mit dir.«

»Vielleicht ist geschlossen«, murmelte ich. Aber da kam ein Groom und spannte das Pferd aus, um es in den Stall zu führen. Anneli sprang aus dem Schlitten und lief die Stufen zur Tür des Forsthauses hinauf. Ich folgte ihr.

Im Januar darauf kam Hitler an die Macht. Mein Vater kaufte einen neuen Radioapparat mit magischem Auge. Der Batterieapparat sah allerdings schäbig aus. Lydia staunte: »Herr Pommrehnke, daß Sie sich dazu entschlossen haben. Jetzt werden wir die Hitlerreden viel besser empfangen können.«

Mein Vater knurrte und drehte an den Knöpfen. »Deine historischen Bedürfnisse kannst du auf deinem Zimmer absolvieren, Lydia. Weißt du was? Ich schenk' dir den alten Apparat.«

Lydia knickste. Sie klemmte sich den Lautsprecher unter den Arm und verschwand nach oben.

Die neue Zeit zog gemächlich ins Schützenhaus ein. Erste Zeichen: Radke trug jetzt offen seinen Parteibonbon am Revers. Isabella sammelte für den Verein der

Auslandsdeutschen. Sie verkaufte uns blaue Kerzen. Tante Deli garnierte die Kerzen mit Schleifen. Sie nahm dazu Bänder, die sie von Weihnachtspaketen abgewikkelt hatte, die Oma und Opa uns schickten. Die Kerzen wurden auf die Gastzimmertische gestellt. Hin und wieder zündete ein Gast eine an oder schlug Robinson Krause vor, er möge sie anstecken.

Hannemann erschien manchmal, nicht zu oft, in Uniform. Stets legte er seine Mütze vor sich auf den Tisch. Jetzt blieb sie da liegen. Niemand stellte Hannemann den Arsch mit Ohren mehr hin.

Es ging schon auf Ostern zu, als Joachim mit einem »Film-Kurier« in der Hand erschien. »Sie fangen an«, sagte er.

Es ging um den Reichsverband der Lichtspieltheater:

Die Umwandlung des Reichsverbandes nach dem Willen der Mehrheit der im Reichsverband vertretenen Verbände hat sich in den gestrigen Abendstunden vollzogen. Was in der letzten Delegiertensitzung vom 9. Februar noch nicht erreicht werden konnte, ist gestern der Leitung der Notgemeinschaft in legaler, fairer Form und, wie betont werden muß, nach eingehender Agitation und in völliger Übereinstimmung mit allen maßgebenden Unterverbandskreisen geglückt; Adolf Engl übernahm die kommissarische Leitung des Reichsverbandes, nachdem der alte Vorstand, in letzter Stunde die Zeichen der Zeit richtig deutend, geschlossen zurücktrat und in würdiger Form die Geschäfte an Engl übergab.

»Und?« fragte mein Vater. »Ein alltäglicher Vorgang. Ein neuer Verbandsleiter. Was ist dabei?«

Joachim knallte die Zeitschrift auf den Tisch. »Ja, merkst du nichts?« rief er. »Merkt ihr alle nichts? Jetzt sitzen Nationalsozialisten in der Verbandsspitze.«

»Davon steht nichts in dem Artikel.« Mein Vater schüttelte den Kopf.

»Es ist aber so«, sagte Joachim. »Sie werden uns in alles und jedes hineinreden. Die bisherige Filmzensur wird uns wie das Zuckerschlecken vorkommen. Sie werden alles in einen Topf werfen. Die Produktion weltanschaulich steuern. Wir werden nur noch Filme spielen, die Goebbels und Konsorten passen, solange die an der Macht sind. Und das wird eine Weile dauern.«

»Versündige dich nicht«, rief Tante Deli. »Und halte lieber den Mund. Du wirst das nicht ändern.«

Werner sagte: »Neuerdings kommt man für so was nach Oranienburg.«

Sternchen saß dabei und sagte nichts. Er sah uns reihum an, immer wieder.

Joachim raffte die Zeitschrift vom Tisch. »Verlorene Zeit, wenn ihr alle glaubt, daß die uns nicht in die Mangel nehmen.«

»Es ist doch Demokratie«, sagte mein Vater.

»Bist du vernagelt? Oder verkalkt?« sagte Joachim. »Geh zu deinem ollen Wilhelm zwei nach Doorn. Holzhacken. Vielleicht braucht er bald wieder einen Leibhusar. Merkt ihr denn nicht, daß es mit der Demokratie vorbei ist?«

»Halt dich zurück«, ermahnte Tante Deli.

Aber Joachim war in Fahrt wie nie zuvor. »Ihr werdet es nicht begreifen«, sagte er. »Stolz weht die Fahne Schwarz-Weiß-Rot, wie? Ihr werdet euer blaues Wunder erleben. Oder vielmehr euer braunes Wunder.«

Von diesem Tag an ging es Schlag auf Schlag. Goebbels hielt auf dem Ufa-Gelände in Babelsberg eine Rede vor Mitgliedern der Nationalsozialistischen Betriebszellen-Organisation. In seiner Eigenschaft als Reichsminister für Volksaufklärung und Propaganda führte er aus:

Ihm seien Nachrichten von Miesmacherei und Pessimismus aus dem deutschen Filmwesen bekannt geworden. Er betone, daß er der allerletzte sei, der den deutschen Film sterben lassen wolle. Bisher allerdings habe der deutsche Film seine tiefste Aufgabe nicht erfüllt, nämlich die Aufgabe einer jeden Kunst: Vorkämpfer nationaler Kultur zu sein. Er habe in unwürdiger Weise Schuhputzerdienste geleistet, sei allen Erscheinungen nachgehinkt. Das werde jetzt anders. Auch im Film sei Gleichschaltung Voraussetzung.

»Da habt ihr's«, rief Joachim. »Gleichschaltung. Wißt ihr, was das heißt? Nur noch Themen, die denen in den Kram passen. Seht euch die Wochenschauen an, die wir bekommen. Heil-Rufe, SA-Aufmärsche. Meint ihr, die Filme von denen werden anders aussehen?«

»Er sagt aber doch, die Filmkunst liege ihm am Herzen«, warf Vater ein. Doch Joachim hörte nicht hin. »Allenfalls drehen sie seichtes Volksverdummungszeug. Das wird ihnen einfallen zum Thema Filmkunst.«

Die ersten von vielen folgenden Aussprachen, immer über dasselbe Thema. Tante Deli wollte Joachim bremsen, sie deutete auf Lydia, die mit ihrem Wischlappen unter den Tischen herumkroch, und meinte Hannemann.

Manchmal waren Gäste anwesend. Aber Joachim scherte sich nicht darum. Er wurde laut und heftig.

An den Spitzen wechselten die Männer. Engl flog, seinen Nachfolger bezeichnete das »Film-Journal« als zielbewußten politischen Leiter der nationalsozialistischen Lichtspieltheaterbesitzer. Joachim schäumte: »In so einem Verein sind wir Mitglied.«

Vater dämpfte: »Wir sind nicht gefragt worden. Und du kannst kein Kino betreiben, wenn du nicht in diesem Verband bist.«

»Wohl, wohl«, sagte Joachim. »Vielleicht trittst du in die Partei ein, damit wir ungeschoren bleiben.«

»Wieso du nicht?« fragte mein Vater.

»Mir paßt der Kram nicht«, sagte Joachim.
»Siehste. Mir auch nicht«, sagte mein Vater.

»Warum läßt du uns, Herr, abirren von deinen Wegen und unser Herz verstocken, daß wir dich nicht fürchten?« Omas Kalenderblatt. Einmal, es war lange nach unserem Ausflug ins Forsthaus, holte ich es vor und zeigte es Anneli.

»Großmutter hat das liegengelassen?« staunte sie. »Meinst du, sie ist fromm?«

»Ich glaube, ja.«

»Eigentlich wissen wir nicht, was das ist, fromm. Heutzutage ist niemand mehr fromm.«

»Bedauerst du es?«

»Ich denke schon. Doch, ich glaube, ich bedauere es.«

»Bedauerst du sonst nichts?«

Sie lachte mich an. »Mit dir werde ich noch mal Schlitten fahren.«

Das alte Radio hatte noch die Sendungen nach dem Reichstagsbrand übertragen. Hätte mein Vater nicht bereits damals, Ende Februar, merken müssen, was sich anbahnte? Später sagte er, daß er Hindenburg vertraut habe, dem Feldherrn aus dem Weltkrieg, Sieger von Tannenberg. Wenn Hindenburg als Reichspräsident Hitler zum Kanzler ernannt habe, so hätte das in Ordnung sein müssen. Zudem: Er sei Mitbesitzer der Schützenhaus-Lichtspiele, habe gesehen, wie Hugenberg die Ufa sanierte, schließlich, im Januar dreiunddreißig, als Wirtschaftsminister in Hitlers Kabinett eingetreten sei. Alles habe seine Ordnung gehabt.

Wie im Kasernenhof der Leibgarde-Husaren, dachte ich. Aber ich sagte es nicht. Für die Generation unseres Vaters stürzte die Welt ein. Demokratie hatte ihnen niemand beigebracht. Nun war es zu spät. Joachim meinte: »Es würde mich nicht wundern, wenn dieser oder jener von den alten Husaren Nazi wird. Da wird befohlen, das verstehen sie.«

»Du meinst unseren Vater?«

»Der nicht. Ede Kaiser nicht und Papa Warnicke nicht. Die sind von der ganz alten Garde. Halsstarrig. Da muß schon der Kaiser selbst kommen. Oder mindestens der Kronprinz.«

»Anneli kann ihn fragen. Der reitet auf dem Gut.«

Noch scherzten wir. Übersahen, wie Sternchen Siegel, der doch unser Freund war, sich mehr und mehr absonderte. Er blieb lieber draußen bei den nun leeren Ställen und der Kegelbahn. Wenn es etwas zu besprechen gab, suchte er Joachim im grünen Waggon auf. Joachim schickte dann seine Freundin Isabella raus. Sie pfiff dem Hund und spielte mit ihm auf der Wiese. So hatte, spottete Werner, wenigstens der Hund etwas davon.

Werner brachte manchmal seine Freundin mit, die erste feste in seinem Leben. Sie hieß Margot, und er nannte sie, auch in ihrer Gegenwart, den Meseritzer Breitarsch. Der Name spielte auf Margots ausgeprägte untere Rückenpartie an sowie auf ihren Geburtsort: Meseritz.

Ich glaube, Meseritz liegt in Schlesien, jetzt wird der Ort polnisch sein oder unter polnischer Verwaltung stehen oder was sich die Herren Staatsmänner an raffinierten Formulierungen ausgedacht haben.

Margot war sehr hübsch, dunkle Locken rahmten ihr Gesicht ein. Auf den Mund gefallen war sie nicht. »Ihr seid alle mit dem Klammerbeutel jepudert«, sagte sie, bei einem ihrer ersten Besuche.

Werner hatte ein paar Biere intus und sagte: »Ich verstehe immer jeludert, was meinst du?«

»Ge – pudert!« sagte Margot mit Nachdruck. »Und

warum? Weil ihr nicht seht, was mit eurem besten Freund los ist, mit Sternchen Siegel.«

»Dem geht es doch gut.«

»Sternchen ist Jude.«

»Bekannt. Laß Dampf ab, Mädchen. Mit Filmschaffenden haben die Nazis Geduld.«

»Margot hat recht«, sagte Joachim. »Sternchen ist gefährdet.« Er rief Lehmann an. Lehmann kam, diesmal ohne Kitty, das war noch nie passiert. Lehmann saß in einigen Aufsichtsräten von Film- und Verleihgesellschaften, unser Kinoprofit verhielt sich proportional zu allem, was L.-L. uns zugeschanzt hatte.

Im grünen Waggon saßen wir in den Klubsesseln, Isabella spielte draußen mit dem Hund. Wir hatten Sternchen gezwungen, an unserer Konferenz teilzunehmen. »Du mußt raus«, sagte Joachim. »Solange es noch geht.«

»Ich habe nicht gewagt, euch mitzuteilen, daß ich bin gewillt zu machen de Fliege«, gestand Sternchen.

»Warum hast du nichts gesagt?«

»Man muß das vorbereiten.«

Sternchen winkte ab. »Zu viele Ohren. Was geschieht? Se werden mich nehmen hopp. Alles hat Ohren. Die Frau mit dem Wischkodder, der Mensch, was wirft seine SA-Mütze auf den Tisch wie a Stenz, die Braut da auf dem schönen grünen Rasen, was sich spielt mit de Töle. Alles Ohren.«

»Ich komme wohl im richtigen Augenblick«, sagte Lehmann. »Wir haben ein Kino in Winterthur. Schweiz, nicht wahr? Für das Kino brauchen wir einen erfahrenen Menschen. Zweiter Geschäftsleiter. Aufenthaltsgenehmigung garantiert. Wäre das was?«

»Unendlich dankbar. Wäre nich jewesen nötig. Sternchen beißt sich durch. Und wer garantiert, daß der Führer nich marschiert mit seine SA-Massen auf Winterthur?«

L.-L. lachte. »Vielleicht nicht«, meinte er. »Niemand weiß es. Ich bin sogar der Meinung, wir haben noch Zeit. Ein bißchen. Aber weiß man, wann die Zeit vorbei ist? Thomas Mann ist emigriert, und er ist kein Jude. Außerdem«, er sah Sternchen an, »hätte ich gerne einen Quartiermacher in der Schweiz. Man kann nie wissen. Abgemacht?«

Als Andenken an Sternchen blieb uns sein Hanomag Kommißbrot. Der Wagen stand aufgebockt im Stall, in der Boxe, die einst Ali innegehabt hatte.

Als nächster suchte Ede Kaiser uns heim. Der Meseritzer Breitarsch sagte: »Sie riechen nach Opfer.«

Empört wendete Ede Kaiser sich nach ihr um: »Wer sind Sie denn?«

Wir klärten Kaiser auf.

»Was ist, kann ich sprechen?« fragte er. Wir garantierten es ihm. Mein Vater schickte Lydia nach draußen. Ich sah durchs Fenster, wie sie in ihrem Schlingergang über die Wiese trödelte und Dr. Eckener rief. Der Hund würde es gut haben, wenn das so weiterging.

Ede Kaiser erzählte seine Geschichte, sie glich jener, die uns und unser Kino betraf. In den Vorstand der Taxeninnung, berichtete er, würden Nazis geschleust, bevorzugt solche mit niedrigen Parteinummern. »Jetzt winkt ihnen der Lohn!« Bestimmten Taxenbesitzern wurde nahegelegt, ihren Betrieb zu verkleinern. Ede sollte von drei Lizenzen zwei zurückgeben. »Ich muß die Wagen verkaufen«, sagte er. »Und wer ersetzt mir den Einnahmenausfall? Jetzt, wo das Kind da ist, brauchen wir jeden Pfennig.« Im übrigen, er habe herumgehorcht, würde das nur Taxenbesitzer treffen, die nicht in der Partei seien.

Mein Vater sagte, aber es war ihm anzusehen, daß er es nicht ernst meinte: »Dann tritt doch in die Partei ein.«

»Das ist nichts für mich«, sagte Ede. »Aber wie soll es weitergehen?«

Niemand wußte darauf eine Antwort.

In einer alten Zeitung, die als Folge von Lydias mangelndem Ordnungssinn noch im Zeitungshalter steckte, las ich den Text der nach dem Reichstagsbrand auf Wunsch Hitlers von Hindenburg erlassenen Notverordnung. Zum Schutz von Volk und Staat und zur Abwehr kommunistischer staatsgefährdender Gewaltakte würden die Grundrechte außer Kraft gesetzt. Es seien daher Beschränkungen der persönlichen Freiheit, des Rechts der freien Meinungsäußerung einschließlich der Pressefreiheit, des Vereins- und Versammlungsrechts, Eingriffe in das Brief-, Post-, Telegrafen- und Fernsprechgeheimnis, Anordnungen von Haussuchungen und von Beschlagnahmen sowie Beschränkungen des Eigentums auch außerhalb der hierfür bestimmten Grenzen zulässig.

Ein paar Seiten weiter stand, daß Dr. Lippert, Staatskommissar für Berlin, die Entlassung sämtlicher an den städtischen Krankenhäusern arbeitenden jüdischen Ärzte befohlen habe.

Sternchen, vielleicht war es für dich höchste Eisenbahn! – So jedenfalls Tante Delis Worte: »Ich glaube, für Sternchen Siegel war's höchste Eisenbahn.« Alle Berliner mochten diesen Ausdruck, Leute verabschiedeten sich, indem sie sagten: »Ich muß gehen. Höchste Eisenbahn.« Tempo, Tempo, wenn man etwas vollbringen wollte in Groß-Berlin.

Nun ging manches zu schnell. Tante Deli fuhr fort: »Ich verstehe nicht, wieso niemand von uns auf die Idee gekommen ist, Sternchen ein Abschiedsfest zu geben. Wir lassen ihn laufen und wissen nicht einmal, wohin er läuft oder fährt. In die Schweiz, gut. Winterthur. Wer kennt das? Niemand. Wieso ist niemand mit ihm gefahren? Wieso hat niemand ihn zum Bahnhof begleitet? Lydia, sieh nach, ob die Kartoffeln gar sind! Beim Frisör war ich ein halbes Jahr nicht mehr. Immer die Brennschere. Kein Wunder, daß meine Haare aussehen wie Trockengemüse.«

Sie betrachtete sich im spiegelnden Metall des Zapfhahnaufbaus, drehte den Kopf hin und her. »Wir sind bereits wie diese neue Generation. Hannemann pflastert seine Mütze auf den Tisch. Eine dreckige, durchgeschwitzte Mütze. Sternchen, der viele Jahre unser treuer Famul ..., wie sagt man?«

»Famulus.«

»Der unser Famulus gewesen ist, verschwindet. Nicht seine Schuld. Es gibt gute Juden und schlechte, wie es gute Christen und schlechte gibt.«

»Du gehörst zu beiden nicht«, grummelte mein Vater.

»Ich sage nur. Hat jemand die Büchsen mit Blutwurst in den Keller getragen? An alles muß man selber denken. Wer hätte gedacht, daß wir einmal Blutwurst in Konserven ... Meine Mutter hat alles in Gläser eingeweckt. Ich komme zu nichts. Deshalb haben wir Sternchen nicht sein Abschiedsfest gemacht. Weil ich nicht daran gedacht habe. Wer hilft uns jetzt? Wer hilft in euerm Kintopp? Wer holt die Filmrollen und bringt sie wieder weg?«

»Alles ist organisiert«, sagte Joachim.

»Denkst du.« Tante Deli wischte sich mit dem Schürzenzipfel übers Gesicht. »Wer hat das alles besorgt? Sternchen. Denkst du, deine Schickse wird dir helfen? Flamme empor! Wenn ich das höre.«

»Laß Isabella aus dem Spiel«, sagte Joachim.

»Schönes Spiel mir das, oder? Vielleicht sollte man dir den Arsch mit Ohren überreichen.« Sie machte eine Bewegung zum Regal hinüber, wo die Plastik, etwas verstaubt, auf einem Stickdeckchen stand, redete dann jedoch weiter: »Ich will nichts gesagt haben. Vielleicht ist sie gar nicht so. Verführt. Die Nazis verführen die Jugend. Ihr seid die Zukunft Deutschlands. Hat sich was, oder? Kanonenfutter wie vierzehn-achtzehn. Douaumont und Verdun. Damit sie später was zu reden haben am Stammtisch. Jene, die zurückkommen. Ich fühle mich miserabel. Wir sitzen hier, Sternchen schicken wir in die Fremde und nicht einmal ein Fest. Lydia! Laß den Wischlappen. Nimm die Kartoffeln vom Feuer. Und dämpfen, immer vergißt du, daß die Kartoffeln gedämpft werden müssen!«

Der Sachwalter hieß Herr Timm. Zuerst kam er in Zivil, das Parteiabzeichen am Revers seines schlechtsitzenden Anzugs. Später kam er in Parteiuniform. Herr Timm trug seine Haare kurzgeschnitten, Hindenburgbürste. Oberflächlich gesehen hätte man behaupten können, er habe einen Stiernacken. Doch sah bei Herrn Timm der Stiernacken wie eine körperliche Mißbildung aus, die ihn zwang, den Kopf vorzustrecken.

Herr Timm sagte, er komme von der Reichsfilmkammer, genaugenommen vom Reichsverband der Filmtheaterbesitzer. Die Lichtspieltheater, führte er aus, hätten von nun an dem Nutzen des Volkes zu dienen. Er würde sich freuen, wenn die zuständigen Herren oder Damen ihm die Programmplanung vorlegen würden, den Spielplan. Dies sei keine Vorschrift, jedoch erwünscht. Ob er mit Herrn Pommrehnke spreche?

»So ist es«, sagte mein Vater.

Der Sachwalter wies darauf hin, daß anscheinend zwei Herren Pommrehnke – Vater und Sohn vielleicht?

»Mein Sohn ist nicht da«, sagte mein Vater. »Jedenfalls nicht mein Sohn Joachim, der mit dem Kino zu tun hat.«

»Schade. Ich komme wieder. Heil Hitler.«

Herr Timm kam oft, lernte Joachim kennen, sagte, er freue sich, daß ein junger Mensch das Theater mitleite.

»Sie meinen diese Flohkiste?« fragte Joachim rüde.

Herr Timm errötete. »Das können Sie nicht sagen«, betonte er. »Vorstadtkinos sind wichtig. Sie haben ihre nationale Aufgabe zu erfüllen, genau wie die Filmpaläste in der Stadt. Dr. Goebbels, unser Reichsminister für Propaganda und Volksaufklärung, hat Richtlinien erlassen. Nun, das wird Ihnen alles schriftlich zugestellt. Auf gute Zusammenarbeit!«

Herr Timm hob sein Bierglas. Niemand machte mit.

Herr Timm entdeckte allerlei. Daß wir weiter russische Filme spielten, die Zeit sei vorbei. Er verstünde, daß damals russische Filme interessant gewesen seien, ja, die Filmkunst. Man wußte es nicht besser. Jetzt, im Rahmen der Gleichschaltung, fiele einiges unter den Tisch. »Fremdes Gedankengut«, rief Herr Timm und errötete wieder ein bißchen.

Später, als er bereits die Goldfasanuniform trug, mit mächtigen Schulterstücken, die auf einen höheren Dienstgrad in der Parteihierarchie hinwiesen, meinte er, es wäre schön, wenn er den zuständigen Herren der Filmkammer die arischen Nachweise der Besitzer vorlegen könne. »Mißverstehen Sie mich nicht«, rief Herr Timm, unser Sachwalter. »Alles geschieht freiwillig oder fast freiwillig. Wir können jedoch nicht dulden, daß fremdes Volksgut sich einschleicht, an so wichtigen Schlüsselstellungen, wie es die Lichtspieltheater nun einmal sind. Wir geben uns damit zufrieden, wenn Sie die Geburtsurkunden der Eltern und Großeltern beibringen. Ich bin sicher, wir werden keine Schwierigkeiten miteinander bekommen. Lassen Sie sich Zeit.«

Wir sahen uns an wie Kaninchen, wenn der Iltis vorbeistreicht.

»Was soll der Quatsch?« fragte mein Vater.

Tante Deli beruhigte ihn: »Sie verlangen das von allen. Oder von fast allen. Das ist nun einmal nicht anders. Sie verteilen Familienstammbücher. Später, wenn alles feststeht und eingetragen ist, legt man das Buch vor und basta. Ganz einfach, oder?«

»Ich habe«, sagte unser Vater, »als Leibgarde-Husar gedient. Diese Parteiköppe werden doch nicht annehmen, daß ich, daß ich ...«, er suchte nach Worten, »daß ich nichtarischen Geblüts bin?«

»Gewiß nicht«, sagte Tante Deli. »Doch wer hat früher danach gefragt? Es könnte sein, daß die Tatsache, als Husar gedient zu haben, den Leuten nicht ausreicht.«

Wir wußten, daß Großmutters Familie aus dem früheren »Korridor« stammte. Der frühere »Korridor« war polnisch. Man mußte die Anträge auf Ausstellung von Geburtsurkunden beim Standesamt Berlin-Mitte einreichen, von dort wurden die Unterlagen an die polnischen Behörden weitergeleitet.

Wir berichteten Herrn Timm. »Das kommt vor«, sagte Herr Timm. »Wir haben Geduld.«

Eines Tages schien seine Geduld gefährdet. Er verlangte die Unterlagen. Wir erklärten ihm, daß sie aus den nun polnischen Gebieten noch nicht eingetroffen seien, alles andere jedoch hätten wir beisammen.

»Kümmern Sie sich drum. Ich komme wieder«, sagte Herr Timm. Schließlich, mein Vater und Joachim waren mehrfach zum Standesamt Berlin-Mitte gefahren, präsentierten wir ihm die Urkunden.

»Prächtig«, sagte Sachwalter Timm. »Keine Probleme. Vielleicht ein ganz kleines. Wie ich sehe, betreibt eine offene Handelsgesellschaft das Lichtspieltheater.«

»Mein Sohn und ich«, sagte mein Vater und deutete auf Joachim, der mit versteinertem Gesicht dastand, an den Tresen gelehnt.

Herr Timm meinte: »Nicht ganz.« Er blätterte in einem Aktenordner. »Handelsgerichtlich ist ein dritter Partner eingetragen. Ein gewisser Herr Siegel.«

»Der ist weg«, sagte mein Vater.

»Weg? Wie das?« Herr Timm, mit wäßrigen blauen Augen, warf einen ungläubigen Blick auf uns. »Herr Siegel kann nicht einfach weg sein. Was heißt weg? Aufgelöst?«

»Soweit uns bekannt ist, hat Herr Siegel eine Stelle im Ausland angetreten«, nuschelte Joachim.

»Im Ausland? Höre ich recht?«

»Im Ausland.«

»Herr Siegel ist aber Ihr Teilhaber.«

Mein Vater und Joachim sahen einander an. Niemand hatte daran gedacht, Sternchens Inhaberanteil zu löschen. Im Gegenteil, wir waren entschlossen, diesen Anteil für ihn bis zu seiner Rückkehr zu verwalten.

»Was ist dagegen zu sagen?« fragte Joachim.

Herr Timm schüttelte den Kopf. Es sah schwerfällig aus, wegen seines Nackens. »Dumme Geschichte«, sagte er. »Sie wissen vielleicht nicht, daß Herr Siegel rassisch nicht einwandfrei ist?«

»Ich kenne keine Bestimmung, die dagegen spricht, daß Herr Siegel unser Geschäftspartner ist«, sagte mein Vater.

»Sie irren«, sagte Herr Timm. Er sagte das schlicht, ohne besondere Betonung. »Sie irren insofern, als laut neuester Verordnung die Mitgliedschaft für einen rassisch nicht einwandfreien Geschäftspartner im Reichsverband der Lichtspieltheaterbesitzer unerwünscht ist.«

Herr Timm stand auf. »Sie ist nicht nur unerwünscht, sie ist unmöglich. Ich weiß nicht, was Sie sich dabei gedacht haben. Sie werden die Folgen tragen müssen. Heil Hitler!«

Bescheide, Aufforderungen und Vorlagen. Alle trugen den Reichsadler mit dem Hakenkreuz. Wir erhielten die Mitteilung, daß Sternchens Anteil an die Verwaltung nichtarischen Vermögens übergegangen sei. Herr Timm blieb weg. Dafür besuchten uns andere Herren, die Gesichter wechselten. Sie sahen Bilanzen ein, besichtigten das Kino. Bewerteten Sternchens Anteil, schickten einen Bescheid.

Schießlich beehrte uns Herr Timm wieder. »Meine Herren«, sagte er, »Ihre Angelegenheit steht nicht ungünstig, aber auch nicht günstig. Sie könnten Ihren guten Willen bekunden, wenn Sie in die Partei einträten. Oder in irgendeine nationalsozialistische Organisation.«

Mein Vater und Joachim sahen Herrn Timm schweigend an.

»Sie, Herr Pommrehnke«, sagte Herr Timm zu meinem Vater, »waren Kavallerist. Sie könnten in die Reiter-SA eintreten. Eine interessante Organisation. Sie wären unter Kameraden. Könnten Jugend ausbilden.« Er stand auf. »Denken Sie nach«, setzte er hinzu und ging.

Mein Vater stand hinter dem Tresen und zerriß Bierdeckel. Robinson Krause ging zur Tür, die der Sachwalter offengelassen hatte, und schloß sie.

Ich erinnere mich an jene Wochen, Monate. Wenn ich von Flug-Wuttke nach Hause kam, sah ich Tante Deli, meinen Vater und Joachim um den runden Tisch im ersten Stock sitzen, unter dem Geweih-Kronleuchter. Sie hatten sich hierher ins Eßzimmer zurückgezogen, weil sie, wie mein Vater sagte, keinen Wert darauf legten, daß die Gäste an ihren Sorgen teilnahmen, auf diese oder jene Weise. Robinson hielt die Gastwirtschaft in Gang. Manchmal half Isabella.

»Aus der wird niemand schlau«, sagte Tante Deli. »Ist sie eine Nazisse oder nicht?«

»Eher nicht«, meinte Joachim. »Sie weiß es nicht

besser. Sie trägt eben diese Uniform. Viele Mädchen sind jetzt im BDM.«

»Anneli ist auch nicht im BDM. Niemand fordert sie dazu auf«, sagte Deli.

»Anneli ist über zwanzig. Isabella ist achtzehn. Wenn die Mädchen über zwanzig sind, werden sie, glaube ich, nicht mehr aufgefordert.« Er grinste: »Vielleicht tritt Anneli in die Frauenschaft ein.«

Ich trat ihm gegen das Schienbein.

Hubert meinte, ob Hannemann nicht helfen könne, schließlich sei er in der SA.

Mein Vater schrie wütend: »Der soll erst lernen, daß er seine Stinkmütze nicht auf unseren Tisch schmeißt.«

»Ich meine nur«, sagte Hubert.

Anneli blieb nachts zuweilen fort. Niemand stellte sie zur Rede. Wenn sie kam, verschwitzt und nach Pferd stinkend, schien mir, als leuchte ein Licht. Abende, an denen sie ausblieb, waren für mich verloren. Wilfried hatte den Plattenspieler repariert, eine neue Feder eingesetzt. Ich schleppte ihn aus Annelis Zimmer in meins, dazu ein paar Platten, und spielte Tangos. »Anneli-Gedenk-Tangos«, spottete Joachim. Einmal kam Isabella. Sie setzte sich im Schneidersitz auf den Teppich und hörte zu.

»Was du dir anhörst«, sagte sie nach einer Weile.

Ich wußte nicht, wie sie es meinte.

Schriftstücke bedeckten den Tisch unter dem Kronleuchter. Die Angelegenheit schien festgefahren. Wir bekamen keine Schwierigkeiten, Herr Timm ließ sich nicht sehen. Joachim berichtete, der Verleih gäbe die Filme, die er haben wolle, nicht heraus. Marlene-Dietrich-Filme seien auf dem Index. Er wollte den »Blauen Engel« spielen. Beim Verleih hatten sie ihn ausgelacht. So mancher wolle das, hatten sie gesagt. Aus, vorbei. Sie könnten ihm eine Staffel Hans-Albers-Filme anbieten. »Bomben auf Monte Carlo«, »Der Greifer«, »Hans in allen Gassen«.

Joachim nahm die Staffel. Das Kino war fast jeden Abend ausverkauft. Wir hörten die Leute bis ins Haus herüber johlen.

»Ich rufe mal Lehmann an«, sagte Joachim.

Aber Lehmann blieb unerreichbar. »Herr Lehmann ist verreist«, sagte die Sekretärin, ein Mädchen, das wir nicht kannten. Anscheinend hatte Lehmann die Sekretärin gewechselt.

Wollte er nicht mit uns reden?

Oder konnte er nicht?

Joachim erzählte mir, daß Lehmann seine schützende Hand über die Schützenhaus-Lichtspiele gehalten habe, als wir auf Tonfilm umstellten, mit den günstigen Apparaten aus jener Werkstatt. »Die Verleihe legten Wert darauf, daß die Filme ausschließlich auf ihren Maschinen liefen«, sagte Joachim. »Lehmann hat durchgedrückt, daß ein kleiner Verleih, an dem er beteiligt war, uns attestierte, die Maschinen seien von dieser Firma. Wir hätten jede Menge Schwierigkeiten bekommen. Sie hätten die Projektoren abgeholt. Uns aus dem Verband geworfen.«

»Besteht die Gefahr nicht wieder?« fragte ich. »Wenn keiner in die Partei eintritt? Was wird mit Sternchens Anteil?«

Joachim legte seine Hand auf meine Schulter, eine seltene Geste. »Kack dir nicht in die Hosen, Kleiner«, sagte er.

Tatsächlich erhielten wir einige Wochen später den Bescheid, daß die Vermögensverwaltung bereit sei, den Anteil Siegel auf einen der anderen Inhaber zu übertragen. Der Anteil sei mit zwanzigtausend Reichsmark bewertet worden.

»Zwanzigtausend Reichsmark«, brüllte mein Vater. »Dafür kann ich ein ganzes Lichtspieltheater kaufen.«

Tante Deli meinte: »Für Parteigenossen machen sie es billiger.«

Mein Vater wollte auffahren, aber er sah, daß Tante Deli lachte.

»Hast recht«, sagte mein Vater. »Ich gehe zur Bank. Ich glaube, in Zukunft ist es besser, wenn wir Schulden haben. Jetzt muß ich mich ein bißchen hinlegen.«

16

Als das Boot mit dem Sarg, in dem Großmutter lag, vom Steg abstieß, flogen fünf wilde Schwäne auf. Die Füße der schweren Vögel zogen Spuren über den Wasserspiegel. Der Morgennebel hob sich, ihr Gefieder schimmerte weiß vor einem goldenen Rosa, das die Morgensonne im Osten über den Schilfgürtel legte.

Anneli und ich saßen im zweiten Boot, als einzige Passagiere. Das Boot trug die Last der Blumen und Kränze. Das Beerdigungsinstitut hatte den Ruderer gestellt.

Wir ließen dem ersten Boot einen Vorsprung. Es war ein breites, flaches Boot, wie sie es auf dem Rhin und den Gräben für den Torftransport benutzten. Neben dem Sarg, der von einem schwarzen, mit silbernen Fransen versehenen Tuch bedeckt war, kauerten die Sargträger in ihren düsteren Uniformen. Einer hatte die Mütze abgenommen, und durch sein schütteres Haar spiegelte die Kopfhaut das Rosa dieses Morgens wider.

Hinter uns folgten die anderen Boote, im nächsten saßen Großvater und Joachim nebeneinander, ihre Ähnlichkeit fiel wiederum auf.

»Herzversagen«, hatte der Arzt konstatiert, der von Neuruppin herübergekommen war. Großvaters Stimme schallte aus dem Telefon, überlaut, wie das Mißtrauen in diese Einrichtung es ihm eingab. Neumodisches Zeug blieb das für ihn wie Autos, Flugapparate und Radios. Wir hatten Ede Kaiser gerufen und waren, nach hastigem Anlegen dunkler Kleider, nach Lindow aufgebrochen.

»Ich verstehe es immer noch nicht«, hatte Großvater gesagt. Er saß auf der Veranda an dem langen Tisch, der uns früher zu fröhlichem Mahl vereint gesehen hatte. Die Hände stützte er auf die Seitenlehnen des Stuhls, in dem Oma immer gesessen hatte. »Ich verstehe es nicht«, wiederholte er. »Sie war fröhlich, noch am Abend, wie immer. ›Dann will ich man zu Bett gehen‹, hat sie gesagt. Und am Morgen: tot. Ich kann es immer noch nicht glauben.«

Der Lindower Arzt war auf Besuchstour gewesen, so hatte man den Kollegen aus Neuruppin gerufen. Opa sagte, der Mann – er nannte ihn Quacksalber – habe umständlich Auskunft gegeben, Zusammenhänge erklärt zwischen Übergewicht und jenem Herzversagen, das zum Ableben geführt hatte. Sie sei, Opa zitierte wörtlich, »im Schlafe hinübergegangen. Hinübergegangen. Welch ein Ausdruck.«

Onkel Rudolph hatte sich um alles gekümmert. »Ich habe hier gesessen und gewartet. Seit gestern sitze ich hier. Na, ein paar Stunden habe ich geschlafen, auf dem Sofa. Ich werde mich rasieren müssen.«

Wir saßen und standen um Großvater herum wie düstere Vögel, jener Geruch nach Mottenpulver, mir von anderen Gelegenheiten, die dunkle Kleidung verlangten, bekannt, verbreitete sich im Raum. Laura und ihre Mutter waren gekommen, auch sie trugen Schwarz, ihre Gesichter leuchteten blaß. Unbeholfen verharrten wir, während Großvater berichtete. Ich hatte Großmutter liegen sehen, in dem inzwischen herbeigeschafften Sarg. Sie wirkte fremd ohne ihre Brille. Erst jetzt fiel mir auf, daß ihre Haare weiß geworden waren. Ihre Wangen hingen ein wenig herab, es schien mir, als wolle sie ein letztes Mal sagen: »Ach, ihr.«

Ein bißchen mürrisch vielleicht, weil sie sich von uns alleine gelassen fühlte? In den gefalteten Händen hielt sie einen Myrtenstrauß, Tante Deli hatte ihn mitgebracht, geistesgegenwärtig von ihren Topfpflanzen abgeschnitten, die im Schützenhaus wuchsen, für den Zweck, Schmuck zu liefern bei Hochzeiten und anderen Gelegenheiten.

Dies war nun eine andere Gelegenheit, Tante Deli hatte nicht versagt. Die bereis vertrockneten Veilchen hatte sie Großmutter aus den Händen gewunden und den Myrtenstrauß hineingesteckt. Das Totenhemd war vielfach gefältelt und gestärkt. Unmöglich schien, daß Großmutter mich je an ihren trostspendenden Busen gepreßt hatte.

»Warum läßt du uns, Herr, abirren von deinen Wegen und unser Herz verstocken, daß wir dich nicht fürchten?«

Immer noch trug ich das Kalenderblatt bei mir. Ich nahm es aus meiner Brieftasche und legte es in den Sarg.

Gemächlich bewegten sich die Kähne über den Gudelacksee, einer im Kielwasser des anderen. Die Ruder tauchten ein. Es war still. Nur das Geräusch der Ruder und hin und wieder der Schrei einer Wildente, die aus dem Schilf aufflog. Die Insel mit ihrem Ziegeleischlot lag wie ein Scherenschnitt gegen den heller werdenden Himmel. Anneli, auf der schmalen Bank neben mir, preßte sich an mich. Sie trug einen Hut mit einem winzigen Schleier. Hinter dem Schleier sah ich ihre Augen aufblitzen.

Zeit. Viel Zeit.

Die Ruderer des Beerdigungsinstituts beharrten auf ihrer Vorstellung von Würde. Langsam glitten die Boote dahin. Zeit, um allen möglichen Gedanken nachzuhängen. War es blasphemisch, wenn ich dachte, daß

Großmutter im richtigen Augenblick »hinübergegangen« war? Eine Epoche war beendet, für Joachim, für Anneli, für mich – unsere Kindheit und Jugend. Für meinen Vater und Tante Deli eine Zeit, in der sie annahmen, nun, nach dem Weltkrieg, würde ein neues, schöneres Leben beginnen auf der Basis ihnen vertrauter Traditionen, die im sogenannten Preußentum wurzelten. Ein wichtiger Einschnitt war damals sicher der Tod unserer Mutter gewesen. Aber das Leben war weitergegangen, Tante Deli und mein Vater hatten einander gefunden, eine Vereinbarung getroffen. Zusammen, dachten sie, würden sich die kommenden Jahrzehnte meistern lassen.

Jetzt war das alles zweifelhaft geworden. Jene Epoche des Preußentums beendete Hindenburgs Tod. Auch er war »hinübergegangen«, hatte sich zu jenen versammelt, die von den Husaren als Helden bezeichnet wurden. Helden von Vionville und Sedan, von Langemarck, Verdun und Tannenberg.

Daß eine neue Zeit angebrochen war, merkten wir täglich. Menschen, die wie Vater dachten, schlossen sich den Anschauungen der neuen Herren nicht ohne weiteres an. Bereits der Weimarer Republik und ihren Erscheinungen hatten sie skeptisch gegenübergestanden. Aufrecht, unbelehrbar. Mit verschlucktem Ladestock. Doch waren sie ungestört geblieben.

Die neuen Machthaber dachten nicht daran, sie in ihrer Idylle zu belassen. Sie nicht und uns nicht, ihre Kinder, die wir zwar alles lockerer sahen, dennoch geprägt waren.

Hatte Großmutter das alles gesehen? War sie deshalb von uns gegangen? Im richtigen Augenblick?

Anneli ließ eine Hand ins Wasser baumeln. Sie zog die nasse Hand heraus und legte sie auf meine. Ich wischte die Tropfen nicht ab, obwohl ich, aus gegebenem Anlaß, ein blütenweißes Taschentuch mit mir führte. Die Kühle des Wassers drang durch die Haut.

In Edes Chevrolet waren wir durch die Dörfer gefahren. Statt des hohen Korns, wie wir es aus Ferienzeiten kannten, breiteten sich Stoppelfelder zu beiden Seiten der Chaussee. Es war Ende September, noch warm, aber in den Kronen der Laubbäume schimmerte erstes Gelb. Die Chausseebäume warfen lange Schatten an der von der Sonne abgewandten Seite, bis weit auf die Stoppeln. Kinder ließen Drachen steigen.

Alles war diesmal anders. Das lag nicht nur daran, daß wir zu Großmutters Beerdigung unterwegs waren. Ede Kaiser, der uns immer mit heiteren Reden unterhalten hatte, brütete am Steuer vor sich hin. Man hatte ihm zwar seine Taxen nicht genommen, doch trugen zwei Wagen ein T im weißen Kreis, das heißt, sie durften nur in der Tagschicht eingesetzt werden. Die andere, mit einem N, verkehrte nur in der Nachtschicht. Einnahmenausfall von fünfzig Prozent bedeutete das. Es war eine Frage des Wohlwollens, ob »die Innung« es dabei belassen würde.

Den kleinen Karl hatte Ede diesmal nicht mitgenommen, Karl ging bereits zur Schule.

Am Nachmittag waren wir eingetroffen. Jetzt, zwei Tage später, fuhren wir über den Gudelacksee. Großmutter hatte sich das gewünscht. Bei ihrem letzten Besuch hatte sie gesagt: »Kinder, wenn ich einmal sterbe, fahrt mich auf einem Boot nach Lindow hinüber.« Niemand hatte geglaubt, daß ihr Wunsch so bald erfüllt werden müßte.

Der Berliner Vorort, in dem wir lebten, kam mir, von hier aus gesehen, schmuddelig vor, das Schützenhaus nicht minder. Es war nicht unsere Schuld. Andere brachten den Schmutz herein. Sachwalter Timm zum Beispiel. Immer wieder war er gekommen, hatte sich erkundigt, harmlos scheinbar, doch mit jenem eisernen Willen, der die neuen Funktionäre auszeichnete. Die Partei vertraute nur Menschen, die entschlossen die neue Weltanschauung durchdrückten.

Die Ruder tauchten ein, ohne Takt. In jedem Boot tat der Ruderer, was er wollte. Nur das langsame Tempo behielten sie bei, wie der Schlagmann auf dem ersten Boot es angab. Dem Boot, das den Sarg trug.

Bilder aus jenen ersten Jahren der neuen Ära, die bereits herum waren, zogen durch mein Gedächtnis. Eines Abends hatte uns Isabella, die wir nun »die Norne« nannten, eine Zeitschrift auf den Tisch gelegt: »Seht, wie man es falsch machen kann«, hatte sie gesagt, in der Kürze, die sie liebte.

Die Zeitschrift, sie nannte sich »Deutsches Volkstum«, brachte eine Besprechung des Films »Die Reiter von Deutsch-Ostafrika«. Darin hieß es:

Der Film, der unter dem Protektorat des Reichskolonialbundes gezeigt wird, ist rein technisch meisterhaft. Die afrikanische Landschaft, der Kleinkrieg im Busch und manche andere Dinge sind sehr lebendig dargestellt und vermögen jugendliches Abenteuer- und Kriegerherz zu packen.

Um so ärgerlicher ist es, daß eine solche Darstellung harter, bitterer und ehrenvoller Taten mit sentimentalem Schmalz, falscher Erotik und sonstigen Unangemessenheiten durchsetzt ist. Daß ein deutsches Mädchen auf einer Safari (Karawanenreise) zu ihrem Verlobten den Angriffen eines halbasiatischen Wüstlings ausgesetzt sein soll, ist gänzlich unafrikanisch – was soll die Szene in einem afrikanischen Film? Wenn deutsche Krieger in bestimmten Kriegssituationen vor seelischen Qualen und vor Durst fast vergehen, so mag man das andeuten. Aber derartiges durch grimmassierende Schauspieler – Großaufnahmen – möglichst rea-

listisch zur Darstellung bringen zu lassen, ist eine Entwürdigung.

Joachim lachte. Zum ersten Mal war es ein höhnisches Lachen. »Die richten sich selbst«, sagte er. »Mit diesem Stil. Wer liest das?«

Der Stil wurde schlimmer mit der Zeit. Und kaum jemand nahm Anstoß. Werner meinte, wir sollten uns als Spezialkino für Hans Albers und Harry Piel einen Namen schaffen: »Das wollen die Leute hier sehen. Alle. Die aus der Laubenkolonie und jene, die ihre Stinkmützen auf die Tische schmeißen. Zu Harry Piel gehen sie alle, wenn der seinen Ölkopp in den aufgerissenen Rachen von so einem Wüstenkönig steckt. Die brüllen vor Vergnügen.«

»Und die Kinder brüllen aus Angst.«

»Das müssen wir nicht unterscheiden, Joachim. Einmal mehr oder weniger gebrüllt, wer fragt danach? Der Eintritt bleibt derselbe. Kinder und Militärs zahlen die Hälfte. Militär haben wir wieder eine Menge. Und die Geburtenfreude wird staatlich gefördert. Robinson, ab heute trinke ich keine Mollen mehr. Ab heute trinke ich Liter. Verstanden? Liter!«

Robinson verbeugte sich.

Werner war uns ein Trost. Er erzählte als einziger noch Anekdoten. Wie Hans Albers entdeckt wurde: In der Komischen Oper sprang er in einer Szene vom Kronleuchter, in ein gefülltes Wasserbecken. Aber richtig froh und leicht lachte keiner mehr darüber. Alles wurde nun ernst genommen. Werner Spiehr sorgte dafür, daß wir ab und zu die Mundwinkel verzogen.

Wie war es mir ergangen? Hatte ich, entsprechend den Möglichkeiten bei Flug-Wuttke, meine Talente, meine Arbeitskraft zur Verfügung gestellt? Saß ich am Steuerknüppel eines Segelflugzeugs, das die Aufwinde hoch hinauftrugen in den blauen Himmel über Deutschland, demnächst Großdeutschland? Zierten drei weiße Schwingen auf blauem Grund meinen Ärmel als Zeichen der abgelegten C-Prüfung?

Ach, nichts dergleichen. In den Sog der Leidenschaft war ich geraten, die meinen Bruder erfüllte. Joachim hatte, als mein Vater sich anschickte, den überteuerten Anteil Sternchen Siegels von der Verwaltung nichtarischen Vermögens zurückzukaufen, vorgeschlagen, ich solle den Anteil übernehmen und in die Kinogesellschaft eintreten.

»Ich?« hatte ich empört gerufen, »nichts liegt mir ferner.«

Joachim schwieg. Er wußte, daß ich schmorte. Allzusehr war ich in diese lausige, familieneigene Unternehmung verstrickt, die im Handelsregister unter der Bezeichnung »Schützenhaus-Lichtspiele offene Handelsgesellschaft« firmierte und nichts anderes war als ein verlottertes Vorstadtkino in einem barackenartigen Saal.

Wirklich? Nur das? Sah ich nicht, wie Joachim die Welt täglich neu erfand, für unser Publikum? Indem er Filmstreifen auf Filmstreifen heranschaffte? Filme, von denen die anderen Kinos in gleicher Lage nicht einmal träumen durften? Wie er, zuerst mit Hilfe Lehmanns, die Leute vom Verleih einwickelte, daß sie uns die ungewöhnlichen Filme gaben? Wie er die Tonfilm-Apparaturen bekam, dank seiner Verbindungen? Und wie er, trotz Sachwalter und Aufforderung, den »Hitlerjungen Quex« zu spielen, Filme anbrachte, die, manchmal, wenigstens manchmal!, eine versteckte Aussage enthielten? Damit sich die Menschen einen Abend lang wenigstens lustig machen konnten über Kommißköppe oder deutsches Herrentum? Er kannte seine Kunden. Sie lachten da drüben in unserem Flohkino, lauter, befreiter als wir bei Werners Geschichten.

Sagte ich »unser Flohkino«? Bald wußte ich, daß ich verloren hatte.

Ich kündigte bei Flug-Wuttke.

Der Juniorchef war entäuscht: »Das hätte ich nie von Ihnen gedacht.«

Das Arbeitsamt machte Schwierigkeiten. Ich wies auf die vor mir liegende kulturelle Aufgabe hin. Sie ließen mich ziehen.

Ich übernahm Sternchen Siegels Anteil. Und schuldete meinem Vater zwanzigtausend Mark. Er bestand darauf, daß ich einen Schuldschein unterschrieb. Ein letztes Aufzucken seiner Vorstellung von preußischer Ordnung.

Ich ging zu Joachim und sagte: »Jetzt habe ich Sternchens Anteil. Ich komme mir vor wie ein Dieb. Eigentlich gehört dieser Anteil Sternchen, oder?«

»Darüber habe ich nächtelang nachgedacht«, sagte Joachim. »Die Norne« – er meinte Isabella – »behauptet, so was sei legal. Ich finde nicht, daß es legal ist. Wäre es dir recht, wenn wir davon ausgehen, daß du Sternchens Anteil kommissarisch verwaltest?«

»Damit bin ich durchaus einvertanden«, sagte ich. »Nur habe ich unserem Vater einen Schuldschein über zwanzigtausend Mark gegeben.«

»Das hat er von dir verlangt?«

»Stell dir vor, ja.«

Joachim wälzte seine Zeitschriften von einer Seite des Tisches zur anderen. Rieb sich die Augen unter der Brille. »Der Alte«, murmelte er. Richtete sich dann auf: »Ich stehe mit dafür grade, Hansi. Wie sagt Oma? Kommt Zeit, kommt Rat. Wir werden nicht vergessen, daß dies Sternchens Anteil ist. Was die Piepen betrifft, denke ich, wir können einiges aus dem Kintopp herauswirtschaften. Die Vorstellungen sind fast immer ausverkauft. Und aus den neuen Produktionen werde ich das heraussuchen, was den Laden weiter füllt. Bis andere Zeiten kommen.«

»Du meinst, das geht vorüber?«

»Bestimmt. Und bis dahin gilt Listigsein. Ich habe ihnen ›Ekstase‹ aus der Nase gezogen, bevor die Schnittauflagen kamen. Über dreihundert Meter haben die Banausen herausgeschnitten.«

Er spielte auf den Film an, in dem eine gewisse Hedi Kiesler nackend zu sehen war. Wir hatten den Film nach einer Woche zurückziehen müssen. Später wurde die Schauspielerin unter dem Namen Hedi Lamar in Hollywood berühmt.

Sachwalter Timm hatte in der ersten Vorstellung gesessen, sich aber nicht geäußert. Als ich Sternchens Anteil übernommen hatte, gratulierte er mir. »Ich hoffe, Sie sind sich Ihrer Aufgabe bewußt«, sagte Herr Timm. »Denken Sie daran, wie unser Reichsminister darüber denkt. Ich überlasse Ihnen hier den Wortlaut der Rede des Präsidenten der Reichsfilmkammer. Mögen diese Worte Ihnen eine Mahnung sein.«

Damals begann ich mit dem Einrichten eines Archivs. Einige der blauen Mappen, in denen ich Zeitungsausschnitte, Filmbilder und anderes ordnete, sind erhalten geblieben. So kann ich jetzt, so viele Jahre später, den Text über »Die Reiter von Deutsch-Ostafrika« zitieren. Über die Rede des Reichsfilmkammerpräsidenten finde ich einen Ausschnitt aus der »Frankfurter Zeitung«:

Grundsätzlich stellte dann Dr. Scheuermann fest, das künstlerische Ziel der Reichsfilmkammer sei nach den Richtlinien des Reichsministers Dr. Goebbels der absolute Film, ein künstlerisch, musikalisch, völkisch und technisch selbständiges Kunstwerk. Wir wollen nicht weiter einen Film haben, der ein Abklatsch abgespielter

Operetten und dergleichen ist. Gegenüber der ausländischen Boykottpropaganda ist festzustellen, daß gewiß auch weiter die Schaffung großer nationalsozialistischer Propagandafilme erstrebt wird . . .

Der Originalwisch, den mir Timm damals überreichte, ist nicht mehr erhalten. Ich erinnere mich aber, daß er mit diesem Getöne endete. Jetzt, als ich den Ausschnitt aus der »Frankfurter Zeitung« las, fand ich heraus, daß der Text weiterging und Erstaunliches konstatierte: Diese Propagandafilme, hatte Scheuermann gesagt, seien Sache des Inlands. Der Nationalsozialismus sei nach den Worten des Führers keine Exportware. Dagegen solle Exportware der deutsche Film werden, der sich als Kunstwerk internationale Geltung und Anerkennung verschaffe.

Erst heute, nach so langer Zeit, wird mir klar, weshalb wir immer wieder Filme fanden, die in unseren Augen spielbar waren und gegen die Sachwalter Timm nichts einwenden konnte. Ich denke an Paul Martins »Glückskinder« mit dem Aussteiger-Schlager »Ich wollt', ich wär' ein Huhn«. Um nur einen Film zu nennen. Die Kintoppbesucher amüsierten sich, sie erkannten die Tendenz. Laubenpieper – sie machten den Hauptanteil unseres Publikums aus – waren keine Nazis.

Doch ich schweife ab. Großmutter hat Besseres verdient in diesem Augenblick als die Schilderung jener Zustände. Ich kann meine Gedanken nicht anders erklären, als daß sich die Atmosphäre jener Fahrt über den See wiederum aufdrängt. Die Fahrt glich einer gewaltigen Pause. Und in dieser Pause hatten zum ersten Mal diese Überlegungen Platz, die mit meinem eigenen Schicksal – wenn dies Wort nicht zu hoch gegriffen ist – zu tun hatten: mit den Aufgaben meiner Laufbahn als Modellbauer, als Segelflieger, vielleicht – Silbercondor über Feuerland! – als Motorpilot.

War meine Entscheidung richtig? Konnte ich überhaupt beurteilen, ob sie richtig war? Vielleicht war ich meinem Bruder auf den Leim gegangen, seinem Charisma erlegen.

Auch dieses Wort: zu hoch gegriffen? Wichtigkeit, das bißchen Vorstadt-Kintopp. Dies jedoch war unsere Welt und keine andere. Und sie wurde von Joachim und seiner Ausstrahlung geprägt. Einer Ausstrahlung, die für diesen Kintopp und für uns alle genügte und ausschlaggebend war.

Die Boote glitten nun mitten auf dem See. Im Osten stieg die Sonne als Feuerball über das Schilf, nur noch Flecken von Nebel hingen über dem Wasser. Eine leichte Brise, die wie jeden Morgen aufkam, trieb sie davon. Ich wendete mich um. Weit hinter uns lag am Ufer das Haus der Großeltern, von den Strahlen der Sonne vergoldet. Die Verandafenster blitzten, als sendeten sie Signale.

Wir landeten. Ein Leichenwagen, mit Pferden bespannt, stand bereit. Die Männer luden den Sarg um. Anneli und ich gingen den anderen voran, traten ein in den alten Klostergarten. Unter alten Linden ein Haus mit Spitzbogenfenstern. Ob hier immer noch Stiftsdamen lebten? Die Fenster waren mit Gardinen verhangen. Nichts rührte sich. Von Efeu berankt, ragte die Wand des alten Konventsgebäudes auf.

Ruinen. Lindow liegt zwischen zwei Seen. Wir blickten hinaus auf den Wutzsee, bevor wir zur Kirche rübergingen. Der Leichenzug hatte wegen des Bahndamms, den wir zu Fuß auf kürzestem Weg überquert hatten, einen Umweg machen müssen. Wir warteten. In den Kronen hoher Pappeln rauschte der Wind.

Der Zug bog um die Ecke. Auf den Köpfen der beiden

Rappen, die den Wagen zogen, schwankten schwarze Straußenfedern. Schwarz alles, so schwarz. Wo war jene Heiterkeit geblieben, wo jene Wärme, die Großmutter ausgestrahlt hatte, solange wir wußten?

Uns fröstelte.

17

Damals stellten Jungs die Kegel auf, sie verdienten sich ein Taschengeld, wenn Wilfried und seine Bande zu Dauertournieren antraten. Heute stellen sich die Kegel automatisch auf. Hätten wir diese Methode erkannt oder vorausgeahnt, so würden wir gesagt haben: Sie stellen sich um uns her auf wie die Kegel.

Gemeint waren alle möglichen Funktionäre und Anhänger der neuen Weltanschauung. Sachwalter Timm erschien, einem Wandelstern gleich und schließlich berechenbar, um Gratulationen oder Rügen anzubringen oder uns nahezulegen, in die stets geöffneten Arme einer Organisation zu stürzen.

»Wieviel haben Sie bezahlt? Zwanzigtausend?« fragte er und meinte Sternchens Anteil. »Für die Hälfte, für ein Viertel hätten Sie's bekommen können. Merken Sie nicht, woher der Wind weht? Bleiben Sie verbohrt? Begreifen Sie nicht, was unser Führer von Ihnen verlangt?«

Er nahm sich Joachim oder mich einzeln vor, wie er uns gerade erwischte, im Kinosaal, im Vorführraum, draußen bei den Ställen. Joachim berichtete mir, ich berichtete ihm, so wußten wir, daß Timms Methoden die gleichen blieben. Vor meinem Vater scheute er zurück.

Die Norne ließ ihre Zöpfe durch die Finger gleiten und zog die Oberlippe hoch. Eine ihrer guten Taten durfte erwartet werden. BDM-Mädchen trafen ein,

Schrubber und Zinkeimer am Fahrrad, und schrubbten den Saal.

»Wer hat euch aufgefordert?« fragte Joachim. Sie flöteten: »Isabella.«

Zur Rede gestellt, erklärte Isabella, daß es zu ihrem Glauben an Deutschland gehöre, sich gute Taten auszudenken und diese mit Hilfe ihrer Mädelschar durchzuführen. Wir lachten über die Verquickung von Schrubber und Großdeutschland, als Joachim berichtete, und er schien es auf die leichte Schulter zu nehmen. Schließlich verlor er die Geduld und jagte Isabella davon.

»Sie ist über den Jordan«, meldete er, sich der leichtfertigen Ausdrucksweise jener Zeit bedienend.

Dort blieb sie nicht lange. Wenige Tage später sah ich ihr Fahrrad wieder am grünen Waggon lehnen, und Dr. Eckener schwänzelte am Fuß der Treppe.

»Sie ist wieder da?« fragte ich.

Verlegen meinte Joachim: »Was soll ich tun. Wenn sie fort ist, vermisse ich sie.«

Um beim Vergleich mit den Kegeln zu bleiben: Anneli berichtete, daß auf dem Gut mit mindestens sechsunddreißig Kegeln auf vier Bahnen gespielt würde. Einen der im Wäldchen hinter dem Gut liegenden Ställe hatte die Reiter-SS gemietet. Mitglieder der Reiter-HJ wurden von Anneli und den anderen Reitlehrern in die Grundgeheimnisse des Reitsports eingewiesen. Die Partei veranstaltete Kurse, schwere Sachwalter wie unser Timm schwangen sich in die Sättel.

Neuerdings hatte die Organisation »Kraft durch Freude« angefragt, ob Reitunterricht in ihr Freizeitprogramm eingebettet werden könne, »zur Ertüchtigung des Körpers«.

»Ein gesunder Geist wohnt in einem gesunden Körper«, sagte Anneli, »diesen Spruch haben sie an die Wand der Reitbahn gemalt. Die ehemalige Gutsschenke ist Kantine, da steht der Spruch noch einmal. Dabei solltest du die Fettsäcke von Goldfasanen sehen, wie sie auf die Pferde kriechen.«

»Defätistische Bemerkung«, sagte Tante Deli. »Ich weiß nicht, ob sie in Oranienburg Frauen einsperren. Aber wenn du so weiterredest, werden sie mit dir anfangen.«

Anneli grinste: »Sie sind überbelegt«, sagte sie. »Man kann eine Lippe riskieren.«

»Versündigt euch nicht«, sagte mein Vater. »Man muß dem Kaiser geben, was des Kaisers ist.«

Anneli wurde wütend. Sie konnte von einer Sekunde zur anderen wütend werden, sogar jähzornig. Von Tante Deli, ihrer Mutter, hatte sie die Kunst des Monologisierens gelernt.

Sie stützte die Arme auf die Hüften: »Gib doch dem Kaiser, was des Kaisers ist, Husar«, giftete sie. »Schaff ihm ein paar Ster Holz nach Doorn. Und hilf ihm Holzhacken. Zwei Husaren, der Kaiser und sein Leibhusar! Damit kommst du in die ›Berliner Illustrierte‹. Merkst du nicht, daß du aus der Mode kommst? Hat meine Mama dir das nicht geflüstert? Hat sie es versäumt, wenn ihr in eure Bettenburg hastet? Du bist ein Selbstbetrüger, wie alle deiner Generation. Der Vogel Strauß steckt nur den Kopf in den Sand. Ihr aber kriecht so weit in die Düne, daß bloß euer Arsch rauskuckt. Und in diesen Arsch bekommt ihr dann einen Stiefeltritt. Von einem feinen, glänzenden, braunen SA-Stiefel.«

»Moment mal ...«, sagte mein Vater.

»Nichts da«, unterbrach ihn Anneli. »Einer muß schließlich offen mit dir reden, wenn's die Jungs schon nicht tun. Die Jungs haben sich die Mäuler verbrannt beim Absingen heißer Lieder. ›Wir marschieren für Hitler durch Nacht und durch Not ...‹«

»Moment mal«, rief nun auch Joachim.

»Schnauze«, sagte Anneli. »Gut, vielleicht habt ihr nicht mitgesungen. Warum seid ihr nicht in der Hitlerjugend? Weil ihr zu alt seid. Warum nimmt der Arbeitsdienst euch nicht? Weil eure Jahrgänge nicht aufgefordert sind. Sie werden ein neues Heer aufstellen, und sie werden euch nicht nehmen. Ihr seid nicht gefragt.«

»Augenblick«, rief ich.

»Schnauze«, sagte Anneli. »Ich will gerecht sein. Ihr könntet in der SA sein, ihr seid es nicht. Euer Vater könnte in der Partei sein, er ist es nicht. Ihr seid aber nicht drin, weil ihr den Rummel nicht begreift, und nicht, weil ihr dagegen seid. Das ist der Unterschied.«

»Bist du fertig?« fragte mein Vater.

Tante Deli rief mit rotem Kopf von der Küchentür her: »Nimm dich zusammen, oder ich fenstere dir eine, daß du denkst, Ostern und Pfingsten fallen zusammen.«

»Zu spät«, sagte Anneli.

Sie ging auf unseren Vater zu, umarmte ihn. »Ist nicht wichtig«, sagte sie. »Oder – vielleicht ist es wichtig. Aber ich sehe nicht, wie die Chose laufen wird.« Sie drehte sich zu uns um: »Inzwischen wird weitergeritten.«

Tante Deli drohte mit der Faust und verschwand wieder in der Küche.

Wir weideten uns an unserem neuen Einvernehmen, als Hannemann eintrat.

»Wieso habt ihr nich jeflaggt?« fragte er.

»Geflaggt?« Mein Vater setzte sein erstauntestes Gesicht auf. »Besteht Anlaß?«

Hannemann warf seine Mütze auf – nein, nicht auf den Tisch, auf einen Stuhl. »Es steht in der Zeitung, es kommt im Rundfunk. Flaggen raus! An jedem nationalen Feiertag wird geflaggt. Heute ist Heldengedenktag.«

»Oh«, meinte mein Vater, »das haben wir übersehen. Es ist ja erst Vormittag. Lydia wird die Fahne suchen. Hängt sie aus dem ersten Stock.«

Hannemann verstand die Ironie nicht, die in dem Wort »sucht« lag. Die Fahne war, in seinen Augen, mehr als der Tod, wie das Lied sagte. Daß man sie erst suchen müsse, kam ihm nicht in den Sinn. Hannemann beschäftigte sich mit Lydia und der Fahne im ersten Stock, über unseren Köpfen, vielleicht ein bißchen länger als nötig. Dann schritt er an uns vorbei aus der Tür. Lydia trug ihm seine Mütze hinterher.

Wir gingen hinaus und betrachteten die Fahne. Sie hing über das Wirtshausschild und verdeckte einige Buchstaben.

Übrig blieb:

SCH . . . . . HAUS

»Das kann manches heißen«, sagte mein Vater.

Anneli gab mir Reitunterricht. Einmal, als wir die Forstwege hinter dem Schützenhaus entlanggaloppierten, ragte ein Ast über den Weg. Anneli ritt vor mir. Sie wendete sich nach mir um, weil sie sehen wollte, wo ich blieb. Immer ritt ich ein Stück hinter ihr, von der kavalleristischen Begabung der Familie war bei mir wenig zu spüren, ich hielt mich im Sattel, mehr nicht.

Anneli übersah den Ast. Ich sah ihn. »Achtung!« rief ich, jedoch den Bruchteil einer Sekunde zu spät. Der Ast streifte Anneli vom Pferd. Das Pferd lief weiter. Anneli lag auf dem Weg, zwischen den Räderfurchen, ihre Mütze war in die eine Furche gerollt. Ich zügelte meinen Gaul und sprang ab. Beugte mich über sie, wollte ihr aufhelfen. »Alles in Ordnung?« fragte ich. Anneli preßte die Antwort zwischen den Zähnen hervor. »Nein. Ich kann den Kopf nicht bewegen. Laß mich liegen. Hol jemanden . . .« Sie war blaß. Tränen traten in ihre Augenwinkel, liefen herab, eine über die Wange, eine die Nase entlang. »Anneli«, sagte ich. Sie plinkerte mit einem Auge. Flüsterte: »Nicht schlimm.«

Ich zog meine Jacke aus und schob sie unter ihren Kopf. Nahm die Mütze auf, legte sie neben Anneli. Ihr Pferd kam auf dem Weg zurückgetrottet. Meins war stehen geblieben, wo ich abgestiegen war. Es riß Blätter von den Sträuchern. Eben wollte ich es zurückzerren und aufsteigen, als ich das Geräusch eines heranrollenden Fuhrwerks hörte. Es war Eichelkraut mit seinem Plattenwagen.

»Wat löpt doa?« fragte er.

»Nichts löpt«, sagte ich. »Ein Ast. Anneli geriet an den Ast, weil sie sich nach mir umsah, und der Ast...«

Eichelkraut kletterte vom Bock. »Mäken, Mäken«, murmelte er. »Tut's weh?«

Anneli wollte den Kopf schütteln, aber es ging nicht. »Ich glaube ... ein Wirbel ...«, preßte sie hervor.

Zufällig war Reichsunfallwoche. Die Zeitungen hatten seit Tagen Artikel über Erste Hilfe gebracht, die Berufsgenossenschaften Plakate verteilt: »Zehn Punkte für Erste Hilfe«. »Wir müssen Anneli flach transportieren«, gab ich meine neue Weisheit kund. »Möglichst wenig bewegen.«

Eichelkraut, der neben Anneli kniete, nickte. Er stand auf und ging zu seinem Fuhrwerk. Da er unterwegs ins Holz war, hatte er nichts geladen. Er löste zwei Bohlen von dem Plattenwagen. Wir schoben sie Anneli unter und hoben sie, mittels der Bohlen, auf das Fuhrwerk. Eichelkraut wendete. Wir bewegten uns zum Schützenhaus zurück. Ich ging hinter dem Wagen her und führte unsere Pferde.

Tante Deli, als hätte sie es geahnt, stand auf der Veranda. »Einmal mußte das passieren«, rief sie, als sie Anneli auf Eichelkrauts Fuhrwerk liegen sah, und sprang die Stufen runter.

»Sachte mit die jungen Ferde«, rief Eichelkraut. »Nicht anrühren!«

Tante Deli, neben dem Wagen, rang die Hände. Anneli schloß die Augen. Jetzt kamen Joachim, Robinson, mein Vater, Werner, ich weiß nicht, wer noch. »Einmal mußte das passieren«, rief Tante Deli. »Ich habe immer gesagt, sei vorsichtig. Diese verdammte Reiterei. Tragt sie ins Haus.«

»Nicht anrühren«, sagte Eichelkraut.

Mein Vater lief ins Haus. »Ich telefoniere. Sie muß ins Krankenhaus.« Seine Erfahrung aus Weltkrieg eins half ihm, das Richtige zu tun.

Ich stand immer noch hinter dem Fuhrwerk, die beiden Pferde am Zügel. Irgend jemand entwand mir die Leinen und führte die Pferde weg.

Zwei Stunden später, Tante Deli und ich saßen im Warteraum vom Krankenhaus, kam der Arzt. »Hahn«, stellte er sich vor. Wir schüttelten ihm die Hand. »Ich kann Sie beruhigen«, sagte Dr. Hahn. »Nichts Schlimmes, nichts gebrochen. Eine Prellung der Halswirbel. Leider schmerzhaft. Zwei Wochen Ruhe. Wir haben die Patientin in Gips gelegt.«

»Können wir sie besuchen?« fragte Tante Deli.

»Ganz kurz. Keine Aufregung, wenig sprechen. Keine Berührung, klar?«

Anneli lag ausgestreckt auf dem Rücken. Mit dem Gipskragen sah sie aus wie Maria Stuart. »Wie konnte das passieren?« fragte Tante Deli, obwohl ich ihr, während wir warteten, den Unfall in allen Einzelheiten geschildert hatte.

Anneli blinzelte mir zu, wie auf dem Waldweg, als sie zwischen den Wagenfurchen gelegen hatte. Ich blinzelte zurück. Eine Krankenschwester drängte uns aus dem Zimmer.

Noch einmal sah ich mich um. Annelis Kopf saß auf diesem weißen Gipsstiel wie eine Mohnblüte, denn ihr Gesicht leuchtete rot. Die Haare standen ihr zu Berge.

Sie hatte die Augen halb geschlossen. Als sie merkte, daß ich sie ansah, versuchte sie ein Lächeln. Die weiße Reihe ihrer Zähne erschien in dem Mohnblumen-Gesicht.

Kein Lobgesang auf weibliche Schönheit. Dennoch, nach so vielen Jahren erinnere ich mich an Annelis Gesicht über dem Gipskragen mit Rührung. Ich habe es nicht vergessen, und es war und ist mir genauso lieb wie ihr Gesicht in allerglücklichsten Stunden.

Ich besuchte sie jeden Tag. Wir redeten über alles mögliche, den Kintopp, meinen Bruder, der trotz Familie, trotz Norne Isabella seinen Weg ging wie ein einsamer Elefant. Wir sprachen darüber, daß Anneli auf die Reit- und Fahrschule nach Krampnitz zurückgehen wolle, das Viererzug-Fahren hatte es ihr angetan. »Turniere kann ich vorläufig nicht reiten«, sagte sie.

»Wieso?«

»Dr. Hahn sagt das. Zu gefährlich. Es dauert ein Jahr, bis ich keine Schmerzen mehr habe.« Sie lächelte ihr neues, sanftes Lächeln, wie durch den Schmerz hindurch. »Es macht mir nichts«, sagte sie. »Reitest du?«

Ich schüttelte den Kopf. »Seit deinem Unfall ...«

»Du mußt dich nicht entmutigen lassen«, sagte sie. »Ein paar Wochen Ruhe, dann reite ich wieder mit dir aus.« Sie nuddelte sich eine Locke über den Finger. »Von jetzt an reitest du vorweg. Ich meine das ernst. Du kannst nicht nur in dem Kintopp glucken. Joachim hält das aus. Du nicht.«

Sie sah mich an, nachdenklich. »Vielleicht hältst du es aus«, sagte sie. »Ich möchte aber, daß wir zusammen reiten.«

»Was hast du davon?« fragte ich. »Niemand ist so ungeschickt wie ich. Auf dem Gaul sitze ich wie auf einem Sägebock. Meinetwegen bist du vom Pferd gefallen. Nicht gefallen, gewischt worden. Hättest du dich nicht nach mir umdrehen müssen, wäre das nicht passiert.«

»Irgendwann hätte es mich auf jeden Fall erwischt«, sagte Anneli. »Ich möchte, daß du Spaß am Reiten bekommst. Was ist mit den Pferden?«

Ich berichtete, daß mein Vater und ich die Pferde am Abend aufs Gut zurückgebracht hatten.

»Wer bewegt Berenice?« wollte Anneli wissen.

»Einer von den Reitlehrern. Ein junger mit Bürstenschnurrbart. Er heißt Wolfgang, glaube ich.« Und setzte hinzu: »Übrigens bin ich sicher, er ist verliebt in dich.«

Anneli machte ein steinernes Gesicht. »Kann sein, kann nicht sein«, meinte sie. »Was heißt verliebt. Verliebtsein, das kommt und geht. Wie gutes Wetter und schlechtes. Die Jungs wissen nicht, was sie wollen. Übrigens habe ich den Eindruck, daß kaum ein Mann weiß, was er will.«

Ich errötete. Lenkte ab: »Deine Mutter und mein Vater. Sieh dir die an. Die haben gewußt, was sie wollen.«

»Meinst du?« fragte Anneli.

Die Schwester kam mit dem Tee. »Dr. Hahn sagt, morgen können Sie aufstehen«, meldete sie.

Dann war Anneli wieder im Schützenhaus. Ede Kaiser und ich hatten sie abgeholt. Nun gehörte auch Anneli zu jenen, die den Ladestock verschluckt hatten. Sie saß sehr aufrecht und schien größer geworden zu sein. Um den Hals trug sie eine weiße Polstermanschette, die ein Lederkoller umschloß, mit Schnallen an der Seite. »Du siehst künstlich aus«, sagte Joachim, »ich merke, was Fritz Lang in seinem Metropolis-Film vergessen hat. Er hätte tausend Statisten mit solchen Lederkragen auftreten lassen müssen, wie sie sich auf die Maschinenburg zubewegen . . .«

»Reserve hat Ruh'«, rief mein Vater. »Weißt du nichts anderes als deinen Filmkram?«

»Bringt mich nicht zum Lachen«, sagte Anneli. »Lachen tut weh.«

Später gingen wir den Waldweg entlang, besuchten die Unfallstelle. »Ein vertrackter Ast«, sagte Anneli. »Wir werden den Förster bitten, ihn abzusägen. Dann hänge ich ihn zu Hause an die Wand. Zur Erinnerung.«

Erinnerung. Ich sah sie wieder daliegen, zwischen den Wagenfurchen. Sah, wie die Tränen herunterliefen, eine an der Wange, eine die Nase entlang.

»Anneli«, sagte ich. »Anneli. Ich liebe dich.«

Sie drehte sich zu mir um, strich mit beiden Händen ihre Haare nach oben, so daß ihre Ohren hervortraten.

»Laß das«, brummte sie. »Kerle verstehen nichts davon.«

Als wir ins Schützenhaus zurückkehrten, saß Kitty in der Gaststube. »Wo ist Lehmann?« fragte ich.

Kitty drückte ihre Zigarette in der Aschenschale aus. »Lehmann kommt nicht mehr«, sagte sie. »Es hat sich herausgestellt, daß er rassisch unerwünscht ist.«

Dann legte Kitty ihren Kopf auf den Tisch, und wir hörten sie schluchzen. Ihre Schultern zuckten. Anneli legte ihre Hand auf Kittys Nacken. Sie tat es sanft.

Vor dem grünen Waggon auf der Wiese standen im Halbkreis Mädels der Singschar. »Unterm Dach juchhe, unterm Dach juchhe, hat der Sperling seine Jungen«, sangen sie. Isabella dirigierte. Dr. Eckener verkroch sich unter den Eisenbahnwagen. Ein sanfter Wind rauschte in den Baumwipfeln, kehrte die Unterseite der Blätter nach oben, doch das Lied der Mädchen übertönte mühelos das Rauschen. »Wenn der Frühling kommt, wenn der Frühling kommt, fang'n sie alle an zu summen.« Dann lehnten sie sich alle nach einer Seite, fielen in den Refrain: »Sum, sum, sum, di-ack-di, di-acka-do-ho . . .«

Die Norne stand wie eine Säule, in Habtachtstellung,

Beine und Füße zusammen, und dirigierte mit den Händen. Die Mädchen boten bei den hohen Tönen ihre Gurgeln dem Licht dar.

Großvater war mit Laura und Tante Frieda, ihrer Mutter, eingetroffen. Auch Onkel Rudolph war mitgekommen. Ich stand mit ihm beim Kinoeingang. Wir hörten zu, wie die Mädchen sangen. Oder vielmehr: Wir sahen zu. Wie die Kehlchen sich reckten. Wie Isabella vor der Front der Mädchen stand. Wiederum fiel mir der Vergleich mit dem Rohling in einer Werkstatt ein. Sie war nicht zu Ende bearbeitet.

»Erstaunlich«, sagte Onkel Rudolph. »Wie nennt ihr sie? Die Norne? Das paßt. Das paßt. Joachim liebt sie?«

»Das kann man nicht einwandfrei beantworten«, sagte ich. »Sie ist um ihn, und meistens duldet er es. Manchmal wirft er sie hinaus, aber das ist nicht von Dauer. Meistens trägt sie Zöpfe, wie jetzt, manchmal löst sie ihr Haar auf.«

»Sie löst ihr Haar auf?«

»Warum nicht?«

»Ich dachte, ihre Zöpfe sind ... nun, sagen wir, sie sind nicht, wie Haare sonst sind. Ich denke einfach, das sind keine Haare. Folglich kann ich sie mir nicht aufgelöst vorstellen. Wie sind sie aufgelöst? Du scheinst dich auszukennen, Hansi. Sind sie wie ein Mop?«

»Nein«, sagte ich. »Sie sind eher wie ein Vorhang. Wie ein dichter Vorhang.«

Onkel Rudolph nickte. Er zündete sich eine Zigarette an.

»Wie geht es in Lindow?« fragte ich.

Onkel Rudolph führte mich zum Haus zurück. »Opa ist einsam«, sagte er. »Wer hätte anderes erwartet? Er hackt in seinem Garten, mit der langen Hacke, und wenn er fertig ist, fängt er von vorne an. Ob Unkraut wächst oder nicht, ist ihm Wurscht. Er hackt. Dann hat er sich ein Radio gekauft. Nicht so einen teuren Apparat wie ihr habt, mit magischem Auge und Beromünster und allem Schnickschnack. Einen Volksempfänger. Hat siebzig Mark gekostet. Der Volksempfänger ist für alle erschwinglich, mein Junge. Der Führer will, daß alle ihn hören. Gebt mir vier Jahre Zeit. Nun. Wir haben ihm vier Jahre Zeit gegeben. Und neuerdings noch mal vier Jahre. Wieviel Zeit sollen wir ihm noch geben? frage ich mich.«

Wir waren wieder stehengeblieben. Onkel Rudolph schleuderte seine Zigarette in die Brennesseln. »Opa klebt mit dem Ohr an diesem widerlichen schwarzen Apparat, Abend für Abend. Ohne eure Oma ist er nichts. Der Hund ist krepiert. Weißt du, daß ihm Frieda die Wirtschaft führt?«

»Lauras Mutter?«

»Eben die. Sozusagen meine Schwiegermutter.«

»Wie bitte?«

Onkel Rudolph steckte die Hände in die Taschen. »Laura und ich, wir heiraten«, sagte er. »Es hat sich so ergeben.«

Ich fragte nicht, was das hieß: Es hat sich so ergeben. Damals mit Anneli im Forsthaus – hatte sich das auch so ergeben? Vielleicht wußte ich wirklich nichts über die Liebe.

Wußte Onkel Rudolph mehr?

»Rudi«, fragte ich – er hatte verlangt, daß ich Rudi zu ihm sage –, »liebst du Laura?«

Onkel Rudolph lachte. »Natürlich, du Döskopp. Was meinst du, weswegen ich sie heirate?«

Ich unterdrückte die Frage, ob Laura ihn liebe. Und ertappte mich dabei, daß ich über das Thema Liebe neuerdings nachdachte. Hatte ich geliebt? Hatte ich Lydia geliebt, damals am Teich? Hatte ich jene Mädchen geliebt, die ich durch meine Arbeit bei Flug-Wuttke kennengelernt hatte und mit denen ich umhergezogen war, für kürzere oder längere Zeit? Für Monate, Wochen oder nur Tage? Worum ging es mir auf einmal? Zu Anneli hatte ich gesagt: Ich liebe dich.

Die Mädchen sangen: »Kommt ein Adler an, kommt ein Adler an, hat sie allesamt verschlungen ...«

»Wie geht es deiner Lunge?« fragte ich.

»Besser«, sagte Onkel Rudolph. »Eigentlich alles verheilt. Aber natürlich ist fast die Hälfte hin.«

Ich weiß nicht, ob das medizinisch möglich war: verheilt, aber die Hälfte hin. Onkel Rudolph sah das so, für ihn galt dieser Befund. Ein Befund, der ihn leben ließ und ihn zugleich bewahrte vor den Nachstellungen des Wehrersatzamtes. Auf Altgediente waren sie scharf, als Unteroffiziere für die neue deutsche Wehrmacht.

Onkel Rudolph berichtete weiter von Lindow. Seinem Kameraden Bruno gehe es nicht gut, der sei in der Lungenheilanstalt. »Beeskow-Storkow. Ich fahre ihn besuchen.«

Opa kam aus dem Haus. Seine Haare waren immer noch dunkel, ein paar Sardellen hatte er sich über die Platte gekämmt, die, im Gegensatz zu seinem braungebrannten Gesicht, hell durchschimmerte. Wie damals die Glatze des einen Sargträgers, als er die Mütze abnahm.

»Schön singen se«, meinte Opa, auf die Mädelschar deutend. »Wie wir sind jung jewesen, haben wir viel jesungen. Denn kam dat Radio, und denn war't aus. Bloß die Wandervögel mit ihren Klampfen, die haben jesungen. Aber jetzt singen se alle wieder. Wat wir ham jesungen? ›Ännchen von Tharau‹ und ›Am Brunnen vor dem Tore‹. Det war modern. Rudi, mach mich man die Bauchbinde von die olle Zijarre, ick hab' det nich jerne. So. Bei'n ollen Prinz Karl, der wo uff de Düppler Schanzen jesiecht hat, da hamse die Zijarrenabschnitte jesammelt for jroßtätige Zwecke oder wie det hieß. Mein Jroßvater hat mir det erzählt, er war in't Schloß zu Berlin, se haben ihm einen jrößeren Orden verabreicht. Da hat Prinz Karl Zijarren anjeboten, aber selber abjeschnitten, wegen die Wohltätichkeit. Der hat selber zehn Pfund Orden jehabt. Hat er rumjezeicht. In 'ne Schatulle.«

»Na, na«, sagte Onkel Rudolph.

»So wahr ick hier stehe«, bekräftigte Großvater. »Nu is det von meine Zijarre uff die Erde jefallen. Aber für 't Jras sollet ooch jut sind. Haste jehört, Hansi, det unser Kameldrajoner und Laura een Paar werden? Mich soll't recht sein, Hauptsache, se besuchen mir häufich.«

Er schob die Brille hoch, in jener typischen Weise, die Joachim ebenso zu eigen war. »Is man jut, det die Frieda bei mich ist. Aber et is schwierich, seit deine Jroßmutter über den Gudelacksee zu Jrabe fuhr, nach ihren eijenen Wunsch und Ermessen. Sie hatte det in ein altes Buch jelesen, det is früher schon mal passiert, zu eine Zeit, als Prinz Heinrich noch in Neuruppin wohnte, also vor den jroßen Brand. Olle Kamellen. Wat wollte ick sagen? Et is nämlich folgendermaßen. Bin ick in Lindow, sehne ick mir nach hier. Bin ick hier, sehne ick mir nach Lindow. Ick hab' mir jesacht, Pommrehnke, denk an die rauhe See. Blaue Jungs und Schiff ahoi. Aber det hilft ooch nich. Ick werde meine Mützenbänder-Sammlung verschenken. Hansi, willst du sie haben?«

»Ich weiß nicht.«

»War nur 'ne Frage. Vielleicht bind' ick se 'nem Hund an'n Schwanz, wenn ick wieder een habe. Haste jehört, det Bello tot umjefallen is?«

»Rudi hat es erzählt.«

»Also dem neuen Köter. An'n Schwanz. Oder ick lass' 'nen Drachen damit steigen. Verdammt. Jetzt ist die Zijarre aus.«

Tante Deli rief, wir sollten essen kommen. Wenn Opa hier war, legte sie Wert darauf, daß wir alle miteinander aßen. Lydia mußte dann den Tisch im ersten Stock unter dem Kronleuchter decken. Als wir ins Haus gingen, sangen die Mädchen: »Der Herr Pastor, der aß die Frösch' so gerne ...«

Ein paar Minuten später kam Isabella. Es hatte sich eingebürgert, daß sie mit uns aß, wenn Besuch da war und auch Joachim herüberkam. Auf der Chaussee marschierte eine Militärkolonne vorüber. Wir hörten die Nagelstiefel im Takt. Eine Stimme rief: »Links, zwei, drei, vier!«

»Schneidig sind sie«, meinte mein Vater.

Opa sagte: »Aber nich so wie wir.«

Anneli saß steif in ihrem Gerüst und führte die Bissen durch die Luft zum Mund. Die Norne berichtete, sie werde in die Organisation »Glaube und Schönheit« übertreten. Dinge standen uns bevor. Wahrscheinlich würden demnächst Keulenschwingerinnen und Rhönradfahrerinnen unsere Wiese bevölkern.

Die Rede kam auf Lauras und Onkel Rudolphs bevorstehende Hochzeit. Werner meinte, ihm fiele ein reizender Vers dazu ein. Er zitierte:

»Und so harrte sie der Heirat,
doch als sie die Zeit fühlt' nah'n,
da entschwand auf einem Zweirad
jäh der saubere Galan.«

Laura errötete. Onkel Rudo sah Werner an, als wolle er ihn zum Duell fordern. Der Meseritzer Breitarsch sagte: »Werner, geh in dich. Das ist unpassend.«

In meinem Zimmer las ich Filmzeitschriften, aber ich konnte mich nicht konzentrieren. Wiederum wälzte ich einen Schwulst von Gedanken in meinem Kopf. Ob mein Entschluß richtig war, daß ich Flug-Wuttke, meine Karriere als Modellbauer, vielleicht als Segelflieger und Motorpilot im Stich gelassen hatte? Was fesselte mich an diesen fatalen Kintopp, dieses zerfallende Schützenhaus, wenn nicht die Bindung an meinen Bruder? Eine Bindung, die fast einem Hörigkeitsverhältnis glich, bestehend aus der kritiklosen Förderung von Joachims Plänen. Dem Wunsch, ihn zu begleiten auf einem Weg, an dessen Ende das von ihm herbeigesehnte Cineasten-Filmtheater stehen würde.

Wo denn? Hier in dieser Vorort-Klitsche? Und wie? Mit diesen Filmen, die uns – gerade noch – erlaubt waren? Was war überhaupt erlaubt? Ich erinnerte mich, als wir den Van-de-Velde-Film zeigten: »Wege zur guten Ehe«. Der Film war freigegeben, möglicherweise hatte er unter unerklärbar günstigen Umständen die Zensurstelle passiert. Unser Stammpublikum füllte das Kino, solche Filme schätzten sie. Am dritten Abend machten sich ein paar Lümmel, die wir nicht kannten, im Kino breit, fingen an zu johlen, Bierflaschen kullerten. Wir mußten die Saalbeleuchtung einschalten und die Vorstellung unterbrechen.

Wahrscheinlich rettete uns Isabella. Sie stellte sich in ihrer BDM-Uniform neben die Eingangstür, stumm, mehr denn je ein unbehauener Block. Aber sie schüchterte die Rabauken ein. Der Film konnte zu Ende gezeigt werden.

Einen Tag später lasen wir allerdings in der Zeitung einen Angriff auf unser Kino, der an Deutlichkeit alles übertraf, was bisher gegen uns geschrieben worden war. Van de Veldes Bücher seien, lasen wir da, bei der Bücherverbrennung dem Scheiterhaufen übergeben worden. Es könne nicht geduldet werden, daß in den Schützenhaus-Lichtspielen, die wiederholt durch Abweichungen von der neuen Linie und durch Ignoranz – um ein schlimmeres Wort zu vermeiden – aufgefallen seien, dem deutschen Volk von einem mißliebigen Autor im Film Belehrungen erteilt würden. Belehrungen, deren soziale und sexualethische Haltung dem Lebensstil des deutschen Nationalsozialismus von Grund auf widersprechend sei.

Wie erwartet, erschien Sachwalter Timm und legte Joachim nahe, »Hitlerjunge Quex« in den Spielplan einzubauen. Der Van-de-Velde-Film sei zwar von der Zensur freigegeben, jedoch sei das Jahre her. Er, Sachwalter Timm, müsse sich wundern, daß dieser abgeklapperte und geschmacklose Film, den die Welt längst vergessen habe, nun in unserem Theater gezeigt würde. Er als Sachwalter erwarte, daß durch die Aufnahme von »Hitlerjunge Quex« dieser Fehler, dieser Verstoß gegen Geschmack und gute Sitten korrigiert werde: »Sie haben eine Schlappe auszubügeln«, sagte Herr Timm.

Mein Bruder arrangierte ein Heinrich-George-Festival, das Wort existierte damals noch nicht, es hieß Heinrich-George-Filmtage. Im Quex-Film spielt George den kommunistischen Vater des Helden. Es war eine alte Kopie, Filmregen, Tonausfall, zweimal riß der Streifen. Hinterher war die Gaststube überfüllt, die Zuschauer reagierten sich bei Molle mit Korn ab. Die meisten schimpften.

Wie würde es weitergehen? Joachims Optimismus mochte, konnte ich nicht teilen.

Was hielt mich?

Ich legte mich ins Bett. Die Zimmertür stand offen, auch Anneli hatte ihre Tür aufgelassen. Laura war bei ihr, die Mädchen schwatzten. Ich hörte ihre Stimmen. Sie schwatzten stundenlang. Mit dem Speiseaufzug hatten sie sich flotte Lolas heraufgeholt, Weiße mit Erdbeer. Die zutzelten sie mit Strohhalmen aus. Ich wußte es, weil Laura in mein Zimmer gekommen war und gefragt hatte, ob ich ebenfalls eine flotte Lola wolle und ob mit Strohhalm oder ohne. Ich hatte abgelehnt, flotte Lola gehört nicht zu meinen Lieblingsgetränken.

Die Mädchen kicherten, es war wie damals, als sie mit Puppen spielten.

Ich stellte mir vor, wie es sein würde, wenn Laura mit Onkel Rudolph verheiratet war. Einem Mann, der so viel älter war als sie. Dazu mit einem Lungenschaden. Sie hatten, davon war die Rede beim Abendbrot gewesen, einen Dispens bei der Gesundheitsbehörde beantragen müssen. Schließlich war die Erlaubnis zur Eheschließung erteilt worden.

Tante Frieda? Wie fand Tante Frieda, daß Laura Onkel Rudolph heiratete? Wir konnten sie nicht befragen, sie wurde erst zur Hochzeit erwartet, die im Schützenhaus gefeiert werden sollte.

Dort drüben in ihrem Zimmer saß Anneli wahrscheinlich stocksteif am Tisch, das Glas erhoben, ihr Ledergestell verhinderte, daß sie sich beim Trinken vorbeugte. Plötzlich schlug mein Herz schneller. Hatte ich mir je vorgestellt, wie es wäre, wenn Anneli einmal heiraten würde? Genügend Männer umschwärmten sie, im Reitverein, wußte ich aus Annelis Mund, hatten etliche Kavalleristen es auf sie abgesehen. Anneli hatte es lachend erzählt.

Wie aber, wenn sie einem Antrag nachgeben würde? Ich mochte mir nicht vorstellen, wie sie in den Armen eines dieser Pferdefreunde lag. Vielleicht nicht mehr bei uns lebte? Mit uns zusammen, hier, im Schützenhaus?

Hieß das nicht: mit mir zusammen? Konnte ich mir vorstellen, daß ich hier leben würde ohne Anneli?

»Wie wenig kennt man sich selbst«, hatte einmal Hubert, der Bierfahrer, gesagt, mit Staunen Hannemanns Entwicklung beobachtend. Hubert hatte damit gemeint, daß er niemals mit einem Sproß gerechnet hätte, dessen Lebensstil seine, Huberts, Geduld im

Übermaß in Anspruch nehmen würde, für einen geduldigen Menschen hatte Hubert sich vorher nicht gehalten. Wieweit kannte ich mich? War ich – und der Gedanke erschreckte mich und war zugleich unendlich süß – Annelis wegen in die Filmgesellschaft eingetreten?

Es war spät. Die Stimmen der Mädchen wurden leiser. Laura tapste über den Flur, kam an mein Bett. Beugte sich über mich. Sie war im Nachthemd, einem duftigen Etwas, das sie wahrscheinlich im Hinblick auf Onkel Rudolph angeschafft hatte.

»Du schläfst nicht?« flüsterte sie. »Oller Dussel. Geh rüber zu Anneli. Mach schon.« Sie zog mich am Arm. »Ich schlafe hier. In deinem Bett.«

Anneli lag im Schein der Nachttischlampe, bis zu dem Lederkoller zugedeckt, das mich an Abbildungen des Ritters Hutten erinnerte, wie er zu Luther sagte: »Mönchlein, Mönchlein, du gehest einen schweren Gang.«

»Hilf mir«, sagte Anneli. Sie setzte sich im Bett auf und krempelte ihr Nachthemd über den Kopf. Sie saß da, mit ihren Mäusefäustchen, die Brustwarzen dunkelrot. »Mach schon«, sagte sie. »Ich kann das olle Ding nicht mehr umhaben.«

Ich öffnete die Schnallen. Das Leder faßte sich hart an, aber es war durchwärmt. Es fiel auf den Boden neben dem Bett. »Ich will meinen Kopf auf deinen Arm legen«, flüsterte Anneli. »Das ist besser als das Ding.«

18

Die folgenden Jahre stürzen in meiner Erinnerung zu einem einzigen, ungegliederten Ablauf zusammen. Ich könnte genausogut von einer Ewigkeit wie von wenigen Sekunden sprechen, halsstarrig und widerspenstig würde ich mich jedem gegenüber zeigen, der versuchte, mich darauf hinzuweisen, daß diese Jahre gegliedert gewesen seien, durch Ereignisse, in aller Erinnerung eingeprägt.

Wie aber soll ich von jenem Zeitraum berichten, der an seinem Anfang markiert ist durch den Glanz der Olympischen Spiele und an seinem Ende durch einen aus Smolensk stammenden Feldpostbrief Joachims?

Dort Jesse Owens, der Neger, der sich angesichts vertausendfachter nordischer Rasse vier Goldmedaillen holt. Und sechs Jahre später Joachims Schilderung, wie sein fahrbares Frontkino die ausgefahrene Rollbahn entlangholpert, nach Osten, nach Osten ...

»Wir sind jetzt vier Tage unterwegs, kaum eine Rast«, schrieb Joachim. »Jetzt werden wir in der Verteilerstelle mit neuen Filmrollen ausgerüstet. In Smolensk gibt es, in einem verschnörkelten Ballsaal aus der Jahrhundertwende, ein standortfestes Frontkino. Mein Fahrer und ich haben frei. Wir hüten uns, in dieses Kino zu gehen. Wir möchten zwei Tage lang nichts von Kino, nichts von Film wissen ...«

Ich halte diesen Brief in der Hand, blaues, ausgeblichenes, vergilbtes Papier. Meine Gedanken drängen sich zusammen, vor mir entsteht wieder die kleine Welt des Vorortes, in dem wir lebten, die Insel, die »unser« Schützenhaus darstellte.

Denn »unser« Schützenhaus war es auf einmal.

Eines Tages war Hubert, der Bierfahrer, gekommen, nun in seiner neuen Eigenschaft als Leiter der Schultheiß-Patzenhofer-Niederlassung. Diese Karriere war ihm beschieden, obwohl er sich weigerte, der Partei oder einer ihrer Organisationen beizutreten, in jener Zeit ein Wunder.

Hubert hatte den Vorschlag der Brauerei unterbreitet, uns das Schützenhaus zu verkaufen. Dort wollte man sich von der Immobilie trennen, die geringen Wert hatte in den Augen der Zuständigen der Brauereiverwaltung. Stadtrandlage, Baufälligkeit, vielleicht noch andere, uns unbekannte Gründe mochten die Entscheidung der Brauerei begünstigt haben.

»Sie wollen das Schützenhaus los sein«, sagte Hubert. Er trug seine alten Manchesterhosen, bräunlichgrün mit einer Art Pfeffer- und Salzmuster darübergestreut, an den Knien abgeschabt und immer noch jenen Geruch nach Pferden ausströmend, der ihr aus der Zeit anhaftete, als er mit seinem Bierfuhrwerk bei uns vorfuhr und Fässer ablud, indem er sie auf ein auf den Boden gelegtes Lederpolster springen ließ. Obenherum trug er allerdings nicht mehr die weiße Bierfahrerjacke, sondern ein dunkles Jackett aus glänzendem Stoff und zum gestreiften Oberhemd Umlegekragen und Schlips.

»Und der Preis«? fragte mein Vater. Hubert nannte eine Summe. Ich habe vergessen, welche, aber ich erinnere mich, daß der Preis niemanden erschreckte.

Tante Deli, die bei allen Entscheidungen mitredete, seit sie Frau Pommrehnke war, lief noch einmal zu voller Form auf, als sie uns das Für und Wider darstellte:

»Es kommt plötzlich«, sagte sie, in der Tür stehend, sie rieb den Fuß des Spielbeins am Standbein, daß der Kunstseidenstrumpf Marke Bemberg knisterte. »Angenommen, man kauft diese Klitsche. Was sind die Folgekosten? Den Kinosaal hat der Holzwurm angenagt, die Dachpappe richtet sich nach allen Seiten auf wie die Schuhsohlen eines Landstreichers. Du erinnerst dich, Walter, an das Gemälde, das wir bei Vater Warnicke sahen? Die beiden Penner, einer tanzt um einen blühenden Baum, der andere liegt drunter und poft, im Gras eine leere Flasche. Und die Schuhsohlen. Ich möchte wissen, ob er das Bild noch hat, wir waren jahrelang nicht bei Warnicke. Warum nicht? Damit komme ich zu Punkt zwei. Die Arbeit wächst uns über den Kopf. Personal ist nicht. Lydia wird kreuzlahm, ich will dahingestellt sein lassen, ob die viele Arbeit daran Schuld ist oder die Freizeitbeschäftigung mit ihrem SA-Mann. Krause bekommt graue Haare.«

Sie deutete auf Robinson Krause, der in üblicher kerzengerader Haltung ihrer Rede lauschte. Tante Deli fuhr fort:

»Von dir, Pommrehnke, will ich schweigen, du nimmst an, daß ein Husar im Sattel stirbt oder ein Budiker hinter seinen Zapfhähnen. Du hast also keine Meinung. Sage ich, du sollst kaufen, dröhnst du mir hinterher die Ohren voll, daß du die Klitsche am Hals hast. Sage ich, du sollst nicht kaufen, heißt es verpaßte Gelegenheit. Ach, ich denke an meine Tante Grete, die aus dem Leben geschieden ist, wenn es auch schrecklich war, wie sie die Wasserleiche aus der Havel gezogen haben, aufgequollen und blau im Gesicht. Die Hausschlüssel hatte sie auf den Steg gelegt. Sie war ja so ordentlich. Aber mit dem Mann, dem Säufer, ging es nicht.«

Sie fuhr sich übers Haar, das sie zu einem Dutt mitten

auf dem Kopf hochgesteckt trug. »Ich wollte sagen, Tante Grete hat es gut. Entscheidungen treffen, heutzutage. Pfuideibel. Hinzu kommt, daß man nicht weiß, ob einem die Nazis nicht alles wegnehmen.«

Joachim warf ein: »Ich bin fürs Kaufen. Das Kino hat ein bißchen Geld. Wenn wir eine Hypothek aufnehmen ...«

»Hypothek«, rief Tante Deli. »Dein Vater hat schon eine Hypothek auf dem verflixten Mietshaus, wo früher eure Wohnung war. Meinst du, er will immerzu nichts als Zinsen zahlen? Und die Kintopp-Ruine. Ihr braucht neue Bestuhlung. Ein neues Dach. Die Projektoren sind ausgeleiert, daß es einen Hund jammern kann. Kuckt euch mal einen Film an in eurer Flohbude. Das ist Galeere, oder?«

Unser Vater sagte: »Pommrehnke kauft.«

Tante Deli war einen Augenblick sprachlos. Joachim grinste. Werner, der dem Komiker W. C. Fields immer ähnlicher geworden war, pfiff den Anfang von »Am Sonntag will mein Süßer mit mir segeln gehn ...«.

Tante Deli rief: »Pommrehnke, du hast 'nen Knall.«

Mein Vater schüttelte den Kopf. »Es ist egal, was man tut. Das Geld wird immer weniger wert. Doch hier lebe ich, wie du sagst, als Budiker hinter den Zapfhähnen. Ich bin aber auch, obwohl es nicht so aussieht, an dem Flohkino beteiligt. Ich verkaufe das Haus in der Großgörschenstraße und kaufe das Schützenhaus. So, Reserve hat Ruh'. Ich lege mich wohl ein bißchen hin.«

Das hatte er verdient. Walter Pommrehnkes längste Rede seit je. Er schob Tante Deli beiseite und ging die Treppe hinauf. Er ging langsam, und wir sahen, daß unser Vater alt geworden war. Hubert rief ihm nach: »Kann ich positiv berichten?« Mein Vater brummte irgend etwas, ohne den Kopf zu wenden. Wir nahmen es als Zustimmung.

Tante Deli leckte sich den Zeigefinger, bückte sich und stoppte eine Laufmasche an ihrem Strumpf.

Ich lief zu Anneli hinüber und erzählte ihr die Neuigkeit. Sie lachte. »Dann wohnen wir von jetzt ab in unseren eigenen vier Wänden?«

Vor einiger Zeit waren wir aus dem großen Haus ausgezogen. Da wir nicht beabsichtigten, nach Joachims Vorbild einen zweiten Waggon im Park aufzustellen, hatten wir Polier Klobinski gewonnen. Klobinski war mit einer Maurerkolonne angerückt und hatte die verwaisten Stallungen zu einer Wohnung umgebaut. Zwar roch es immer noch ein bißchen nach Annelis Berenice und nach Gila-Monsters Ali, aber es war gemütlich bei uns. Im Wohnzimmer hing von der Decke eins meiner frühen Flugmodelle, Reminiszenz an eine große Zukunft, die ich zugunsten der Schützenhaus-Lichtspiele aufgegeben hatte.

Unter dem Flugmodell stand ein Körbchen, in dem unsere Helga lag, ein paar Wochen alt. Die Norne kniete davor und spielte mit einem Hampelmann, bis Helga ein paar hohe, gequetschte Töne ausstieß. Es klang wie die Kinoorgel, wenn sie zu Beginn nicht genügend Luft aus dem elektrisch angetriebenen Blasebalg bekam.

Unser Sohn Horst, der bereits stehen konnte, hielt sich mit einer Hand an dem Rand des Körbchens fest. Mit der anderen Hand deutete er, das Köpfchen schräg haltend, auf seine ausgestopfte rückwärtige Partie. »Dooah«, sagte Horst.

Das bedeutete, er hatte die Hosen voll.

Wenig später, als die Familie sich versammelte, um Helga zu taufen, war alles geregelt. Mein Vater hatte gemeldet: »Alles klar im Beritt! Die Sache ist über die Bühne gegangen.« Für das Haus in der Großgörschenstraße, beste Lage, wie man damals noch annahm, hatte sich sofort ein Käufer gefunden. Das Dach vom Kinosaal war neu geteert worden, und die Bestuhlung hatten wir ausgewechselt. Unser Publikum fläzte sich auf Samtfauteuils. Die neuen Projektoren sollten in einer Woche kommen.

Tante Deli flüsterte zwar, daß sie nicht begreife, was um sie her vorgehe, für eine Großmutter – Horst und Helga hatten sie dazu gemacht oder Anneli und ich – sei alles eine Zumutung. Doch stieß sie mit uns an, als mein Vater Sekt spendierte und das Schützenhaus, »unser« Schützenhaus, hochleben ließ. Als sei's eine Person.

Seine Großzügigkeit kannte damals keine Grenzen. Er hatte der Kintoppgesellschaft eine entsprechende Summe geliehen, so daß unsere OHG als Käufer aufgetreten war. Annelis Ausruf widerfuhr Realisierung, wir wohnten jetzt wirklich »in unseren eigenen vier Wänden«.

Taufen waren ein bißchen aus der Mode gekommen, eine Tatsache, die bei uns eine Trotzreaktion hervorgerufen hatte. Horst war in Lindow getauft worden. Und zu Helgas Taufe kamen wir hier, im Schützenhaus, zusammen. Ein Ereignis trübte unsere Freude. Arthur und Lorchen, jene Verwandten, die wir einmal flüchtig kennengelernt hatten, erschienen nicht. Opa berichtete, Arthur, der Rundfunksprecher, sei abgeholt worden. Näheres wisse man nicht. Lorchen, in tiefstem Gram, gehe nicht aus der Wohnung.

»Das muß man verstehen«, sagte Opa. »Es ist furchtbar. Doch wollen wir uns die Freude am Fest nicht trüben lassen. Das Kindchen kann nichts dafür, und es soll nichts von diesen gräßlichen und unmenschlichen Dingen spüren.«

Er rückte die Brille hoch, und es ist wahrscheinlich, daß er sich eine Träne aus dem Augenwinkel wischte.

Wir hatten eine Haustaufe arrangiert. Tante Deli hatte oben im sogenannten Eßzimmer die Anrichte mit einem weißen Damasttuch aus Omas Erbe bedeckt und diesen improvisierten Altar mit Myrtenzweigen geschmückt. Der Pfarrer, ein junger Mensch, Nachfolger jenes Himmelblickers, der uns die Konfirmandenstunden verekelt hatte, kam auf einem Motorrad. Taufbecken und Kruzifix brachte er im Rucksack mit.

Laura hielt das Baby. Als zweite Patin hatten wir Kitty geladen, sie erschien ohne Zigarettenspitze.

Helga erhielt zusätzlich die Namen Laura und Kitty. Das war unzeitgemäß, aber uns gefiel es.

Der Pfarrer, als sei er unser langjähriger Verbündeter, gab dem Kind einen optimistischen Spruch mit auf den Lebensweg: »Wache auf, wache auf, Debora! Wache auf, wache auf, sprich ein Lied!«

»Richter fünf, zwölf«, sagte zu unser aller Erstaunen Kitty.

Der Pfarrer nickte. Niemand störte es, daß Opa brummelte: »Fürchterlich. Wenn se nu Sängerin wird?«

Das Fest, unser letztes großes Fest für lange Zeit. Die Schützengilde hatte sich ausgedacht, als Geschenk für Helga ein Damen-Luftgewehr zu überreichen, was viel Gelächter erregte. Schönicke schleppte das Paket an und freute sich über unser Erstaunen. »In der Tat, ein ungewöhnliches Geschenk«, fühlte ich mich als Vater verpflichtet zu bemerken. Schönicke meinte: »Möge unsere Gabe dem Kind lebenslang hohe Treffsicherheit verleihen.«

An seinem Arm hing Lieschen Radke, in einer Phantasie-Schützinnen-Uniform, sie sah aus wie eine Kreuzung von Robin Hood mit einem uckermärkischen Wilderer – einer war in der Zeitung abgebildet gewesen.

Auf die Stufen zur Veranda hatten wir ein Schild gestellt:

»Heute wegen Familienfeier geschlossen«.

Das hatte einige Wanderer nicht abgehalten, sich angesichts des schönen Wetters im Wirtsgarten niederzulassen. Mein Vater ließ sie mit Freibier bewirten, sie wußten nicht, wie sie zu dieser Ehre kamen, und freuten sich. Ihre Blicke ruhten auf dem Transparent an der Kinofassade, das die Wiedereröffnung nach Renovierung ankündigte. Links sah Adele Sandrock auf die Wanderer herab und rechts Willy Birgel.

Die entsprechenden Ankündigungen lauteten:

Montag bis Donnerstag: Adele Sandrock in »Alles hört auf mein Kommando«. Mit Marianne Hoppe, Wolfgang Liebeneiner, Georg Alexander, Wilhelm Bendow u. a.

Freitag bis Sonntag: Willy Birgel in »Barcarole«. Mit Lida Baarova, Gustav Fröhlich, Harry Hardt, Hubert von Meyerinck.

Lida Baarova, raunte man in Berlin, hatte gerade ein Techtelmechtel mit Goebbels. »Der erste menschliche Zug, den ich an unserem Propagandaminister entdecke«, hatte Werner geulkt, mit Verlegenheit in der Stimme, er tat Verbotenes. »Auf deine Bemerkung steht Oranienburg«, hatte denn auch mein Vater – wieder einmal – gewarnt.

Doch an jenem Tag, dessen Hauptheldin Helga Kitty Laura war, verdrängten wir die Schatten. Wir wollten feiern. Noch einmal groß feiern. In der Gaststube, die an diesem Tag der Familie, ausschließlich der Familie gehörte, war die lange Tafel gedeckt. Auf allgemeinen Wunsch hatte Großvater den Vorsitz übernommen. Am anderen Ende des Tisches saß Anneli, den Täufling im Arm. Horst kroch unter dem Tisch herum und atmete den säuerlichen Geruch von verschüttetem Bier ein, wie es vor ihm Huberts Mathilde und Ede Kaisers Karl getan hatten.

Sie beide und etliche andere Kinder aßen an einem Extratisch, wo die Norne Wache hielt. Sie war, kein

Zweifel, ein liebes Mädchen. Und Joachim – vielleicht uns allen – ergeben. Zum ersten Mal sah ich sie in einem Zivilkleid aus tiefrotem Samt. Um den Hals trug sie eine Perlenkette gewickelt, ich konnte nicht unterscheiden, ob es sich um echte oder unechte Perlen handelte. Zudem hatte die Norne ihre Zöpfe abgeschnitten. Werner kommentierte dies: »Sie sieht fast wie ein Mensch aus«, rief er und deutete ungeniert mit dem Zeigefinger auf Isabella.

Sie saß eingerahmt zwischen den Kindern in Matrosenkleidchen und Matrosenanzügen, ein fast nostalgisches Bild, ungewohnt auf jeden Fall in einer Zeit, da man bereits die Zehnjährigen in Uniform steckte.

Auch Lydia und Robinson Krause saßen mit am Tisch, heute waren sie Gäste. Papa Warnicke hatte Personal zur Verfügung gestellt. Er saß am Tisch, neben ihm die andere, Papa Warnickes Lydia, in einem brettsteifen schwarzen Kleid mit Keulenärmeln. Sie zeigte ihre metallschweren Zähne, wenn sie lachte, und heute lachte sie oft. Ab und zu sprang sie auf und sah in der Küche nach dem Rechten. Jedesmal sprang dann auch Tante Deli auf, wurde aber von Lydia auf den Stuhl zurückgedrückt.

Ich saß neben Anneli. Seit jenen Tagen, als sie den Lederkoller getragen hatte, saß sie kerzengerade. Sie behauptete, es würde sie schmerzen, wenn sie nicht so starr dasäße. Außerdem sei es vorbildlich für unsere Kinder, beizeiten würden sie lernen, daß man gerade am Tisch zu sitzen habe.

Woher nun dies? Nachdem wir all die vielen Jahre uns auf die schlampigste Art und Weise an den Tisch gelümmelt hatten? Doch bevor ich meiner Verwunderung Ausdruck verleihen konnte, flüsterte mir Anneli ins Ohr: »Findest du es schlimm, daß wir nicht verheiratet sind?«

In der Tat. Wir waren es nicht. Ich schüttelte den Kopf und lächelte. Mir war es gleich, ich war meiner Liebe zu Anneli sicher, endlich sicher. Und ich wußte, daß es, von Anneli aus betrachtet, genauso aussah.

Damals – wie lange war das her? –, als Anneli feststellte, daß sie schwanger war, hatten wir Tante Deli und meinem Vater verkündet, daß wir zusammenbleiben würden. Tante Deli hatte sofort begonnen, unser Glück zu organisieren, in der Hoffnung, daß sie Myrtensträußchen für ihre Tochter, die Braut, binden könnte. Dann jedoch stellte sich heraus, daß Anneli und ich wegen der Heirat meines Vaters mit Annelis Mutter vor dem Gesetz in einen derart nahen Verwandtschaftsgrad zueinander geraten waren, daß uns die Heiratserlaubnis trotz Annelis Schwangerschaft verweigert wurde. Strenggenommen, glaube ich, lebten wir in Blutschande miteinander, und wir mußten froh sein, daß die Behörde uns nicht obendrein anzeigte und strafrechtliche Verfolgung veranlaßte.

Wir hatten uns an den Zustand gewöhnt und konnten darüber lachen. Tante Deli brauchte ein bißchen länger für die Gewöhnung. Wir zogen dann in den umgebauten Pferdestall und führten unseren Haushalt, gingen selten noch zum Essen in die Gaststube hinüber. Unsere Zimmer dort wurden zu Gästezimmern umgewandelt, denn immer öfter kam jetzt Opa von Lindow herüber, meistens in Begleitung Tante Friedas, die behauptete, alleine an dem Riesensee werde ihr plümerant zumute. Sie paßte zu unserem Oblomow-Vater. Wie er liebte es Lauras Mutter, sich im Bett mit Lesestoff einzurichten. Sie trug blaue oder rote chinesische Morgenröcke mit aufgestickten goldenen Drachen. Da sie nach wie vor Magazine bevorzugte, die das Leben jener eleganten Welt schilderten, die wir in unserem Vorort allenfalls vom Hörensagen kannten, gewann sie Anneli, die Norne und auch Lydia als Freundinnen. Die Magazine machten die Runde, und die Frauen verfügten über Gesprächsstoff.

Zuweilen reisten auch Laura und Onkel Rudolph an, ein Paar, dessen Kleidung sich durch Eleganz auszeichnete – im Verhältnis. Laura trug gerne Jackenkleidchen und winzige Hüte, die sie selbst mit allerlei Merkwürdigem garnierte, kleinen gelben Küken etwa, wie sie Osterhasennester von Kindern zierten, oder einer Kette bunt eingewickelter Bonbons. Einmal hatte sie ein kleines gelbes Spielzeugauto aus Blech auf den Hutrand montiert. Von ihrer Hochzeit wurde immer noch geredet, auch als wir zu Helgas Taufe beisammensaßen, denn Onkel Rudolph und Laura hatten uns hoch über den Dächern von Berlin bewirtet: im Funkturm-Restaurant.

Der Braten wurde aufgetragen, wunderbar dekoriert mit Ananasscheiben und halbierten Apfelsinen. Der Anblick entlockte der Tischgesellschaft ein langgezogenes »Aaah«, und Großvater sagte, so was bekäme nicht einmal ein Admiral auf einem Panzerschiff zu Gesicht. Die Bestecke klapperten.

Bevor das Dessert aufgetragen wurde, Fürst-Pückler-Bombe stand auf der gedruckten Menükarte, erhob sich Werner und sagte, er wolle eine Rede halten.

»Eine Rede«, sagte er, »die, wir alle möchten es ihm verzeihen, an den Täufling gerichtet ist, ausschließlich an den Täufling.«

Der Täufling schlummerte, aber das hielt Werner nicht ab, er schneuzte seine rote W.-C.-Fields-Nase in ein noch röteres Taschentuch und hub an:

»Liebe Helga Kitty Laura, es ist ein schöner Anlaß, der uns zusammenführt. Du bist aufgenommen in die christliche Gemeinschaft, was heutzutage nur von Vorteil sein kann, nachdem hinkende Teufel sogar in den Ministerien sitzen.«

Er meinte einen einzigen, den im Propagandaministerium, aber wir ließen Werner den Plural durchgehen, vielleicht gab es wirklich noch andere, von denen wir nichts wußten oder die ihren Hinkefuß verbargen.

Werner fuhr fort: »Nachdem wir solchermaßen alles getan haben, um dir den weiteren Lebensweg zu ebnen, lassen wir unsere Phantasie spielen und überlegen uns, was alles aus dir werden kann. Deine Mutter, aufstrebende Turnierreiterin, wenn auch, ich darf das sagen, durch reichliches Privatleben aus der Bahn – sozusagen der Reitbahn – geworfen, hat dir vielleicht einen Pferdeverstand mitgegeben. Ist es, wir fragen es uns, kleine Helga, ist es denkbar, daß dereinst das Rampenlicht auf dich fällt, während du im Damensattel auf stolzem Lipizzanerhengst in die Manege trabst, vom Volke bejubelt? Parbleu, das macht 'ne trockene Kehle.«

Werner unterbrach sich und stürzte, von den am Nebentisch sitzenden Kindern bestaunt, eine Halbe in einem Zug hinunter, so daß Robinson Krause schon aufspringen wollte, ein neues Bier holen. Er hätte es getan, wenn Lydia – unsere Lydia – Krause nicht festgehalten und ihm mit dem Finger gedroht hätte.

»Wir haben jedoch auch«, setzte Werner seine Rede fort, »mit einem Vater zu rechnen, dessen Erbanlagen teils in die Lüfte, teils ins angenehme Dunkel eines Kinosaals weisen. Was wird nun daraus hervorgehen? Ein Spiel, liebe Freunde, ein Spiel. Do X, das größte Flugboot der Welt, hat seinen Flug um die Erde absolviert. Ist es abwegig, wenn wir annehmen, daß dereinst den Luftreisenden an Bord solcher Riesenflugzeuge Filme vorgeführt werden? Vielleicht von hübschen Operatorinnen, deren eine unsere Helga ist?

Gewagt? Oh, sagt das nicht, meine Freunde. Haben wir nicht jüngst auf der Funkausstellung die erste Vorführung des technisch vollentwickelten Fernsehens erlebt? Die Bildübertragung mittels der Braunschen Röhre? Auf unsichtbaren Strahlen durch die Lüfte wird das Bild übertragen. Ist es nicht denkbar, daß es das Bild unserer Helga ist, die als Ansagerin die nächste Sendung ankündigt?

Schön für das Kind, werdet ihr sagen, ich hoffe es. Gleichzeitig, ich merke es mit Beschämung, habe ich nun selbst einen Teufel zugelassen, ihn an die Wand gemalt. Denn die Frage stellt sich: Wird denn das Fernsehen das Ende des Kinos bedeuten? Damit das Ende unserer manchmal schwierigen, dennoch heiteren Unternehmung, die wir Schützenhaus-Lichtspiele genannt haben?

Freunde! Ich glaube, nein. Denn was Ausdauer und Einfälle betrifft, so verfügt unser Täufling über einen genialen Onkel, dem die Erfahrung beschert sein wird: Das Fernsehen ist für die Massen, das Millionenpublikum. Muß es sein, ein Verwandter des Radios. Das Kunstkino, das unser Freund Joachim jedoch anstrebt, ich darf sagen mit unser aller Ermutigung, das Kunstkino wird überleben.

So dürfen wir unseren spielerischen Vermutungen eine neue hinzufügen: Wäre es vielleicht abwegig, wenn wir in Helga und ihrem tüchtigen Bruder Horst – der sich bereits unter dem Tisch an jenes Zwielicht gewöhnt, das gleichermaßen im Kinosaale herrscht –, wenn wir in diesen beiden würdige Nachfolger für unsere Lichtspielkunst-Hallen sähen?«

Klatschen unterbrach Werner. Er hob die Hände, den Beifall abwehrend, und wandte sich Kitty und Laura zu, die nebeneinander saßen.

»Wir dürfen nicht vergessen«, sagte Werner, »daß heute zwei gute Feen dem Kind besondere Gaben in die Wiege gelegt haben, gute Gaben, wie könnte es anders sein. Lauras bekannte Tierliebe, bewiesen durch die

Aufzucht des Schafes Klöterlämmchen, sowie Kittys unnachahmliche Eleganz, wenn sie die Rauchringe ihrer Manoli in die Luft stößt – sollten das nicht Eigenschaften sein, die uns für ein Mädchen als Ergänzung höchst willkommen sind?«

Ein Beifall brach aus, den ich mit frenetisch bezeichnen würde, wenn ich mir über die Bedeutung dieses Wortes im klaren wäre. Werner erhob sein Glas, das wundersamerweise wieder gefüllt war, als habe das Aushilfspersonal, vielleicht an Hand von Werners Nase, seine Bedürfnisse erkannt. Werner erhob sein Glas, alle erhoben ihre Gläser: »Auf unseren Täufling. Auf die Eltern. Auf die Großeltern. Auf Onkel und Tanten. Auf die Paten. Auf den Herrn Pastor. Auf die Freunde. Auf alle Anwesenden.«

Das Personal rannte und füllte Gläser. Werner schritt auf Anneli zu und küßte sie, was aussah, als ob ein roter Ballon auf ihrem Gesicht landete. Es war aber wiederum die Nase, Werners leuchtendrote W.-C.-Fields-Nase.

Schräg fielen Sonnenstrahlen ins Zimmer, gedämpft durch das Laub der alten Bäume. Opa angelte Horst unter dem Tisch hervor und setzte das Kind auf seine Knie. »Er stinkt wie 'n Faß«, verkündete Opa. Er bat Werner, die Quetschkommode zu holen. »Einmal«, rief Opa, »lassen wir die Marine hochleben. Das letzte Mal, bevor ich meine Sammlung vernichte. Werner, spiel!«

Werner sah ihn fragend an. »Wat schon«, grummelte Opa. »›Hein muß hinaus auf die Meere.‹«

Werner fing an, suchte die Melodie. Opa gab Horst an Tante Frieda ab und stand auf. Dann sang er mit mächtiger Stimme: »Heute an Bord, morgen geht's fort, Hein muß hinaus auf die Me-he-re . . .«

Später, es dämmerte bereits, ging ich mit Robinson Krause zum Weiher im Wald. Wir hatten eine Reuse mit

Flußkrebsen versenkt. Die Krebse sollte es zum Abendessen geben. Krause schuffelte neben mir her auf seinen Plattfüßen. »Es wird nicht so bleiben«, seufzte unser Oberkellner. »Die da werden alles kaputtmachen.«

Er blieb stehen, sah mich an mit seinem ehrerbietigen Blick. »Entschuldigen Sie man«, sagte er.

Wochen und Monate reihten sich aneinander, schon kroch auch Helga über die Dielen unter dem Tisch. Schützenhaus-Kinder rochen in einem Abschnitt ihres Lebens nach Faß. Anneli hatte ihre Arbeit beim Reiterverein wiederaufgenommen.

Wiederum, in meiner Erinnerung, ein Bild:

Tribünen, bunte Fahnen wehen, die meisten mit dem Hakenkreuz. Auf den Tribünen sommerlich gekleidete Menschen, Frauen in weißen Kleidern, Hüte, die an die Südwester der Schutztruppen unserer Kolonien erinnerten. Viele Uniformen, aber auch elegantes Zivil. Rote und schwarze Röcke der Reiter, Rufe: »Der Kronprinz kommt.« Ein Auto, das vor die Ehrentribüne rollte. Militärs, Hände zum Gruß am Mützenschirm. Ein schlanker Herr eilte die Stufen hoch. Das Auto verschwand in einer Qualmwolke, Pferde scheuten, wurden von ihren Reitern gezügelt. Eine Ansprache: Das Reit- und Fahrturnier ist eröffnet. Den Tribünen gegenüber hat eine Militärkapelle Aufstellung genommen. Schneidig spielen sie Kavalleriemärsche, mir unbekannt. Aber ich sehe, wie mein Vater mitsummt, sein rechtes Bein zuckt im Takt.

Springturnier. Anneli auf ihrem neuen Pferd, einem Fuchs, geht in die Bahn. Wo ist Joachim? Redet er wieder vom Film? Joachim sitzt zwei Reihen vor mir, daneben die Norne. Zwischen sich halten sie Horst, Joachim mit einem Arm, Isabella mit einem Arm. Die Bank hat keine Lehne, Horst droht herunterzufallen.

Anneli reitet. Sie kommt fast glatt über den Parcours, das Pferd reißt, ganz zum Schluß, ein Hindernis.

Anneli belegt einen ehrenvollen dritten Platz. Ein Mann in Parteiuniform überreicht ihr einen Pokal. Der Kronprinz, jetzt am Sattelplatz, reicht ihr die Hand.

In der Pause löffeln wir Erbsensuppe mit Speck aus Gulaschkanonen. Die Köche tragen Drillich und auf den Köpfen das neu eingeführte Schiffchen mit Kokarde. Ede Kaiser murmelt: »Fast wie in Döberitz.« Ein bißchen Erbsensuppe hat er auf seiner Jacke.

Dann das Fahrturnier. Elegante Karossen, blitzende Geschirre, die blanken Felle der Pferde. Die Kapelle schmettert ihre Märsche in den blauen Sommerhimmel. Horst sagt, daß er eine Limo will, es ist heiß. Die Norne bedeutet ihm, ruhig zu sein, denn gerade fährt ein Viererzug in die Arena. Der Viererzug wird gelenkt von Anneli.

Mit vollkommener Ruhe, als täte sie das jeden Tag, absolviert Anneli mit ihrem Gespann die vorgeschriebenen Figuren. Schaumflocken fliegen von den Mäulern der vier Rappen, die den Wagen ziehen. Anneli sitzt hoch oben auf dem Bock, die Zügel in den Händen. Sie trägt weiße Hosen und eine rote Jacke, die in der Taille anliegt. Auf ihren Stiefeln und dem schwarzen Zylinder wirft die Sonne Reflexe. Die Rappen schnauben. Auf der Tribüne sind die Gespräche verstummt.

Der Viererzug hält. Grooms in schokoladefarbenen Livreen eilen herbei, halten die Pferde. Anneli wirft ihnen die Zügel zu und springt vom Kutschbock. Ich bin, darf ich es sagen?, stolz auf sie. Und eifersüchtig auf den Schiedsrichter mit der weißen Armbinde, der Anneli auffängt.

Eine Stunde später ist Siegerehrung. Staub liegt über dem Platz. Ein Bierfuhrwerk mit vier mächtigen Rössern nähert sich auf der Straße. Die Grooms bauen Podeste auf.

Dann verkündet der Lautsprecher: »Erster Preis im Viererzug-Fahren – Anneli Pommrehnke.«

Der Pokal war größer als jener für den dritten Platz im Kunstspringen.

Wir schlossen Anneli in die Arme. Wiederum roch sie nach Pferd. Ich küßte sie. Mein Vater murmelte mehrmals hintereinander: »Donnerlittchen.«

Einen Monat später standen die Ställe auf dem Gutshof leer. Die Wehrmacht war in Polen einmarschiert. Alle Pferde waren nach Krampnitz verfrachtet worden, zur Verfügung des Heeres. Auf dem Regal in der Gaststube verstaubten Annelis Pokale, neben dem Arsch mit Ohren. Noch einmal saßen wir in der Gaststube beieinander. Ede Kaiser war herübergekommen, seine Taxen waren stillgelegt. Ede und mein Vater trugen Uniform. Ab sofort sollten sie auf dem verlassenen Gutshof Dienst tun. Ein Pferdelazarett wurde eingerichtet. Auch Joachim trug Uniform, ohne Dienstgradabzeichen. Schütze Pommrehnke. Er hatte seine Einberufung am ersten Kriegstag bekommen. Jetzt sollte er mit einem Lichtspielzug in Marsch gesetzt werden. Rollendes Frontkino. »Ich komme nicht aus der Übung«, scherzte er. Die Norne hielt seine Hand, blickte ihn mit verheulten Augen an. »Schon gut«, tröstete Joachim sie. »Das ist kein Himmelfahrtskommando.«

»Aber es ist der Anfang vom Ende«, sagte unser Vater. »Es hat sich schon mancher totgesiegt.«

»Walter, rede nicht so«, mahnte Tante Deli.

»Wieso? Der Parteihengst ist über alle Berge.«

Sachwalter Timm hatte sich verabschiedet. Er werde Aufgaben in den eroberten Gebieten übernehmen, sagte er. Ein Nachfolger sei nicht vorgesehen.

Eine gute Nachricht. Wir waren nicht traurig, daß er uns verließ.

Und ich? Im Erfassungssystem des Wehrkreiskommandos zeigten sich Lücken. Ich besaß keinen Wehrpaß, obwohl ich mich wie vorgeschrieben gemeldet hatte. Desgleichen Werner. Wir waren durch die Maschen geschlüpft. Wir würden die Schützenhaus-Lichtspiele weiterbetreiben, so lange es ging. Das versprachen wir Joachim. Seine Kameraden holten ihn ab. Sie fuhren in einem feldgrau angestrichenen Lieferwagen vor. In diesem Lieferwagen befanden sich die transportablen Projektoren, die Leinwand. Und Filmspulen. Sie zeigten uns die Programmliste, nach den Richtlinien des Oberkommandos des Heeres. Weltanschauliches muteten sie den Soldaten nicht zu. Statt dessen: »Verwehte Spuren« mit Kristina Söderbaum, die später als »Reichswasserleiche« berühmt wurde, Regie Veit Harlan. Bald wird er »Jud Süß« verfilmen.

Joachim setzte seine Dienstbrille mit Metallrand auf. Die Brille veränderte ihn, er sah älter damit aus und zugleich harmlos. Ein bißchen wie aus einem Klamaukfilm. Wir stellten uns auf die Veranda, als er mit seinen Kameraden davonfuhr, die Chaussee entlang in Richtung Berlin.

Von nun an kamen die Feldpostbriefe. Wir hatten einen Code vereinbart. »Ruft Gerda an, wie es ihr geht«, stand etwa in Joachims Brief. »Die Nummer ist . . ., Nebenstelle soundso.« Zusammen acht Zahlen. Die Zahlen gaben die geografische Länge und Breite jenes Ortes an, an dem sich Joachim gerade befand. Wir mußten nur auf der Landkarte nachsehen. So zog Joachim seine Spur, durch Polen, durch Frankreich. Manchmal kam er auf Urlaub, zog den Uniformrock aus und verschwand in der Vorführkabine. Die Norne wartete auf ihn im grünen Waggon.

Ungefähr um die Zeit, als der Brief aus Smolensk kam, etwa drei Monate nach einem Heimaturlaub, erklärte Isabella, sie sei schwanger. Joachim und sie wurden ferngetraut. Wir begleiteten die Norne aufs Standesamt. Auf dem Tisch lag ein Stahlhelm. Tante Deli hatte für Isabella das Kleid umarbeiten lassen, das sie zu ihrer Hochzeit mit Vater getragen hatte. Für die Norne mußten sie an den Seiten Streifen einsetzen.

Sie bekam einen Jungen, fast neun Pfund schwer. Isabellas und Joachims Sproß wurde Stefan getauft, das war damals das Allermodernste.

19

Ich habe jene Ereignisse geschildert, als sei es mir gelungen, der Einberufung zu entgehen. Möglicherweise wäre das noch bis ins Jahr 1940 der Fall gewesen, ich gehörte »den Jahrgängen dazwischen« an. Doch ich verließ mich nicht auf die Unzuverlässigkeit oder auf den Schlendrian der Behörde.

Abends versammelten wir uns in der Gaststube und besprachen unsere Zukunft. Ließen zu, daß Lydia uns Briefe von Hannemann vorlas, er gehörte zur Bewachungsmannschaft eines Lagers in Polen. Viel schrieb er nicht darüber, was er dort tat. Erst nach dem Krieg erfuhren wir es.

Anneli riet mir, mich freiwillig zu melden. »Du kannst dir wenigstens die Waffengattung aussuchen«, meinte sie. Anneli wußte, daß mein Interesse für die Fliegerei immer noch stark war, sie sah, daß ich alle Nachrichten, die mit der Luftwaffe zu tun hatten, am aufmerksamsten verfolgte.

»Ich würde es verstehen, wenn du dich zur Luftwaffe meldest«, sagte sie.

Fliegen. Nun endlich Pilot werden? War das noch möglich? Ich zögerte. Aber jeder Tag, der verging, konnte mein Schicksal besiegeln. Wo würden sie mich hinstecken? Bestimmt zur Infanterie.

Ich meldete mich. Es dauerte eine Weile, bis sie meinen Wehrpaß fanden. Dann wurde ich zur Musterung bestellt: eingezogen zur Luftwaffe. Vorgesehen für Pilotenausbildung. Die Ärzte bescheinigten mir Gesundheit. Dann saß ich dem Arzt gegenüber, der die Sehprüfung vornahm. Er trug keinen weißen Kittel über der Uniform. Über den Tisch hinweg schob er mir jene aus Punkten bestehenden Stillingschen Tafeln zu, aus deren Muster man Zahlen und Buchstaben herauslesen muß. es gelang mir vortrefflich. Bis ich an eine Tafel kam, auf der die Punkte vor meinen Augen verschwammen.

»Zweiundsiebzig?« fragte ich. Ich glaubte, die Zahl zweiundsiebzig herauszulesen.

»Versuchen Sie es noch einmal«, sagte der Arzt. Er wechselte die Tafeln aus, es ging eine Weile gut. Dann schob er mir wieder die vertrackte Tafel mit den tanzenden Punkten hin.

Ich schüttelte den Kopf.

»Nichts?« fragte der Arzt.

»Ich glaube ...«, sagte ich, »nein. Ich erkenne nichts.«

Der Arzt klappte die Tafel zu. »Sehschwäche für rot und grün«, konstatierte er. »Kein Zweifel. Es tut mir leid. Die Signalisierungen sind rot und grün. Sie können nicht Pilot werden.«

Mit welchen Worten soll ich meine Empfindungen in jenem Augenblick schildern? Natürlich stürzte keine Welt für mich ein. Aber das bißchen Hoffnung, das ich mit mir gebracht hatte, schwand dahin. Es schwand dahin wie die Staubwolke, die über dem Turnierplatz gelegen hatte, als Anneli auf dem Siegerpodest stand.

»Keine Möglichkeit?« fragte ich.

»Keine«, sagte der Arzt.

Ich wollte aufstehen, aber er bedeutete mir, sitzenzubleiben. »Wir haben in solchen Fällen die Möglichkeit, Freiwillige für das Bodenpersonal zu empfehlen«, sagte er. »Bei der Luftwaffe geht man davon aus, daß man Männer, die sich für das Fliegen interessieren, auf jeden Fall bei dieser Waffengattung verwenden sollte.« Er blickte mich lange an diesmal: »Ist Ihnen das recht?«

Ich nickte.

»Alles klar?« fragte Anneli, als ich nach Hause kam. Ich ließ mich auf einen Stuhl fallen. »Bodenpersonal«, stöhnte ich.

Anneli lachte. Sie lachte, bis ihr die Tränen kamen. »Entschuldige«, sagte sie, »das ist nicht nett von mir. Eben dachten wir noch, wie dir eines Tages das Ritterkreuz zur Pilotenjacke herausbaumelt. Nein, nein. Es ist grotesk.« Sie kam um den Tisch herum und umarmte mich. »Entschuldige«, wiederholte sie. »Ich bin so ein Typ, der auf Beerdigungen lacht. Ich kann nichts dafür. Aber: Ich bin ein Weibchen, wenn auch Sieger in Reit- und Fahrturnieren. Das Weibchen in mir ist glücklich. Hansi! Leute vom Bodenpersonal können nicht vom Himmel fallen!«

Ich grinste. Wußte, daß ihr Instinkt wieder einmal das Richtige getroffen hatte. Dennoch. Wie sangen sie so schön?

»Ein Flieger hat den Bogen raus,
er geht nicht ohne Mädchen aus.
Er braucht nicht an der Erde kleben.
Wer Flieger ist, hat mehr vom Leben . . .«

Damit war es Essig. Wieso war ich, ausgerechnet ich, rot- und grünblind? Wer hatte mir das vererbt? Der Arzt hatte mich aufgeklärt, daß diese Sehschwäche sich, jeweils eine Generation überspringend, in der männlichen Linie vererbte. Horst würde aller Wahrscheinlichkeit nicht rot- und grünblind sein.

»Sieh auf meine Schürze«, sagte Anneli. »Welche Farbe hat sie?«

»Grün, verdammt noch mal. Ich sehe, daß sie grün ist. Ich habe nur auf den verdammten Farbtafeln nichts erkennen können. Ich sehe , wenn eine Verkehrsampel grün ist. Ich sehe, wenn sie rot wird, zum Himmeldonnerwetter. Aber anscheinend reicht das fürs Fliegen nicht.«

»Mach dir nichts draus«, sagte Anneli. »Vielleicht ist es besser, wenn wir uns mit Überleben beschäftigen.«

Für ein paar Wochen sperrten sie mich in eine Kaserne, zur Grundausbildung. Nach ein paar Tagen wußte ich, wie ein Grashalm in unmittelbarer Nähe der Nasenspitze aussah. Liegestütze, als Strafe verhängt, fielen mir von Woche zu Woche leichter.

Sie teilten mich zu einer neu zusammengestellten Jagdfliegerstaffel ein, die in der Nähe des Westwalls eingesetzt wurde. Ich kurbelte, im verölten Drillich, die Motoren der Me 109 an. Hängte den Piloten die Fallschirme um. Keiner von ihnen war über die Stillingschen Farbtafeln gestolpert. Herr Stilling, der diese Tafeln erfunden hatte, war mein Feind.

Der Frankreichfeldzug begann. Mehrere Male wurden wir verlegt. Zuletzt schaufelte ich Bombentrichter auf einem Fliegerhorst in der Nähe von Amiens zu, die unsere Stukas eine Woche vorher verursacht hatten. Die Flugzeuge des Feindes standen als ausgebrannte Gerippe am Rand des Platzes. Sie waren, wie es in den Meldungen hieß, am Boden zerstört worden. Die Redewendung ging erst in den Landser-, dann in den allgemeinen Sprachschatz des deutschen Volkes über. Bald fühlte sich dieser oder jener »am Boden zerstört«.

Unteroffizier Klingbeil kam aus der Kinobranche wie ich. In Prenzlau betrieb er, bis er eingezogen wurde, ein Lichtspielhaus. Auf dem Fliegerhorst wirkte er als Halbgott, Herr über Urlaubsscheine und Sondergenehmigungen. »Haben Sie alle Knöppe dran, Pommrehnke?« fragte er. Ich brüllte: »Jawohl, Herr Unteroffizier.« Er winkte ab. »Drosseln Se Ihren Lautsprecher. Sonst fällt die Leinwand um.« Er musterte mich: »Ich habe einen Marschbefehl für Sie. Nach Berlin. Drei Tage Urlaub kann ich rausschinden.«

»Nach Berlin? Was soll ich da?«

»Sie sind nicht der einzige. Was weiß ein Fremder? In einer Stunde Appell. Ihr Zug geht morgen früh von Amiens.«

Der Waggon war gerammelt voll. Im Gepäcknetz über mir lagen ein Zwillings-MG und ein Oberschnapser. Auf den Bänken drängten sich acht Leute, zwei weitere hockten auf Kisten dazwischen. Ich drängelte mich hinein. »Auch das noch, die Luftwaffe«, maulte der Oberschnapser. »Kannste nich mit dem Flugzeug reisen? Oder baut Meier seine Ju 52 zu Wohnlauben um?«

Er meinte Hermann Göring, unseren Reichsluftmarschall, der gesagt hatte, wenn ein einziger Feindbomber die Reichshauptstadt erreiche, wolle er Meier heißen. Inzwischen flogen fast allnächtlich feindliche Bombengeschwader Berlin an.

Einige Fenster im Waggon fehlten oder ließen sich nicht schließen, weil die Lederriemen abgeschnitten waren. Wir froren. Hüllten uns in Decken. Schnapsflaschen kamen zum Vorschein. Uns schien die Reise endlos. Mehrmals hielten wir in der Nacht auf Abstellgleisen. An der Ausdehnung der Gleisanlagen erkannten wir, daß wir größere Städte passierten. Wegen der Verdunklung schimmerte kein einziges Licht. Einmal hielten wir auf freier Strecke. Die Flak schoß. Nach einer Stunde schlich der Zug weiter.

Den Rhein verpaßten wir, aneinandergelehnt schliefen wir auf unseren Kästen und Rucksäcken. Ab und zu stand einer auf, bahnte sich den Weg über die anderen hinweg. Bärtige, bleiche Gesichter. Einmal, der Zug hielt auf einem kleinen Bahnhof, teilten Rote-Kreuz-Schwestern Ersatzkaffee aus.

Wohin würden sie mich stecken? Wieso war ich von dem Fliegerhorst abkommandiert? Würde mein Vater seine Vermutung bestätigt sehen, daß Hitler seinen Pakt mit Stalin brechen und Rußland angreifen würde? Hieß das für mich: Ostfront?

Zu Hause weichte Anneli mich in der Badewanne ein. »Du riechst nach Schmutz und Eisenbahn«, hatte sie gesagt. »Aber das macht nichts. Es ist wunderbar, daß du da bist.«

Ich lag im warmen Wasser, das Gesicht voll Seifenschaum, und kratzte mir den Bart ab.

Meine Zivilklamotten sahen lächerlich an mir aus. Als ich in den Spiegel blickte, sah ich einen Menschen mit kurzem Haarschnitt, um den Kopf herum lief ein weißer Streifen. Das Gesicht erschien mir grün, aber ich war ja farbschwach, vielleicht war es braungebrannt. Unter dem dünnen Hals saß ein Hemdkragen schlaff und schief, die Kragenecken durchgescheuert.

Unser Kino spielte »Geierwally« mit Heidemarie Hatheyer, auf dem Kassenhäuschen hockte ein ausgestopfter Vogel. Genaugenommen handelte es sich um einen Habicht, aber so genau nahm es wohl niemand. Alles war inzwischen Ersatz. Warum sollten wir keinen Ersatzgeier haben? Es handelte sich um eine Leihgabe aus dem Forsthaus.

Im Schützenhaus saß Margot, das Mädchen aus Meseritz, die Beine breit, Ellbogen auf die Schenkel gestützt, den Kopf in ihre Hände vergraben.

Werners Freundin heulte. Werner war verschwunden. Von einem Tag auf den anderen.

»Abgeholt?« fragte ich.

»Nicht direkt. Zwei Offiziere waren hier, später sagte Werner, von der Abwehr, ich solle es niemandem sagen. Er fuhr in die Stadt. Dann rief er an, er käme nicht wieder, ich solle mir keine Gedanken machen. Alles in

Butter, hat er gesagt. Ich weiß nicht, sollte das ein Witz sein? Wo es Butter kaum mehr gibt.«

Sie schneuzte sich in eine Serviette, die Robinson Krause ihr hinhielt. »Vielleicht arbeitet er für die Abwehr?«

»Du kannst hierbleiben und Kintoppkarten verkaufen«, schlug Tante Deli vor.

Das Mädchen aus Meseritz wollte nicht. »Ich bin dienstverpflichtet«, sagte sie.

Die Frauen drückten mir Säge, Hammer und eine Handvoll rostiger Nägel in die Hand. Hinten an den Saal hatten wir einen Schuppen angebaut. Ich sollte eine Tür basteln. Und die Tür verschließbar machen. »Die Menschen klauen alles«, sagte Tante Deli.

In dem Schuppen stand Sternchen Siegels Hanomag aufgebockt. Von der Decke hing das Rennrad. Ein Sternchen-Museum, sein gesamter Nachlaß. Wie es unserem früheren Partner gehen mochte? Zu Anfang waren ein paar Postkarten gekommen, aus der Schweiz. Winterthur aus der Vogelschau. Zürich, Bahnhofstraße. Vierwaldstätter See. Die Rigi-Bahn.

Leberecht Lehmann hatte Sternchen einmal getroffen, eine Auslandsreise hatte ihn in die Schweiz geführt. Längst war auch L.-L. fort. Wo steckte er? Lebte er überhaupt noch? Lebte Sternchen Siegel? Aus der Schweiz, wußten wir, wurden viele ausgewiesen.

Ich hängte ein dickes Schloß vor die neugebaute Tür.

Ein paar Tage später händigten sie mir auf der Kommandantur einen neuen Marschbefehl aus. Eine der Bahnlinien führte nicht weit vom Schützenhaus aus Berlin heraus. Mit mir geschah eines jener Wunder, von denen jeder berichten kann, der diese Zeit erlebt hat. Nach knapp zwei Stunden Bahnfahrt war ich an dem Ort angelangt, der in meinem Marschbefehl eingetragen war, der Zug hielt an einer Behelfsstation mit dem eilig auf ein Schild gepinselten Namen: »Heidekrug«. Ein Krug befand sich weit und breit nicht, es gab überhaupt kein Haus, nur Kiefernschonungen, in die ein Sandweg führte, und bei den Schienen eine Baracke.

In der Baracke tat ein Stationsvorsteher mit roter Mütze Dienst, was mich erstaunte. Außerdem taten dort ein paar Kettenhunde Dienst. Feldgendarmerie. Mißtrauisch musterten sie meine Papiere. Der eine befahl mir, einem Wegweiser zu folgen, der vor der Baracke stand und in die allgemeine Richtung der Kiefernschonungen wies. Auf dem Wegweiser war ein taktisches Zeichen aufgemalt, das ein wenig Wuttke Juniors Abzeichen für die C-Prüfung glich: drei Schwingen untereinander im Kreis. »Vier Kilometer«, sagte der Kettenhund. »Am Ende dieses Weges erwartet dich ein wunderschöner Fliegerhorst.«

Ich nahm mein Gepäck auf und bog in den Sandweg ein. Es roch nach Pilzen. Nichts deutete darauf hin, daß ich mich in der Nähe eines Flugplatzes befand, kein Flugzeug tauchte über den Baumwipfeln auf, kein Motorengeräusch war zu hören.

Mein Gehirn schaltete auf die niedrigstmögliche Intelligenzstufe. Stumpfsinn-Verse fielen mir ein: »Klotz, Klotz, Klotz am Bein, Klavier vorm Bauch, wie lang ist die Chaussee? Links 'ne Pappel, rechts 'ne Pappel, in der Mitte 'n Pferdeappel.«

Als ich das zweihundertmal vor mich hin gesagt hatte, hörte ich ein Motorrad. Ein Melder auf einer Beiwagenmaschine hielt neben mir. Zeigte auf den leeren Beiwagen. Ich kletterte hinein. Legte meinen Rucksack auf die Knie. Stahlhelm und Gasmaskenbüchse störten. Doch war das besser, als in der Hitze weiterzuklotzen.

Der Wald öffnete sich, durch Spargelplantagen führte der Weg. Der Spargel war jetzt, um diese Jahreszeit, grün ausgeschossen. Was ich aus der Ferne für etwas höhere

Spargelfelder gehalten hatte, entpuppte sich als Nissenhütten. Das Wellblech war mit Tarnfarbe gestrichen. Ein neuer Wegweiser, wiederum mit dem taktischen Zeichen, zusätzlich mit der Aufschrift »Fliegerhorst Heidekrug«, wies nach links.

Wir bogen ein. Das Motorrad hielt vor einer der Hütten, über deren Tür ein Schild »Schreibstube« genagelt war. Aus der offenen Tür drang eine Stimme. Ein Mann sang ein Lied. »Grün ist die Heide – die Heide ist grün. Aber rot sind die Rosen – wenn sie verblüh'n ...«

Ich wartete, bis der Gesang verstummte. Dann trat ich ein, mit mir drückte sich der Kradmelder durch die Tür. Einen Augenblick mußte ich mich an das Zwielicht im Inneren der Nissenhütte gewöhnen. Dann unterschied ich einen Mann in Luftwaffenuniform, mit Wachtmeisterschulterklappen auf der Jacke. Er hatte die Beine auf dem Tisch liegen und machte keine Anstalten, sie herunterzunehmen. Der Kradmelder stellte einen Sack mit Post ab, oder was immer der Beutel enthalten mochte, den er hierhergekarrt hatte. Ich nahm Haltung an und streckte dem Wachtmeister meine Papiere hin.

Er musterte mich, über die Stiefelspitzen hinweg. »Ein Mensch«, sagte er. »Ein richtiger Mensch. Sie sind der vierte. Glotzen Sie nicht so dämlich, Mann. Ein Wachtmeister, zwei Gefreite und nun Sie Würstchen. Das ist der ganze Fliegerhorst Heidekrug. Und ein paar leere Baracken. Scheißegal. Jeder hat mal klein angefangen.«

»Ja«, sagte ich. Der Kradmelder verschwand, und der Wachtmeister nahm seine Stiefel vom Tisch. »Wie meinen?«

»Jahwoll«, sagte ich, ein wenig militärischer.

»Zu Befehl heißt das, Sie Würstchen«, brüllte der Wachtmeister. »Denken Sie, wir warten auf Sie, damit wir Bienen züchten?«

Die Rede hatte ihn erschöpft. Er winkte mir, die Schreibstube zu verlassen. Ich beglückte ihn mit einer zackigen Kehrtwendung.

Wieso berichte ich lang und breit diese Episode meines Lebens? Denn eine Episode war und blieb mein Ausflug – oder meine Rückkehr – in die Welt des Flugwesens, trotz sogenannter hehrer Zeit. Mit Überraschung entdecke ich, spät nun, zweierlei. Erstens, daß gewaltige geschichtliche Abläufe nicht nur Helden erschaffen, sondern gleichzeitig Tausende, wenn nicht Millionen Menschen in Nischen hineinwehen, die ihnen, gemessen am allgemeinen Geschehen, Überlebenschancen bieten. Andere mögen das vor mir festgestellt und formuliert haben, es ist mir entgangen, erst jetzt fällt es mir auf.

Zweitens, und diese Erfahrung ist noch persönlicherer Art, fühlte ich mich getrennt von Joachim, von unserem Schützenhaus-Dasein. Auf einmal war ich allein. Viel mehr alleine als damals bei Flug-Wuttke, wo ich eine Karriere aus eigenem Entschluß einzuschlagen meinte.

Zudem fehlte mir Anneli. Ich tappte in dieser Wüste von Spargelbeeten umher, wert, daß alle, aber auch alle mich beneideten, und fühlte mich dennoch unglücklich wie nie zuvor.

Der Fliegerhorst füllte sich. Andere, abkommandiert wie ich, trafen ein. Mit den beiden Gefreiten, die vor mir gekommen waren, und ein paar weiteren Früheintreffenden bewohnte ich eine Nissenhütte. Wir nannten sie »Trautes Heim der ersten Stunde«. Das Reichsluftfahrtministerium stellte Arados zur Verfügung und Heinkel-HD-32-Doppeldecker, darunter zwei mit Hauben über dem Flugschüler-Cockpit, zur Blindflugschulung.

Denn um Schulung angehender Jagdflieger handelte es sich. Nachwuchs wurde bei uns, auf diesem entlegenen Flugfeld, ausgebildet. Später traf ich immer wieder »Heidekrugler«, die bei uns fliegen gelernt hatten. Fluglehrer trafen ein, mit einem Fieseler Storch landete Major Schwarzbach, der Leiter des Fliegerhorstes, solange die Sache dauerte. Wir nannten ihn »Major Landeklappe«, seiner abstehenden Rockschöße wegen. Er flog stets in voller Uniform, nie trug er eine Lederjacke.

Anders die Fluglehrer. Sie kamen aus allen Teilen Deutschlands, einige hatten sich an der Front bewährt, waren wegen Verwundungen zum Dienst auf diesem Fliegerhorst abkommandiert, der nur einer war in einer Kette von versteckten Plätzen. Der Feind sollte uns nicht finden.

Wir schoben Dienst, betankten die Maschinen, warteten Motoren. Bei Flugwetter kamen wir vierzehn oder sechzehn Stunden nicht aus dem Drillich. Die Fluglehrer bildeten eine Clique, sie wohnten zusammen, wir hatten wenig mit ihnen zu tun. Einige fuhren Motorräder oder Sportwagen mit Berliner Nummern und Winkel auf den Nummernschildern. Privilegierte, die auf uns herabsahen.

Jener Wachtmeister, bei dem ich mich gemeldet hatte, wurde abkommandiert. Statt seiner traf Klingbeil von Amiens her ein, inzwischen befördert. »Steh'n Sie bequem«, sagte er, als wir einander trafen. »Alle Knöppe dran?«

Den Tick hatte er immer noch.

Klingbeil förderte mich. Er verschaffte mir Urlaub oder setzte mich zu Kurierfahrten nach Berlin ein. Oft besuchte ich das Schützenhaus, verbrachte ein paar Stunden mit Anneli und den Kindern. Die Lichtspiele waren als kriegswichtig erklärt worden, so wurde Anneli zwar dienstverpflichtet, jedoch für unser Kino.

Aufgrund von Klingbeils Förderung traf ich rechtzeitig zu Isabellas Ferntrauung mit Joachim ein.

Oft saß ich mit Klingbeil zusammen, wir köpften manche Pulle, sprachen über die alten Kintopp-Zeiten. Ich berichtete ihm von Joachims Ziel, unsere Schützenhaus-Lichtspiele der Kinokunst zu widmen, dereinst, wenn der Schlamassel vorbei sei. Er hörte mir zu, enthielt sich jedoch eines Kommentars. Wahrscheinlich glaubte er nicht an solche Möglichkeiten.

Einmal berichtete ich, wie ich mir zweimal in meinem Leben eine Karriere als Flieger eingebildet hatte, bis mich die Stillingschen Farbtafeln zum endgültigen Dasein beim Bodenpersonal verurteilt hatten.

Klingbeil lachte. »Luft hat keine Balken«, sagte er. »Sie sehen, was die Flugschüler an Bruchlandungen zustande bringen. Enormer Gipsverbrauch. Bisher ist von unseren Würstchen noch keiner umgekommen. Doch halte ich es, im Vertrauen, für verwerflich, diese Grünschnäbel an die Front zu schicken. Man verpaßt ihnen zusätzlich fünfzehn oder zwanzig Stunden auf der ME 109, und dann ran an den Feind. Wie viele werden wiederkommen?«

»Vielleicht erobern wir unsere Luftüberlegenheit zurück?« fragte ich.

Klingbeil zog sich mit der linken Hand am rechten Ohrläppchen, eine ihm eigentümliche Geste. »Keine Antwort«, sagte er. »Doch schicke ich Sie bei nächster Gelegenheit nach Karinhall. Sie befragen am besten unseren Reichsmarschall persönlich.«

Tarnnetze trafen ein, wir spannten sie über die am Platzrand abgestellten Maschinen. Fast täglich wurden feindliche Fernaufklärer im Anflug gemeldet. Sofort holten wir die Maschinen per Funk vom Himmel. Jeglicher Flugverkehr ruhte, bis die feindlichen Maschinen unseren Bereich verlassen hatten.

Den Fernaufklärern verdankten wir immer mehr Freizeit. Klingbeil meinte, da wir zwei Fachleute seien, könnten wir einen Fliegerhorst-Kintopp einrichten.

Es blieb bei der Idee, wir waren träge. Spielten Karten. Redeten. Hörten Feindsender, das wurde als Dienstobliegenheit getarnt. »Major Landeklappe« intensivierte in den möglichen Stunden den Flugbetrieb, die Front brauchte Piloten. Er gab persönlich theoretischen Unterricht, Motorenkunde, Wetterkunde. »Wir sind kein Gewächshaus für schnellreifende Tomaten«, war sein Lieblingsspruch.

Damit geriet er in Konflikt mit seinen vorgesetzten Stellen. Trotzdem drückte »Landeklappe« durch, daß seine Flugschüler jene Bedingungen erfüllten, die zum Erwerb eines Zivilflugscheins nötig gewesen wären: fünfzehn Flugstunden, dabei sechzig Übungsflüge ohne Lehrer. Vier Landungen auf benachbarten Fliegerhorsten. Theoretische Prüfung inklusive Luftrecht, Wetterkunde, Kartenlesen und Orten. Instrumentenkunde. Geschicklichkeitsprüfung, bei der fünf Figuren in Achter-Form geflogen werden mußten, ferner eine Ziellandung verlangt wurde. Dann Höhenflug, eine Stunde in viertausend Meter, mit Ziellandung und Streckenflug mit zwei Zwischenlandungen.

»Landeklappe« ersparte seinen Flugschülern nichts. In dem Bereich, zu dem »Heidekrug« gehörte, hatten wir die höchste Durchfallquote. Immer wieder brachte ein Fahrer einen seelisch geknickten Jüngling zur Bahnstation, mitsamt Gepäck. Wer durchkam, mußte einen Trudelkursus absolvieren, bevor der Major ihn aus seinen Klauen entließ. »Trudeln rettet Sie möglicherweise«, sagte er, »also trudeln Sie!«

Eines Tages, als ich im Waffen- und Geräteschuppen Ersatzteile einräumte, die ich aus Berlin geholt hatte, entdeckte ich zwei Kisten mit der Aufschrift »Filmausrüstung«. »Was ist da drin?« fragte ich den diensttuenden Unteroffizier. »Frag nich so dämlich«, sagte der. »Kannste nich lesen?«

Ich ging zu Klingbeil und berichtete von meinem Fund. »Wenn wirklich Kameras und Filmmaterial in den Kisten lagern, könnte man die Flugschüler beim Starten und Landen filmen und ihnen auf der Leinwand zeigen, welche Fehler sie gemacht haben«, sagte ich.

»Es hilft nüscht, wir bekommen ein Kino«, nuschelte Klingbeil. »Soldat Pommrehnke schweißt seine beiden Karrieren zu einer einzigen zusammen. Folgen Sie mir zum Major, Sie Würstchen. Sind alle Knöppe dran?«

Klingbeil organisierte Rohfilm. Der Major hatte mich gefragt, ob ich mit einer Kamera umgehen könne. »Ich bin in der Filmbranche«, hatte ich geantwortet.

Als schwerwiegende Fehler beim Start gelten Überziehen und Überdrücken. Beim Überziehen kamen die Flugschüler nicht hoch, knallten auf die Piste und verbogen das Fahrgestell, falls sie nicht Bruch machten. Beim Überdrücken stellten sie, ohne daß sie vom Boden abkamen, die Kiste auf die Nase. Eine Sammlung zersplitterter Propeller zierte die eine Kasinowand.

In den Kisten hatte ich eine Arriflex 35 II C gefunden. Nach einer Weile konnte ich damit umgehen. Wir filmten mit normaler Geschwindigkeit und mit Zeitlupe. Für das Stativ hatte ich einen Schwenkkopf besorgt, ich konnte also mit der startenden Maschine mitgehen.

Auf der Leinwand sah das eindrucksvoll aus. Wir drückten die Fehlerquote herunter. Schließlich drehten wir mit den Fluglehrern einen Lehrfilm, den sich die Flugschüler ansehen mußten. So kam ich doch noch zum Fliegen: Fehler beim Kurvenfliegen demonstrierten wir, indem wir die Kamera vor dem Vordersitz eines Schulflugzeugs montierten und aufnahmen, was uns ein Fluglehrer mit einer anderen Maschine zeigte. Unsere Feldschmiede hatte uns einen Radkranz konstruiert, auf dem sich die Kamera bewegte.

Joachim bekam, nach jenem Brief aus Smolensk, zweimal Heimaturlaub. Beide Male war der Anlaß, daß russische Ratas sein Kinomobil zusammengeschossen hatten. Beim zweiten Mal berichtete ich ihm von meinem speziellen Lichtspieltheater, dessen Programm aus diesen Lehrfilmen bestand.

»Ich glaube, ich habe eine Idee«, sagte Joachim. Er rief einen Schulfreund an, der, inzwischen ein hohes Tier, im Reichsluftfahrtministerium saß. Dunkel erinnerte ich mich an den Menschen, der mehrere Male mit Joachim in der Eis-Anneliese gewesen war. Zu zweit hatten Joachim und er die »Lyzen« belagert.

Die nun folgende Zeit erscheint mir, als ob ich mich als Agierenden auf einer Bühne sehe. Heute noch kann ich mich nicht mit den Ereignissen identifizieren, deren Hauptdarsteller ein gewisser Hansi Pommrehnke war, Luftwaffensoldat, mit einer Kamera bewaffnet am Rand des Rollfeldes. Mit jenem Hansi Pommrehnke, der eines Tages, die Spulen seiner Lehrfilme im Kübelwagen, nach Berlin in Marsch gesetzt wurde, zum Vortrag im Reichsluftfahrtministerium.

Wenn ich mich richtig erinnere, führte ich die Filme vor einem Parkett von Offizieren vor. Als das Licht wieder anging, durfte ich, Soldat Pommrehnke, »bequem stehen«. Ich hörte, daß einige Lehrfliegerhorste eine Kameraausrüstung bekommen hatten, für eben den Zweck, zu dem ich sie verwendete. Die Angelegenheit war nur in Vergessenheit geraten, unter anderem deshalb, weil sich keine Kameraleute fanden. Wer kurbeln konnte, wurde von Goebbels u.k. gestellt, die deutsche Spielfilmproduktion hatte Vorrang.

Jetzt wurde die Lehrfilm-Herstellung befohlen, ich sollte Kameramänner der Luftwaffe ausbilden.

Irgendeinem Oberst fiel ein, daß es nicht gut angehe, daß ein einfacher Soldat der Ausbilder sei. Die Kommißmaschinerie sah Blitzbeförderungen für Bodenpersonalangehörige nicht vor. Offizier, wie es dem Oberst wünschenswert erschien, wurde man schon gar nicht über Nacht.

Nächstes Bild: Ich sehe Hansi Pommrehnke in der Uniform eines Sonderführers. Wegen der schmalen Schulterklappen nannte man die Sonderführer Schmalspursoldaten. Ich glaube nicht, daß jemals irgendein Kommißhengst einen Sonderführer ernst genommen hat. Allenfalls forderten jene Sonderführer, die ein Parteiabzeichen trugen, zur Vorsicht heraus.

Das trug ich nicht. Man ließ mich gewähren. Stattete mich mit Dienstwagen, Fahrer, Assistenten aus. Wir reisten von Fliegerhorst zu Fliegerhorst. Selbstverständlich mußten wir zwischendurch nach Berlin. Wenn ich ins Schützenhaus kam, sagte Anneli: »Du erschreckst die Kinder. Zieh die Portiersuniform aus.«

Leider fiel meine Tätigkeit bereits in eine Periode, die durch Rückzüge gekennzeichnet war. Alliierte Bomber griffen Leuna an. Bei der Benzinversorgung entstand ein Engpaß. Der Flugdienst wurde eingeschränkt. Major Schwarzbach wollte sich das nicht gefallen lassen. Man beförderte ihn zum Oberstleutnant und versetzte ihn zu einer Jagdstaffel. Bald irrte ich in einem immer größer werdenden Kreis um Berlin herum, durch Fichtenwälder, die einander zum Verwechseln ähnlich sahen, auf meinem Weg von Fliegerhorst zu Fliegerhorst. Niemand fragte nach mir, niemand erwartete mich. Manchmal fand ich keinen, der als Kameramann auszubilden gewesen wäre. Manchmal ließen sie uns in einer Baracke sitzen, und niemand kümmerte sich um uns. Mehrere Male waren die Baracken oder Nissenhütten abgebrannt, oder der Fliegerhorst war verlegt. Immer öfter schlug ich meinem Fahrer vor, das Schützenhaus anzusteuern.

Dort lief der Kinobetrieb nur noch lückenhaft. In der Gaststube schenkten sie Dünnbier aus. Jetzt kroch Stefan unter dem Tisch umher. Tante Deli meinte, wenn man ihr gesagt hätte, daß sie eines Tages diese Plürre in Gläser füllen würde, hätte sie lieber eine Hühnerfarm aufgemacht. »Alles ist sinnlos«, murrte sie. »Wir tun so, als ob wir hier einen Betrieb aufrechterhielten. Die Leute kommen und essen Stammgericht. Woraus das besteht, will ich lieber nicht beschreiben. Und dann das Markenkleben. Man kommt sich kriminell vor, wenn man den Leuten ihre Fleischkarten zerschnippelt. Für was? Für das bißchen Schweinebraten, das dann auf ihren Tellern liegt? Wir rühren Soßen aus Bratlingspulver an. Dieses ekelhafte braune Zeug. Wenn wir Kartoffeln bekommen, hängen Keime dran, daß einen ekelt. Und diese Kartoffeln haben wir nur, weil Eichelkraut sie uns besorgt. Ich kann dir nicht sagen, Hansi, was wir Eichelkraut verdanken. Er steckt die Bauern in die Tasche. Das will was heißen, oder? Und sieh dir die Kinder an. Wenn wir nicht den Gasthof hätten, wären sie unterernährt. Trotzdem haben sie Kartoffelbäuche. Daß ich das alles erleben muß. Und euer Vater in diesem Pferdelazarett. Nicht ein einziges Pferd wurde eingeliefert. Dafür sitzt er auf dem Gut, seit vier Jahren. Wo wir ihn hier brauchen würden.«

»Habt ihr was von Werner gehört?«

»Kein Wort. Keine Nachricht. Sein Mädel leidet.«

»Kommt sie manchmal?«

»Selten.«

»Und Joachim?«

Tante Deli lächelte. »Weißt du das Neueste nicht? Joachim ist in den Wehrbereich Berlin versetzt. Er belatschert seine Vorgesetzten, daß er hier ein Soldatenkino einrichten darf.«

»Im Schützenhaus?« fragte ich erstaunt.

»Natürlich im Schützenhaus. Wir spielen fast gar nicht mehr für die Zivilbevölkerung. Kaum fängt die Vorstellung an, kommt Fliegeralarm. Dann laufen die Leute in den Splittergraben. Die Wiese sieht aus, als ob die Maulwürfe sie umgebuddelt hätten. Dr. Eckener ist weg, wußtest du das? Wir haben ihn überall gesucht. Der Hund ist weg. Traurig, das alles. Und die Norne kam nieder, aber in dem Krankenhaus mußten sie dauernd in den Keller. Seit der Entbindung pflegt sie Verwundete. Sie haben sie einfach weggeholt. Das Kind ist hier. Wenn wir uns einbilden, wir könnten diesen oder jenen Film spielen, und dann ist der Verleih abgebrannt. Es ist ein Kreuz. Wie soll das enden?«

»Beschissen«, sagte mein Assistent, ein Lutwaffen-Obergefreiter. »Wenn Sie mich fragen, Frau Pommrehnke, ist es nur eine Frage der Zeit.«

»So was sollen Sie nicht sagen«, meinte Tante Deli. »Der Amerikaner ist an der Elbe. Wenn der Amerikaner Berlin erobert, ist alles nicht schlimm, oder?«

»Und wenn nicht?« fragte der Oberschnapser. »Die Russen fangen eine Offensive an, und dann geht alles den Bach runter.«

»Ach, sagen Sie nicht so was«, murmelte Tante Deli. »Roosevelt wird nicht zulassen, daß Stalin in Berlin einmarschiert.«

Sie blickte uns an: »Das wäre ja dumm.«

20

Man muß alles selber machen.« Joachim war sauer. »Zweitausend Mark für einen Dia-Projektor, bloß damit ihr Kohlenklau-Bilderchen und den schwarzen Mann von ›Vorsicht, Feind hört mit‹ zeigen könnt? Ihr habt Vierfruchtmarmelade im Hirn.«

»Was heißt ihr«, muffelte Tante Deli. »Das ist meine Verantwortung. Ich dachte, wir kriegen Reklame von den Geschäften, Butter-Beck, Gebrüder Groh.«

»Wofür sollen die Reklame machen? Die haben nichts mehr zu verkaufen, hast du das noch nicht gemerkt? Tante Deli, wir haben totalen Krieg. Butter oder Kanonen. Was haben die Berliner, unsere Berliner, im Sportpalast geschrien, als Goebbels sie gefragt hat: Butter oder Kanonen? Dein Dutt geht auf. Kanonen, haben sie geschrien. Für Kanonen braucht man keine Reklame zu machen.«

»Ich habe es gut gemeint.« Tante Deli ließ sich auf einen Stuhl fallen und steckte sich das Haar hoch. Es sah aus, als wollte sie weinen. »Alles ruht auf meinen Schultern. Nun ist deine Isabella fort, sie hat viel geholfen. Lydia kannst du abschreiben, die heult, weil ihr Hannemann in Rußland ist oder, müßte ich sagen, im Oderbruch. Die Front rückt näher. Ja, ich dachte, du freust dich, wenn du hier Soldatenkino machen kannst. Dann ist der Dia-Apparat installiert. Stell dir vor, Robinson Krause hat ihn angeschraubt. Niemand dachte, daß er dermaßen geschickt ist. Glücklicherweise ziehen sie ihn nicht ein, wegen Alter und Plattfüßen und was weiß ich, woran er alles leidet, das haben sie rausgefunden, und nun ist es ein Glück.«

»Ich wünsche«, giftete Joachim, »unserem lieben Krause alles Gute, und ihr könnt ja stolz sein, daß dieser überflüssige Apparat an der Wand hängt und nicht beim Aufstellen runtergefallen ist. Aber dafür zweitausend Mark! Man muß doch im Auge behalten, was dieses Kino uns bedeutet. Das betrifft genauso das Programm. Was sehe ich in der Verleihstaffel angeboten? ›Ewiger Wald‹? Ihr habt das gespielt?«

»Wir mußten es mit abnehmen«, sagte Tante Deli.

Joachim schüttelte den Kopf. »Hansi, hör dir das an. Die olle Kamelle von 1936 hat ein gewisser Albert Graf von Pestalozza verbrochen, ich erspare mir naheliegende Wortspiele. Lies den Begleitzettel. Lies vor.«

Ich las:

Was seit Ewigkeiten im Wald lebendig wirkte, das mochten die Völker, auf- und niedertauchend im Wellenspiel der Zeiten, einmal mehr, einmal weniger gewußt haben, unverrückbar trugen den Besitz dieses Wissens durch die Jahrtausende die Dichter, die im Dämmerdunkel des Hains den Sinn des Lebensbaumes, des Waldes, zu ergründen trachteten. Zum ersten Male deutet hier der Film diesen ewigen Sinn des Waldes.

»Danke«, sagte Joachim. »Ich verstehe nicht, wie intelligente Menschen sich so was unter die Weste jubeln lassen können. Besprecht ihr das nicht mit Vater? Schließlich kommt er oft genug von seiner Gaul-Tranchieranstalt herüber. Besprecht ihr das nicht mit Hansi, unserem Sonderführer? Was geht in Annelis Köpfchen vor?«

»Laß Anneli aus dem Spiel«, knurrte ich.

»Wenn alles gutgeht, läuft ab nächster Woche unser Soldatenkino«, sagte Joachim. »Wir dürfen Filme zeigen, die nicht im öffentlichen Kino laufen. Wir fangen mit ›Romanze in Moll‹ an, den Film hat Goebbels nicht fürs Publikum freigegeben.«

Ein neues Schild an der Giebelwand des Kinosaals: »Soldatenkino Schützenhaus«. Anneli hatte es gemalt, mit Karbolineum auf rohe Bretter. Eine andere Farbe fand sie nicht, bekam sie nicht, Farbe gehörte zum Frieden, unser Leben war feldgrau.

Ich glaube, als eine Folge des 20. Juli wurden Sonderführer abgeschafft. Oberleutnant Schmincke im Reichsluftfahrtministerium erklärte mir, daß weitere Schulungen mit Flugunterrichtsfilmen nicht durchführbar seien. »Der Reichsmarschall vereint alle Kräfte zur Abwehr des Feindes, der unsere Heimat bedroht«, sagte er.

Oberleutnant Schmincke trug einen weißen Seidenschal, aus dessen Falten ein bißchen Ritterkreuz lugte. Seine linke Hand war aus Holz und steckte in einem dunklen Glacéhandschuh. Er expedierte mit der heilen Hand Zigarettenetui und Feuerzeug aus der Brusttasche, bot mir an. Wir rauchten. »Sie sollen Ihre Uniform abgeben«, erklärte mir der Oberleutnant. »Aber niemand weiß, wo. Nehmen Sie also das Ding mit nach Hause. Ich habe Ihre Entlassungspapiere, obwohl ich nicht weiß, ob wir berechtigt sind, Ihnen Entlassungspapiere auszustellen. Alles geht ein bißchen durcheinander, mit Sonderführern weiß niemand etwas anzufangen.« Er grinste: »Vielleicht die Partei. Aber die fragen wir nicht. Sie haben deshalb Entlassungspapiere als Luftwaffensoldat. Kurios, nicht? Aber nützlich. Ab sofort stehen Sie wieder zur Verfügung des Wehrkreiskommandos. Sie bekommen eine neue Einberufung.«

Oberleutnant Schmincke stand auf. »Ich weiß nicht, ob ich Ihnen gratulieren soll.«

Mein Kamerazug, Filmmobil, Fahrer und Assistent

wurden einkassiert. Ich ging nach Hause, Anneli trennte die Achselklappen von meiner Schmalspuruniform. Andere Anzüge paßten mir nicht mehr. Wir nahmen den Kinobetrieb auf, hauptsächlich für Einheiten des Flakregiments Berlin, deren Stellungen unweit des Schützenhauses lagen, zur Luftverteidigung der Reichshauptstadt. In diesen Tagen und Wochen lief die »Feuerzangenbowle«, dann »Frauen sind keine Engel« mit dem Schlager von Theo Mackeben, den ganz Berlin summte, trotz oder gerade wegen der lausigen Zeiten. Es war kalt. Wir fällten Bäume im Park und heizten damit die Gaststube und unser Soldatenkino. Manchmal bekam das Kino eine Kohlezuteilung. Einmal rettete uns Eichelkraut. Er lieferte eine Fuhre Torf an. »Bezahlung im Frieden«, scherzte er.

Kein neuer Einberufungsbefehl. Ich rührte mich nicht. Vielleicht war ich wieder durch die Maschen geschlüpft?

Zum Kinobesuch marschierten die Soldaten auf der Chaussee heran, im Gleichschritt, mit Stahlhelm und Gasmaskenbüchse. Mein Vater und sein Freund Ede, die immer öfter auf Fahrrädern vom Gutshof kamen, sahen durch die Fenster der Gaststube dem Anrücken der Kinokolonnen zu. »Immer noch zackig«, sagte mein Vater. »Aber es nützt nichts mehr.«

Ede nickte. Er nickte mechanisch, als werde sein Kopf von einem Motor angetrieben. »Sinnlos . . .«, murmelte er.

Jenes laue Glücksgefühl hätte sich wieder einstellen müssen, das Hand in Hand geht mit dem Bewußtsein, daß ich in diesen hehren Zeiten unbemerkt in einer Nische lebte, daß es uns gelungen war – oder daß es sich ergeben hatte –, die meisten Mitglieder der Familie wiederum im Schützenhaus zu versammeln. Möglicherweise hielten wir durch bis zum Ende?

Dieses Gefühl stellte sich nicht ein. Statt dessen empfand ich etwas wie Reue. Nicht Reue über einzelne Punkte meines Verhaltens, obwohl auch dies eine Rolle spielte. Eine generelle Reue brach in mir aus. Versuchte ich, in diesen Wust von Empfindungen, der mich traf, mich überschüttete wie eine Lawine, Ordnung zu bringen, so stand an oberster Stelle Anneli. Liebte ich Anneli wirklich? Und was war wirliche Liebe? Wo erfuhr man, wie sie aussah, wie man sie lebte? Liebte Anneli mich? Wie standen wir zu unseren Kindern?

War nicht alles aus Gewohnheit entstanden, dahingeschleppt, verschenkt, vernachlässigt, mit einem Mangel an Bewußtsein und Empfindung gelebt?

Wenn wir davonkamen: Wohin sollte das führen? Wie sollte es weitergehen?

Diese Gedanken okkupierten mich, man muß es mir angesehen haben, niemand sprach mich jedoch darauf an, daß ich verändert wirkte.

Der zweite Reuekomplex betraf Joachim, er bestand aus zwei einander entgegengesetzten Denk- und Empfindungssträngen. Zuerst überdachte ich, daß ich nie ganz für ihn, für seine Kinoidee eingetreten war. Andere in unserem Alter, ja sogar mit weniger Voraussetzungen, hatten es zu Kinopalais in der Innenstadt gebracht, sie waren angesehen, ihre Lichtspielpaläste Premierenkinos, die Zeitungen berichteten über sie. Mit etwas mehr Geld, als unser Vater in diese Klitsche namens Schützenhaus gesteckt hatte, hätten wir das erreichen können, besonders in jenen Tagen, als Leberecht Lehmann uns förderte. Wie weit diese Förderung gereicht hatte, überblickte ich erst jetzt. Hätte ich nicht mehr tun, mich stärker einsetzen müssen?

Gleichzeitig spürte ich Reue, daß ich meine Modellbauer-Karriere aufgegeben, mich in den pseudosicheren Schoß des Familienunternehmens geflüchtet, diesen lachhaften Persönlichkeitskult meines Bruders unterstützt hatte, der sich als einziger in die Zukunft blickender Cineast des Deutschen Reiches (noch!) gerierte und dabei nichts anderes tat, als stupiden, übermüdeten Landsern und Flaksoldaten Filmchen vorzuführen, die jeder andere ihnen genauso hätte zeigen können. Gewiß, ab und zu rief Joachim: »Méliès!« oder »Fritz Lang!«. Was aber war von dem übriggebliebenen, was ich so lange als Charisma an ihm empfunden hatte?

Immer gebückter lief ich in meiner Uniform herum, die keine war, offensichtlich für alle, daß Großdeutschland mich für den Endsieg genausowenig brauchte, wie dieser läppische Barackenkintopp mich brauchte.

Ich überprüfte meine Einstellung zu unseren Freunden. Schamröte überzog mein Gesicht, wenn ich daran dachte, wie wir Sternchen Siegel hatten ziehen lassen, wie ich seinen Anteil eingesteckt hatte. Wie uns überdies die Verwaltung nichtarischen Vermögens über den Löffel barbiert hatte.

Und Leberecht Lehmann. Hatte ich mich um ihn gekümmert? Hatte ich jemals nachgefragt, wo er geblieben sei, bis wir von Kitty hörten, er sei im Ausland? Hatte ich mich danach um Kitty gekümmert? Es hieß, sie sei nach Schweden gegangen, Zarah Leander habe ihr dabei geholfen. Hatte Kitty Zarah Leander gekannt? Wir hatten, ich hatte nichts davon erfahren, aus Interessenlosigkeit.

Untrennbar zu alldem gehörte, wie ich mich in meine Nische als Filmer von Flugschülerfehlern gedrückt hatte. War mir mein Versagen vor den vertrackten Farbtafeln nicht willkommen gewesen, um all das Unglück um mich her gefahrlos zu überdauern, unwürdiger als ein Floh im Hundefell?

Mir war nicht klar, was ich statt dessen hätte tun können. Das hinderte mich jedoch nicht, in dieses Reuegefühl einzutauchen, mich mit Gedankengängen zu beschweren, die im Kreise liefen und folglich zu nichts führten. Und aus denen klarer und klarer hervorging, daß ich den Rest meines Lebens in dieser lauwarmen Suppe verplätschern würde, die ich mir selbst eingerührt hatte.

Von anderen war das gleiche zu sagen, in meiner unmittelbaren Umgebung angefangen. Die Judenfrage war ohne den geringsten Protest irgendeines Menschen, der uns nahestand, gelöst worden, wie es damals hieß. Stalingrad war eine schlimme Nachricht, zugleich eine gute, der Wendepunkt trat ein. Da wir niemand kannten, der Angehörige bei Stalingrad hatte, ließ uns die Nachricht etwa so kalt wie ein Bericht über Hochwasseropfer am Jangtsekiang.

Wir alle waren Mitglieder der gewaltigen Gruppe der »Weder-Nochs«. Gestatten, Weder-Noch. Wie Kannitverstahn.

Da nie jemand mit mir über meine Probleme geredet hatte, wagte ich auch jetzt nicht, sie zu äußern. Ich war überzeugt, alle würden sie lächerlich finden, mich nicht begreifen.

Werners Freundin Margot war jetzt oft im Schützenhaus, hängte sich an mich und eröffnete mir ein neues Feld für Reueempfindungen. Noch hatte sich Werners Verschwinden nicht aufgeklärt, wir waren ohne Nachricht, nicht einmal für Spekulationen bot sich Material. »Abwehr«, das konnte vieles heißen. Immerhin war Werners Name in keiner der Listen aufgetaucht, die im Zusammenhang mit dem 20. Juli veröffentlicht wurden. Diese Möglichkeit lag nahe, denn viele Leute aus dem Kreis um Admiral Canaris waren nach dem Attentat auf Hitler aufgeflogen, Angehörige der Abwehr. Weiter drangen wir nicht vor, es gab nichts, was unsere Vermutungen hätte bestätigen können. Werner war gegangen und blieb verschwunden.

Im Rahmen meiner allgemeinen Reueempfindungen stellte ich mir die Frage, warum ich in Werner, unserem Helfer durch viele Jahre, nichts anderes gesehen hatte als einen begabten Clown, bewandert auf allen möglichen Gebieten der Unterhaltung, heute würde man sagen des Entertainments. Ein Allround-Genie, Texte-Verfasser, Klavier-, Ziehharmonika- und Orgelspieler, Stegreif-Erklärer in Stummfilmtagen. Ein Freund ohne Ansprüche, unterbezahlt, immer vorhanden, fast ein Möbelstück. Erst als er weg war, fiel uns auf, daß es ihn überhaupt gegeben hatte, daß er eine Lücke hinterließ.

Schon war ich innerlich bereit, ein sogenanntes Ende mit Schrecken herbeizuführen, mich beim Wehrkreiskommando zu melden, da bemerkte ich: Dieses Mädchen Margot, von dem wir in unserer Leichtfertigkeit stets als Meseritzer Breitarsch gesprochen hatten, ging auf mich ein, trotz ihrer eigenen Sorgen. Niemals fragte sie direkt und plump, was mit mir los sei. Vorsichtig brachte sie das Thema auf meine Zeit in Frankreich, auf jene Monate, als ich Unterrichtsfilme für die Luftwaffe herstellte, und ich war bald sicher, daß sie versuchte, mich zu bewegen, aus mir herauszugehen und meine Seele zu erleichtern.

Ich tat es nicht. Und behaupte: Ich tat es nicht, weil es mir, weil es uns allen nie beigebracht wurde. Ich verschloß mich mehr als zuvor, falls das möglich war. Schließlich gab sie auf. Von nun an vermied sie jedes Gespräch mit mir.

Die wenigen Gäste, die kamen, drängten sich um den Ofen. Unsere Stammkunden – wenige waren übriggeblieben –, die zugleich unser treuestes Kinopublikum bildeten, nahmen widerspruchslos hin, daß aus den

Schützenhaus-Lichtspielen ein Soldatenkino geworden war. Die Frauen trugen Kopftücher und Trainingshosen, unsere Kinder, Huberts hübsche Tochter und Ede Kaisers Sohn Karl umhüllten selbstgeschneiderte warme Kleider, die aus ihnen unförmige Puppen machten. Aus diesen Kokons sahen uns blasse, verfrorene Gesichter an. Horsts Nase lief, er war erkältet. Stefan trug die Babysachen der älteren Kinder auf.

Ich will nicht behaupten, daß Anneli meine Veränderung nicht wahrnahm. Aber angesichts der alltäglichen Notwendigkeiten ergab sich kein günstiger Augenblick, in dem sie mich hätte ansprechen können. Möglicherweise ahnte sie auch meine Gedanken und hielt sie für egoistisch. Reue war – sprechen wir es aus – in diesen jämmerlichen Tagen ein Luxus.

Während ich »bereute«, schämte ich mich.

Während ich mich schämte und meine schwerwiegende deutsche Seele vor mir hertrug, daß sie mir das Gesicht herunterzog, belegte Tante Deli ihres mit Gurkenscheiben, um schön zu bleiben. Mein Vater, dem die grauen Haare unter dem Schiffchen mit Kokarde hervorstanden, lachte darüber. »Berlin verbrennt, die Großgörschenstraße ist eine Ruine, wir sind bald dran, und du legst dir Gurken auf die Backen.«

Er meinte Wangen, aber kein Berliner sagte Wangen, auch kein später eingemeindeter. Tante Deli meinte: »Wenn alles vorbei ist, meinst du, ich will wie eine alte Jule aussehen? Die Frau pflegt sich, auch in schweren Zeiten. Gut. Dem Lippenstift haben wir entsagt, weil der Führer es wollte –«

»Weil ich Gila-Monster rausgeschmissen habe«, warf mein Vater ein.

»Wir wollen die ollen Kamellen nicht aufwärmen«, fuhr Tante Deli fort. »Wo war ich stehengeblieben? Eine Frau kann auch schön sein ohne Lippenstift. Wenn ich eines Tages diese Trainingshosen vom Hintern kriege, wirst du staunen.«

Legst du da auch Gurkenscheiben auf? wollte ich eigentlich fragen, aber ich schwieg, um das Thema zu beenden.

Wie hatte mein Vater gesagt? »Wir sind bald dran.«

Niemand von uns besaß die Geistesgegenwart, Bedrohungen durch Gegenzauber zu bannen, wie es unsere Großmutter getan hatte. Lief ihr eine schwarze Katze über den Weg, so kehrte sie um. Stand Krebs im Kalender, so wurden die Erbsen nicht ausgesät, die Salatpflänzchen nicht gesetzt. Begegnete ihr ein Buckliger, so berührte sie den Buckel, und wenn sie dafür über die Straße gehen mußte.

Auf die Bemerkung meines Vaters hin hätte sie sofort gerufen: »Unberufen, toi, toi, toi!« und dreimal dazu ausgespuckt. Wir hatten das unterlassen.

Ein Teil dessen, was uns, gemessen an anderen, erspart geblieben war, ballte sich an einem einzigen Tag, einem Donnerstag, zusammen. Da weder der grüne Waggon noch unsere Wohnung in den ehemaligen Pferdeställen sich genügend heizen ließen, gluckten wir wieder im Schützenhaus zusammen. Eben saßen wir beim Frühstück, als der Postbote vorfuhr. Er stellte sein Rad ab, sprang die Verandastufen hinauf, trat ein. Wir sahen ihn an, wußten, er war ein Schicksalsbote, wenn auch getarnt durch die Uniform der Reichspost, die er trug, nicht ganz vorschriftsmäßig, aus den Ärmeln seiner Jacke ragten graue Pulswärmer.

Auf wen würde er zugehen?

Der Post- und Schicksalsbote wählte mich aus. Überreichte mir ein braunes Kuvert mit Aufdruck: »Frei durch Ablösung Reich«.

»Unterschreiben Sie hier«, sagte der Überbringer, indem er einen Zettel neben mich auf das Tischtuch schob.

Ich unterzeichnete. Längst wußte ich, wußten die anderen, daß sich mein Gestellungsbefehl in dem Umschlag befand. Ich riß ihn auf.

»Und?« fragte Anneli.

Der Gestellungsbefehl lautete auf eine Luftwaffeneinheit in Husum. Der Marschbefehl lag bei.

Alle redeten durcheinander, jeder zeigte das Bedürfnis, sein Erstaunen auszudrücken. Erstaunen darüber, daß mich in einem Augenblick, da »der Russe« auf Berlin anrückte, Amerikaner und Engländer an der Elbe standen, das Vaterland in Husum brauchte.

Als sich die Aufregung gelegt hatte, fragte Helga: »Papa, was ist Husum?«

Du graue Stadt am grauen Meer. Ich hätte unserer Tochter das Gedicht von Theodor Storm auswendig hersagen können, seit Schultagen saß der Text fest in meinem Kopf verankert. Ich holte einen Atlas von oben, aus dem Zimmer meines Vaters, der während seiner nun seltenen Oblomow-Stunden auf der Landkarte das Näherrücken der Front mit den dicken Strichen eines Zimmermannsbleistifts markierte.

Ich zeigte Helga, wo Husum lag. »Da oben?« fragte sie. »Alles ist grün auf der Karte. Gibt es da Kühe?«

Es gab Kühe. Und irgendwo einen Fliegerhorst, auf dem sie Soldat Pommrehnke erwarteten. Immer noch Soldat Pommrehnke. Durch mein Zwischenspiel als Sonderführer hatte ich nicht einmal den Dienstgrad eines Gefreiten oder Obergefreiten erreicht. Anneli wollte zu meinem Vater aufs Gut radeln. Vielleicht konnte er sich am Abend von seinem überflüssigen Dienst freimachen.

»Es gibt allerlei zu besprechen«, sagte Anneli.

Wirklich kam mein Vater am Abend zu uns herüber,

er hatte offiziell Urlaub erhalten, bis vierundzwanzig Uhr.

Anneli meinte, es würde nicht auffallen, wenn ich untertauchte. »Ede würde uns helfen«, sagte sie. »Wozu gibt es Regimentskameraden? In der Laubenkolonie sucht dich niemand.«

Horst kam, im Pyjama, einen Schal um den Hals gewickelt, die Treppe herunter. »Verläßt du uns?« fragte er.

Anneli sprang auf. »Geh sofort ins Bett«, schimpfte sie. »Wir müssen was besprechen. Das ist nichts für dich.« Horst drehte sich um und stiefelte die Treppe wieder rauf.

Mein Vater fragte: »Wann mußt du fort?«

»Morgen früh spätestens. Eigentlich hätte ich heute schon . . .«

»Morgen früh reicht«, unterbrach mich Tante Deli. »Die Züge verkehren unregelmäßig. Weiß man überhaupt, ob du durchkommst? Die Bahnlinie soll bereits unterbrochen sein.«

»Woher hast du das?« fragte ich.

»Von BBC.« Tante Deli hörte den englischen Sender.

»Du solltest das lassen«, sagte mein Vater, »inzwischen erschießen sie Menschen deswegen.« Er wendete sich zu mir: »Sie erschießen Menschen auch wegen anderer Dinge. Zum Beispiel wegen Fahnenflucht. Ich bin dafür, daß du fährst.«

»Ausgeschlossen«, warf Anneli ein.

Doch Joachim gab meinem Vater recht: »Es ist am ungefährlichsten, wenn Hansi fährt.«

»Und die Bomben unterwegs?« fragte Anneli. »Die Tiefflieger? Sie beschießen die Züge. Auf freier Strecke.«

Wieder sagte niemand: »Toi, toi, toi, unberufen.«

Die Sirenen heulten, wir rafften unsere Habseligkeiten zusammen. Die Frauen wickelten die Kinder in Decken. Ein Lichtschein fiel nach draußen, als wir die Tür passierten. »Licht aus«, rief jemand, »Verdunklung!«

Tante Deli knipste das Licht aus. Wir stolperten über die Wiese, die alter, harschiger Schnee bedeckte, in den Splittergraben. Routine, jede Nacht saßen wir jetzt hier unten, stundenlang, manchmal auch am Tag, wenn die Amerikaner Angriffe auf die Reichshauptstadt flogen.

Der Angriff hatte kaum begonnen, als eine Serie von Luftminen in der Nähe niederging. Es war, als ob sich der Splittergraben hob und dann wieder in seine alte Lage zurückfiel.

Helga und Stefan weinten. Robinson Krause murmelte: »Diesmal sind wir dran.« Was Tante Deli veranlaßte zu sagen: »Halten Sie doch die Klappe, Sie oller Kullerpucker.«

Jemand lachte, in der Dunkelheit wußte niemand, wer lachte, es waren Fremde mit uns in den Graben geflüchtet. Mein Vater meinte, er wolle nachsehen, was mit dem Schützenhaus und dem Kino sei. Tante Deli wollte ihn zurückhalten, aber er war bereits auf den Stufen. Joachim ging ihm hinterher. Nach einer Minute rief er zu uns herunter: »Der Kintopp brennt. Die Männer sollen zum Löschen kommen. Die Frauen bleiben unten bei den Kindern.«

Wir stolperten über Gepäckstücke. Robinson hielt sich an meinem Jackenärmel fest. Andere Männer folgten.

Draußen war es fast taghell. Scheinwerfer suchten den nächtlichen Himmel ab, vier oder fünf hatten ein Kreuz gebildet. In der Schnittfläche der Strahlen blinkte ein Flugzeug. Der Bomber flog Kurven, um aus dem Strahl zu entweichen, aber die Scheinwerfer holten ihn immer wieder ein. Die Bäume streckten ihre bengalisch beleuchteten Äste nach oben, der Schnee flimmerte. Motorengebrumm, Abschüsse der Flakgeschütze. Eine Schar Spatzen schimpfte, deutlich hörbar immer wieder zwischen all dem Lärm.

Die Beleuchtung stammte von einem Brand, der sich an der Giebelwand des Lichtspielsaals hochfraß. Bretter flammten auf, eine Funkengarbe regnete herab. Wir liefen auf die Stelle zu, wo wir Vaters und Joachims Silhouetten vor der Feuerfront sahen.

Das Kino war mit einem Hydranten ausgerüstet. Doch der Hydrant befand sich in der Eingangsnische, dort züngelten Flammen. Sie verzehrten ein Plakat, das Willy Birgel auf seinem Apfelschimmel Hanko zeigte. »... reitet für Deutschland«, hatte daruntergestanden. Aber die Schrift war bereits vom Feuer weggefressen. Willy Birgel krümmte sich in der Hitze, dann war auch er verschwunden. Joachim stürzte in den Eingang. »Halt«, rief mein Vater, »bleib stehen, verdammt noch mal.« Aber Joachim war im Rauch verschwunden. »Eimerkette«, rief mein Vater und lief ebenfalls auf die Flammen zu. Doch da erschien bereits Joachim, entrollte den Wasserschlauch. Er hatte sofort den Hahn geöffnet. Der Schlauch füllte sich mit Wasser, sprang Joachim aus der Hand. Ein Wasserstrahl durchnäßte meinen Vater.

Wir fingen den Schlauch ein. »Alles in Butter?« rief ich Joachim zu. Was anderes fiel mir nicht ein. Joachim nickte. Wir richteten den Wasserstrahl auf die Kinowand. »Von unten her«, rief Joachim. Er meinte, daß wir die unteren Flammen zuerst löschen sollten. Ich rief: »Und wenn das Feuer aufs Dach überspringt?«

»Unten«, insistierte Joachim. »Der Laden ist voll mit Nitrofilm-Rollen.«

Wir hielten drauf. Vaters Kleider dampften. Flaksplitter surrten. Der Himnmel rötete sich von anderen Bränden. Allmählich war die Kinofassade naß, immer höher wanderte der Wasserstrahl. Schließlich züngelten nur noch am Dachfirst Flammen. Wir löschten auch sie. Rauch und Dampf stiegen in weißen Wolken auf. Im Park brannte wie eine Fackel ein Baum, den ein Phosphorkanister getroffen hatte. Wir ließen ihn brennen, waren froh über das Licht.

Joachim drehte den Hahn ab, wobei er sich die Finger verbrannte. Der Eingang glich einer geschwärzten Höhle, das Kassenhäuschen stand als ausgebranntes Gerippe zwischen herabgestürzten Trümmern. Der Strahl von Vaters Taschenlampe beleuchtete Rauch und Dampf. Schmutziges Löschwasser tropfte auf uns herunter.

»Der Vorführraum ist unbeschädigt«, sagte Joachim. »Ich bleibe als Brandwache hier, wegen Schwelbrand. Hansi soll den Baum löschen. Schade ums Holz.«

Das fiel ihm ein? Brennholz gab es seit einer Stunde genügend. Mit den verschmorten Brettern der Kintoppfassade würden wir den Kachelofen wochenlang heizen können. »Vater, geh rein«, sagte ich. »Du erkältest dich in deinen nassen Klamotten.« Ich zog den Ärmel über die Hand und drehte wieder den Wasserhahn auf. Robinson und einer aus dem Splittergraben richteten das Mundstück auf den Baum.

Der Angriff flaute ab. Ein Scheinwerferstrahl nach dem anderen fiel in sich zusammen. Vereinzelte Abschüsse und das Motorenbrummen niedrig fliegender Bomber, die Treffer abbekommen hatten. Der rosa Schein am Himmel hatte sich verstärkt. Jede Einzelheit, Hausfassaden, Dächer, Bäume, war deutlich zu erkennen. Der Schnee spiegelte die Glut der Brände wider.

Wir hatten den Baum noch nicht gelöscht, als Lydia auf uns zulief. »Hinter dem Fenster«, rief sie, »ein Feuerschein. Das Haus brennt.«

Ich drehte mich um. Hinter einem Fenster im oberen

Stock breitete sich dergleiche rosa Schein aus, der den Himmel illuminierte. Ich drückte dem Unbekannten das Schlauchende in die Hand, spurtete zum Haus hinüber, durch die Tür, die Treppe rauf. Dicht hinter mir keuchte Joachim. »In Vaters Zimmer!« rief ich.

Wir stießen die Tür auf. Durch den Luftzug entfacht, schlugen Flammen hoch. Vaters Bett brannte. »Zu spät zum Löschen«, rief Joachim. Das Zimmer füllte sich mit Rauch. Ich lief zum Fenster, riß es auf. Vereint schleuderten wir Bettzeug, Matratze, Bettgestell nach draußen. Durch den Rauch sah ich, wie der Unbekannte den Schlauch auf die brennenden Trümmer richtete. Bereits züngelten Flammen auf dem Fußboden. Mein Vater und Robinson keuchten mit Wassereimern die Treppe hoch. Wir löschten die Dielen.

Tante Deli, Anneli und die Kinder standen auf einmal in der Tür. Der Rauch zog ab. Verdunklung oder nicht, wir hatten das Licht angeknipst. Angesichts der Brände gewiß kein Leichtsinn. Tante Deli ging über die dampfenden Dielen bis zum Fenster. »Da flog sie hin, die Federburg von Obuloff«, sagte sie. »In diesem Augenblick beginnt ein neues Leben im Schützenhaus. Obuloff hat kein Bett mehr!«

Graues Morgenlicht löschte den rosa Feuerschein am Himmel aus. Wir saßen um den Tisch in der Gaststube. Joachim, einem Köhler gleich mit geschwärztem Gesicht, spreizte Anneli seine Finger entgegen. Anneli wickelte sie mit Brandbinden ein. Als sie fertig war, wirkten die nun schneeweißen Finger an der durch und durch geschwärzten Gestalt meines Bruders wie Fremdkörper. Über unseren Köpfen leckte Löschwasser aus Vaters Zimmer herunter, eintönig löste sich Tropfen um Tropfen, im Abstand von einigen Sekunden. Es war dämmerig in der Stube. Durch den Luftdruck jener Minen, deren Explosionen wir im Splittergraben gehört hatten, waren die Fensterscheiben zerschmettert, einige Fenster mit den Rahmen herausgedrückt. Wir hatten aufgeräumt, die Rahmen in die Mauern gepaßt. Drei Flügel mit heilen Glasscheiben fanden wir und hängten sie nach der Hofseite hin ein. Im Ofen fauchten Flammen, wir verheizten Trümmer der Kinofassade, die, durchs Fenster sichtbar, schwarz in den Himmel aufragte. Der Schnee war wie mit schwarzem Pulver bedeckt. Dazwischen zogen sich Eisbäche, erstarrt, Löschwasser, das gefroren war. Vom Dach des Kinosaals hingen meterlange Eiszapfen. Unten im Hof stieg eine dünne Rauchsäule auf; die Reste von Oblomows Bett schwelten. Später wußten wir, daß eine Stabbrandbombe Hausdach und Zwischendecke durchschlagen hatte und in der Matratze von Vaters Bett steckengeblieben war. Wir hatten die Reste dieser Bombe gefunden.

Mein Vater saß in Bademantel und Schal am Tisch und schlürfte einen Grog. Seine Uniform hing zum Trocknen vor dem Ofen. Robinson war noch in der Nacht zum Gut hinübergeradelt und hatte gemeldet, was vorgefallen war. Der Kommandant des Pferdelazaretts gewährte weitere zwölf Stunden Urlaub. Wider alle Notwendigkeit, wie er zu Robinson Krause bemerkt hatte, denn Brandbomben hatten auch im Gut Ställe und einen Strohschober entflammt. Dort löschte die Feuerwehr.

Schließlich brachte Anneli unsere Kinder herunter. Helga und Horst gähnten. Sie saßen in sich zusammengesunken auf ihren Stühlen. Stefan schlief oben in seinem Bettchen. Tante Deli kochte Kaffee. Einmal stellte sie sich in die Tür und hob an zu reden. Aber mein Vater winkte ab. »Wir wissen, was du sagen willst«, ließ er Tante Deli wissen, »aber die Eskadron befindet sich, wie du siehst, in Ruhestellung.«

Tante Deli klatschte sich mit der flachen Hand auf den Dutt.

Mein Koffer lag auf einem Tisch. Ich ging nach oben, suchte Sachen heraus, die ich mitnehmen wollte. Anneli folgte mir. »Muß es sein?« fragte sie. Ich warf das Zeug aufs Bett, unseres war nicht verbrannt in dieser Nacht, und umarmte sie. »So viel gäbe es zu sagen«, flüsterte ich ihr ins Ohr. »Niemand weiß, ob man was richtig macht oder falsch. Es ist trotzdem die beste Lösung, wenn ich nach Husum fahre. Oder es versuche.« Ich drückte Anneli an mich. »Ich liebe dich«, sagte ich laut in ihr Ohr, ihr rechtes, das abstand, nur fühlbar für meine Lippen. Bis auf ein einziges Scheibenkaro waren die Fenster mit Pappe vernagelt. Wir sahen einander kaum.

Die Kinder begriffen vor Müdigkeit nicht, daß ich fortging. »Bring uns was mit«, sagte Helga. Und Horst murmelte: »Vielleicht wirst du Düsenjägerpilot.«

Ach, die Farbtafeln.

Sie brachten mich zum Bahnhof. Als wir auf die Straße hinaustraten, mein Vater, der sich einen zu weiten Zivilanzug angezogen hatte, Robinson in weißer Jacke und Joachim, dessen Mullbindenfinger leuchteten, bremste ein Hitlerjunge auf einem Motorrad vor uns. »Herr Pommrehnke?« fragte der Meldefahrer. Vielfältiges Kopfnicken. »Herr Joachim Pommrehnke«, sagte der Junge, ein bißchen sauer.

»Ich«, sagte Joachim.

Der Junge blickte auf Joachims Verbände. »Sie sollen ins Krankenhaus kommen«, sagte er, »wo Frau Isabella Pommrehnke sich aufhält. Eine Luftmine hat das Krankenhaus getroffen. Heil Hitler!« Er warf den ersten Gang ein und raste davon.

Sollte ich bleiben? Joachim begleiten? War dies ein Zeichen?

Joachim rannte zum Schuppen, wo das Fahrrad angelehnt stand, seit Robinson Krause vom Gut zurückgekommen war.

Anneli hakte sich bei mir ein. »Zum Bahnhof«, rief sie. »Wir schreiben dir. Vielleicht ist nichts passiert.« Sie drängte mich auf die Chaussee. Die Kinder hängten sich an mich. Anneli trug den Koffer. Die Spatzen schimpften.

21

Die Sonne brannte, in der Luft hing ein leichter Staub und der Geruch von reif werdendem Korn. Die Engländer hatten das Dorf geräumt, wir warteten auf die Russen, sie sollten diesen Teil Mecklenburgs besetzen. Ich saß mit Astrid auf einer Bank hinter dem Haus. Wir löffelten Blaubeeren aus blechernen Henkeltöpfen, Astrid aus einem roten, ich aus einem blauen. Astrid hatte die Blaubeeren gesammelt, einen Teil davon beim Kaufmann gegen Zucker eingetauscht. Unsere Lippen und Zähne färbten sich.

Astrid gehörte zu jenen Mädchen, die schulterfreie Keider tragen, sobald Witterung und Gelegenheit es zulassen. Blondes Haar fiel auf ihre gebräunte Haut, ihre Oberarme waren kräftig, doch anders als etwa Isabellas Oberarme. Astrid war kein »Rohling«.

Sie hatte mich aufgenommen. Zusammen mit ihrer Mutter, einer baltischen Baronin, die bürgerlich geheiratet hatte, war sie auf der Flucht in diesem winzigen Haus aus roten Backsteinen gelandet, vor dessen Fenstern Geranien in weißen Blumenkästen wucherten.

Unsere Löffel schrabten und kratzten. »Sie kommen nicht«, wollte ich soeben, die Russen betreffend, sagen, deren Einrücken längst hätte stattfinden müssen, da hörten wir den Lärm einer anrückenden Kolonne.

Es war nicht der Marschtritt deutscher Soldaten in ihren benagelten Knobelbechern. Dies hörte sich vielmehr an, als wenn eine Karawane sich näherte in einem

Film wie etwa »Der Dieb von Bagdad«. Das Wiehern von Pferden, kreischende Wagenräder, Ausrufe in fremder Sprache. Und dann, noch entfernt, fremdartiger Gesang, aufsteigend in diese sommerliche Luft, fremdartig Melodie und Worte:

»Sojus nerushimyj respublik swobodnych
Splotila na weki welikaja Rusj ... «

Wir liefen ins Haus, die Fenster der Stube gingen auf die Straße hinaus. In einem Sessel saß Astrids Mutter, ein Buch auf dem Schoß. »Geht nicht ans Fenster«, sagte sie. Doch wir mißachteten ihre Warnung, stellten uns hinter die Gardine. Nicht lange, und die Kolonne zog vorbei, auf der sandigen Dorfstraße. Bauernwagen, mit Panjepferden bespannt, deren Hufe Staub aufwirbelten, dazwischen Kolonnen, Männer in bräunlichen Uniformen. Die meisten hatten ihr Käppi abgenommen. Die Sonne schien auf die geschorenen Köpfe der Soldaten. Ihre Maschinenpistolen, Kalashnikows, wie Astrid bemerkte, trugen sie vor der Brust.

»Splotila na weki welikaja Rusj ... «

Das Lied breitete sich aus mit dem Staub. Auf einem Panjewagen saß ein Soldat mit einem Bandonium und begleitete den Gesang seiner Kameraden.

Einzelne Soldaten liefen an der Kolonne entlang. Auf einem Schimmel ritt ein Offizier. Am Schluß der Kolonne führte ein Soldat zwei Hunde an der Leine. Jagdhunde. Deutsche Bracken.

Das Lied verebbte. Die Kolonne zog weiter auf der Landstraße. Der Staub legte sich. Niemand aus der Nachbarschaft zeigte sich, es war, als sei das Dorf ausgestorben. »Die Sieger«, seufzte Astrids Mutter. Ihr Haar war fast weiß, obwohl sie nicht alt war, in ihrem Gesicht hatten sich kaum Falten eingegraben. Sie hatte das Haar blau getönt.

Am nächsten Tag verabschiedete ich mich von den

Frauen und nahm meinen Marsch nach Berlin wieder auf. Astrid gab mir einen Zettel, auf den sie den Text jenes Liedes notiert hatte, das die Russen sangen. Sie und ihre Mutter sprachen russisch. Jeder aus dem Baltikum sprach russisch.

»Schreib mal«, sagte Astrid.

Ich versprach es.

Sie stand mit ihrer Mutter auf der obersten der drei Stufen, die zur Haustür führten. Lange winkten sie mir nach, mit Taschentüchern, die weiß in der Sonne blitzten, als würden Tauben auf- und niederflattern.

Immer noch trug ich meine Schmalspuraspiranten-Uniform. Als der Fliegerhorst am Meer, hinter Husum der dänischen Grenze zu gelegen, sich mangels Treibstoffs, mangels Piloten und mangels eines Staffelkommandanten – er war abgeschossen worden – auflöste, zog ich meine Luftwaffenuniform aus und die alte Hülse wieder an. Vorübergehend kam ich bei einem Bauern unter. Die Frauen trennten die Taschen von der Jacke ab und färbten die Uniform schwarz. Das dicke Tuch nahm die Farbe nicht an, der Anzug – denn jetzt war es einer – schillerte dunkelbraun-grünlich, eine nie zuvor gesehene Farbmischung.

Von Dänemark her zogen Soldaten die Landstraße südwärts. Sie schoben Karren vor sich her, auf die sie ihre Habe gepackt hatten. Von Rock und Mütze hatten sie die Hoheitszeichen abgetrennt, dunkle Stellen auf dem Stoff zeigten, wo die Reichsadler mit dem Hakenkreuz gesessen hatten.

Zwischen ihnen zog ich in Richtung meiner Heimatstadt, an Grenzen und Sperren aufgehalten, einen Fuß vor den anderen setzend, wenn es wieder weiterging.

Nun war ich fast angelangt. In welchem Zustand würde ich Familie und Freunde, würde ich das Schützenhaus wiederfinden? Würde ich überhaupt etwas finden? Ich war ohne Nachricht geblieben in all den Wochen und Monaten, die seit meinem Aufbruch vergangen waren.

»You are entering the American Sector.« Vor ein paar Wochen hatten amerikanische Besatzer die Sieger, die Soldaten der Ersten Bjelorussichen Front, abgelöst. Jeeps flitzten an mir vorbei. Vor einigen Häusern, denen man die Spuren von Artillerie- und Infanteriewaffenbeschuß ansah, standen Doppelposten. Weißes Koppelzeug, blanke Helme. Ihre Maschinenpistolen ähnelten den Kalashnikows jener Russen, die ich in das mecklenburgische Dorf hatte einmarschieren sehen.

Ein Gewitterregen war niedergegangen, die schwarzblaue Wolke stand noch am Horizont, auf Potsdam zu. Ein Regenbogen wölbte sich über dem nahen Wald. Auf dem Asphalt der Chaussee, die zum Schützenhaus führte, verdampfte die Nässe. Falls sie leben, will ich sie überraschen, dachte ich. Dieser Satz in seiner Dummheit und Schrecklichkeit füllte mein Gehirn aus, verdrängte alles andere: Falls sie leben, will ich sie überraschen.

Ich schlug einen Bogen. Die alten Linden und Kastanien wölbten ihre Wipfel, es war nicht zu merken, daß einige von ihnen Brandbomben und Holzaktionen zum Opfer gefallen waren. Zwischen den Baumkronen lugte der Giebel des Schützenhauses hervor.

Das Schützenhaus also stand noch. Ein Haselnußgebüsch trennte mich von Hof und Wiese. Ich hörte Stimmen, trat näher. Vorsichtig bog ich die Zweige auseinander. Anneli und Isabella saßen auf Stühlen in der Sonne, in bunten Kleidern. Das Muster der Kleider erinnerte an die Tischdecken aus der Gaststube. Auf Isabellas Knie ritt ein kleiner Junge. Sie war also gerettet worden in jener Nacht, als die Luftmine auf das Krankenhaus gefallen war, und augenscheinlich hatte die Norne ihr Kind auf dem Schoß.

Ich hörte deutlich Annelis Stimme, es war eine Art Sprechgesang:

»Der Bräutigam kam gefahren mit siebenundsiebzig Wagen, der erste war mit Gold beschlagen, darin sollt' unser Luischen fahren. Sie fahren wohl über die Brücke, Luischen saß in der Mitte; da kam ein großer Sturm daher und warf Luischen in das Meer. Der Wagen war versunken, Luischen war ertrunken. Da hatte ihr Vater keine Luise mehr, die Mutter weinte gar so sehr.«

Anneli sah dabei das Kind an.

Wie soll ich die nächsten Augenblicke schildern? Als ich um den Haselnußbusch herum auf den freien Platz trat, sahen mich die beiden erstarrt an. Das Kind begann zu schreien. Dann sprangen Anneli und Isabella auf, die Stühle kippten um, sie rannten auf mich zu, die Norne ihr Kind unter dem Arm. Anneli fiel mir um den Hals, Tränen liefen uns übers Gesicht. Isabella legte das Kind auf die Erde und schlang ihre Arme um uns beide. Neben dem Kind, das jetzt mit aller Kraft brüllte, fielen wir miteinander ins Gras. »Hansi«, schrie Anneli ein ums andere Mal. Sie küßte mich, wohin es traf, bis ich sie – die Handhabe bot sich an – an den Ohren festhielt. »Ist alles in Ordnung?« sagte ich. Anneli und die Norne nickten. Ich deutete auf das brüllende Kind. »Deins?« Die Norne nickte wiederum. Mich an den Sprechgesang erinnernd, fragte ich: »Luischen?«

Die beiden Frauen lachten und wanden sich in ihren Tischdeckenkleidern. »Ein Junge«, sagte Isabella, »weißt du nicht mehr, daß er Stefan heißt?« Das hatte ich einen Augenblick lang vergessen.

Nun kam Tante Deli aus dem Haus gelaufen, wischte sich im Galopp die Hände an der Schürze ab, und hinter ihr schuffelte Lydia in ihrem Serpentinengang. Über die Wiese, sah ich mit einem Auge, kamen mein Vater und Joachim. Alle stürzten auf diesen Fleck Wiese, auf mich, auf uns drauf, Isabellas Kind brüllte und brüllte, Stimmen riefen »Hansi«. Gegen den Horizont sah ich Lydia stehen. Sie rang die Hände, und Tränen liefen ihr die Wangen herab.

Tränen, Haare, die mein Gesicht wie Vorhänge umwehten. Dann das Geschrei größerer Kinder, nicht dieses Babygreinen. Wir wollten aufstehen, aber Helga und Horst rissen uns wieder ins Gras. »Was hast du für einen ekligen Anzug an?« fragte Helga. Horst wollte wissen, ob ich Pilot geworden sei. »Ja, ja, nein, nein«, sagte ich, auch alle anderen stellten Fragen. Horst und Helga riefen dazwischen, sie seien in der Oberschule und lernten Russisch.

»Russisch?« fragte ich. »Ja, ja, nein, nein«, riefen nun die anderen. Und Isabellas Kind brüllte. Es brüllte weiter, bis Tante Deli sich erhob und es auf den Arm nahm. Wenn ich mich richtig erinnere, brüllte Stefan den ganzen Nachmittag, und am Abend brüllte er weiter. Mein Bruder, schmal geworden und mit grauen Haaren an den Schläfen, steckte seinem und Isabellas Kind alle paar Minuten den Schnuller in den Mund. Das Kind spuckte den Schnuller unter den Tisch.

Irgendwann befreite ich mich aus der Laokoon-Gruppe. Vor mir stand ein älterer Herr in gestärkter weißer Jacke. »Willkommen daheim«, sagte Robinson Krause und machte eine knappe Verbeugung.

Die Menschentraube bewegte sich zum Haus hin, die Verandastufen hinauf und ins Gastzimmer. Horst, Helga und Anneli hingen an mir. Joachim trug sein Kind. »Es ist Stefan«, sagte Joachim und zeigte auf den Brüllaffen, als ob ein Irrtum möglich sei, wen er meinte. Robinson Krause trug meinen Rucksack, in der linken Hand, er hielt ihn von sich ab, als sei Unrat darin.

Die nächsten Stunden vergingen rasch, untermalt von Stefans Gebrüll. Sie ließen mir kaum Zeit zum Händewaschen, wollten, daß ich berichtete. Ich wollte, daß sie erzählten. Robinson servierte Getränke. »Wie schmeckt denn das«, sagte ich, als ich den ersten Schluck genommen hatte. »Wir nennen das Alkoholat«, sagte Robinson. »Laß das, Krause«, sagte mein Vater. »Wir haben doch noch von dem guten Doppelkorn!«

Es dauerte lange, bis ich alles erfuhr, was sich ereignet hatte. Greifbares schälte sich erst aus dem Durcheinander, als Tante Deli alle anderen zum Schweigen brachte, indem sie zu dem bisher ausführlichsten ihrer Monologe ansetzte.

Der ging so:

»Haltet mal alle die Klappe, hier geht's ja zu wie in der Ju ..., ach, das darf man nicht mehr sagen, wirklich. Egal. Schnauze, sonst Beule, klar? Hansi ist müde, will erfahren, was los war. Also, wir haben die Chose zusammengeflickt, so gut es ging. Hast ja gesehen, wie es aussah, als du weggingst. Wochenlang sind wir auf Glasscherben getreten.«

»Mein Fuß war blutig«, schrie Horst auf das Stichwort hin dazwischen.

»Halt die Klappe, sonst!« Tante Deli hob die Hand. »Wir haben das aufgeräumt, aber der Kintopp war hin, verstunken und alles voll Ruß. Kein Soldatenkino. Folglich kein Geld. Wir bekamen pro Vorstellung – Joachim, was bekamen wir pro Vorstellung?«

Joachim wußte es nicht mehr. Er lief mit seinem Sohn auf dem Arm vor den Tischen auf und ab in der Hoffnung, Stefans Phonzahl so weit herabzusenken, daß Tante Deli sich verständlich machen konnte.

»Egal«, fuhr Tante Deli fort. »Mit eurem Vater rechneten wir nicht, der bewachte seine nichtvorhandenen Pferde. Keine Vorstellung also und kein Geld. Wir schmissen die Stühle raus, damit sie auslüfteten. Natürlich taute es, und es kam Regen. Dann haben wir die

Bretter abgerissen, das sah vielleicht aus. Bloß die nackten Latten und alles schwarz. Durch den Wald trottete der Volkssturm, die übten mit der Panzerfaust. Sie wollten Joachim mitnehmen, aber der zeigte seine Papiere, nichts zu machen. Soldatenkino war kriegswichtig. Einer vom Volkssturm sagte, sie hätten im Wald eine abgestürzte Superfortress gefunden, Rumpf und Flügel ziemlich heil.«

»Tragflächen«, sagte ich.

»Wie? Bitte schön, Tragflügel oder Tragflächen. Kuck mal aus dem Fenster.«

Die Fassade des Kinosaals glänzte silbrig.

Tante Deli lachte. »Wir haben den Bomber abgeledert, der Volkssturm hat geholfen. Die waren froh, daß sie sich bewegen durften. Zwischendurch aufwärmen in der Gaststube. Wir hatten damals eine Menge von dem Doppelkorn, was, Pommrehnke?« Ein Blick zu meinem Vater. »Die haben ihre Panzerfäuste vergessen, sage ich dir. Olle Männer alles, natürlich kein Nazi darunter, die hielten sich zurück mit der Verteidigung von Berlin. In einer Woche hatten wir das gedeichselt. Lydia wusch die Sessel, Eichelkraut hat einen Karton Kernseife organisiert. Stell dir vor, echte Kernseife! Wir haben die Kinder gewaschen und die Sessel und die Kleider von den Kindern, und wir Frauen haben uns die Haare gewaschen, es war wie im Frieden.«

»Oder besser«, rief Joachim.

»Oder besser. Jetzt haben wir bloß Einheitsseife. Aber Mathilde, du weißt doch, Huberts Tochter, die ist ein dralles Ding inzwischen, geht mit 'nem Ami, Mathilde also hat gesagt, sie kommt mit echter Seife rüber. Sie arbeitet bei Quartermaster, zuständig für die Versorgung der Amis. Ein Riesenlager bei Telefunken, die Fabrik haben sie beschlagnahmt. Ja, Mathilde spricht sehr gut englisch.«

»Du wolltest vom Kino erzählen«, sagte ich.

»Tatsächlich. Auf einmal war Eröffnung, wir spielten was mit Brausewetter. Der war ja nun tot. Aber ein toller Film. Nur, weißt du, was jetzt passierte? Es kamen keine Soldaten mehr! Aber wir brauchten einen Grund, daß nicht irgendein Heldenklau Joachim kassierte, oder? Wir haben also Vorstellungen für den Volkssturm organisiert. Geld gab's keins mehr, aber Joachim blieb, in seiner Uniform. Hast du Hunger? Ich kann Kartoffelsalat und Würstchen machen. Gut. Eben später. Siehst spack aus, Junge. Aber viel Fett haben wir alle nicht auf den Rippen. Was euer Vater früher das Marmorpalais nannte«, sie sah seitlich rückwärts an sich hinunter, »das ist nur noch in Andeutungen vorhanden.«

»Du wolltest vom Kintopp erzählen.«

»Genau. Joachim ging tagsüber auf Filmhamstertour, war nicht einfach, Luftangriffe, und die Bahn fuhr manchmal nicht. Aber er riß den Verleihern ein paar Rollen aus den Zähnen, die haben wir noch, stell dir vor.«

»Zwölftausend Meter Chaplin und vierzehntausend Meter ›Dick und Doof‹«, rief Joachim.

»Nun kam das zum Klappen, die Russen schossen schon rüber, war wieder Schluß mit Kino. Wir in den Keller, hier im Haus. In den Splittergraben wollte keiner mehr, in der Laubenkolonie war eine Bombe auf den Splittergraben gefallen. Wir verbarrikadierten uns im Keller. Euer Vater war immer noch auf dem Gut, dann sollten sie einen Ausbruchversuch machen zur Armee Wenck. Heute weiß man, die Armee gab es gar nicht mehr. Aber überall gab es ein paar Verrückte. Hier ins Schützenhaus zog einer ein, nannte sich Kampfkommandant. Krause mußte zum Volkssturm, in seinem Alter. Er haute aber ab. Wir haben ihn im Keller versteckt. Dann waren sie weg, und das Theater begann mit den Russen.«

»Erzähl das nicht auch noch alles«, sagte Anneli. Ich sah sie an. Wie hatte sie, wie hatten Tante Deli, Isabella, Lydia diese Zeit durchgestanden?

Ich fragte nicht.

»Joachim pellten wir aus seiner Uniform, falls ich dies noch berichten darf«, sagte Tante Deli. »Der war mit Krause versteckt, in Zivilklamotten. Als die Russen da waren, haben wir Joachim als Chaplin verkleidet. Den ollen Gocks von Vater auf die Birne, mit Tinte den Bart angemalt. Der sah echt aus. Von Opa waren die ollen Stresemannhosen, für den Frack haben wir 'nen Gehrock abgeschnitten. Weißt du, daß Opa russisch kann? Das Telefon funktionierte zuerst noch, er rief von Lindow an und sagte uns, wie Kino auf russisch heißt, und es sei ein Buch da, in dem die Buchstaben drin sind. Wir fanden das Buch, und mit dem dick gewordenen Karbolineum haben wir das angemalt, es war einfach, weil es im Russischen auch Kino heißt, glaube ich, oder? Nur die Buchstaben sind fremd. Aber es sah gut aus. Wir haben die Chaplin-Filme eingespannt, Joachim hat sich vor das Kino gestellt in seiner Verkleidung, dann haben wir die Russen eingeladen. Ein Erfolg! Das sind ja alles Stummfilme. Die Rußkis haben gelacht, daß man es draußen hörte. Wir wurden alle Künstler, Lebensmittelkarte eins, als das wieder losging. Ein Kinooffizier kam, der sprach fließend deutsch. Hat alles geregelt.«

»Nur die neuen Projektoren sind weg«, sagte Joachim. »Reparationsleistung. Die alten haben sie uns gelassen.«

»Und«, fragte ich, »spielt ihr? Spielen wir?«

Joachim grinste. »Heute abend wieder Brausewetter, ›Der verzauberte Tag‹. Goebbels hatte den Film verboten.«

»Wer sieht sich das an?«

»Wer? Unsere alten Stammkunden. Soweit sie übriggeblieben sind. Neuerdings auch Amis mit ihren Mädchen.«

»Deutsche Filme sehen die sich an?«

»Die Mädels übersetzen ihnen, worum es geht.«

Lydia trug etwas in der Schürze herbei, ließ mich einen Blick riskiren. »Der Arsch mit Ohren«, sagte sie. »Damals, beim Bombenangriff, ist er heruntergefallen. Ich habe die Stücke zusammengeklebt.«

»Mach die Würstchen warm«, sagte Tante Deli.

Dann ist es Nacht, das Fenster, wieder mit Glasscheiben versehen, steht offen. Draußen in den Bäumen rauscht der Wind wie damals, wie all die Jahre, ein Käuzchen schreit. Käuzchenschreie bedeuten Unglück, hätte Oma gesagt. Aber wir, Anneli und ich, wir wissen, daß ein Käuzchenschrei nicht mehr ausreicht.

Nun nicht mehr.

Sprechen wir über das, was unvermeidbar sich nach vorne drängt? In den alten, üppigen Federbetten vergraben wir uns, Anneli und ich. In eins der Abstehohren möchte ich Anneli flüstern: »Sag's mir! Wie war das mit den Russen?«

Sie spürt es. Und nun ist sie es, die in mein Ohr flüstert: »Frag mich nie danach. Vielleicht erzähle ich es dir, eines Tages, wenn alles so ist wie früher. Versprichst du es?«

Ich verspreche es. Das Schützenhaus gleicht einem Schiff, das uns durch die Nacht entführt. Wohin, wohin?

Es ist nicht mehr wichtig, wohin.

Ede Kaiser ist fort. Hier paßt das Wort: Er ist von uns gegangen. Zusammen mit unserem Vater rückte Ede der Armee Wenck entgegen, drei oder vier Tage vor der

Kapitulation Berlins. Mein Vater erzählte: »Das war kein Husarenstück mehr. Russische Ratas, ihre Motoren dem Geräusch von Nähmaschinen ähnlich, hingen über uns. Wir steckten im Grunewald, bewegten uns nicht mehr vorwärts. Eines Morgens warfen sie Splitterbomben, wir warfen uns auf den Boden. Wo Ede gelegen hatte, war eine leere Stelle. Ich stand auf und sah mich um, und Ede war verschwunden. Er war nicht verwundet, nicht tot, weder lag die Mütze von ihm da noch Helm, Gasmaskenbüchse, die Stiefel – er war verschwunden. Nichts war von ihm da.«

»Es könnte demnach sein«, warf Joachim ein, »daß er lebt.«

Mein Vater schüttelte den Kopf. »Er lebt nicht«, sagte er.

Woher nahm er die Gewißheit für diesen Satz, der endgültig schien? Ich weiß es nicht. Niemand fragte. Minnamartha, Edes Frau, gab Suchanzeigen auf. Ohne Ergebnis, überflüssig, das zu erwähnen. Mir schien, als habe eine Art »Grabeninstinkt«, erworben im Ersten Weltkrieg, meinem Vater die Antwort eingegeben.

Wie man ein zerrissenes Foto wieder zusammensetzt, ergab sich aus Bruchstücken, Erzählungen, Nachrichten, neuerdings auch Berichten von Besuchern oder Briefen, was aus diesem geworden war, was aus jenem. Onkel Rudolph und Großvater hatten Lindow verteidigt, als Volkssturmmänner. Allerdings hatte Großvater den Kommandanten davon überzeugt, daß sie mit dem Boot am Seeufer in Bereitschaft liegen müßten. Ein paar Paddelschläge hatten sie vom Frontgeschehen getrennt, im richtigen Augenblick.

Großvater schrieb: »Das Haus sieht wüst aus, Oma hätte den Rußkis die Hammelbeine langgezogen. Ich redete mit ihnen in ihrer Sprache, das fanden sie nett. Trotzdem schießen sie auf die Veranda. Die ollen Marine-Mützenbänder schmiß ich rechtzeitig in den See. Die Jungs fischten sie raus, und ein paar Wochen lang sah man in Lindow und Umgebung Sowjetsoldaten herumlaufen, die sich mit den Bändern geschmückt hatten. ›S.M.S. Karlsruhe‹ flatterte vom Käppi. Darüber der Sowjetstern.«

Laura hatte sich nach Westen abgesetzt, wir sahen sie vorerst nicht wieder, denn auch Onkel Rudolph, übrigens in Begleitung seines Afrikakumpels Bruno, verschwand nach Westen, über die grüne Grenze zwischen sowjetischer und britischer Besatzungszone.

Frieden war. Oder, offiziell, Waffenstillstand. Lydia entdeckte, daß sich Berliner Bouletten aus zerkleinertem Karnickel herstellen lassen. Das gab unserem Gaststättenbetrieb neuen Aufschwung. Brauerei-Lagerverwalter Hubert eröffnete im Keller eines ausgebrannten Hauses eine Fabrik für künstliche Leberwurst. Er sah in uns künftige Großabnehmer. Eines Tages brachte er eine Probe mit. »Kostet«, forderte er uns auf.

Wir kosteten. »Pfui Deibel«, sagte mein Vater, »was ist das für 'ne Pampe? Hast du die aus Fensterkitt gemacht?«

Hubert schüttelte den Kopf. »Hefe und Majoran«, sagte er.

Wir wollten verzichten, aber Tante Deli mischte sich ein. In der Folge verkaufte sie mehr als zweitausend Portionen, mit dem Standardsatz an die Abnehmer: »Die Stulle müssen Se sich dazudenken.«

In ihr Hochdeutsch schlichen sich längst Berlinismen ein. Trotzdem zog sie nur mühevoll gleich mit dem Sprachschatz der Gäste. Das Bier, das wir ausschenkten, war bei denen Pferdepisse, unsere Bouletten nannten sie »Mark Brandenburg, du sandige«, und Huberts künstliche Leberwurst lief schlicht als Kinderkacke. Robinson wiederholte ohne jegliche Regung in seinem

Gesicht solche Bestellungen: »Jawoll. Zweimal Pferdepisse, zwei Kinderkacke, einmal Mark Brandenburg.«

»Alles Käse, aber sie amüsieren sich«, kommentierte mein Vater. Wenn es ihm zuviel wurde, sagte er, daß er sich ein bißchen hinlegen wolle. Sie hatten ihm aber noch kein neues Bett in sein verkokeltes Zimmer gestellt, und Tante Deli rief sofort: »Nicht in mein Bett!«

So sahen wir meinen Vater jetzt immer öfter am Stammtisch vor sich hin dösen. Fragte man ihn nach seinen Mietshäusern, so gab er keine Antwort. Wir wußten, daß bei allen die Dächer weggeflogen waren, eins war halb ausgebombt. Bei dem Haus, in dem wir gewohnt hatten, waren im strengen Winter fünfundvierzig Rohre geplatzt. Für den Millionenbauern-Erben Pommrehnke bedeutete Hausbesitz nicht die reine Freude.

Über neue Verleihfirmen pumpten die Amerikaner Unterhaltungsfilme in den Markt. »Wir können nicht eine Woche lang ›Meet me in St. Louis‹ spielen«, schimpfte Joachim, »und die anderen Filme in der Schublade liegenlassen. Ich will an die neuen Filme von Fitz Lang rankommen, von René Clair. Die Filme, die sie in Hollywood gedreht haben. Meinst du, sie rücken die raus?«

Unsere Amis freuten sich. Die Filme liefen im Original mit deutschen Untertiteln. Jetzt erklärten die Jungs ihren Bräuten die Filme. Lydia löste allabendlich die angeklebten Kaugummis von den Sitzen, sammelte Präservative und Cocaflaschen ein, fegte Popcorn zusammen. »Mir scheint, halb Texas besucht unser Kino«, sagte mein Vater.

In der Tat hieß das Reitergut inzwischen »Horse Platoon«, dort lag eine Einheit aus Texas mit ihren Pferden. »American Quarterhorse«, murrte mein Vater. »Das taugt nichts. Sie galoppieren dreihundert Meter und fallen um.«

Gelegentlich fielen die Reiter von den Kinositzen, nach exzessivem Whiskygenuß. Wir stellten uns darauf ein. Im kleinen Saal hatten wir Feldbetten aus dem Luftschutzkeller aufgestellt. Anneli erweckte die Texasreiter durch Auflage von Eisbeuteln zu neuem Leben.

Jene Unruhe, die Joachim angesichts minderwertiger Filme ausstrahlte, schien ihre Strahlen in alle Richtungen zu senden. Eines Tages fuhr ein Jeep in den Hof. Während der Fahrer hinter dem Steuer sitzen blieb, sprangen ein Mann in US-Offiziersuniform und eine schlanke Dame in einer Rote-Kreuz-Uniform aus dem Gefährt. Betreten sahen wir zu, wie sie in die Gaststube kamen. Vornehmen Besuch waren wir nicht mehr gewöhnt. Die Spannung löste sich erst, als der Offizier seine Mütze abnahm und eine Glatze zum Vorschein kam.

Eine uns bekannte Glatze. »Leberecht Lehmann«, schrie Joachim, sprang auf und umarmte den Ankömmling. Er hatte Grund, auch die Dame vom Roten Kreuz zu umarmen, wir alle umarmten sie, ebenso wie unseren Freund L.-L. Denn in der Rote-Kreuz-Uniform steckte Kitty!

Mit unnachahmlicher Grazie schraubte sich Kitty eine Lucky Strike in die Zigarettenspitze und blies den ersten Ring.

Wieder gab es viel zu erzählen. Kitty kam direkt aus Stockholm, Lehmann aus Hollywood. Er hatte die Invasion mitgemacht. Jetzt war er in Berlin Filmoffizier. »Zuständig für uns?« fragte Joachim. L.-L. nickte.

Eine Woche später erschütterten wir die Berliner Kinowelt, indem wir »Casablanca« spielten, als erstes Lichtspieltheater in Berlin.

Kitty war schön und besaß Verbindungen. Unsere Schmetterlinge entfalteten ihre Flügel, Seidenstoffe in den schillerndsten Farben verwandelten sich in Kleider.

Nähmaschinen surrten. Der eigentümliche Geruch von Nähstuben verbreitete sich im oberen Stock. Nun machte es nichts mehr, daß Tante Delis Marmorpalais geschrumpft war. »Die Mode ist für Schlanke«, sagte Kitty, es war ihre vierte Ansprache, seit wir sie kannten.

Eichelkraut fuhr oft mit dem Plattenwagen aufs Land, eingespannt in unsere Schmuggler- und Tauschorganisation. Einmal, eine Woche war seit Lehmanns und Kittys Besuch vergangen, sagte er: »Auf dem Güterbahnhof in Wannsee liegen verrostete Dinger. Die sehen verteufelt nach euern Projektoren aus.«

Joachim und ich fuhren hin. Der Güterbahnhof war von Amerikanern abgeschirmt, sie drohten uns mit »Perforierung«. Doch wir sahen, wie Eichelkraut, die Projektoren liegen. Die Russen hatten sie nicht verladen.

Über L.-L. machten wir unsere Ansprüche geltend. Die Army stellte uns die Projektoren zu. Jetzt liefen vier Projektoren, Wochenschau, Vorfilm – kein Problem.

Für Farbfilmvorführung besorgte Lehmann lichtstarke Lampen und neue Kühlgebläse. Joachim wollte »Münchhausen« mit Hans Albers vorführen, einen der ersten deutschen Farbfilme, im Krieg gedreht. Doch Lehmann unterrichtete uns, er habe den Film verbieten müssen, auf Wunsch der russischen Kollegen. »Die Russen fühlen sich in dem Film unrealistisch dargestellt«, berichtete Lehmann.

Sollten wir darüber lachen? Als Lehmann weg war, sagte Joachim: »Wir haben also wieder eine Zensur.«

Es stimmte. Die Amerikaner verboten eine Menge deutscher Filme. Und entdeckten ihrerseits die Knebel-Staffel, bei der man Filme abnehmen mußte, die man gar nicht haben wollte.

Joachim löcherte Lehmann mit seiner Festival-Idee, bewährt seit langem, nun nannten wir es tatsächlich

»Festival«. Es ist anzunehmen, daß Joachim diesen Begriff erfunden oder zumindest für Deutschland eingeführt hat.

Über die Leinwand der Schützenhaus-Lichtspiele flimmerten Fritz Langs »Menschenjagd« und »Die Henker sterben auch«, alles Erstaufführungen in Deutschland. Joachim boxte mich, der ich wiederum sein Sklave war, in die Rippen: »Wir haben unser Kunst-Kino.«

»Freu dich nicht zu früh«, unkte ich, mit jenem dürftigen Grad von Pessimismus, zu dem ein Berliner fähig ist.

Wiederum macht sich in meiner Erinnerung der Zeitraffereffekt bemerkbar. Wunder geschahen in schöner Regelmäßigkeit, bald erwarteten wir sie wie etwas Selbstverständliches. Niemand war mehr erstaunt, als an einem Vormittag aus den geöffneten Saaltüren Orgelkänge drangen: »Mit Musik geht alles besser, mit Musik geht alles gut ...« Werner Bochmanns Filmmusik zu »Sophienlund«, dem Film, der Hannelore Schroth berühmt gemacht hatte!

Wir rannten in den Saal, da saß Werner Bochmanns Namensvetter, unser Werner, auf der Orgelbank und spielte. Wir umarmten ihn, rissen ihn um, die Orgel hauchte Seufzer.

Werners Nase leuchtete wie früher. Es dauerte keine zwei Minuten, da servierte Krause ein Bier und einen Korn, mit graziösem Schwung und Verbeugung. »Bitte, Herr Werner«, sagte Krause.

Wo kam Werner her? Seine Erzählung, die sich über viele Abende erstreckte, glich einem Abenteuerroman. Admiral Canaris hatte Werner nach Peenemünde geschickt, zur Überwachung von Überwachern. »Sie brauchten ein unbekanntes Gesicht«, sagte Werner. Kein unauffälliges? Werners Nase merkte man sich, wenn man ihn zwei Sekunden gesehen hatte. »Darauf kam es nicht an«, behauptete er.

Da alles unter strengster Geheimhaltung verlief, durfte er sich nicht melden. Margot hatte ihm verziehen. Kaum eine Stunde später schwenkte sie jenen Teil, der ihr den bekannten Spitznamen eingebracht hatte, durch die Gaststube. »Durch eine Laune der Natur erhalten«, sagte Werner und klopfte seiner Freundin auf den Meseritzer Breitarsch.

Dann, programmgemäß, unsere allergrößte Freude. Jener Mann, den wir noch erwarteten, stieg nicht aus einem Jeep, sondern aus einem uralten Chevrolet. Der Wagen erinnerte an jenen, mit dem uns Ede Kaiser vor dem Krieg kutschiert hatte.

Wir erkannten ihn an seiner Bommelmütze. An hohe Besuche mittlerweile gewöhnt, rissen wir Sternchen Siegel bereits auf der Treppe um.

»Mücken fliegen ließ er – Wunderkraft bewies er«, sagten die Vorortleute bald von ihm. In der Laubenkolonie richtete Sternchen eine Regenwurmzucht ein, sie verschickten später Würmer bis nach Australien. Was auch Wilfried verdankt wurde. Aus der Kriegsgefangenschaft heimgekehrt, wanderte Wilfried nach Australien aus. Dort vertrieb er die Tausendschön-Würmer aus der Laubenkolonie.

Im Schuppen entdeckte Sternchen sein Hanomag-Kommißbrot-Auto, Eichelkraut hatte es mit Heu und Stroh bedeckt, bevor die Russen einmarschierten, und es war der Beschlagnahme entgangen. Sternchen gab das Auto einem Monteur zum Auffrischen, dann fuhr er damit spazieren. »Bin ich jeriehrt«, sagte Sternchen.

Wenn er sich hinter das Steuer klemmte, drehte er das Mützenschild nach hinten, wie einst.

Ich sagte Sternchen, sein Anteil sei da, für ihn, lediglich von mir verwaltet. Er solle ihn übernehmen. »Jungchen«, sagte Sternchen, »bin ich wiederum geriehrt. Wir werden aber müssen a andere Perspektiven ins

Auge fassen, wenn wer wollen überleben. Wird das Fernsehen kommen und allerlei Ungemach, auch neues Geld. Ruf die anderen. Wir werden gründen e neue Firma.«

Es entstanden die Schützenhaus-Lichtspiele GmbH und Co. KG. Werner trat als neuer Kommanditist ein. Doch das ist fast schon eine andere Geschichte.

Was müßte ich erzählen? Wie Lydias Freund Hannemann aus russischer Kriegsgefangenschaft heimkehrte, Lydia heiratete und nie wieder seine Mütze auf den Tisch legte? Wie jener Wachtmeister Klingbeil uns aus seinem Kino, das geschlossen wurde, Rollen über Rollen mit Stummfilmen anschleppte? Wie Berlins Cineasten unser Kino überfluteten, nachdem die Grenze gesperrt und unser Publikum »von drüben« weggeblieben war?

Wie wir die Norne zwei Jahre lang im Rollstuhl umherschoben, weil man eine Verletzung nicht erkannt hatte, die sie sich beim Einsturz des Krankenhauses zugezogen hatte?

Eine andere Geschichte. In jenen Tagen aber, als unsere Freunde, fast alle, zurückkehrten, sagte Horst zu mir: »Im kleinen Saal steht ein oller Sechzehn-Millimeter-Projektor. Ist es dir recht, wenn ich damit ein Kinderkino aufmache?«

Georg Lentz

Molle mit Korn

Ullstein Buch 22116

Ullstein

»Milljöh des Jahres 1948, als alle drei Minuten die Rosinenbomber der Westmächte in Tempelhof landeten, um die blockierten West-Berliner mit den notwendigsten Lebensmitteln zu versorgen . . . Alle Bilder, die Lentz abzieht, leuchten in einer warmen Buntheit. Ein Chronist mit Humor und naturalistischer Feder.«

Rheinische Post

Georg Lentz

Muckefuck

Ullstein Buch 22077

Ullstein

»Dieser Roman erzählt eine Kindheit und Jugend in Berlin zwischen 1930 und 1948, angesiedelt im Vorstadtmilieu ... Mühelos steigen die von Lentz beschworenen Bilder seiner Kindheit herauf, leben und blühen ... Das alles stimmt bis ins zeitgeschichtliche Detail.«

Die Zeit